施議對論學四種

施議對 著

上海古籍出版社

學苑效芹

施議對演講集録

本書由澳門基金會贊助部分出版經費

奇文共欣賞，疑義相與析（2010年，澳門大學，施議對與戴建業論學）

目極心更遠，弦歌播清芬（1996年，天水師範高等專科學校）

琢以錘鑿，磨以沙石（2013年，華僑大學）

温柔敦厚，群居切磋（2014年，黄岡師範學院）

個元素，方才稱得上是一門學問，或一名學問家。

這一輯的四個講題，以《文學研究中的觀念、方法與模式問題》一講所講次數最多，最是花費心力。這一講著重説觀念問題。這是因日本人的一次講演所産生的話題。記得改革開放之初，日本一個文學家代表團訪問中國社會科學院研究生院。主講人説，中國人和日本人的觀念不同。中國人的觀念是：你好，我比你優越；日本人的觀念是：你好，我比你更好。兩種觀念的比較，引發我的思考。之後，對於世界上諸般事體，不斷加以比較，逐漸明白此所謂觀念者，究竟是怎樣一種概念。並將思考所得，作成一個講題，於一九九六年九月十日，爲甘肅天水師範高等專科學校作了一場講演。這場演講，我以自己遠赴美國出席一個研討會的經歷，對於何謂觀念，作了具體的説明。天水的老師和同學，裏三層、外三層，濟濟一堂，聽得十分投入，令我很受鼓舞。此乃平生的第一次講演。之後，經過多番演説，反覆修訂，講題的内容逐漸得以充實。二〇〇六年四月六日，王昊兄在吉林大學文學院爲我籌辦了一場演講，我提到與觀念問題相關的話題，引起了關注。緊接著，四月十二日，首都師範大學人文學科論壇邀我演講，講題的内容及相關論題的布局基本完備。這一輯所收録的文章就是依據首都師範大學講演記録整理的文字稿。

其餘兩個講題，正題説文化，説語彙系統，副題都與詞學掛上鉤。三句不離本行。實際

小引

本編題稱「學院效芹」，爲多年學術講演的記録。平時於教學、科研過程，思考所得，未敢私秘，因借助外出遊學機會，貢獻微薄。亦有多次，得承學界友人邀約，專程前往。凡所論講，均無成稿。但現場的互動，爲文稿的形成，增添許多活力元素（Vimax Design）。「演講集録」的首篇，《初到貴境——關於我移居香港的一段經歷》一文，是二〇一〇年七月十三日在中國社會科學院文學研究所一次講話的記録。移居香港，初到貴境，主要説一説有關思考的問題。在多場學術演講中，我問諸生，什麼是思考？一時間，大家皆未能找到一個較爲恰切的答案爲之定義。我説，思考就是比較。這是從先民那裏所獲得的經驗。比如三和四，哪個大，哪個小？哪個多，哪個少？就是一種思考。莊子的寓言，朝三暮四和朝四暮三，充分體現了先民的智慧。我的思考，就從這裏開始。

首篇以外，分作三輯。第一輯，承接王國維的話題，總論成就大事業、大學問的問題。以爲須具備觀念（Idea）、方法（Method）、模式（Model）及語彙系統（System of vocabulary）四上，其中所關注的問題，仍然離不開作爲詞學學科建設的社會文化背景。爲免誤導，故特别加以説明。又因本編的第三輯爲詞學專輯，有關詞學問題，將留待下文另叙。

第二輯，收録四篇由講演録音整理而成的文字稿。相關講題所關注的問題包括詩歌與哲學以及人文與人本等問題。諸多問題，皆因詩詞欣賞與寫作而起。由於身在澳門教授古代經典詩詞，其文化基因植根於传統文化，不能够只是著眼於脚下的大三巴，而忽略背後的九龍壁，故此，隨之所思考的問題，自然不能够以噴水池，或者大砲臺自限。思想不能複製，經驗可以複製。吴宓説：「我的成長與進步之方向：從詩歌到哲學（愛情與智慧）——仁智合一；情理兼到。」這是吴宓的經驗之談。一句話：從詩歌到哲學的提升。我將吴宓的這句話作爲相關講題的中心思想。詩歌和哲學，兩個不同的學科門類，具有不同的質性和職能。詩歌在於呈現物象，哲學在於表現物理。從詩歌到哲學的提升，並非將詩歌變爲哲學，而乃借助哲學的方法進行詩歌的創作及研究。饒宗頤，一位百科全書式的學者，他的形上詞創作以及形上學構想，爲研究者指出向上一路。他的經驗，可供借鑒。

第三輯，詞學專集。包括六個講題。其中，《詞與詞學以及詞學與詞學學》、《詞與音樂》、《新宋四家詞説》以及《蘇軾以詩爲詞辨》，由超星學術視頻現場攝録，已發布於網絡。

其餘二篇《用中國話語做中國學問——施議對先生談詞學研究》及《歷史的論定：二十世紀詞學傳人》則未也。六個講題，去到哪説到哪，似有點率性而爲，當然，有時候還得依命題而作，不一定能够構成體系，而思緒却一以貫之，大致保持固有的觀念和方法。這大概就是揚忠兄所説，有自己的一套觀點，有自己的路子。就輩份看，我和揚忠兄同屬二十世紀五代傳人中的第五代。這是共和國所出現的第一代詞學傳人。二十世紀詞學發展、演變的三個時期，開拓期、創造期及蜕變期，我和揚忠兄這一代，正處於蜕變期。相對於民國詞學，這是從正到變的時期。詞爲艷科，亦爲聲學。艷科與聲學，這是一個問題的兩個方面。蜕變期的詞學，只重艷科，不重聲學；或者説，只偏重思想内容的分析與批判，忽略對於藝術創造的探討。尤其是忽略對於歌詞聲情特點的探討。詞學三事，詞的創作、詞的考訂、詞的論述，難以兼顧。創作而外，多數下功夫的考訂，可望傳世；論述一項，則具較大風險。尤其是從本本到本本，亦即從詞話到詞話的論述，往往論得越多，錯得越多，很難保證不被時間所淘汰。時至一九九五年，新舊世紀之交，舊世紀五代傳人的歷史使命已經終結；新世紀第一代、第二代傳人已經登場。但願我的這一輯講題，對於新世紀新的詞學開拓期，能有微薄的貢獻。

多年來，得承學界師友的愛戴和抬舉，爲學術講座創造機會、提供平臺；超星學術視頻的朋友，不辭辛勞、精心製作，使學術講座的推廣得以實現。亦承相關學校的碩士、博士研究生朋友以及我的碩士、博士研究生和本科學生，積極主動、認真負責，協助講題文字稿的記錄，爲進一步整理作好準備。在此謹向我的師友致以崇高的敬禮，並表示衷心的感謝。

甲午霜降前六日於濠上之赤豹書屋

目録

第二輯

第三輯

初到貴境

——關於我移居香港的一段經歷

二〇一〇年七月十三日，中國社會科學院文學研究所爲安排一次講座。題爲「施議對詞學講演」。自上世紀九十年代初，一九九一年二月，我移居香港，至此已將近二十年。劉躍進先生説，這是回娘家，也正因爲是回娘家，能够説些悄悄話。這一回，不説詞學，而説初到香港的一段經歷。劉揚忠先生主持講座，陶文鵬、楊義、蔣寅以及古代文學研究室、《文學評論》《文學遺産》編輯部多位同事，前來相聚。

劉揚忠： 施議對，澳門大學中文系教授，是我讀書時候的大師兄。他主要是搞詞學研究。他有自己的觀點，有自己系統的一套治學路子。以一人之力，在澳門舉辦過兩次國際詞學研討會，在國際詞學界有很大的影響。施先生的演講，對我們文學所古代文學研究，必有一定的啓發作用。讓我們以熱烈的掌聲歡迎。

楊義： 施議對先生當年曾是夏承燾先生的碩士，那是「文革」以前的事情了。「文革」後，他又到文學所，讀了吴世昌先生的碩士、博士。我們算「黄埔一期」，他就是陸軍講武堂第幾期的啦。他從詞與音樂的關係入手，來研究。後來，又著眼近代、當代詞人及其作品的研究。可以説是最早研究當代詞學的學者。當年，吴門四大弟子，他排在首位。所以，請施先生還是先自我介紹。

一　初到貴境，入鄉隨俗

一九九一年二月，我離開社會科學院，至今都快二十年了。這次回來，同大家見面，是第二次。第一次，是二〇〇〇年八月，那個時候，身份還比較特別。我同鄧國光教授一起來的，我們兩個一個是院長、一個是副院長。當時是社科院外事局請來的。這一晃，恰好是十年。在外面十年、二十年，就這麽晃過來了。那麽如果從我高中畢業算起，天涯浪子，到現在正好五十年。這次同學聚會，八月秋高風怒號，卷我頭上三重毛。個個頭上的毛都快給卷光了。大家都要青春不老，勇往直前，這樣的心態保持，也是不容易的。

離開北京，在香港兩年。作爲新移民，非常辛苦。看到大學招聘廣告，高級講師、講師，月入三四萬，就去申請。但老朋友告訴我：一般是没有希望的。你要去留洋，到外面繞一圈，回來才會被接受。大陸來的，不會輕易接受你。在一家出版社編寫中學課本，高級編輯，名片派得出去，還不錯。第一天上班，覺得需要幹的活，都非常簡單，一下子就寫了一萬多字。那好了，之後你天天都要達到這個數。總編輯坐在後面的一張寫字臺，看得很清楚。做了三個月。給一位也是從高等學校移居香港的朋友打電話，看他能不能給介紹份工作。他問我：「一個月賺多少錢？」我說：「七千。」他回答：「那就很不錯了，我來了十幾年，也才五千多。」因爲他在中資機構。香港有英資、中資，還有美資、日資以及港資、台資等。我不願意去中資，想給自己多些歷練。

過一段時間，大陸有一位老先生，幫我寫信給香港的另一位老先生，他們是年輕時候的相識。這位老先生叫卜少夫，弟弟無名氏，是一位作家。卜老先生很快就在銅鑼灣安排了一個飯局，請來一位老闆，並將我安排在那位老闆身旁的座位上。見面時，我將名片遞過去。然後，接過他的名片。没細心看，直接塞到自己的上衣口袋裏。結果，一塞下去，他就發火了。問：「你是哪個部門的？你的這個單位在什麼地方？」我說：「是家出版社。」他就說：「你那個出版社，才二十幾年，我這個都五十幾年了。你怎麼不知道？」因爲我接過他的名片，没說久仰久仰，很快就放入口袋（好在是上衣口袋，如放入後面的褲子口袋，那就糟糕了）。後來，聽說我是來港没多久，才消了氣。問：「一個月拿多少錢？」又問：「你是不是共產黨？我是國民黨。」一一作答後，他說：「一個月八千（試用期過後加一千）。你爲什麼不炒你老闆魷魚？」之後，給了我一張紙條，約我去他出版社看看。過些天，我辭了原來那份工，拿著老闆給我的字條，到那家出版社上班。職位是總編輯，升了一大級。有點料想不到。辦公室裏，另外還有三名編輯。這是個出版公司，比原來那家規模要大許多，包括編輯部、出版部，還有經理部。通共三四十人。老闆是董事長，另有一名總經理。「在商言商」，公司守則這麽説。但這位老闆於營商以外，也是一位重要角色。一九九二年，臺灣一個由二十人組成的校長代表團訪問北京，他就是代表團的顧問。到訪時，警車開道，不比尋常。在我任職期間，臺灣的王昇來過。王昇，蔣經國秘書，國民黨政工教父。兩岸阻隔，他想來九龍望一望對岸。老闆訪京前，問我認識不認識汝信，要我寫封信，説説他的人脉。公司工作效率很高。尤其是董事長，給他彙報工作，不能超過三句話，三句話就得將事情説清楚，頗有些軍人作風。這應是有臺灣背景的一家出版機構。離開之後，才覺得没能跟這位老闆多些時間，有點可惜。若能跟更多一段時間，定能學到更多。

二　讀書閲人，觀今鑒古

由北京移居香港，兩年後到澳門，繼續自己的詩書生涯，節奏放慢了。除了上課，也有了午休時間。各方面條件都算不太差。圖書館就在一座大樓裏面，沿著螺旋式的樓梯走下去，是個地下室，從大樓外面看上去，却是在小山的斜坡上，而非地下。藏書不多，北京來的朋友看過，却有點不太捨得離開。說有些書籍，內地看不到。由北京大學來此擔任系主任的教授告訴我，我們的圖書館，你用來上課，是沒問題，用來做學術研究就不行。不過，有一部分書籍，陳鐵民捐贈的，却彌補了這一缺陷。書籍的主人，似乎跟我有同樣的嗜好，將我想看的書都預備好了。圖書沒問題，而且我關注王國維和胡適，在這裏，有些資料似乎更加容易找到。至於人物，則特別關注兩位老前輩：梁披雲和饒宗頤。

梁披雲和饒宗頤，梁出生於一九〇七年，清光緒三十三年；饒出生於一九一七年，民國六年。移居港澳之前，從黃墨谷那裏獲知梁公其人，未曾見面；又承羅忼烈引薦，拜悉饒公其詞，亦未曾見面。來到港澳，確立了兩個題目，分別展開訪談。一個題爲「梁披雲自述」；一個題爲「文學與神明」。梁安排於每個星期的星期三下午，由澳門一位詩人朋友陪同前往。沒有録像，只是録音。膝蓋緊對著膝蓋，以閩南語交談。饒安排在每個星期的星期六，或者星期天的下午，由太太陪同，録像、録音齊備。領帶對著領帶，用國語交談。那個時候，兩位老前輩都比較清閒，頭腦也很清醒。或問、或答，每次三個鐘頭，從容不迫，但還是有一定緊迫感。跨越世紀，到二〇〇六年，十年時間，完成一個題目——《文學與神明》；梁公自述，則只完成第一章。

我所在學系，由北京大學委派的主任，已經是第二任。來時，正處於交接時段。原先一位是現當代學者，在這裏出版過《老舍研究》；新來一位是語言學家，精通英文和德文。二位主任，主持學系教學運作，並不會將自己的專業當作强項，或者品牌。他們有這個權力，但不運用。剛剛入職，包括系主任在内，一共十三人。負責本系以及教育學院部分中文課程。本系原爲當時大學的一個課程（Programme），負責人是課程的協調員（Coordinator）；學系（Department）是北京大學給創辦的。有了系，才有系主任。從第一任到第六任，北京大學委派來的幾位主任，我都曾與共事。當中我最敬佩有兩位：一位較爲年長，爲了其他老師都能發揮所長，他捨不得讓教授專業課的老師去教授普通話，於是每天早上，自己提著一部老式的録音機，走上講台教授普通話；一位較爲年輕，分得清楚什麽是學術水準。不過，這一切都已成爲過去。唯一留下痕迹的，應當是主任任上所主持編輯出版的三期《中文學刊》。

三　國破山河在，城春草木深

現在説一説思考的問題。孔夫子説：「學而不思則罔，思而不學則殆。」（《論語·爲政篇》）我讓學生思考，自己也不斷思考。我所思考的問題牽涉面較爲廣泛，不單單是講堂上所遇到的問題，也不單單是詞學問題。但這些年思考比較多的是人本與人文問題。二〇〇〇年春，到上海參加首届宋代文學研討會。會議結束，從上海到紹興，一路都是油菜花。有流水，有昏鴉，又有泊岸的船隻以及璀璨的桃花。二〇〇四年秋，由深圳到上海，油菜花不見了，一路上都是蓋了一半的樓房。聞得到布穀鳥的啼叫聲，却不見有布穀鳥的影子。眼下的人和牛也是分開來的（「人在田頭牛隔岸」）。兩回歷程，分別填製兩首小詞（疊韻《鵲踏枝》），記録當時的情景。二〇一〇年春，香港中文大學開了個有關文化議題的研討會。一位講者説及杜甫的「國破山河在，城春草木深」，將國解釋成國家的國，以爲杜甫忠君愛國；一位學者提出質疑，謂上一句的國與下一句的城，兩相對應，杜甫的這個國是城郭的郭，不是國家的國，當時的大唐帝國還没滅亡，是長安城破了，國没破。到底是國破還是城破？返回講堂，與諸生討論這一問題。果然發現，大家都上了杜甫的當。因爲這是個對偶句，從字義上看，城必須與郭相對應，但城與郭對應所構成的對偶句却是一合掌對，這是詩家之大忌，杜甫絶對不能出此差錯，所以，他悄悄地將城郭的郭改換爲國家的國，在字面上回避了合掌的忌諱。一字之差，字面上發生了變化，但原有郭的字義仍在。字面上的國，並非作者的本意，原有的郭，才是作者的本意。解讀此詩，不能將國當國解，而須將國當郭解。這是通過解律所進行的判斷。説明杜甫當時，國没破而城破。這也是一個頗能啓發思智的話題。前段時間，網上將「國破山河在」與「國在山河破」進行古今對照，這是從字面上所進行的聯想，與詩律無涉。講堂上，多種角度的討論，同樣也是一種思考。

爲著探討問題，引發思考，我在澳門曾以「古典詩歌研究與人文精神思考」爲題舉辦過學術研討會，邀請海内外同行共同探討相關問題。今年九月，仍將以此爲題，舉辦一次研討會，歡迎在座各位參加研討。這一問題，容易被混淆。應留意，我所説乃人文，而非人本。這是與天文、地文並列的概念。説的是人與天的關係，而不單單是人與人的關係。和諧社會，以人爲本，但不能忽視以天爲本。天，才最大。人不能勝天。天，就是大自然，就是我們所生活的環境，也就是保證祖祖輩輩有柴火燒的青山。在港澳期間，多次與梁披雲、饒宗頤探討過這一問題，二位皆這麼以爲。這就是一種思考。離開文學所二十年，最大收穫就是，學會了思考。今天就講這些。

劉揚忠： 施議對先生今天是從他的個人經歷來談。他到了香港、澳門之後，還是繼續在人文學科領域繼續思考。我們的古典文學，是和這些相關的。也會在這一方面有所思考。他對於詞學領域方面的研究，都體現在他的文章裏面了。下面在座的各位同學，可以提些問題，來請教施先生。

四　答問環節

問： 我想就我的博士論文的相關問題，請教施師伯。我的博士論文是做唐詩對宋詞的影響研究的。我想問一下，初唐時期的邊塞詩歌對宋詞的影響，就是宋詞有没有受到初唐、盛唐詩歌的影響。或者説，他們之間的影響，包括傳播、接受之間的關係。

答：你們的學生都很厲害，我身邊的這位金春媛才只是碩士。我在澳門，從一九九六年開始帶碩士研究生，但是澳門的學生，很多都是拿了學位之後，就不做學術了。不像你們這裏，後繼有人。你這個問題，我之前没有仔細思考過。你論文答辯通過了，應該做得不錯。周邦彦，是用唐人的句子。關於初、盛唐對宋詞的影響，要看你是從内容，還是從句式，從哪一個方面去立論。

問：我當時做的時候，就是關於音樂傳承方面，把握得不到位。您是這方面的專家，對於詩在音樂方面的特質，對於詞在音樂方面特質的影響，施先生您是如何理解的？

答：這一個問題，把握它不是那麽容易。因爲這個題目，總體來説，還是比較複雜。所以還需要我們一起探討。

問：吴世昌先生的詞學研究，您爲之提升出了相關理論。詞學的發展模式，未來的詞學發展，應該朝著哪個方向？是應朝著宋詞研究、當代詞研究方向來發展，還是朝著王兆鵬先生的統計學研究法來發展？您是從作品裏，可以歸納出理論來的。請問朝著哪個研究方向發展更好些？

答： 我同胡明讀書的時候，是同學，上下鋪。我們兩個很談得來。胡明是胡適的老鄉，經常談及胡適。我的老師吴世昌，不太喜歡胡適。不過，我覺得胡適很了不起。他用歷史學家的眼光來看世界，大膽的假設，小心的求證。我到了港澳，也跟著學胡適，研究起胡適。在我們那邊，胡適、王國維的書要全一些。胡適提倡新詩，嘗試以填詞的方法創作新體白話詩。我把他的新體白話詩還原成長短句歌詞。一經還原，就有一百〇三首。我對二十世紀的詞學研究，也做了大膽的劃分。從朱祖謀開始，劃分成五代。第一代，一八五五年以後出生；第二代，一八七五年以後出生；第三代，一八九五年以後出生；第四代，一九一五年以後出生；第五代，一九三五年以後出生。對於五代傳人的組成，我用籃球隊和足球隊作比，進行一番描述。第一代，一支籃球隊。朱祖謀是隊長。第二代，一支排球隊。隊長是王國維。第三代，兩支排球隊。甲隊和乙隊。隊長是夏承燾和施蟄存。第四代，兩支排球隊。隊長是邱世友和葉嘉瑩。第五代，暫不劃分。我和劉揚忠都屬於第五代。至于一九五五年以後出生的，就是新世紀的第一代。一九五五年，這一代正好四十上下，在學術上可以大展拳脚。所以，如此推算，按照歷史的運行，一九九五年以後出生的，有可能出大師。因爲歷史有的時候就是會重演。這樣推算，大致不差。現在就靠張宏生、王兆鵬他們這一代。五代傳人中，工夫做得較爲紮實的是第三代。詞學研究，龍榆生歸納爲八事，唐圭璋增添二事，成十事。我概括成三事：詞學考訂、詞學論述、詞的創作。這三個方面，第三代的詞學家比較全面。第三代到第四代、第五代，好多都傳不到。既傳不到，就靠葉嘉瑩的傳承：感發聯想。這四個字，不易操作，學好也不容易。第五代，也起到了傳承的作用。傳承什麽呢？考訂與論述。就考訂看，應該説做得比較好的，是第三代的唐圭璋。第五代鍾振振及新世紀第一代的王兆鵬，都傳承唐圭璋的，但是却不一樣。至於詞學論述，怎麽個傳承法，情況比較複雜。比如我所説的，吴世昌的詞體結構論，我是將它用作一種批評模式來傳承的。大致上説，所謂批評模式就是三大塊。一個是傳統詞學本色論，一個是現代詞學境界説，一個是新變詞體結構論。這是千年詞學所創立的三大批評模式，也是千年詞學的三大理論建樹。其中結構論，不是我創造的，是用吴先生的提法，將之包裝起來，作爲一個理論。這三個批評模式，哪個最好？我覺得最好就是本色論。因爲這不需要一個固定的標準。主觀上來説，本色就是本色，本色就是好，非本色就是不好。本色是最高境界。這個方面，寫文章就很難。至於境界説，到現在爲止，我們也没有掌握好。比如，何謂境界，何謂境界説？這是應當分别界定的兩個不同的概念。一個是普通的概念，可作爲一般名詞使用；一個是特定的概念，可作批評模式使用。而相關論述，似乎並不重視這一分别，大多將兩個概念合爲一個概念進行探研。只是「説境界」，而没有「境界説」。上世紀五十年代，李澤厚講的，主觀和客觀的統一，意即情景交融，以爲最理想的境界，乃從哲學的意義上説境界，尚未將其當作一種批評模式看待。葉嘉瑩提出，王國維境界説包括三層義界：第一層，泛指詩詞之内容意境而言之辭；第二層，兼指詩與詞的一般衡量準則而言之辭；第三層，專指評詞之一種特殊標準而言之辭。三層義界，從横的方向看，著重説其效用，相對於一般評論，已是頗有創意。横的描述，了解其應用範圍，看其結果。如果换個角度，從縱的方向看，説其過程，我以爲王國維的理論創造，亦可以下列三個層面加以表述：第一個層面，境界就是疆界，是一個容器。第二個層面，境界就是意境。就是王國維將西方叔本華的「欲」引進到這個容器裏面來，形成我們所説的意境。第三層，境界就是境外之境。所謂言有盡而意無窮，説明意在言外。三個層面的解釋，三層義界，或從横的方向看，或從縱的方向看，皆表明對於境界之作爲特定概念用作批評標準的理解。而就實際運用看，我覺得，將境界看作一個疆界，似乎比較實際，也較具可操作性。因爲疆界可以測量，多寬、多長，都可以數計。所謂詩之境闊，詞之境長，亦都有具體所指，可以測量。而且，這一疆界還有内外之别。這一疆界所承載的意，既在境内，又在境外，以之作爲批評標準，有助於把握事物的本質特徵。例如，「春花秋月何時了，往事知多少」。往事是什麽呢？是雕欄玉砌麽？不是。學生説，往事就是春花秋月。往事就是春花秋月麽？世界上最美好的東西是什麽呢？一樣在天上，一樣在地上。就是天上的秋月，地上的春花。往事就是和春花秋月一樣美好的人和事。這樣是不是隨便編造的呢？不是。我是根據王國維所講的，後主可以擔荷人類的罪惡。他像是釋迦牟尼，像是耶穌基督，來擔荷人類的罪惡。能擔荷罪惡，也能擔荷美好。他所懷念的往事，就是最爲美好的東西，是和春花秋月一樣美好的人和事。如此解讀，就牽涉一個内與外的問題。這就是説，如果只是看境内，往事就是故國，就是雕欄玉砌；如果看境外，往事就是春花、秋月，是和春花秋月一樣美好的人和事。我相信，這樣來讀詩詞，每一首都能出新意。許多問題，還是要思考的，我這麽多年就是這麽過來的。老子説，「以正治國，以奇用兵」，饒宗頤説「正以立身，奇以治學」。立身做人要正，思考問題、做學問，就要别出心裁，才能出奇制勝。

劉躍進： 兩岸三地，很多學術研究，强調學術交流與接軌。這麽多年，我們都是强調向臺、港、澳學習，但他們有没有向我們學習靠近的趨勢呢？具體來説，辦刊物，臺灣的注釋非常繁瑣。引用文章，即便是不好的，也要徵引。我們的《文學遺産》，這麽多年，都有自己的格式、模式。所以，對於這個學術接軌，該誰向誰看齊？現在很多問題，比如在海外漢學界，很多這個方面的文章，必須引，必須寫。但很多不必要引的，是不是可以不引？這應當也是一個態度問題。

施議對： 在全球化的大背景下，很多東西，誰權威，就會向誰靠近；誰老大，誰就説了算。《文學遺産》對於自己的傳統，我覺得還是應該堅持的。現在很多學報的文章，都不會寫。那些注釋什麽的，太多。我們的《文學遺産》就不用引那麽多，還是應該堅持自我。還是要用自己的語言，來表達自己的觀感。

甲午霜降後三日於濠上之赤豹書屋

二〇一〇年七月十三日，於北京中國社會科學院文學研究所演講。據金春媛記録整理。

第一辑

傳統文化的現代化與現代化的傳統文化

——關於二十一世紀中國詞學學的建造問題

吴衛國博士（中國社會科學院研究生院國際交流中心副主任）：各位同學，下午好。今天應邀前來演講的施議對教授，是我們的校友，「黄埔一期」同學。施議對教授在學術上勤於創造，聞名已久，尤其是詞學，他的成就更加受到推崇。我於去年十二月，前往澳門大學出席施教授主持召開的「大雅正聲與時代精神學術研討會」，方才一睹其風采。故地重游，感觸良多。演講之前，我看見施教授在校園走動，想必正在懷舊。因此，今天的演講，一定特别精彩。

現在，讓我們以熱烈的掌聲，對施教授的演講表示歡迎。

各位同學，各位老師：

剛才吴衛國博士爲我作了介紹，我表示十分感謝。只是對於我的贊揚，實在愧不敢當。我是中國社會科學院研究生院第一届入學的研究生，當時稱「黄埔一期」。據説現在仍然這麼稱呼。我們這一届同學，畢業之後，許多在國家機關的重要崗位上任職，都很有成就。作爲同學，我亦感到與有榮焉。

我在中國社會科學院研究生院師從吴世昌教授攻讀中國古典文學。八年時間，先後獲得碩士學位及博士學位，並在本院文學研究所工作多年。一九九一年移居香港，一九九三年到澳門大學任教。

有機會回到母校，彙報自己的學習心得，我感到特别高興。

今天，我所講的題目是：傳統文化的現代化與現代化的傳統文化。而副題則爲：關於二十一世紀中國詞學學的建造問題。主要講三種文化現象以及三種文化載體。三種文化現象是：傳統文化、傳統文化的現代化文化以及現代化的傳統文化。三種文化載體是：傳統詞學本色論、現代詞學境界説以及新變詞體結構論。目的在於通過跨文化的思考，在較大範圍内，從哲學、文化學的角度，爲中國詞學學的建造，提供必要的理論説明。亦即，在詞史、詞學史發展、演變的具體過程中，對其存在及存在的形式體現，嘗試進行總體把握，並借助相關語境，將中國詞學史上三大理論建樹——傳統詞學本色論、現代詞學境界説以及新變詞體結構論，用哲學語言確定下來，以之作爲建造中國詞學學的基礎。

準備就以下三個問題加以闡發：一、破題：開放的體系，超時空的視野；二、立題：表象世界與意志世界；三、餘論：學科與科學。

一　破題：開放的體系，超時空的視野

這是對於論題的破解，著重於思維的方法及方式問題，大體上包括三組各有區别而又互相關聯的命題。

（一）結果與過程

「傳統文化的現代化與現代化的傳統文化」，題目比較大，又似乎没有什麽特别之處。與之相類似的題目，諸如「中學爲體與西學爲用」以及「中西交匯與現代文明」等等，經常可以看到。但是，仔細琢磨，我以爲：我的這一命題與通常所見，應當還是有所區别的。這種區别，主要體現在注重結果或者講究過程這一問題之上。

注重結果與講究過程，著眼點不同，其所呈現的内容，亦不相同。就思維形式看，注重結果，當其進行表述時，大多出現這樣的句式：傳統是什麽，現代是什麽；東方是什麽，西方是什麽。而過程，則只是説怎麽樣，不説是什麽。方法不同，方式也不同。

注重結果，講究過程，或者希望天長地久，或者只在乎曾經擁有。日常生活中，這種區别是很容易察覺得到的，而對於日常生活以外某些問題的思考，結果與過程，同樣亦有不同的取向。例如，對於世界是什麽這一問題的回答，中國人與外國人，答案就不一樣。一個説，世界是道或者氣；另一個則説，世界是我的表象。以爲道或者氣，就是一種結果；而表象之作爲真理，仍然須要另一真理——世界需由我的意志加以補充，所説是一種過程。一個説到了頂，已經將話説死；一個則仍然處在發展、變化當中。一般説來，中國人似乎比較注重結果，外國則講究過程；但也並非絶對，有時候亦曾反轉過來。

注重結果，著眼於判斷，功利目標十分明確，因而具有一定的制約或局限。例如「中學爲體與西學爲用」，由於只是考慮形而下層面的「用」，忽視形而上層面的「體」，主要注重看得見的短期效用，而非效用實現的保證及過程。因此，凡所判斷，往往出現互相對立的兩端。一個優，一個劣；一個好，一個壞。這就有一種制約或局限。利益集團的制約或局限，國家、民族的制約或局限。因此制約或局限，有用則取，無用則捨，生搬硬套，教條機械，這也就不能够正確地面對整個變化著的世界。洋務運動以及「五四」新文化運動的引進，盡皆如此。至於「中西交匯與現代文明」，由於注重於如何將許多東西分拆開來，從而加以挑選，加以合併，亦即所謂交匯，同樣只是考慮形而下層面的「用」，其與上述命題，並無太大區别。故此，資深理論家曾指出：要求生産力的一定發展，解決經濟變革問題（即或是很小範圍的），同時必須解決與之相應的政治制度和意識形態問題。光靠引進是遠遠不够的。並指出：這也是洋務運動失敗的一個致命原因（李一氓《洋務運動·戊戌政變·辛亥革命》）。其間，要求什麽，引進什麽，無論堅船利炮，或者科學與民主，都只是注重結果。洋務運動及「五四」新文化運動，其所謂「體」與「用」，就是這麽一回事。二十世紀，日日講，月月講，年年講，大多走不出這個圈子。有人稱，這是一個怪圈。

講究過程，著眼於描述或者排列，不講功利，没有制約或局限。在一般情況下，傳統與現代或者東方與西方，彼此之間，儘管亦有時間上的次序之分以及空間上的方位之别，却没有優與劣或者好與壞的分别。傳統文化與現代化之間，你中有我，我中有你，已經没有明顯的界限。亦即，先進與落後，文明與野蠻，並非兩個孤立的概念，静止的概念。所謂優、劣，好、壞，都不是絶對的。其所描述或排列，具有較爲寬闊的天地，不受任何制約或局限。這是一個方面的意思。再説，結果之成爲結果，也是在一定過程中實現的。以上所説的，不能光靠引進，需要有與之相應的變革，包括經濟以及政治制度和意識形態的變革，以推進這一實現的過程。二十世紀三十年代，魯迅在一次演講中説及中國的現代化問題，曾有個比喻，謂當時的現代化，猶如駕駛外國高級轎車，奔跑在大西北高低不平的黄土高原上。這次演講，由吴世昌記録，原件現藏紹興魯迅紀念館。明顯揭示：引進國外先進技術，實現現代化，須要有其他因素加以配合。這就是一個實現的過程。魯迅早年留學日本之棄醫從文，「覺得在中國醫好幾個人也無用，還應有較爲廣大的運動——先提倡新文藝」(《魯迅先生自傳》)，同樣以爲不能光看結果，需要一個實現的過程。這是另一方面的意思。

兩個方面，分别展示講究過程之不受制約或局限，以及結果實現之需要過程。合而觀之，即表明：開放的體系，超時空的視野——這是兩個方面於具體進程中所顯示的特徵。觀察、思考問題，若能立足於此，即將永遠立於不敗之地。這是我設立這一命題的意願。

（二）接軌與斷流

説了正題，再説副題，關於二十一世紀中國詞學學的建造問題。這是我將要辯證的論題。

中國詞學學，於學之上再加個學，可見是一種研究之研究。謂爲研究之研究，也可以説，就是一種學術史。作爲一門獨立的學科，中國詞學學或者中國詞學學術史，時至今日應該説還未見有人這麽明確地提出過。最近一段時間，本人曾有兩文專門論述這一問題。一爲《自覺的詞學與詞學的自覺——關於建造詞學學的設想》，著重説二事，詞學觀念以及詞學批評模式問題；另一爲《中國詞學史上的三座里程碑》，是一篇演講稿，著重説批評模式問題。這裏，擬於哲學、文化學層面，對於上述論題作些必要的説明，亦即對於詞學自身的存在及其形式體現嘗試加以論證。這是原有設想之設想，故稱之爲再設想。

我在原有設想中説過，中國詞學學是一門研究詞學自身的存在及其形式體現的專門學科。謂爲自身的存在及其形式體現，説明並非一個空洞的概念，而且也並非静止的、不變的存在及形式。只就批評模式而言，其運用過程就是一個不斷變換、更新的過程。其間，一千年及一百年，或者一百年及一千年，既牽涉到傳統文化的現代化問題，亦牽涉到現代化的傳統文化問題。所以，有關研究須以一種開放的態度，超越的態度，體現其發展及變化。

我將建造中國詞學學這一論題，放在傳統文化與現代化這一大背景下進行觀察與思考，這是對於視野與識見的一種驗證。一方面就力所能及，由自己研究的領域生發開去，於小中見大；另一方面，借助於傳統文化與現代化所拓展的視野，從大的範圍看自己的研究課題，於大中見小。兩個方面，既是由多到一的綜合或者抽象，也是由一到多的分析或者推演。從而在兩個不同方向——傳統文化的現代化與現代化的傳統文化之發展、演變過程當中，令所論説得以充分的展現。既將所提出的概念或者命題，用哲學語言加以表述，又可以哲學、文化學的方法與模式，説明所將解決的問題。這是一種跨文化的思考，或者説哲學、文化學的闡釋與建造，乃文學與哲學、文化學的接軌。同時，就當前全球科技、文化一體化的大勢看，這當也是傳統文化與現代化的一種接軌。明白這一點，其所建造，才有生存、發展的空間。而我之所以將正題與副題合在一起進行論述，就是希望實現這一接軌。這是我爲自己設立命題所選擇的途徑。

我的命題，介乎文學與哲學、文學與文化學之間，有一定難度。乃命題表述之難，亦表述命題之難。一方面，因爲言不一定能够達意，在某種情況下，言本身對於達意可能就是一種障礙；另一方面，因爲哲學、文化學一類學科，皆非我所專長，我的表述並不那麽容易盡如人意。兩個方面，皆頗具難度。此外，加上長期浸染，習慣以文學角度看問題，用文學語言思考，我的表述，很可能是片面的，或者缺乏邏輯，也使得自己難上加難。這一切，都説明接軌之難。因此，需要營造一種語境，一種有利於展開話題的語言環境，便於以特定的方法與方式，令我方進入對方的話題，同時，亦令對方進入我方的話題。這種語境，是一種氛圍，一種話語場，乃溝通的需要。

（三）話語與語境

記得有一回，與某學者論學，説及正在做些什麽一類話題。某學者稱，正在研究禪學與唐詩問題，果真是個大題目。我因此也作了回應，説正在研究易學與詞學。兩個方面，旗鼓相當。我問：什麽是禪學？學者簡要作了回答。我也説了説易學。接著，説哲學、美學與文學，並説自然科學。不同立場，不同觀點。各自表述，互不相干。因爲並非同一語境。於是，我提出：哲學的基本命題是什麽？並自己作答。謂：有與無，有限與無限以及瞬間與永恒。接著問文學與科學的區別，同樣自己作答。以爲文學講假，科學講真；文學將時空推遠，科學將時空拉近。等等。正待進一步將論題展開，學者說：照此類推，美學的基本命題，就是美和醜的問題。因而，這似乎也就掌握了我所說的那一套。但我說：非也，乃橫與豎問題。爲什麼呢？因爲美和醜是相對的，不能確定的，只有橫與豎排列、組合所構成的美和醜，才永遠是絶對的。學者稱，有一定道理。這麼一來，答問雙方，也就走到一起來了。這就是一種語境。

一定的語境，共通的話語場，以達至溝通的目的。今天的講話，不知能否獲得這一效果。以上所說三組命題，其於思維方法及方式的相同之處與不同之處，對於詞學學的建造必有啓示。這是第一個問題。

二　立題：表象世界與意志世界

這是今天講話的核心部分，主要說三大理論建樹以及詞學學建造基礎。以下，我將嘗試以哲學、文化學的原理及方法對其進行察看與表述。

（一）表象與意志

叔本華將世界一分爲二：作爲我的表象的世界以及作爲我的意志的世界。這是一而

二、二而一的一種玩意兒。用我們今天所熟悉的話講，就是現象與本質問題。看似沒有什麼特別之處，實則對於各個領域、各種學科的開闢，叔本華的這一劃分，都可爲之提供借鏡。未可等閒視之。

就詞的世界看，雖並非混沌未開，但許多問題還是不容易分得開，講得清楚。在中國，詞史、詞學史同步産生及發展。歷史上，自從有了詞，也就有了關於詞的介紹、評論以及有關本事的附會及考索等等。這一切，就是今天意義上的詞學。詞史、詞學史，發展、演變，及至於最近一百年，經過幾代人的推進，各個方面皆有所增添，有所拓展，但由於摸不到門徑，或者摸錯了門徑，有些人仍然不無困惑，不知道眼前的路該怎麽走。究其原因，我看正缺乏叔本華的那種胸襟與識見。所以，這也就談不上開闢新天地。

我在有關文學學術研討會上，一再推舉王國維與胡適，以爲乃二十世紀開天闢地的兩位大學問家，即將其與叔本華聯繫在一起。而且，我所説乃兩位，而非三位、四位，比如大家所稱道的陳寅恪與錢鍾書，皆不在論列當中。這是有一定用意的。因爲我曾經這麽想過，陳寅恪與錢鍾書，儘管亦曾著書立説，亦曾提供新的東西，尤其是錢，不僅立説，而且立學，其學問之大自是毋庸置疑，但如與王國維、胡適相比，錢以及陳，似乎仍然缺少點什麽。這也就是説，王國維與胡適，其所創立，主要體現爲一種開闢之功，這是別人所難以辦到的，所以特別加以標榜。但是，這種開闢之功，就治史者而言，我以爲，就是一種分期與分類。

分期與分類，看起來容易，乃卸下包裝的結果。實際上，這是一種大本領，開天闢地的大本領。名曰「操斧伐柯」，乃出自於《詩經》的一個典故。說的是伐薪與娶妻。謂娶妻須要媒人，正如伐薪須要斧頭一般。後來，陸機著《文賦》，將其用到作文上面來。以爲伐柯必取法於柯，依據其柯之大小長短進行砍伐。這就是屬文的一種法則。於此類推，由屬文到治史，這一取則原理之具體運用，我以爲就是一種分期與分類。這是治史者必備功夫。只可惜，現在許多人都不太注重這一功夫。例如，「二十世紀的某某學」。只是一個時間範圍，缺乏必要法則，什麼都套得進去，沒有實際意義。但是，大家都這麼做，一點辦法也沒有。這就是說，時至今日，於文學領域，仍未見有此大本領的學問家出現。我之所以特別推舉王國維與胡適，原因就在於此。

王國維提出：「詞以境界爲最上。」以爲有境界的詞就是好詞，沒有境界的詞就是不好的詞。有與無，最上與最下，既是分類，又是分期。胡適將漢以後的中國文學劃分爲兩段：死文學和活文學。將整個中國詞史劃分爲三個大時期：詞本身歷史，唐到宋末元初；詞替身歷史，宋末元初到明；詞鬼歷史，明以後到一九〇〇年。並將第一個大時期劃分爲三個階段：歌者的詞，詩人的詞，詞匠的詞。同樣既分期又分類。

和叔本華對於世界的判斷一樣，分期與分類，同樣體現一種大襟抱、大見識。一般學者頗難企及。王國維以治哲學的眼光治文學，胡適以史家氣度治文學，皆頗堪稱道。尤其是胡適。今天看來，其所撰著之半部哲學史及半部文學史，或許已經隨著時間的流逝而風光不再，但其治學之十字法則——「大膽的假設，小心的求證」，却永遠不會被淘汰。而分期與分類，乃其十字法則的實踐，同樣可爲後世樹立典範。

二〇〇二年九月，我在以《中國詞學史上的三座里程碑》爲題所作演講中，提出中國千年詞學史，經歷了三段路程，有過三個標志，樹立了三座里程碑：① 以李清照别是一家爲標志的本色論；② 以王國維境界創造爲標志的境界説；③ 以吴世昌結構分析爲標志的結構論。

我的劃分，乃王國維、胡適分期與分類的一種嘗試。而三座里程碑，依其所標誌，就是我將特别提出的三大理論建樹：曰，傳統詞學本色論；曰，現代詞學境界説；曰，新變詞體結構論。

三座里程碑，三大理論建樹，用叔本華的話講，這就是我所感知的詞的世界，作爲表象而存在的詞的世界以及作爲意志而存在的詞的世界。

叔本華稱,「世界是我的表象」。以爲:作爲表象者,不認識什麽太陽,什麽地球,而永遠只是眼睛,是眼睛看見太陽;永遠只是手,是手感觸著地球。一切都是作爲表象而存在著的(叔本華《世界是我的表象》)。叔本華又稱,「世界是我的意志」。以爲僅僅就作爲表象的一面來考察世界,雖無損其爲真理,却究竟是片面的,須由另一真理得以補充(《世界是我的意志》)。

我所感知的詞的世界,既是個動的過程,又有一定之數。中國詞學史上,本色論、境界説、詞體結構論三種批評模式,其承傳及革新,皆有迹可循,皆可以眼睛、以手感觸得到;三大理論建樹,傳統詞學本色論、現代詞學境界説、新變詞體結構論,一次又一次推演,亦皆有定準,不同時期、不同階段,凡所創作與批評,都能於此找到自己的位置。但是,這僅僅是個體的一種體驗。試圖加以推廣,將其看作詞的歷史以及詞學史發展、演變形式與規律的集中體現,看作建造中國詞學學的路標或基石,亦即將其概括爲歷史,究竟能否得到認同,還將由歷史自身加以驗證。

因此,對於三大理論的確立,尚須下一番功夫進行必要的補充。這一功夫,就是叔本華所説更爲艱難的抽象和别異綜同的功夫(同上)。

下文所説體認及進程,將嘗試用這種功夫加以補充。

（二）兩個方向的體認及進程

1 從本色論到境界說，傳統文化的現代化

兩個方向的體認，既包括從本色論到境界說，亦即傳統文化現代化的體認，又包括從境界說到結構論，亦即現代文化傳統化的體認。都牽涉到跨文化問題。因此，在展開論證之前，有必要就東、西兩方在認識上對待傳統文化與現代化所出現的問題以及表述上所存在的差異，略加探討。

① 傳統與現代，東方與西方

正如以上所說，注重結果或講究過程，因著眼點各不相同，在對待傳統與現代之有關事情上，時常會有問題出現。不僅東方，西方亦如此。

一般以爲，「傳統文化是一個死的，是過去已經完成了的那些東西」（龐樸《文化的民族性與時代性》）；而現代化之最爲普遍認可的是，知識的積累以及獲得它的理性解釋方法（布萊特語）。實際上，二者都處在一個發展、變化的過程當中，並非互相隔絕或者對抗。其間，所謂反轉過來的事例，亦時常發生。兩岸當代兩位大儒吳大猷和季羨林，都曾說過自己的體驗。吳曰：「我們有發明，有技術，而沒有科學。」（《吳大猷科學哲學文集》）季曰：「把中西雙方稍一比較就能發現，西方的美偏重精神，而最原始的美偏重物質。這同平常所說的：西

方是物質文明，而東方則是精神文明，適得其反。」（《美學的根本轉型》）二氏所論説，皆頗能揭示其奥秘。

實際生活中，諸如中裝與西裝、中醫與西醫以及土炮與洋槍，這一切，本來就是相互對應的，但因理解上的偏差，往往將其看得太絶對，刻意加以取捨，難免也就出現問題。前一段時間對抗沙士，香港只認西醫，不認中醫。大家依照醫管局的指引行事。一是下藥，施以利巴韋林與類固醇；二是不下藥，看其抵抗力如何。兩種辦法，都是一種試驗。死亡率特别高。至於打仗，古時兩軍對壘，兵對兵，將對將，旗幟鮮明；現代聯軍與敵軍，彼此之間，只是個符號，甲與乙或者A與B，並不需考慮其實質存在。因此，古時少見自己人打自己人的現象，現代聯軍打聯軍，已是司空見慣。二例説明，種種問題，除了人腦與電腦的配合外，大致都因只看結果不看過程所造成。這也就是不同理解所致。上文所説反轉過來，以爲西方也有只看結果不看過程的偏頗，這就是證據。實際生活中，此類事例仍甚多，未可一一羅列。

哲思上，由於對有關表象者以及作爲表象者的表象的世界，理解不同，東方與西方對於不同理解的表述，在方法、方式上，亦有所不同。例如，對於生與死、瞬間與永恒或者有限與無限的表述，中國與外國就不一樣。

以下，請看張若虛《春江花月夜》的一個片段：

江天一色無纖塵，皎皎空中孤月輪。江畔何人初見月，江月何年初照人。人生代代無窮已，江月年年只相似。不知江月待何人，但見長江送流水。

詩篇就春、江、花、月、夜，分别布置一番之後，著重就江月和人生，進一步加以體驗，並提出江月和人生孰先孰後、孰長孰短的問題。在體驗過程中，對於這一切，抒發感慨。以前讀此，或將其理解爲宇宙長久、人生不長久的意思，現代亦作如是解。如曰：

江面上青天萬里無纖塵，天空中一輪明月春色朗。是誰頭一個江邊見明月，江月哪一年將人間照亮。人生一代代變換不久長，唯獨江月年年總一個樣。不知你在江邊把誰盼望，只見長江送走碧波緑浪。

不過，同樣的詩句，似乎亦可作不同解釋。如曰：江月長久，人生亦長久；人生代代，無窮無盡，和江月一樣，亦没有窮盡。論者以爲：這是與天地相始終的一種生命意識。而體驗到這一層面的讀者，似乎仍甚少見，一般多持舊說。

同樣一個問題，不同的理解，其中有許多不定之數，並非黑白分明，一清二楚。這是中國人的表述方式。

與東方相比，西方表述方式則有所不同。如對於有限與無限一類問題的解讀，就非同中國人一般，一個問題，往往出現兩種或兩種以上不同的解釋。記得叔本華曾説過這麽一個故事。德國肖像畫家蒂斯拜恩有一幅水彩畫，畫中兩個人物，兒子背著年邁的父親正在逃避湧向海洋的灼人的岩漿。當這兩個行將毁滅的生靈眼前只剩下一條僅能供一人踩踏的小路時，父親咬了兒子一口，示意將其放下，以逃離險境。兒子聽命於父親，又回過頭來，報以最後一瞥，而後堅定地走了過去（《論倫理》）。説明：父親認爲兒子是其生命的延續，兒子的存在就意味著父親的存在；而兒子也領會了父親的用意。這是西方的表述方式。咬一口，看一眼，信息傳達到位，所有都那麽明確，没有第二種解釋。

兩種不同的認識，兩種不同的表述方式，代表著兩個不同的體認過程，兩種不同的世界觀與認識論。但這也並非絶對，不能將問題説死。

當今世界，一方面是全球一體化，一方面是對於一體化的抵禦。整個世界錯綜複雜，變化不居，人們有許多煩惱。作爲文化人，主要是擔心找不到自己的位置，與世界接不上軌。

或者說唯恐失去安身立命的處所。其實，這種情勢亦並不可怕。其間，只是個銜接問題。乃傳統與現代，東方與西方，或者舊、新之間的一種銜接。並非完全無可企及。如就受象者與表象者的立場看，我的所謂體認，簡單地說，其銜接點就是「物」與「我」兩個字。本色論與境界說之立論，皆著眼於此。

② 本色論與境界說

首先，關於本色論。這是最古老的一種批評模式，中國詞學史上一大理論建樹——傳統詞學本色論。

以本色立論，其體認對象乃作爲表象者的我以及我以外的其他事物。即物與我，亦即宇宙與人生。就中國情況看，古時候，哲學與詩學並無明確分野。中國人將天人合一當作自己的宇宙觀和人生觀，在詩學上，同樣以此立論。物我一體，天人一體，人與自然一體。這是中國人的最高理想。物與我之間，主體與客體，哲學上沒有區分，於詩學，基本上亦並未將其分割開來。我爲主體，我以外的其他事物，包括整個世界（自然物象及社會事相）亦非死寂的客體，而乃賦有生命的主體。我之與物，其關係乃自我主體與世界主體之關係。表象者與受象者皆以此作爲自己的絕對信念。

這一絕對信念，於傳統詩論已有較爲充分的展示。傳統詩論，年深月久，尤其是近代，在理論研究以及其他許多方面，都已形成自己的一套體系，而詞則未也。近代以來，詞界對於詞學考訂、詞學論述以及倚聲填詞三事，雖頗爲注重論述，著作亦多，但其中比較具有建設性的著述却甚少見。邱世友著《詞論史論稿》，從李清照到況周頤，對於各家言論，每於創作實踐中切入，頗多新創之見。論者以爲：「分析同異，抉擇精粗，尤爲原委清晰，系統分明」；「所見雖不能無偏，亦可謂卓然自樹者矣」（黄海章語）。至於此，傳統詞學本色論已有較爲清楚的眉目呈現。極爲難得。至其所謂「偏」者，除了某些見解不爲論者所認同外，應是側重於點的深入，而缺少綫的貫穿。這説明，詞學史上，傳統詞學本色論之作爲一大理論建樹，仍須從縱的方向進一步加以論證。

下文擬將傳統詞學本色論建立所經歷的千年歷史，劃分爲三個小階段，對其發展、演變的踪迹及規律，進一步試加追尋。

第一個小階段，從陳師道、李清照，到沈義父、張炎，爲本色論奠基階段。

詞體興起，詞學隨之產生。詞學史上，本色論的確立，以李清照「别是一家」説爲標誌。但是，在此之前大約二三百年，樂府、聲詩並舉，其發展、演變，已爲李清照的理論建樹作好準備。

陳師道《後山詩話》論蘇軾有云：

退之以文爲詩，子瞻以詩爲詞，如教坊雷大使之舞，雖極天下之工，要非本色。今代詞人唯秦七、黄九爾，唐諸人不逭也。

雷大使，或謂雷中慶，教坊舞蹈教練。以爲如（似）雷大使之舞，所以非本色，這是一面，非似的一面，陳師道謂之以詩爲詞；而另一面，似的一面，本色的一面，亦即非如（似）雷大使之舞的另一面，則以秦七（觀）、黄九（庭堅）爲榜樣，陳以爲他人所不能及者，可稱作以詞爲詞。兩個方面之本色或非本色都以似與非似進行區分。依其思路，如與蘇門六君子中另外兩位成員晁補之、張耒所説「少游詩似小詞，先生（蘇軾）小詞似詩」（《王直方詩話》），聯繫在一起，即可推導出這麽兩個公式。曰：

似B，非本色；不似B，本色。

似A，本色；不似A，非本色。

B和A，一個表示以詩爲詞，一個表示以詞爲詞。合而觀之，所謂似與非似，也就成爲判斷本色與非本色的一個準則。似，本色；不似，非本色。如此而已。一切憑藉自己的感覺而定。陳師道這段話，或以爲别人所僞托，今暫不予追究，因其終究代表一種見解，體現一種準則。爲方便叙述，姑且稱之爲陳師道定律。而其創立年代，最遲亦應與李清照同時或稍前。

陳師道定律：似與非似。四個字，雖具有較大的不確定性，但作爲一種批評模式，其要點，諸如批評標準、批評方法以及言傳形式等等，大體上却已具備。至其運用，則主要在於一面及另一面的判斷及劃分，亦即本色與非本色的判斷及劃分。這是中國詞學史上的一個重大創立。

李清照著「詞論」，標舉「别是一家」説，將似與非似四個字增添爲八個字——「别是一家，知之者少」，亦善作兩面觀，持兩點論，同樣注重一面及另一面的判斷及劃分。

其謂「别是一家」，説明起碼兩家。而究竟哪兩家呢？論者一般不太留意。其實，「詞論」開篇已經明白揭示，乃樂府、聲詩兩家。這是其主要辨别對象。兩面、兩家，各不相同。一個「别」字，道出其中奥秘，不可不知。

其謂「知之者少」，説明有知之者，亦有不知者，或知之又不盡知之者。知與不知，兩相對照，即可見其當行或者不當行，本色或者非本色，亦不能不辨。

爲此，李清照對於當朝作者，自柳屯田（永），以至秦七（觀）、黄九（庭堅），皆逐一加以論定。如云：

逮至本朝，禮樂文武大備，又涵養百餘年，始有柳屯田永者，變舊聲，作新聲，出《樂章集》，大得聲稱於世。雖協音律，而詞語塵下。又有張子野、宋子京兄弟、沈唐、元絳、晁次膺輩繼出，雖時時有妙語，而破碎何足名家。至晏元獻、歐陽永叔、蘇子瞻，學際天人，作爲小歌詞，直如酌蠡水於大海，然皆句讀不葺之詩爾，又往往不協音律者，何耶！

又云：

王介甫、曾子固文章似西漢，若作一小歌詞，則人必絶倒，不可讀也。乃知别是一家，知之者少。後晏叔原、賀方回、秦少游、黄魯直出，始能知之。又晏苦無鋪叙。賀苦少典重。秦即專主情致，而少故實；譬如貧家美女，雖極妍麗豐逸，而終乏富貴態。黄即尚故實，而多疵病；譬如良玉有瑕，價自減半矣。

經此論定，不僅於一家以及一家之外之另一家，樂府與聲詩，其區别清楚劃分，而且於每一家兩個方面的優劣高下，亦明白揭示。於是，似與非似，一面及另一面，也就得到較爲充分的展現。

李清照的兩面觀、兩點論，與陳師道相比，顯然更加容易觸摸，更加有了定準。即其於兩面——樂府與聲詩，以及每一家兩個方面知與不知之情狀説明，並非只是一種比喻，看其似與非似雷大使之舞，而是以較具確定性的言語進行描述。諸如「詩文分平側，而歌詞分五音，又分五聲，又分六律，又分清濁輕重」以及尚故實、主情致，典重、高雅、鋪叙、渾成等等，大多可憑藉視覺、聽覺以及心靈的感悟漸次加以觸摸。

依所論定，其用以判斷、劃分的八個字——「别是一家，知之者少」，説得具體一點，就是識音理與知辨别兩件事。這是從每一家實踐中歸納出來的經驗，亦自身體會有得之言。有此兩條，似與非似的批評標準及方法，其落脚點，即可轉移到聲音、文字以及情致上面來。有影有形，可以觸摸得到。於是，本色論的確立也就有了標誌。

沈義父與張炎，生當宋元之交，較之李清照所處時代，兩宋填詞於理論與實踐都有了更爲豐富的積累，但二氏述作仍然以本色論爲依歸。從總體上看，二氏立論，仍於聲音、文字以及情致，作兩面觀，持兩點論。和李清照一樣，都在一個「别」字上下功夫，力圖將似與非似的兩個方面，亦即本色與非本色的兩個方面，進一步判斷、劃分清楚。

沈義父自幼好吟詩，結識翁時可（元龍）、吴君特（文英）昆季之後，率多填詞。所著《樂府指迷》，除總論外，計二十八則。有四標準，爲子弟輩立法。云：

音律欲其協，不協則成長短之詩；下字欲其雅，不雅則近乎纏令之體；用字不可太露，露則直突而無深長之味；發意不可太高，高則狂怪而失柔婉之意。

四個標準，四座路標，用以警示：不能踩過界。其中，協與不協以及雅與不雅，一個對上，一個對下。强調上不能與詩混淆，下不能與曲混淆。著重從聲音、文字上進行判斷及劃分；而深長之味及柔婉之意，相當於情致，則須於聲音與文字之外求之。四個標準令李清照的識音理與知辨别，目標更加明確。

张炎生平好詞章，用功四十年。實踐所得，著《詞源》上、下二卷。論音律，論作法，乃中國詞學史上第一部專門著作。凡所立論，用其自身所説，就是這麽兩句話：「音律所當參究，詞章先要精思。」（《詞源・雜論》）兩句話，兩條原則，揭示本色詞創造的準則，與李清照識音理與知辨别同一用意。

此外，張炎最爲著名的論斷，還有關於清空與質實的兩句話：

詞要清空，不要質實。清空則古雅峭拔，質實則凝澀晦昧。

論者大多著眼於此，但各有各的闡釋。或以爲「不占實位」、「不犯正位」之意（沈祥龍《論詞隨筆》）；或以爲「空中蕩漾」、「傳神寫照」之意（劉熙載《藝概・詞曲概》）。而夏承燾則以取神遺貌進行概括（《詞源注》）。諸如此類，都在似與非似之間。可見，張氏論斷，亦力圖於聲音與文字之外另有所悟。在這一點上，對於李清照似有所超越，而實際上亦離不開情致。

從陳師道、李清照，到沈義父與張炎，由似與非似的四字定律，知與不知的八字方針，到論詞的四個標準、兩條原則，以本色論詞，即其作爲一種批評模式，已逐步具備確定性的標準。這一階段，經歷了二三百年，詞學史上一大理論建樹，於此奠定了基礎。

第二個小階段，從浙西派到常州派，爲本色論充實、發展階段。

宋以後，樂府、歌詞歷經元、明兩代，至於清之所謂復興，爲本色論的創造發明提供了有利條件。二百八十年間，以本色論詞，依據似與非似進行創作，既多流弊，亦富姿彩。論者各執一端，各有褒貶。對於歷史及現狀，不同見解，各自加以表述。反對什麽，提倡什麽，皆充滿自信。因之，正與反亦即似與非似的兩個方面，各家的闡發，也就越來越趨於明晰。

清初近百年間，浙西派盛極一時。其代表人物朱彝尊，自稱「老去填詞」，而體驗仍極其深刻，對於歌詞的觀念已較爲成熟。朱没有關於詞的專門著作行世，其相關題辭或序跋，亦頗能體現其觀感。至於與汪森合纂《詞綜》，則更加自覺地爲其論説張目。其於《秋屏詞題辭》有云：

《花間》、《尊前》而後，言詞者多主曾端伯所録《樂府雅詞》。今江淮以北稱倚聲者輒曰雅詞，甚矣，詞之當合乎雅矣。自草堂選本行，不善學者流而俗不可醫。讀《秋屏詞》，盡洗鉛華，獨有本色，居然高竹屋、范石湖遺音，此有井水飲處所必歌也。

以爲詞當合乎雅的要求。本色與非本色，就在雅與不雅（俗）之間。這是通過古今對照、正反參證所得出的結論。乃其詞學觀念的集中體現。

至於如何達至這一雅的目標，讀者似可從以下兩段話找到答案。其《詞綜・發凡》曰：

世人言詞，必稱北宋。然詞至南宋，始極其工，至宋季而始極其變，姜堯章氏最爲傑出。

又其《陳緯雲〈紅鹽詞〉序》曰：

詞雖小技，昔之通儒鉅公往往爲之。蓋有詩所難言者，委曲倚之於聲，其辭愈微，而其旨益遠。善言詞者，假閨房兒女之言，通之於《離騷》變雅之義，此尤不得志於時者所宜寄情焉耳。

先説最爲傑出問題。這是雅的最高典範。從總體上看，比如兩宋詞，朱彝尊直接道明，須由南宋人所作入手；而從個別作家看，南宋人中，則當以姜夔（堯章）最爲傑出。這是依據善言詞者的經驗所作判斷，其理由則爲：善於假閨房兒女之言，以通之於離騷、變雅之義。離騷、變雅之義，就是朱氏所標榜的雅的最高典範。

再説内外遠近問題。這是個言傳形式問題，也就是達至雅的最高典範的具體途徑。兩宋歌詞，由北而南，極其指事類情之能事，所謂極其工與極其變，主要是言傳形式的複雜化。其間，從言辭到意旨，當中有一大段距離。一個微小或者淺近，一個巨大或者深遠，頗有點不可企及。如何打通界限，縮短距離，做到辭（言）愈微，而旨（意）益遠？朱彝尊將其歸結爲「假閨房兒女之言，通之於《離騷》變雅之義」這麽一句話。這是一個目標，也是達至目標的方法及途徑。即謂：從内到外，由近及遠，進行觀照，有盡、無窮的創造，也就有了方向。這是朱氏所給予的啓示。

朱彝尊的啓示，既爲昔之通儒鉅公之善言詞者的經驗總結，亦爲自身體會有得之言。不僅告訴讀者，追求什麽，而且告訴讀者，如何追求。相對於李清照之識音理與知辨别，即意符與意旨，朱氏似乎較爲側重於意旨。當然，其對於音理（意符），亦不曾偏廢。這是對於第一個小階段的重要充實及發展。

張惠言、周濟，主意内言外，對於微辭創造，别有會心。

張惠言編纂《詞選》，其序云：

詞者，蓋出於唐之詩人，采樂府之音以製新律，因繫其詞，故曰詞。傳曰：意内而言外謂之詞。其言情造端，興於微言，以相感動。極命風謡里巷，男女哀樂，以道賢人君子幽約怨悱不能自言之情，低徊要眇，以喻其致。蓋詩之比興變風之義，騷人之歌，則近之矣。然以其文小，其聲哀，放者爲之，或跌蕩靡麗，雜以昌狂俳優。然要其至者，莫不惻隱盱愉，感物而發，出類條鬯，各有所歸，非苟爲雕琢曼辭而已。

張氏有意將音與詞分割開來，爲詞正名。意内而言外，或者音内言外，兩層意思，似頗費心機，而其所説本色與非本色，在有寄托與無寄托之間，却更加注重於意。

周濟「推明張氏之旨而廣大之」（譚獻《復堂詞話》），謂「非寄托不入，專寄托不出」（同上），以入與出，將內與外及遠與近打通。

浙西派主醇雅，宗白石，尊南宋。常州派倡比興，祖清真，崇北宋。後者看似前者的反動，其實不然。就其體驗過程看，二者之由近及遠，從內到外以及入與出，都從似與非似而來。既爲著救弊補偏，亦旨在樹立。殊途而同歸，各從不同角度充實本色論。

第三個小階段，從後常州派到晚清五大家，爲本色論集成階段。

張惠言、周濟之後，常州派人馬，大致遵循這麼兩條路綫行進：一條承接對於聲音與文字的體認，經由萬樹、淩廷堪、戈載，於律典、樂事、韻學諸多方面，討論、審定，勉力「爲詞宗護法」（吳衡照評萬樹語，《蓮子居詞話》卷一），以至劉熙載，始將其正式命名爲聲學（《藝概·詞曲概》）；一條承接對於情致的體認，經由謝章鋌、譚獻、馮煦，於修辭立誠、托志眷懷以及謬悠顯晦諸多方面，現身說法，爲倚聲家度以金針（借用謝章鋌評張惠言語，《賭棋山莊詞話》續編卷一），以至陳廷焯，所謂「意在筆先，神餘言外」（《白雨齋詞話》卷一），即將其推向極致。兩支隊伍，各有側重，各有偏頗，至清末五大家之況周頤，其有關重、拙、大要求，則從詞內、詞外，天資、學力，粗率、蘊藉，以及大氣真力與時流小慧諸多方面，進行綜合考察，以爲救與補。

清末五大家當中，較爲人所稱述者，應是朱祖謀及況周頤。朱號稱「律博士」，論者以爲古詞學之一大結穴；況則被推尊爲「廣大教主」，其詞論，論者以爲細入毫芒，發前人所未發（陳乃乾《清名家詞》）。況氏以詞心論詞境，又以詞境論詞心，似已涉及境界創造，但其立論，和朱氏一樣，都只是局限於傳統本色論的範圍之內，尚未能與王國維所創立的境界説相提並論。

一千年歷史，三個小階段。其所體認，主要是對於似與非似的把握及判斷。這種把握及判斷，經歷三個步驟：於聲音、文字以及情致之種種限制、裁量以及正反兩個方面的比對褒貶，辨識其「別是一家」的特質；就言和意這兩個歌詞構成要素所具性能，由外到內，並由內到外，考察作爲歌詞之詞其題中的無窮包蘊及題外的遥遠寄意；最後，歸納總結，令之趨於完善。

就實際運用看，傳統本色論的要點，可概括爲以下兩項：

第一，批評標準，以似與非似爲最高準則。

最高準則，或者終極目標，傳統本色論者的共同追求。隨著上述三個步驟的漸次推進，這一準則或目標已漸次落到實處。即由似或者非似雷大使之舞，到達近或者非近變風之義、騷人之歌，乃至於有了一個正式的名分。但是，就在這落實過程中，此似與非似之準則或目標，亦漸次被推向虚静之處。有如況周頤對於詞心與詞境的體驗，所謂「萬緣俱寂」，或者「一切景物全失」(《香東漫筆》卷一,《蕙風叢書》本)。就是這麼一種狀態。因此,對其詮釋,兩個方面都應當顧及。這就是説,這一準則或目標——似與非似,對於追求者而言,既絶對,又非絶對。二者之間,可望而不可即,永遠保持著一段距離。

第二,批評方法,由只可意會、不可言傳,到聯想與貫通。

方法的運用,是一個過程,也是一種實現,準則或目標的實現。

傳統詞學本色論,當其創立之初,對於本色非本色的判斷及劃分,在很大程度上,完全憑藉著悟。這是一種主觀感覺,或可稱作興。憑藉著悟或者興,覺得本色就本色,非就非,不須任何理由、任何説明,或者説不須立有文字,留下踪迹。但其實現過程,所謂内、外、遠、近,於物我之間,實際上却已留下了踪迹。這一踪迹,於時間及空間,即以如下兩種形式出現:

由此物到彼物的聯想與貫通;由諸往而來者的聯想與貫通。

由此物到彼物的聯想與貫通,這是詩六義中的「比」與「興」。朱熹所云「比者,以彼物比此物也」以及「興者,先言他物以引起所咏之詞也」(《詩集傳》卷一),即此之謂也。張惠言所云「感物而發,出類條鬯」,也是這一意思。

由諸往而來者的聯想與貫通,這是對於有無資格言詩的一種判斷。見《論語·學而篇》:

子貢曰：「貧而無諂，富而無驕，何如？」子曰：「可也。未若貧而樂，富而好禮者也。」子貢曰：「《詩》云：『如切如磋，如琢如磨。』其斯之謂與？」子曰：「賜也，始可與言《詩》已矣，告諸往而知來者。」

從貧與富之諂與驕，聯想到樂與禮即禮樂；又從樂與禮，聯想到切磋與琢磨。以爲告諸往而知來者，所以説，可與言詩已矣。李澤厚稱之爲「比類聯想」，謂非同於邏輯推理。説甚是。而禮樂分開，將「貧而樂」譯爲「雖貧窮但快樂」，則未妥（見《論語今讀》）。

兩種形式，聯想與貫通。一縱一横，超越時間與空間，將萬有展現於目前。

這種聯想與貫通，也是一種思考，但這種思考，不同於一般思考。一般的聯想與思考，可涉及有與無問題。這是哲學的基本命題。比如説，究竟有大還是無大？可以這麽回答：無比有大。但更進一步，問比無更大的是什麽？這一問題就不大好回答。究竟有没有比無更加大的東西呢？這就是更高層面的思考，亦即我這裏所特別標榜的非一般的聯想與貫通。

記得改革開放之初，以宦鄉爲團長的中國社會科學家代表團將訪英，業師吴世昌以及錢鍾書等爲團員。正在興頭之上，突然間，因團長宦鄉於中央有會，訪英須改期，弄得對方很有意見。對方許多朋友來信，説已經發了請柬，準備派對，歡迎到訪，臨時變卦，説不來了，就一句話，讓人家造成許多麻煩。吴先生説：中國人説話不算數。只有一句算數，那就是不算數才算數。這就是無無。

無無，既是追求的目標，又是追求的方法。就物與我的關係看，這是一種延伸，一種融合，也是我的一種物化。這可以下列三例加以説明。

例如，李白《菩薩蠻》：

平林漠漠烟如織。寒山一帶傷心碧。暝色入高樓。有人樓上愁。　玉階空佇立。宿鳥歸飛急。何處是回程。長亭接短亭。

歌詞所説遠客思歸，乃一種莫名愁思。自平林而高樓，由宿鳥而回程；從看得見的寒山，到數不清的長亭與短亭。於是，其愁思亦隨之而延伸，直至於無法計數。因之，我之與物，亦隨即被推向永遠。

又如，歐陽修《踏莎行》：

候館梅殘，溪橋柳細。草薰風暖摇征轡。離愁漸遠漸無窮，迢迢不斷如春水。寸寸柔腸，盈盈粉泪。樓高莫近危闌倚。平蕪盡處是春山，行人更在春山外。

上片行人，下片居人。所説乃一種愁思之兩種不同表現形式。一爲春水，一爲春山。春水流不斷，離愁亦不斷；春山有盡頭，人在春山外，却看不到盡頭。行人、居人，離愁之形式體現不同，但都被推向永遠。

又如，蘇軾《西江月》：

照野瀰瀰淺浪，横空隱隱層霄。障泥未解玉驄驕。我欲醉眠芳草。　可惜一溪明月，莫教踏碎瓊瑶。解鞍欹枕緑楊橋。杜宇一聲春曉。

淺浪、微霄，芳草、瓊瑶，於一覺溪橋，完全與我融合在一起。人間、天上，今夕、何夕，已渾然不知。此即東坡所説「不謂塵世」者也。不僅自己有此感覺，别人看了，也覺得突兀。仿佛置身於人世之外。亦即：一切已在滌餘靄山乃至微霄曖宇當中消失；直至於一聲杜宇，方才醒覺到自己。

這一延伸、融合過程,「思與境偕」(司空圖《與王駕評論詩書》),「神與物遊」(劉勰《文心雕龍·神思》); 天地、沙鷗,已不能分辨彼此。

滄浪論詩,提倡本色妙悟。曰:

> 大抵禪道惟在妙悟,詩道亦在妙悟。……惟悟乃爲當行,乃爲本色。

其所追求,當也是一種延伸及融合。正如禪宗所謂: 佛在天地萬物之中,亦在我心中。悟道即能成佛。亦即: 佛在我心,心即是佛。心與佛,或者我與佛,同樣也已分辨不出彼此。這就是本色論的思考及追求。目標與方法,都已包括在內。

其次,關於境界說。這是步入現代化進程的一種批評模式,中國詞學史上一大理論建樹——現代詞學境界說。

就其對於外在世界的認識看,境界說是在本色論的基礎上發生、發展而來的一種現代批評模式。本色論與境界說,二者之間相同與不相同之處,都體現在對於物與我關係的把握當中。

由本色論到境界說,物之作爲表象世界,其中亦包含著我。本色論之物我一體,這在境界説原來也是分不開的。王國維《人間詞話》所云，「境非獨謂景物也。喜怒哀樂，亦人心中之一境界」。就是這一意思。單就這一點看，本色論與境界説並無不同。不過，作爲一種批評模式，隨著運用實踐，其區別也就逐漸顯露出來。

本色論視物我爲一體，物與我對等。物爲神，我亦爲神。二者都具至高無上的地位。境界説既將自身融化進去，又能够將其分解開來。以爲人只是半神。以之論文學，本色論與境界説也就有著一定差距。對於物與我，本色論往往難以分辨彼此，而境界説則有内與外之分以及抒己與感人之别。境界説所謂有我之境與無我之境，壯美與優美以及隔與不隔，大都帶有雙重意思，須從兩個不同角度進行詮釋。

但是，内與外，己與人，以及有我與無我，在許多情況下，實際都不能分。這就是説，分與合一樣，都是要有條件的。用叔本華的話講，物與我或者我與物，乃表象者及與之相對的其他事物。可以將其看作是，我與世界，或者我與作爲我的表象的世界。如果將其分解，謂爲主體與客體，其條件，在叔本華看來，就是一種認識實踐。叔本華謂：作爲表象世界的表象者，當其認識著的時候，是認識一切而不爲任何事物所認識的主體，而當其被認識的時候，自身亦即成爲客體，乃諸多客體中之一客體。物之所以爲物，我之所以爲我，既可以説，我之爲我，我以外的世界皆爲物，又可以説，我以外的世界爲物，我亦爲物。所以，叔本華稱：凡是存在著的，就只是對於主體的存在。這就是當其認識著的時候所出現的情形，而且，只有在這個時候，主體才成爲其主體，否則，就都是客體。叔氏這一道理，説明：此所謂分與合，都並非絶對。

王國維學説，雖於叔氏多所借鏡，但已經中國化。和本色論一樣，其分分合合，亦有個過程。

對其理論創造，王國維曾有一段概括的描述。曰：

> 嚴滄浪《詩話》謂：盛唐諸公唯在興趣。羚羊掛角，無迹可求。故其妙處，透徹玲瓏，不可湊泊。如空中之音、相中之色、水中之影、鏡中之象，言有盡而意無窮。余謂北宋以前之詞，亦復如是。然滄浪所謂興趣，阮亭所謂神韻，猶不過道其面目；不若鄙人拈出「境界」二字，爲探其本也。

謂探其本，而非面目。既非同於興趣、神韻一般批評模式，又非同於北宋以前有盡及無窮之言與意的創造。那麽，其所探求者，究竟是個什麽物事呢？這段話尚未提供明確答案。但就其有關言論逐步加以剖析，却可發現，其所探求，並不只是内與外、遠與近之一般分析與判斷，而是「層」的問題。乃「更上一層樓」的「層」。屬於一種理論創造。

葉嘉瑩著《王國維及其文學批評》，之後有《論王國維詞：從我對王氏境界説的一點新理解談王詞之評賞》一文，曾對王國維所標舉「境界」之説，進行了周密的探討，以爲三層義界。曰：泛指詩詞之内容意境而言之辭；兼指詩與詞的一般衡量準則而言之辭；專指評詞之一種特殊標準而言之辭。

從横的方向看，著重説其效用，亦即結果。頗有創意。但是，如果换個角度，從縱的方向看，説其過程，我以爲，王國維的理論創造，亦可以下列三個層面加以表述：拈出疆界，以借殼上市，爲新説立本；引進、改造，將意境並列，使之中國化；聯想、貫通，於境外造境，爲新説示範。

三層意思，三個步驟，展現出一個過程。對其所探求的認識，也當逐層、逐步細加推斷。

第一步，拈出以立本。

境，本字作「竟」。《説文·音部》曰：「竟，樂曲盡爲竟，從音，從人。」又《土部》曰：「境，疆也。經典通用竟。」而《田部》則曰：「界，竟也。」有學者稱，依據互文相訓原則，境作竟，界爲竟；竟或者境，亦即爲界（參見邱世友《詞論史論稿》）。我贊同這一推斷。我以爲，就其本來意義看，境界應是用以表示一定範圍的概念，如疆土。劉向《新序·雜事》曰：「守封疆，謹境界。」班昭《東征賦》曰：「到長垣之境界，察農野之牧民。」皆此意。而疆土之範圍，則以時間與空間加以規劃。王國維所拈出者，無論其出自於何典，佛典或者其他什麽典，都未曾超越這一義界。故此，似可如此斷言，王氏之所拈出者，亦即其所謂境界，實際上就是疆界。

這是第一個層面的意思，借疆界以爲立説之本。

第二步，引進與改造。

在第一步之第一個層面上，王國維的創造，目的在於提供載體。這是一個廣闊的天與地，在某種意義上講，這也是可以延伸的天與地。此天與地之所承載，包括表象者以及作爲表象的世界。這是繼續進行理論創造的根本。立足於此，王國維乃以一己之態度看世界，將萬有一分爲二，包括其自身，正如叔本華將世界劃分爲表象世界與意志世界一般。

其《文學小言》曰：

> 文學中有二原質焉：曰景，曰情。前者以描寫自然及人生之事實爲主，後者則吾人對此種事實之精神態度也。

其《人間詞乙稿》序又曰：

> 文學之事，其内足以抒己，而外足以感人者，意與境二者而已。上焉者意與境渾，其次或以境勝，或以意勝。苟缺其一，不足於言文學。

這是一種分解，也是一種概括及升華。曰景、曰情，將描寫事實與對此事實的精神態度分開，曰意、曰境，將抒己與感人分開，而以一「渾」字，又將其合在一起。由合到分，由分到合，令其向上提升到另一個層面。在這一個層面上，此所謂情與景以及意與境，已賦有新的意義。這是分與合所産生的變化。關係的變化以及意義的變化。亦即經此分與合，物與我之間，角色變换，關係重組。對於此情與景以及意與境，王國維雖曾指出，前者（景，包括境）客觀的，後者（情，包括意）主觀的，清楚爲之劃綫，但經過分、合，此情與景以及意與境，已不僅僅是一種主客關係，除此以外，其承載與被承載關係，亦明顯占居主導地位。因而，此情與景以及意與境，其内涵也就隨著産生變化。數年前撰寫《論「意＋境＝意境」》一文，提出人和事合爲意，時和地（空）合爲境。乃將意與境分開，從承載與被承載的角度進行詮釋，以體現這一變化。而此意與境，當其由分到合之時，其所構成境界，對於疆界而言，自然也就有了更高一層的意義。這就是説，王氏所説境界，已由疆界上升爲意境，乃意與境相加所得的意境。

王國維的分解，既爲著引進，亦爲著改造。引進、改造，都並非泛泛之談，而是可以落到實處的行爲。有關引進，一般只是說，將西方某些重要概念、重要思想，融會到中國傳統文化當中來。如此而已，不一定都須要指實。而王國維則不同。其所引進西方哲思，可以明確地說，就是叔本華的「欲」。乃人生之欲。就承載與被承載的關係看，「欲」的引進，既是對於原有承載物——意的一種改造；而與此同時，作爲載體，則未曾變，仍然是由時和地（空）合成的境。因而，在這一層面上，引進、改造，如用中國人的話講，這就是舊瓶裝新酒。但是，從疆界到意境的提升，却在這一過程中得以實現。

王國維《蝶戀花》有云：

辛苦錢塘江上水。日日西流，日日東趨海。終古越山澒洞裏。可能消得英雄氣。說與江潮應不至。潮落潮生，幾換人間世。千載荒臺麋鹿死。靈胥抱憤終何是。

歌詞所咏之物，已不單單是我以外的景物，具有視覺形象的景物，而是包含我在內的物景。亦即錢塘江水，由於欲的輸入，此時已著上我的色彩，代表著我的意願。日日西流，日日東趨海。其生與落，已不單單是一種自然現象。此時，物與我完全融合在一起，這是意與境渾的一個典範。

人生之欲，各不相同。這種「欲」，在其體認過程中，往往表現爲一種内在推動力量。傳統詩論，對於這種推動力量，未曾説清。多種解釋，皆不能確定。王國維從叔本華那裏引進，明確稱之爲欲望，乃表象者的欲望。叔將意志當作世界的本質，以爲乃自然社會發展的動力。以之貫穿物與我，或者將其分隔開來。因此，這就出現兩個世界，現實世界與超現實世界。王國維的引進，目的就在於體現一種超越。超越各種相，各種衆生相，亦即超越「意志」的「我」（「我之自身，意志也」），以達至永恒。

這是第二個步驟，第二層面上的意思，乃境界説創造的重要一環。王國維新説之成功或者失敗，都與此密切相關。

第三步，聯想與貫通。

王國維提出：「詞以境界爲最上。」最上，或者最下，以有無境界進行劃分與判斷。此有與無，已成爲一種標準。將境界提高到文學批評的層面進行論斷，這是一種創造。是在第一、第二兩個層面的基礎上所進行的論斷，而非第一、第二層面的論斷。王國維對於詞學理論創造的開闢之功，就體現在這裏。

那麽，作爲批評標準的境界，其與第一、第二兩個層面所説疆界和意境，究竟有何不同？這是必須弄清楚的一個重要問題。這一問題，王國維的論述似乎仍比較含混。尤其是意境，

《人間詞話》中幾處所提及者，更可與境界互相替换。但是，如從整體上看，二者還是有所區別的。大致説來，前者所説乃境中境，而後者則爲境外境。於境外造「境」，才是王國維最終追求的目標。

如何實現這一目標？在《人間詞話》中，王國維曾就隔與不隔以及入乎其内與出乎其外兩個問題進行過探討。其間種種，或許可爲之提供答案。

王國維指出：

> 美成《青玉案》（當作《蘇幕遮》）詞：「葉上初陽乾宿雨。水面清圓，一一風荷舉。」此真能得荷之神理者。覺白石《念奴嬌》、《惜紅衣》二詞，猶有隔霧看花之恨。

周、姜咏荷詞之隔與不隔，如果只是看藝術形象，以鮮明性或者模糊性亦即顯與隱而加以比對，亦未嘗不可；但這似乎較爲側重於言，主要考慮是否「語語如在目前」。而從境界創造角度看，隔與不隔，卻不只是個鮮明不鮮明或者模糊不模糊的問題。因其説神理者，乃於整體立論。而且，形之與神相比較，似乎更加注重於神。所以，王國維謂隔與不隔，實際應當包括兩個方面的意思：言之隔與境之隔。創造境外之「境」，既須打破言在達意上所出現的隔閡，又須打破物與我以及我與我之間所出現的隔閡。前者爲境界有無之表徵，後者則帶有一定的超越性，主要是對於「意志」的「我」的一種超越。王氏所説，似當作如是解。

至於如何打破隔閡，王國維亦曾指出：

詩人對宇宙人生，須入乎其內，又須出乎其外。入乎其內，故能寫之。出乎其外，故能觀之。入乎其內，故有生氣。出乎其外，故有高致。美成能入而不出。白石以降，於此二事皆未夢見。

能入、能出，這是打破各種隔閡的基本要求，亦即打通內、外，實現超越的基本要求。入內、出外，這就是對於內宇宙以及外宇宙的一種超越。

爲了達至這一目標，王國維曾提出這麽一個具體方法：不域於一人一事及通古今而觀之。王國維曰：

「君王枉把平陳業，換得雷塘數畝田。」政治家之言也。「長陵亦是閒丘隴，異日誰知

> 與仲多。」詩人之言也。政治家之眼，域於一人一事。詩人之眼，則通古今而觀之。詞人觀物，須用詩人之眼，不可用政治家之眼。故感事、懷古等作，當與壽詞同爲詞家所禁也。

政治家與詩人，對於世界的不同觀感，令眼界大開。其内與外之入與出，寫之與觀之，即不受制限。物與我以及我與我之間，得以互相關照。詞人觀物，當著眼於此。

經過第三個步驟，由外到内（入乎其内），又由内到外（出乎其外），聯想、貫通，所造就者，即爲境外之「境」。因此，所謂有生氣、有高致者，都當於此求之。

三個步驟，從疆界到意境，到境界；由借用、引進，到再造。合而後分，分而後合，境界説之作爲一種現代批評模式，終於建造完工。三個步驟，三個層面，這是對於境界説創造過程所進行的一種概括描述。至此，對於境界説的義界，相信已有較爲明晰的印象。

以境界説詞，其運用過程之有上下之别以及高低之分，這是有與無的進一步推斷。上文所説由抒己到感人的推斷，亦當作如是觀。和本色論一樣，其用以論詞，也有兩個標準：最低標準與最高標準。這是在哲學層面上所進行的判斷與劃分。以爲所謂有與無，大致兩種詮釋：個别意義上的有與無以及一般意義上的有與無。因而，兩個標準之具體體現，也就具有兩種不同的取向。最低標準，體現於言之有物。此即疆界以内之物，言中之意。乃可想見之有，一種擁有某種確定性意義之有。而最高標準，達至無無，乃物與我以外的體驗。不在外界（物），也不在自身（我）。這是哲學意義上的信仰體驗，亦有與無之外的終極體驗。最低與最高，二者之間，雖有一定區別，但也並非絶對。因此，於具體運用，也就較爲靈活機動，聯想與貫通，具有較大空間。

例如，晏殊《浣溪沙》：

一曲新詞酒一杯。去年天氣舊亭臺。夕陽西下幾時回。　無可奈何花落去，似曾相識燕歸來。小園香徑獨徘徊。

現實生活中，聽歌與飲酒，以及天氣、亭臺，這一切都是具有某種確定性意義的有。謂夕陽西下，幾時返回？於小園香徑，獨自徘徊的過程中，回思種種。一去一來，一來一去；若無若有，若有若無。永遠没有休止。這種富有哲理意味的體驗，異想天開，已遠遠超出於現實之外。

又如，張孝祥《念奴嬌》：

> 洞庭青草，近中秋、更無一點風色。玉界瓊田三萬頃，著我扁舟一葉。素月分輝，明河共影，表裏俱澄澈。悠然心會，妙處難與君說。　應念嶺表經年，孤光自照，肝膽皆冰雪。短髮蕭騷襟袖冷，穩泛滄溟空闊。盡吸西江，細斟北斗，萬象爲賓客。扣舷獨嘯，不知今夕何夕。

洞庭青草，玉界瓊田；空闊滄溟，扁舟一葉。由現實世界，到超現實世界；由境中，到境外。「表裏俱澄澈」。「而且，由中秋今夕，到「不知今夕何夕」。空間與時間的距離，逐漸被拉開。直到物我融合爲一，人天融合爲一。完全進入無無之境。論者以爲「飄飄有淩雲之氣，覺東坡水調猶有塵心」（王闓運《湘綺樓詞選》），這一富有哲理意味的體驗，同樣亦顯得非常遥遠。借助聯想與貫通，到達超現實世界。這是以境界説之三個層面説詞所達至效果。從認識上看，這就是一種終極的體驗。以之説詞，最低與最高，兩種標準，都將産生一定效用。

2　從境界説到結構論，現代化的傳統文化

這是另一個方向的體認，由現代化到傳統文化。這一過程，包括兩個方面：異化與重寫。

①　境界説的異化

王國維於一九〇八年發表《人間詞話》，提出境界説。從本色論到境界説，乃傳統文化到

現代化的轉型。就詞學理論創造看，毫無疑問，這是一件開天闢地的大事。

王國維境界説之步入現代化進程，主要體現在以下兩個方面：批評標準的變换，批評方法的更新。

從傳統文化到現代化，其所采用的批評模式，就是一個重要標誌。從本色論到境界説，由似與非似到有與無有，從只重意會，不重言傳，到有與無都有一定定準。標準與方法的變换及更新，就是從傳統文化到現代化的一種形式體現。

作爲詞學史上所通行的批評模式，本色論與境界説之不同處乃在於：本色論不重言傳，境界説注重言的功用。以本色論詞，儘管亦有一種有盡、無窮的追求，但其説似與非似，有時則不用言語傳達，而只用符號或動作。其謂意内言外，乃意在内言在外之意。言之作爲一種外在形式體現，永遠被擺在第二位。以境界説詞，强調「言近旨遠」。所説儘管已由本色論之言在外變成爲在言外，而其用以達意之言，却仍然未被排斥在外。因所謂境界，其一定之數之測量與表述，都有賴於言。這也就是説，在物與我之間，言總擔當著十分重要的角色。對於物與我，言是個載體，也是種媒介。乃溝通物與我的媒介。亦即進入表象世界與意志世界的媒介。因之，王國維於物與我之外加上個言。這是境界説之成爲現代詞學批評模式的一個重要因素，也是王國維對於詞學理論建造的一大貢獻。

相對於本色論，境界説之作爲現代化的一種批評模式，已經有了更大的可操作性。這是境界説優勝於本色論的地方。但是，由於王國維學説自身所産生的誤導以及讀者理解上的問題，在很短時間内，境界説却被異化。先由境界異化爲意境，再異化爲風格論。這是由兩個方面的原因造成的。一方面，王所説意境，在三個步驟、三個層面之間，原來就是一種過渡，其與此前之疆界以及此後之境界，並無明確分野，易於給人造成誤會；另一方面，由於大家的理解，只到第一、第二兩個層面，未到第三層面，只是將境界二字當名詞看待，就概念及其内涵大做文章，亦即只是停留於境内，而未能到達境外。兩個方面，雙向進行；先天與後天，都大大加速其異化。

二十世紀三十年代，胡適、胡雲翼相繼推演，從意境之有意與境之區别，説到男性、女性以及豪放與婉約，將境界説異化爲風格論。這就是一個典型事例。其間，前蘇聯的反映論，作爲馬列經典傳播中華，亦進一步爲境界説的異化提供理論依據。尤其是五十年代之後，反映論占居主導地位，境界説則遭到誤判，被當作推廣工具。論者説境界，多將物與我闡釋爲主客觀關係。物爲客體，我爲主體。主觀與客觀，情與景，二者互不相容。詞界講風格，不講境界，風格論被推向絶頂。以豪放、婉約「二分法」，替代三個層面的境界分析，半個世紀以來，境界説基本上都跑到哲學、美學那裏去了。

世紀末葉，詞界於鑒賞熱之後，出現闡釋熱。例如美學闡釋與文化闡釋。這在一定程度上，自覺或者不自覺地起了重返境界說的作用。值得注視。

回歸本位，返回境界說。必須回復到對於物我關係的正確認識上面來。爲此，我以爲，所謂回歸，似當留意下列二事：

第一，三層義界，以正名份。

王國維於傳統詞學本色論之外另立新説，具有較爲廣泛的適應性，無論詩學、詞學，一般文學、藝術，或者哲學、美學，都可於此找到自己的話題，也正因爲如此，其學説就更加容易被錯解，遭異化。因此，必須留意，其所創立，並非無的放矢，而乃十分自覺的行爲。亦即，其所確立名目，大都有其特殊意義，未可一般對待。比如三層義界，既有時空的維度，又有靈性的維度；須綜合進行考察，才不致出現偏差。

第二，兩面立論，爲探其本。

境界説之被錯解，遭異化，上文所説兩個原因，先天與後天，乃從認識論的角度立論，如果就方法論的角度看，我以爲，主要是對於王國維兩面立論的特別構想缺乏認識所致。諸如有我之境與無我之境、優美與壯美（宏壯）以及隔與不隔等，皆善作兩面觀，須細心加以排比，全面衡量，才能真正體驗其立説原意。

②結構論的重寫

重寫，即轉換或者轉型。比如「從以前的方向轉到一個新的方向」（利奧塔語）。何謂新的方向？這同樣是值得認真加以辯證的一個問題。

文學活動，人在天地間的活動。從整體上看，主要是調和物我關係，包括物與我以及我與我諸多方面關係。物與我，我與我，諸多方面關係，從對立到統一，錯綜複雜，但歸結起來，只是一種二元對立關係。這是新變詞體結構論的立論依據。

二元之間，這在本色論和境界説，本來都有一致的追求。無論是作爲表象者的我，或者是我的表象，所謂天和人，都希望調和爲一。但是，二者的創造都有局限，那就是缺少中介。沒有中介，無從聯繫，未能到達境外之「境」。

吴世昌將事作爲一個中介來調和物我，從而開始了境界説到結構論的轉化。這就是一種「新的方向」。

結構論的重寫，大致經歷以下三個步驟：結構分析的典範；生與無生的中介；善入善出的指引。

三個步驟，從實踐中來，到實踐中去；條分縷析，指示門徑。對於「學詞」與「詞學」，皆頗有助益（「學詞」與「詞學」，這是二十世紀三十年代，胡雲翼於《詞學ABC》所提出的命題。謂其所著乃「詞學」，而非「學詞」。不會告訴讀者應當怎麼「學詞」，包括填詞一類問題。此自五十年代至今，仍具影響。結構論的「重寫」，應有一定現實意義）。

第一步，歸納概括，確立典型。

二十世紀四十年代，吴世昌發表《論詞的讀法》一系列文章，倡導結構分析法。曰：

> 小令太短，章法也簡單，可是慢詞就不同了。不論寫景、抒情、叙事、議論，第一流的作品都有謹嚴的章法。這些章法有的平鋪直叙，次序分明的。這是比較容易看出來的。有的却迴環曲折，前後錯綜，不僅粗心的讀者看不出來，甚至許多選家也莫名其妙，因此在他們的選集中往往「網漏吞舟」。

以爲第一流的作品都有謹嚴的章法，非無踪迹可循，並依據自己的體驗，提出兩種不同的結構類型——「人面桃花型」及「西窗剪燭型」，以爲典範，以見其普遍意義。

這是第一步，謹嚴章法的類型歸納。既針對老輩論詞「不願或不善傳授」之不足，亦爲創立新説，提供實際事例。已經提及説故事的問題，但尚未説明其中介作用。就理論建造看，乃有了「結構」而尚未有「論」。

第二步，滲入故事，萬象皆活。

二十世紀八十年代，吳世昌所刊發《周邦彥及其被錯解的詞》一文，以「以小詞説故事」，通過故事所構成有句、有篇的詞章爲典型事例，進行結構分析，並歸納、概括出這麽一條法則：

> 在情景之外，滲入故事：使無生變爲有生，有生者另有新境。

情景之外，滲入故事。物與我之間，有了中介。生與無生，主要看有無聯繫。有聯繫，即生；否則，便無。這是由宋人創作實踐中總結出來的一條法則。宋代填詞，承襲唐五代餘緒，只是做花間式的抒情小令。至柳永、張先，始有所變化。吳世昌指出：柳永、張先分筆寫江山之勝，遊宦之情，真能雙管齊下，但其缺點是，情景二者之間無「事」可以聯繫，情景並列如單頁畫幅。未能寓情於景，情景交融，使得萬象皆活。這是宋詞進一步發展的障礙。

故此，吳世昌曰：

> 救之之道，即在抒情寫景之際，滲入一個第三因素，即述事。必有故事，則所寫之景

有所附麗，所抒之情有其來源。使這三者重新組合，造成另一境，以達到美學上的最高要求。

這就是從無生到有生的轉變。結構分析法，即以此爲依據。這是第二步，主要是中介的作用。至此，分析法之作爲一種「論」，基礎已得到奠定。

第三步，遊阿房宫，入兩宋門。

門徑問題，至關緊要。在有關論著中，吳世昌曾以遊阿房之宫作比，加以揭示。曰：

> 清真在北宋之末，入南宋之大門也。入清真之門，然後可讀白石、梅溪、夢窗、碧山諸家。學得清真之各種手法，然後讀南宋諸家皆有來歷，無所遁形矣。清真範圍廣，門户多，長調小令皆自成樓閣，絶不相似。如遊阿房之宫，五步一亭，十步一閣，莫可詰究，他人無此才力也。於短短小令中寫複雜故事，爲其獨創，當時無人能及。後世亦少有敢企及者。

以遊阿房之宫作比，説明如何入清真之門以及如何由清真而入兩宋之門。而其間種種，則以於短短小令中寫複雜故事爲中介。可見，無論單一作家，或者全部宋詞，以事爲中介的結構分析法，都可以派上用場。這是在創造過程中，對於結構分析法之上升爲「論」的一種實證。

從二十世紀四十年代到八十年代，大約經歷了五十年。吴世昌於去國、歸國的過程中，將東方與西方，傳統與現代，融合爲一，以推動傳統文化的現代化進程。其中，最爲要緊的是，於物與我兩個單元之間加上個事，吴以爲第三者。二元對立關係，人類最基本的思維活動模式。二元之間，相關、相對、相反。事的加入，相當於一種催化劑，令其調和或者分解。而且，隨著第三者的加入，物與我之間所構成的錯綜複雜關係，其脉絡即清楚地顯示出來，調和或者分解，更加有了可探尋的踪迹。因此，老輩論詞之不足也就有效地得以彌補。這是詞體結構論所以成爲批評模式的一個重要環節。

以下，試以李白三首《清平調》加以説明。李詞曰：

雲想衣裳花想容，春風拂檻露華濃。若非群玉山頭見，會向瑶臺月下逢。

一枝紅艷露凝香，雲雨巫山枉斷腸。借問漢宫誰得似，可憐飛燕倚新妝。

名花傾國兩相歡，長得君王帶笑看。解釋春風無限恨，沉香亭北倚闌干。

第一首，「雲想衣裳花想容」。名爲咏花，實則如何？似花還似非花？誰也分不清楚，似乎亦無須分清。

第二首咏貴妃，不僅直接面對，而且借助於漢宫飛燕加以映襯。或此，或彼，則分得清清楚楚。

第三首，「常得君王帶笑看」。不説「常使」，而説「常得」。十分謹慎小心。其時，宿酒未醒，而人已醒。未敢説錯半句話。至此，名花、傾國以及君王，三個方面得失利害關係已被擺平。三個方面，已被服侍得舒舒服服。作爲一名等候使唤的翰林供奉，算已非常盡責。但這並非真正的李白。直到後面兩句，其面目才顯露出來。其中，「解釋春風無限恨」，應讀作「春風解釋無限恨」。非春風有恨，乃春風將恨解釋出來。解釋，就是解放，或者釋放。世間的恨，由春風所釋放。因而，正在沉香亭北倚闌干的李白，静觀一切，才爲之下了這麽一個結論。謂：不僅名花有恨，傾國有恨，君王亦有恨，大家都有恨。不能高興得太早。所謂花不常開，月不常圓，人不長好，這條定律，不僅放之四海而皆準，而且千古不變。這一道理，既爲春風所解釋，亦爲李白於沉香亭北倚闌干時思考之所得。此時此景，李白已超脱現實，升華至天上。李白之成爲李白，其獨特之處，就在於此。而這一切，都因沉香亭北倚闌干時所引起。這就是第三者加入所發揮的催化作用。

又，李煜《虞美人》：

春花秋月何時了。往事知多少。小樓昨夜又東風。故國不堪回首月明中。雕闌玉砌今猶在。只是朱顔改。問君能有幾多愁。恰似一江春水向東流。

往事、今事，究竟指的是什麽呢？一般都以爲，故國、雕闌玉砌，爲往事。那麽，月明中的故國以及改變朱顔的雕闌玉砌，是往事還是今事？似乎有點不易分辨。而加入中介——小樓昨夜，却什麽都清楚了。因此中介，由人間到達天上。説明，往事並非故國或者雕闌玉砌，而乃春花秋月，亦即像春花秋月一般美好的東西。非一時一事，亦非僅限於一人之偶然事件，而乃由貫通人天所造成之另一新世界。這就是由無生到生的另一新世界。

又，蘇軾《臨江仙》：

夜飲東坡醒復醉，歸來仿佛三更。家童鼻息已雷鳴。敲門都不應，倚杖聽江聲。長恨此身非我有，何時忘却營營。夜闌風静縠紋平。小舟從此逝，江海寄餘生。

由醒到醉，從此身到江海；由杖到舟，從現實世界到超現實世界。亦即由有限到無限，從瞬間到永恒。一切都自倚杖之時所引起。倚杖聽江聲，這是個具體事件。這一事件，將兩個、兩個原本相互對立的單元組合在一起。兩個、兩個單元，從互不關聯，到互相關聯。亦即從無生到生。這也就是詞章所創造的另一新世界。

以上事例，是我對於業師吴世昌先生所創立之理論的説明及推廣。相對於傳統詞學本色論以及現代詞學境界説，新變詞體結構論至今儘管仍缺少認同，但我相信，隨著時序推移，尤其是新生代的崛起，詞體結構論作爲一種新興的批評模式，終將被納入議題，提上議程。

（三）小結

中國詞學史上三個階段的劃分以及兩個方向的體認，這是一個不斷推進的過程：由傳統文化向現代化的推進以及由現代化向傳統文化的推進。從詞學層面上看，兩種推進過程，由本色論到境界説，一千年及一百年，由境界説到結構論，一百年及一千年。方向轉换，方法、模式也隨著轉换。如從哲學層面上看，其所推進，由此岸世界到彼岸世界，由此岸的存在到彼岸的體驗，或者由變動不居的表象到永恒不變的實在——乃由多到一的歸納，以及由一到多的演繹。既合又分，既分又合。其間轉换，體現出一種歷史的必然。我將自己的命題——三碑之説，放在這麽一個背景下進行觀察與思考，既有學科自身的理由，亦爲著驗證這一道理。

總之，我今天所講的關鍵詞，乃物、我、事三者。能够在詞學，乃至哲學層面上，將其相互間的位置及關係弄清楚，也就明白自己應當做些什麽以及應當怎麽做。所有這些，相信並不十分複雜。

三　餘論：學科與科學

關於二十一世紀中國詞學學的建造問題，這是個嶄新的課題。在傳統詞學當中，詞學學這一概念是找不到的。正如自然科學之有技術而没有科學一般，傳統中的人文科學亦有科而無學。因而，自然也就不可能有詞學學這麽一回事。而就目前狀況看，學界所通行的詩學及詞學，似乎亦存在著問題，尤其是詞學。主要是觀念的失落，以及由此所造成的誤區與盲點。例如，關於詞學是什麽這一問題，幾十年來，似乎都不曾弄清楚。不知道詞學究竟在哪裏，亦不知道詞學究竟爲何物。風格論登峰造極，做不下去了，做「體」的問題。有一部專著説詞體，一開列就是幾十種（體）。屯田爲一體，柳永亦爲一體。自説自話，許多提法都極其混亂。没有一定的規則，缺乏可靠的依據。自己不知所謂，别人亦無所適從。有鑒於此，對於諸多事體，有必要做一番清理。

以下，擬就三個問題説説自己的意見。

(一)學科與學科建造

這是有關學科對象問題。上文所説，中國詞學學是一門研究詞學自身的存在及其形式體現的專門學科。於學之上再加個學，謂爲研究之研究，似乎比較容易理解；而對於自身的存在及其形式體現，則有點摸不著頭腦。個個都以爲自己做的就是詞學。實際上又如何呢？我見過某些著作，厚厚一大本，裏面許多「學」，諸如文化學、美學等等，應有盡有，可偏偏就是没有詞學，因所有關於詞的事情，包括作家、作品，都被用作「學」的例證去了。這是一種偏向，叫做有「學」而無詞。而另一種偏向，則執著於數據，主要看出現次數，不斷地以數字進行類比，只是在字面(詞語)上用工夫。這叫做有「詞」而無學，乃詞語的「詞」。兩種偏向，兩種極端，兩種結果。或者以一層層的玄學包裝，令詞學變成爲顯學；或者將韻文當作語文看待，令詞學走向歪門邪道。這就是我所説誤區與盲點，因觀念失落所造成的誤區與盲點。

觀念，就是一種Idea，可解釋爲認識或者理解。觀念失落，没有正確的認識或者理解，對於自己的研究對象，不能够切實地把握；正如寫文章没有主題思想，舉止行爲没有靈魂一般。這是造成誤區與盲點的原因之所在。建造新學科，須要令觀念歸正。就詞學學而言，則須要爲學科自身正名，並爲學科對象正名，弄清楚自己所作到底是個什麽東西？是艷科，還是聲學？有關種種，都須要有個正確的判斷。這就是個觀念問題。觀念歸正，什麽問題都容易解決，包括學科對象問題。而就我考察所得，對於一千年及一百年以及對於目前狀況的考察，我以爲：詞學學對象，應當確定爲詞中六藝及詞學史上用作里程標誌的三種批評模式——傳統詞學本色論、現代詞學境界説以及新變詞體結構論。詞中六藝，包括詞集、詞譜、詞韻、詞評、詞史、詞樂，這是趙尊嶽爲饒宗頤《詞籍考》撰寫序文所提出的命題。對於一般所説詞學，六個方面，大致可窺全豹。這是一種面的展示。而三種批評模式，爲靈魂，亦綱領，乃綫的貫穿。以六藝、三碑爲學科對象，展示、貫穿，詞學學之「詞」以及「學」，也就有了著落，諸如「在哪裏」以及「爲何物」一類問題，自是不難於此找到答案。因而，目前所見兩種偏向，相信亦能够得到糾正。這是我的一種設想。

（二）形式與形式體現

這是有關學科規範問題，乃學科對象確定後的進一步部署，主要是展示與貫穿的規範問題。

目前所見兩種偏向，其中有「學」而無詞，指的是偏離主體的外部研究；而有「詞」而無學，除了繁複的詞語統計，還表現爲一種没有目的的羅列與鋪排。確定學科對象，標榜六藝與三碑，這是有一定針對性的。而目的，乃在於回歸本位，立足本體，將研究工作從外部往內部拉，令其從不自覺走向自覺。但是，必須看到，詞中六藝，六個方面，分了科，並未爲「學」，正如孔門四科——德行、言語、政事、文學一般，歷來都不曾將其當獨立學科看待。在一般情況下，光有展示，尤其是不完全的展示，並非自覺的行爲。光有展示，詞的六個方面，或許都牽涉到了，但只是面的鋪排。即使將面與面連結在一起，令其構成史或者其他什麼物事，仍然還是一種鋪排，一種不需要怎麼費腦筋的鋪排。亦即就事論事，體現不出識見來。例如，只是將若干事項歸併，作簡單的分類，或者依朝代之先後次序，將詞論家以及詞論家之有關詞論著作編排在一起，就叫作中國詞學史。這種羅列與鋪排，有如吴世昌所説，論人脱不了點鬼簿習氣，論詞簡直是衙門中的公文摘由（《論詞的章法》）；實在難爲解除困惑。所以，六藝的展示，三碑的貫穿，其規範問題，對於學科建造，顯得十分重要。

就不同批評模式在各個不同門類的運用情況看，所謂綱舉目張，詞的各個門類各種情狀，亦即其存在及存在的形式體現，也就充分顯露出來。因此，展示與貫穿的規範問題，就當於各種情狀著手。對於不同門類，各自發生、發展狀況以及各自存在及存在的形式體現，既當留意其獨特之處，又不能够忽視其共通之處。進而在這一基礎之上，掌握其帶有規律性的東西。這是一般的邏輯推理以及理論升華，也就是規範。建造詞學學，應以此爲依據。當然，這種規範也並不那麼簡單，有關工作尚待進一步展開，這只是個提示而已。

（三）排列與排列組合

這是學科方法問題。通常所説可操作或者不可操作問題，亦屬於這一範疇。既是種方法，又是個過程，批評模式運用過程。

中國詞學史上三種批評模式，三個里程標誌，因操斧伐柯，分期分類而得之。這是一種史的判斷與劃分。三種批評模式，批評標準不同，批評方法不同，不能互相替代，亦没有哪個優哪個劣的問題。其間，詞體結構論的出現，並無排他效應。從横的方向看，這是不同批評模式的一種綜合，而從縱的方向看，也可以説是一種新的本色論，可以言傳的傳統詞學本色論。三種批評模式，三種理論建樹，各有開闢之功，也各有其局限。所有這一切，都已成爲過去。目前所面臨的問題是，信息社會的挑戰：三種批評模式，看其能否與時俱進，加入到先進文化的行列當中去。

數位時代，信息社會，各種各樣的網絡，深入人類生活的各個角落。什麽都可以聯繫在一起，什麽都可以操作；什麽都可能被取代，包括人腦。看起來，五顔六色，令人眼花繚亂；實際上，登入、登出，剪下、貼上，確定、取消，開啓、另存，也並不怎麽複雜。我們老祖宗的那一套，「道生一，一生二。二生三，三生萬物」（老子《道德經》），與之相比，似乎還要複雜一些。問題的關鍵是，怎麽爲我所用。亦即數位時代，歌詞世界究竟如何銜接？三種批評模式——本色論、境界説以及詞體結構論，只是看言傳形式，我以爲，當以詞體結構論最便銜接。諸如：上片、下片，布景、説情；二元對立，相關、相對、相反；還有，第三者的介入。這一切，經過千百年的實驗，已形成一整套特殊的排列組合方法以及方式。如果付諸實踐，也許能産生出人意料的效果。這種銜接，不僅有利於新變詞體結構論自身的發展，而且對於詞學本體研究，亦將發揮一定促進效用。不過，當其發展到極致，返璞歸真，也可能出現另一情況。那個時候，三種批評模式，究竟哪一種最能發揮效用？應當不太容易推斷。而就過去一千年的經驗看，我以爲，最能發揮效用的，可能還是傳統詞學本色論。因爲電腦、人腦，不斷發展、變化，到頭來一定還是人腦管用，還須要依靠感悟。但這是後數碼時代的事，今暫且勿論。

二十一世紀學科建造，要能走出誤區，一切都將重新來過。其中包括批判與揚棄，當然亦須承繼；但重要的仍在於開闢。新的開拓期，寄希望於未來第三代，這就是上文所説的新生代。

今天的講話，特别是其中所提出的六藝以及三碑之説，對於新的開拓，希望有所助益，亦希望得到批評指正。

謝謝大家。

二〇〇三年九月二十一日，於中國社會科學院研究生院演講。據黄麗莎記録整理。原載《新文學》第四輯，鄭州：大象出版社，二〇〇五年六月第一版。又載《葉嘉瑩教授八十華誕暨國際詞學研討會紀念文集》，天津：南開大學出版社，二〇〇五年十二月第一版。上述兩版本均有删節，此爲原稿，載北京《國學學刊》二〇一三年第三期。

「中西會通與文化創新」研討會發言

——關於傳統文化的現代化與現代化的傳統文化問題

各位專家，各位學者，我提交給大會的論文，主要討論「傳統文化的現代化與現代化的傳統文化」這一題目，但我是門外漢。我是學文學的，有關文化問題的思考雖也有一些，但要寫成一篇論文，並不那麽容易。我現在的這個題目(「傳統文化的現代化與現代化的傳統文化」)，並不是我自己發明的，而是從辜鴻銘那裏借來的。當時，策劃這個研討會，系主任要求我們每人提供一篇文章。我正好在看辜鴻銘的材料，發現了這個題目；並且發現，今天大會的主題——「中西會通與文化創新」，也正好和辜鴻銘當時所討論的問題有一些相近的地方。有一位學者介紹辜鴻銘，就曾經這麽指出：類似這樣的提法，有如中西會通、文化創新，中學爲體、西學爲用以及中西交會、現代文明等等這樣的提法，都處在一個「怪圈」當中。那麽，所謂「怪圈」究竟是怎樣一回事呢？我正在思考這個問題。換句話説，我們今天開會討論的這個題目，可能就在「怪圈」裏面。這個問題，我不便講得太多。等會看看，試著分析一下，爲什麽我們這個研討會的議題還在「怪圈」之内。

因爲我是外行，我所使用的是文學語言，用文學語言來描述，而不是非常精確的學術語言。這方面懇請大家原諒。另一方面，我也是所謂本地的和尚。本地的和尚原應到遠一點的地方去念經，那會好一些。但今天没辦法，就在這個講臺上。好在來的都是遠方的客人，我們可以一起探討。當然，這也是相對的。我去年回過一趟我的母校，在北京，去那裏念過一回經，所念的經和今天同一題目。那個時候，我就是外來的和尚。

下面我就繼續用這個題目，給大家作個彙報。

剛剛提到的「怪圈」問題，昨天已有許多學者發言，講到中西交會，從清末一百年以來的歷史發展，從洋務派的堅船利炮，一直到「五四」運動的科學、民主。爲何説這是在「怪圈」之中？照我的理解，這是一個「體」與「用」的關係問題。也就是説，如果「體」的問題没有解決好，「用」講得再多都是白費。所以，現在有好多話題都是重複的。一百年前講過的話題，現在繼續講。比如：東方如何、西方又如何？東方、西方，孰優孰劣？總是這些話題。要來解決這些問題，我是没有能力的。現在只能借助於一些大師級人物的言論來提供參考。比如，現在比較時髦的話題，是美國哈佛大學教授薩繆爾·亨廷頓（Samuel Phillips Huntington）所提出的有關「文明的衝突」這一話題。其中説及熱戰、冷戰以及八大文明區域的劃分，是比較經典的。他劃分文明區域的目的是什麽呢？除了提供讀者閱讀之外，他也想爲美國執政者提供參考，給執政者敲下警鐘：現在的美國，美利堅合衆國，你現在已經是個怎麼樣的狀況呢？原來以西方文明、基督教信仰爲文化主體，現在情況改變了，移民這麼多，每年都幾十萬，而白種人生育率又下降，在這種情況下，西方文明該何去何從？西方文化就不可能永遠占居優勢。這樣就讓當政者在考慮社會體制、製定政策時，有所警戒。我們炎黄文化研究會的目的也有相似之處，那就是給當政者提供一些信息供參考。

「體」與「用」，古今中外可能都還是執著於「用」，而不太考慮「體」。如現在美國對中國在很多方面都有限制，限制高科技的産品出口到中國，你想辦法引進，有時候就違反其規定，他就制裁你。也有很多其他方面的制裁。東方、西方，都没有明確的界限，對「體」與「用」都没有透徹的理解，雙方又都非常現實主義、實用主義，以考慮眼前的利益爲主。這麼下去，也許再過四十年，地球上的能源耗盡也無人管。例如，油田裏的油被抽乾之後，灌水進去，連剩下的那一丁點油都要抽乾。這就是敲骨吸髓，不考慮子孫後代的利益。那時候，怎麼照明、怎麼煮飯呢？都不考慮。在這種情況下，不同的人有不同的見解。亨廷頓講人種文明，劉再復是文學家，他講主體間性。劉再復的理論涉及政治問題。他認爲，政治鬥争的横式原來是你死我活；全球一體化後，進入雙贏時代，變爲你活我也活；到「九・一一」之後，就變成你死我也死。到了這一步就很難辦。世界上現在有這麼多的問題，我們要如何來解決這些問題呢？魯迅曾經説過，爲何要棄醫從文？他説，因爲醫生只能醫好一兩個人的問題。他重視的是一個運動，所以他要棄醫從文。這也説明，單單考慮「用」，不解決問題；要考慮「體」，即過程。考慮「體」，我們書生考慮得了嗎？也考慮不了。昨天香港來的教授也講過，香港就是一部機器，不單單香港是一部機器，全世界的國家都是一部機器，誰來駕駛這部機器，也都不是「體」的問題。現在大家要找這個「體」，我也在找，找不到，不知「體」在哪裏。這位香港專家還講，世界全球一體化，如果我們都成爲世界經濟全球一體化的螺絲釘，就不好。我覺得，你不做螺絲釘做什麽呢？這個也很難辨。這就是在文學之外的文化問題，講文學也要先把這些文化問題弄清楚才好。

我的這篇文章，講文學，亦講文化，當中涉及「體」與「用」的問題。主張重視過程，不要單看結果，單看結果會比較勢利。如果單看結果，則眼光都會比較短淺，那就没有共同語言。在講了「體」與「用」問題之後，我還想講三個詞語，對三個詞語重新進行詮釋。

第一個詞語是瞎子摸象。瞎子摸象，我們中國人是不喜歡用這個詞語的。覺得這個詞語不好，摸到大腿就像一根柱子，摸到肚皮就像一面鼓，好像不夠全面。其實，瞎子摸象有什麽不好呢？叔本華很早就講過，什麽是太陽？太陽就是我眼中所見到的那個，才叫太陽。什麽是地球？地球就是我用手去摸到的那個，才叫地球。所以他説，世界是什麽？世界就是我的表象。但是,他又説,這僅僅是真理的一半,還有另一半,世界是什麽?世界是我的意志。當兩部分都合起來,合二爲一,世界就完整了。而我們連其中的一半都不要,這就不大好辦。所以我説,瞎子摸象,還要繼續摸下去。睁開眼睛也可以摸嘛,不一定是瞎子。現在很多盲人按摩都是睁開眼睛的。這個是一個詞語。

第二個詞語是坐井觀天。坐井觀天,中國人好像也不大喜歡。坐井觀天有什麽不好?關鍵是一個「觀」字,看能不能觀。例如諸葛孔明,因其能觀,故其未出茅廬,便知三分天下之事。每個人都在一口井底,都是井底之蛙。只要能觀,都能知天之大。當今世界全球一體化,可謂大矣。而世界究竟在哪裏,説到底,應當仍在青蛙的眼珠裏。這是一個值得深思的問題。最後,説一説第三個詞語,就是大會所説的會通,或者創新。會通比較好説,會通是平等的,是對等的,東方、西方是對等的。而創新就有所取捨。因爲有新就有舊,有舊就不要來弄新的。這個命題實際上非常危險。什麽東西最舊?傳統最舊。一説革新,便比較麻煩。用什麽來革新?用西方的那一套嗎?用西方整合東方?還是用東方整合西方?所以我説創新這個命題非常危險。會通、創新,一個對等,一個不對等。要怎樣解決這一問題呢?不妨學習西方的一些遊戲的方法。比如,西方不但有現代,還有前現代、後現代,不知將來會不會還有後後現代?事物究竟是如何發展?是從前現代發展到現代、再到後現代?後現代以後又如何發展？無人能知。劉再復曾經説，從前現代發展到現代，現代接下來不一定要發展到後現代，也可能是從現代回歸傳統。他曾環遊列國，得出一個結論，認爲將來還是要回歸傳統，回到中華文明的傳統，才能解決現代的問題。這是他的説法。怎麼辦？我現在提出，以一個「後」字，來對應西方文明。IT是不是西方文明呢？嚴格講可能也不是。IT講的是數碼，我們《道德經》第四十二章的「道生一，一生二，二生三，三生萬物」，不也是數碼嗎？這是很早、很早就有的。就目前的狀況看，會不會發展成爲另一套理論呢？這個也很難講。現在是數碼時代，可否提出一個後數碼時代的概念？現在有録音、録影，有各種各樣的輸入法，我不願意學得太多，我用拼音，拼音很麻煩，用手寫，也有誤差。我想，以後能不能我心裏怎麼想，就能够將我想的都輸入進去呢？如果能够，那麼這臺機器該叫什麼名字呢？録想機。不過，這個主意不是我想出來的，是施蟄存。他説，將來有個録想機最好了。我相信，現在的數碼這麼複雜，以後會簡單的，以後可以不用這麼複雜。按一下就可以啦，或者不用鍵盤，連按都不用按。這是個什麼時代呢？這就是我假想中的後數碼時代。大家等著吧。謝謝。

二〇〇四年十一月二十五日，在「中西會通與文化創新——二十一世紀中華文化世界論壇國際研討會」發言。據黄阿莎、李婷婷記録整理。

文學研究中的觀念、方法與模式問題

王光明(北京首都師範大學文學院教授)：

今天我們邀請施議對先生做「文學研究中的觀念、方法與模式問題」的報告。施先生是一位學養非常深厚的學者。上世紀八十年代，他就是一位在詞學、詩學方面非常有建樹的學者。當年，我在中國社會科學院文學研究所，跟他聊天，覺得他非常博大精深，以至於害怕跟他對話。他的成就很高。後來，到澳門大學執教。大家從所派發的材料可以看到，施先生所講的文學研究中的觀念、方法與模式問題，不同於以西方資源爲背景的觀念、方法與模式，而是從博大精深的古典文學傳統中抽取出來的，有很多是他多年的研究心得。我們今天能夠聆聽他的報告，是特別的榮幸。

讓我們以熱烈的掌聲歡迎施教授給我們做演講。(掌聲)

各位老師，各位同學：

很高興有機會參加你們的這個論壇(北京首都師範大學社會科學論壇)，和大家交流學習心得。剛才王光明教授的介紹，對我來講，是一個鼓舞，一個鞭策，非常感謝。不過，把我説得這麼厲害，讓我好緊張。看來，還得加把勁，努力進取。今天，我的這一講題，是借助王國維的論斷所生發出來的。一九九五年秋，在甘肅天水師範學校首次以此爲題，作過一回講演。之後，又曾在多所高校演説這一題目。但是，十幾年過去，至今尚未結撰成文。對於我來説，這仍然是一個探討性的話題。

王國維説，成就大學問、大事業，必須經歷三個階段，有三種境界。我接著他的話講。試圖看一看，成就大學問、大事業，具體的方法、途徑到底是怎麼樣的。從文學角度看，這是大題小做，而從文學以外的角度看，又是小題大做，似乎有點不大容易把握。而且，探討這一問題，假設往往多於求證，亦難免眼高手低。這是講題自身之難。再説，我本人既不是甚麼大學問家、大事業家，没有多少可説的，而聽了我的這一講座，對於成就大學問、大事業，是不是就能够發揮很大的推進作用呢？又不見得。這是把握講題之難，即操作之難，可謂難上加難。不過，話又説回來，眼高手低不怎麼好，如換個角度看，似乎也有好的地方。因爲眼高手低，總比手低眼也低好。至於能不能成就大學問、大事業，也還得看今後的發展，未可急於下結論。所以，也就斗膽到這裏，把自己的想法説出來，供大家參考。

王國維成就大學問、大事業的三種境界，包括三個階段，三種景象，皆如在目前而又頗難捕捉得到，無從衡量及進取。由文學切入，通過觀念（Idea）、方法（Method）、模式（Model），以及語彙系統（System of vocabulary）四大要素的考察，此中消息，也許能爲探知一二。

因此，我的這一講題，想就三個問題加以闡述。

第一個問題是：何謂？看看甚麼是觀念、方法與模式？第二個問題是：何爲？說一說講究觀念、方法與模式，究竟有何用處？第三個問題是：何以？說一說我所標榜的這麼一套玩意兒，觀念、方法與模式，究竟是怎麼來的，有何依據，並看怎麼樣不斷地加以調整？令其更趨完善。三個問題，相互之間有一定的邏輯聯繫，依次闡發開來，語彙系統應當也就自然形成。三個問題及語彙系統，構成四大要素。我把它看作是成就大學問、大事業的一種方法與途徑。以此爲標準，或者目標，嘗試加以推廣，希望自成一家之言。

現在，我們就一個問題、一個問題來展開論述。

一　何謂觀念、方法與模式？

（一）觀念問題

觀念此事，義界比較寬廣。大家心目中都有自己的一套，各有所屬，似乎很難說得清楚。比如思想、靈魂，或者想法、看法，這一些都在觀念範疇之內。就我們中國來講，觀念最早應該是在佛經裏面出現的。但佛經裏的「觀」，乃智的别名。不單有察、看的意思，還包括思考。如曰：「繫念思察，説以爲觀。」（《觀無量壽經義疏》）既察，亦思。它所展現的，是一個過程。現在所説觀念，如果是從日本那邊來的，就是一種出口轉内銷。乃由中國到日本，再由日本到中國。因爲日本人所説，最早可能是從佛經裏來的。當然，如果是從西方來的，那就是我們通常所説的引進。這是一般情形。而我所説的，則具有自己特定的義界。我將觀念看作一種主意。這是一個概念。英文和希臘文都叫Idea。所見英漢字典，有六七種解釋。我取其中一義，謂主意。如：這是很好的一個Idea。可以譯爲打算、計劃、辦法，或者指導思想。因此，我所説的觀念，是借用其外殼，I-d-e-a，用以負載自己的內容。與一般所説，稍微有點區别。

以下是一些具體事例，看看能不能把我的意思説清楚。

1 生活上的觀念問題

生活上的觀念，五花八門。由於立足點不同，角度各異，大家都有自己的一種堅持。比如月亮，究竟是中國的圓？還是美國的圓？這就是觀念問題。這類問題，日常生活中隨時都遇得到，而多數則不太留意。我今天所説的，仍然受到日本人的啓發。那是一九七九年間，日本有一個文學家代表團到北京。那時，我正在中國社會科學院研究生院讀書，就去聽了代表團的一個報告。題目忘記了，只記得其中提及觀念問題。報告人説：日本人的觀念跟中國人的觀念不同。中國人的觀念是：你好，我比你優越。日本人的觀念是：你好，我比你更好。比如：造紙術、指南針、火藥、活字印刷術，這是中國人的四大發明，西方用以製造槍炮，來打中國人。中國人被打，依舊不以爲然。説：你好，我比你優越。因爲我有義和團，刀槍不入。當然，我們的祖先，很早就會製造槍炮。我這次從長春這麽走過來，發現在清太祖努爾哈赤的時候，就已經有槍炮了，式樣還不少。滿洲人的槍炮用來攻打明朝軍隊，綽綽有餘，用來與西洋比試，可能就差一些。但是，日本就不一樣，自己不會製造槍炮，就悄悄地向人家學。廣東話稱之爲「偷師」。不知道哪一代天皇，曾把十五歲的公主遠嫁西方，將製造槍炮的技術偷了回來。因此，可以這麽説，在智力開發方面，日本人確實比較用功。心裏頭那麽想，實際上也就那麽做。比如，「車到山前必有路，有路就有豐田車」。這是中國改革開放之初，出現在北京機場公路上的大廣告。有人以爲，在汽車廣告語中，到目前爲止，還見不到如此自信，如此大氣魄的語句。二十多年過去，現在好多産品，不單單是豐田車，都是日本那邊來的。對於這一點，日本人應當感到很驕傲。

日本文學家代表團所作報告，説的是文學，實際已大大超出文學範圍。這件事讓我産生出許多聯想。所謂舉一反三，即順便檢驗一下，看看中國人是不是就像報告中所描繪的那樣。我記得這麽個情景，電視銀幕所出現中外領導人會面的一段小插曲。領導人會面，輕鬆、幽默。當提及美國多小汽車中國多自行車時，領導人曾説，我們的自行車比你們的小汽車好。爲甚麽呢？因爲自行車不要汽油，不用泊車，不會污染環境。既十分方便，又可以鍛煉身體。這應當就是：你好，我比你優越。

2 文學上的觀念問題

文學上的觀念問題，有一些具體事例可以説明。例如《詩經·豳風·七月》，其中有句：

> 七月流火，九月授衣。春日載陽，有鳴倉庚。女執懿筐，遵彼微行，爰求柔桑。春日遲遲，采蘩祁祁。女心傷悲，殆及公子同歸。

一個殆字，兩種解釋。一曰恐怕，另一曰將要。前者以爲階級壓迫，謂采桑女恐怕被公子帶回家去。大陸多數學者，包括余冠英，都這麽理解。改革開放之後，有關讀本亦云：「怕跟公子一路回。」「指女子被公子劫持同歸於家，任其蹂躪」（袁梅《詩經譯注》）。這是一種階級鬥爭觀念。因爲公子是統治階級，采桑女是被統治階級。後者以爲哭嫁，謂采桑女將要離開父母，離開兄弟姐妹，感到傷悲。大陸個别學者如程俊英以及臺灣學者，作如是解。這是從民俗文化角度所作解釋。朱熹《詩集傳》云：「公子，豳公之子也。……治蠶之女，感時而傷悲，蓋是時，公子猶娶於國中，而貴家大族連姻公室者，亦無不力於蠶桑之務，故其許嫁之女，預以將及公子同歸而遠其父母爲悲也。」謂遠其父母爲悲，亦以爲哭嫁。這一事例説明，文學上的不同觀念早已存在，處處都有所體現。

又如，李白《獨坐敬亭山》云：

> 衆鳥高飛盡，孤雲獨去閑。相看兩不厭，只有敬亭山。

眼前的山和人，互相關聯。著眼點不同，謂獨坐、獨看，或者是相看，牽涉到主體性與主體間性（古典主體間性）兩種不同觀念。我看山，我是主，山是客。這是主體性的一種理解。謂「胸中無事，眼中無人」（鍾惺《唐詩歸》），就是這一意思。一九四九年以後，從蘇聯引進馬克思列寧主義哲學的反映論，就强調這一主客關係。我們的文藝理論，大都以此爲依據。而古典主體間性則以爲，我和山，二者都是主體，同時，又都是客體。我看山，山也看我。我是主，山也是主；我是客，山也是客。如謂：「用一兩字，便覺山亦有情，而太白之風神，有非塵俗所得知者，知者其山靈乎。」（劉永濟《唐人絶句精華》）著眼點在「兩」，强調相看，則與前者有別。

又如，敦煌曲中無名氏《拋毬樂》云：

珠泪紛紛濕綺羅。少年公子負恩多。當初姊姊分明道，莫把真心過與他。□□子細思量著，淡薄知聞解好麼。

這是一位當筵歌女的內心獨白。謂當初不聽姊姊勸告，才落得如此下場。有關讀本以及各種鑒賞詞典，大都批判少年公子。比較典型的，有俞平伯的《唐宋詞選析》。其曰：「薄倖的相知懂得人好心麼？」以爲此句（「淡薄知聞解好麼」）承上「少年公子負恩多」而來。到底是不是這麼一回事呢？吳世昌不贊同這一説法，謂關鍵問題在「知聞」二字。不認識這兩個字，就讀不懂這首詞。謂唐人話語裏，「知聞」二字是相交、相好的意思。「淡薄知聞」，即泛泛之交，有如君子之交淡如水也。因爲指出：「解作『薄倖』，陋矣。」作爲當筵歌女，就像現代的歡場小姐，這位女子乃過於投入，將假戲真做，故不能自拔。實際上，這位女子所思量的，並不是甚麼負恩與不負恩問題。脱離具體的社會環境，用階級鬥爭觀念讀詞、解詞，必定走樣。

（二）方法與模式問題

在一定意義上講，方法與模式，既是一種手段，又是目的。二者必須結合在一起進行考察。但是，爲方便叙述，還得分別開來，逐一加以列述。

1 方法問題

方法一詞，依照現代説法，應當也是個舶來品。或以爲由希臘文Metaodos翻譯而成。表示在上、在後及路途兩個方面意思，並將其翻譯爲「人類爲達到他描述的目的所應該走的路程」（鍾少華《學問之道》）。説得明白一點，就是結果與過程兩個方面的意思。但是，這一説法，似乎也是古已有之，不一定非得到國外尋找不可。比如孟老夫子，他一早就曾説過：「中吾規矩者謂之方，不中吾規矩者謂之不方。是以方與不方，皆可得而知之。此其何故，方法明也。」中與未中，方與不方，皆可得而知之。同樣著眼於目標與路向，亦即結果與過程。這是對於方法及其運用的一種描繪。如果用哲學語言加以表述，即可進一步將其一分爲二，以兩個不同層面加以展示。

① 一般意義上的方法展示

一般意義上的方法運用，包括兩大門類：簡單的語言行爲及複雜的意識流動。其方法運用，東方、西方，有一定區別：南方、北方，也不太一樣。

先看語言行爲。就外交上講，兩人見面，握手不握手，雖屬於外交禮儀，但東方、西方各有不同表示。在許多情況下，東方以爲這是個政治問題。語言行爲，表現出立場觀點。兩國官員見面，有時候，不握手就不握手。大家心照不宣。這是東方對待語言行爲的態度。而西方就不一樣，你不握手，我跟你握手，看你怎麼辦。

再看意識流動。比如，傳遞人生一代一代沒有完結這一訊息，東方與西方，一樣不一樣？唐詩中的《春江花月夜》，「江畔何人初見月，江月何年初照人」。究竟是江上的月亮出現得早，還是江畔的人出現得早？不知道。「人生代代無窮已，江月年年只相似」。是人生長久，還是月亮長久？也不大可能説清楚。對此，似有兩種不同説法。一種以爲，人生短暫，月亮長久。謂江畔的人和江上的月，哪個先出現呢？好像月亮先出現；哪個長久？也還是月亮長久。人活著，最多一百年；一百年之後，人不在，月亮仍在。另一種以爲，月亮長久，人生亦長久。謂人生一代又一代，父親之後有兒子，兒子之後有孫子，無窮無盡。兩種説法，誰對誰不對？兩個都没錯。中國人傳遞這一訊息，一般都可從兩面看。而西方則比較肯定。叔本華曾舉過這麼一個例子，謂德國肖像畫家蒂斯拜恩有幅水彩畫，畫面上兩父子正在逃避火山岩漿的追逐。火山岩漿噴射過來了，兒子背著父親，跑到一條小路上。這條小路只容一人通過。怎麼辦？父親想表達一個意願：把我放下，我死了不要緊，還有兒子。怎麽表達呢？父親咬了兒子一口，讓兒子把他放下。兒子知道了，放下父親。臨別之時，回頭一瞥，表示已經收到訊息，明白意願。咬一口，瞪一眼，這是西洋人的表達方法，十分到位。

簡單的語言行爲以及複雜的意識流動，在方法運用上各有講究。至於做學問，同樣也有不同表現。以下説兩個方法的個案：一是我在中國社會科學院文學研究所時，曾與劉再復探討過的問題。我以錢鍾書的《管錐編》與時下著述作比較，提出：「錢鍾書的著述，像是滿載著礦石的卡車，一個車卡(車皮)、一個車卡(車皮)，運送給讀者，運送過程中，偶爾迸發出一兩朵火花。而時下著述，則像在天安門上放烟火，光彩奪目，但最多十五分鐘，没啦。」劉再復聽了，點點頭，以爲值得思考。過了十幾年，在一次研討會見面，劉再復已有充分的積累。演説學術十字架，人間、天上，關懷、叩問，有議論，有實例。將古與今以及東與西之氣脉打通，「落霞與孤鶩齊飛，秋水共長天一色」，令人眼界大開。這是礦石與火花的比較。再一個是一跟十的比較。浙江大學文學院，有兩位教授，我也是比較熟悉的，名字就不提了。有一回，我跟其中一位教授的門生閒談。問：這兩位教授做學問的方法有甚麽不同之處，能不能用最簡單的言語加以描述。這位朋友想了半天，説没想出來。而我則早有成竹在胸，即指出：一個善於把一變成十，一個則善於把十變成一。看看有無道理。答曰：有一定道理。兩個方法的個案，都是一般意義上的方法事例。

② 符號意義上的方法展示

符號意義上的方法運用，屬於符號學範疇。對此，我非專門研究，只是説説自己的思考與理解。一般層面與符號層面，究竟有何區别？比如語言行爲，嚴格講也是一種符號，看不出有甚麼特别之處。但我所説，並非只是概念的運用，而是從詩歌到哲學的提升。這是吴宓總結出來的經驗。吴宓將它當作自己「成長與進步的方向」。這就是從多到一的綜合與歸納，以及從一到多的推理與演繹。符號層面的展示，亦包括這兩個方面的意思。

前段日子，與香港朋友説及這一問題。這位朋友曾經在《明報》做事，金庸小説是他編輯出版的。我問：金庸小説到底好在哪裏？他回答：好在創造反英雄形象。反英雄形象，就是韋小寶那樣的無賴。對於文化大革命時期文藝作品中的高、大、全，或者假、大、空式的英雄形象，這無疑是一種反動。而再進一步詢問，如果提高到符號層面，以一的高度看金庸，他的創作究竟有何提供？這位朋友事先没有這方面的思想準備，一時回答不出。我就問，二十世紀中國文學，有哪一位作家、哪一部作品，可以提高到符號層面來説明？這一問題，你們也可以思考思考。問題提出，還是我自己作答。可能只有一個魯迅。他創造阿Q形象，有精神勝利法，這就是一種符號。那麽，除了魯迅，還有没有其他作家、作品，可以提高到這一層面來討論？昨天到達貴校，跟攻讀現當代文學的博士研究生説及這一問題。有同學提出：二十世紀中國文學，根基不及古典文學深厚，研究古典的學者，往往瞧不起現當代文學。不過，我發現一位研究現當代文學的學者，對於現當代文學的批評却非常尖鋭。他説：二十世紀中國文學没有甚麽好説的。一定要説，只有一個魯迅。而將魯迅拿到世界文學當中去，似乎又比不上人家了。這真要泄一下現當代文學的氣，對於這一情況，不知應當怎樣進行評述。

2 模式問題

以上將方法與模式分開來講，以下是合講。意在通過模式規範，進一步把握方法運用。方法問題包括兩個層面，模式亦然。

①一般意義上的模式規範

以前的歷史教科書，説階級鬥争，革命運動，有所謂原始社會、封建社會、資本主義社會、社會主義社會以及共産主義社會幾種不同形態。這是馬克思列寧主義社會發展模式。與此相關聯，由社會形態發展、演變而出現的政治鬥争，應當也有一定模式。比如：一九一四年至一九一八年，第一次世界大戰；一九三九年至一九四五年，第二次世界大戰。一戰、二戰，是爲熱戰。熱戰過後，兩大陣營對壘，社會主義與資本主義，是爲冷戰。一九八九年，柏林墻被推倒；一九九一年，蘇聯解體。蘇聯解體，冷戰結束。一百年當中，世界局勢的發展、演變，依循一定模式規範進行：熱戰、冷戰，你死我活；冷戰結束，你活我也活（雙贏）；「九·一一」之後，你死我也死（雙輸或雙贏）。死與活，以及怎麼死、怎麼活，就是一種模式規範。社會形態發展如此，文學研究是否也有一定規範？臺下同學説，「知人論世，以意逆志」。是的，正是這八個字，孟子所講的，就是一種模式規範。兩千多年來，文學研究大致依據這一模式。尤其是二十世紀後半葉，人們更將其歸納成爲一個公式：社會背景、生平事蹟介紹＋思想内容、藝術特點分析＝歷史評價及地位。這一公式，可稱爲批判繼承三段論。實施半個世紀，現在仍然十分流行。

以上二例，社會歷史發展及文學研究所通行模式，皆屬於一般意義上的模式規範。

②符號意義上的模式規範

從一般意義上的模式規範到符號意義上的模式規範，仍然是從詩歌到哲學的提升，即從多到一的綜合與歸納以及從一到多的推理與演繹。社會問題暫勿論，只説文學問題。文學問題中有關主題問題，長期以來似皆認定：愛情與勞動是文學中的兩大主題。以爲「男女有所怨恨，相從而歌。飢者歌其食，勞者歌其事」，自古以來，似皆如此。但是，這一切，食、事，以及怨恨，都在形下層面。至其形上層面，仍須向上提高一級，另外加以規範。因此，我發現，符號意義上的文學主題，並非愛情與勞動，而乃故鄉與他鄉以及瞬間與永恒。這是古時候讀書人的兩大情意結，亦文學作品的主要歌咏對象。

例如，賀知章的《回鄉偶書》：

少小離家老大回，鄉音未改鬢毛衰。兒童相見不相識，笑問客從何處來。

詩章叙説一次回鄉經歷。謂：經過許多年月，由少小到老大，鬢毛已衰而鄉音未改。我，還是以前的我。這是首二句之所羅列。以爲未改。次二句反轉過來，説已改。謂兒童笑問，令其猛然警覺：自己雖已回到故鄉，却被當作他鄉人看待。首二句説未改，鬢毛、鄉音，看得到、摸得著、聽得見，皆屬於具體物象；次二句説已改，其所揭示之主與客以及故鄉與他鄉，看不到、摸不著、聽不見，皆屬於抽象概念。首二句與次二句，未改、已改，具象、抽象，截然不同，彼此拉上關係，構成一組互相對立而又互相依賴的單元。兩個單元，一經對照，故鄉、他鄉，既形成强烈對比，又因此而貫穿在一起。這麽一來，偶然發生的事件，原來不太經意，但互相連接，即向必然層面提升，成爲帶有普遍意義的社會問題。

又如，晏殊的《浣溪沙》：

一曲新詞酒一杯。去年天氣舊亭臺。夕陽西下幾時回。　無可奈何花落去，似曾相識燕歸來。小園香徑獨徘徊。

歌詞所陳述，並非一件事，而是一個道理，瞬間與永恒的道理。即非一邊填詞，一邊飲酒；而是一邊聽歌，一邊飲酒。面對著歌和酒，未曾填詞。於是，無限的歌（新詞）與無限的酒，無限的天氣與亭臺（去年如此，今年仍然如此），以及有限的人生（今日之夕陽，已非昨日之夕陽）。幾種物事，無限與有限，排列在一起，構成一個個瞬間的組合。這是上片之所布置。下片的落花與歸燕，無可奈何與似曾相識，朝朝如此，年年如此，却是一種永恒的存在。由上片到下片，永恒的存在和一個個瞬間，又構成一組互相對立而又互相依賴的單元。上片與下片，瞬間、永恒，相關、相對，將時空距離推得很遠、很遠，令思緒由平淡的日常生活，歸結於抽象的自然規律。

兩大主題、兩大情意結，兩個單元所構成的二元對立關係，體現出一種獨特的思維模式。唐詩與宋詞，皆由此而奠定基礎。唐詩時代，開拓、進取，統治者對於自己的地位充滿信心。「葡萄美酒夜光杯，欲飲琵琶馬上催」。當時的讀書人，大都比較外向。其心境、詩境，十分闊大。而宋詞時代，固本、守成，統治者爲保天下，奉行厚待官吏政策。讀書人得到功名，和諸大將一樣,「多積金帛、田宅以遺子孫,歌兒舞女,以終天年」。大多較爲内向。「昨夜西風凋碧樹。獨上高樓,望斷天涯路」。其心境、詞境,亦無比深長。個人秉賦,加上時代風氣,造就一代文學。但是,由於空間及時間上的錯位,「夢裏不知身是客」,「錯把他鄉當故鄉」以及「不知今夕何夕」,此等事之經常發生,一班騷人詞客,已將其歌咏對象,故鄉、他鄉,瞬間、永恒,當成一種符號,例如A,或者B。因此,這一思維模式,也就並非李唐趙宋之所專有。這是命題自身的一種提升。

現代化、全球化,科學發達、文明進步,對於兩大情意結,似乎可幫上一點忙。例如,火車、飛機,那麽方便、快捷,還有宇宙飛船,甚麽時候想到那裏,即時可動身,要不,發個短信也非常容易。這是對於形下層面情事而説的,至於形上層面情事,情況就不太一樣。不僅飛機、火車用不上,電腦也不一定用得上。諸如「人生不滿百,長懷千歲憂」,誰也奈何不得。所以,古往今來,文學中的兩大主題、兩大情意結,既是永恒的存在,又是永遠的困擾。

二　何用觀念、方法與模式?

第二個問題,何爲? 就是説,爲甚麽特别提出觀念、方法與模式問題。希望從實踐與理論兩個方面,探尋其功用及價值。

(一) 觀念改變，世界改觀

1 萬有引力定律，改變對於宇宙的看法

就宇宙空間看，究竟是太陽繞地球轉，還是地球繞太陽轉？在牛頓之前，這一問題，似乎已成爲禁區，誰也不敢亂發議論。但是，蘋果落地，靈機一動，產生萬有引力定律，情況就大不一樣。依據地心引力，牛頓提出：不是太陽繞地球轉，而是地球繞太陽轉。因而，宇宙隨即爲之改觀。

這是一六六五年的事，牛頓剛從劍橋三一學院畢業。假期裏來到母親家中，於花園小坐。有一回，像以往屢次發生的那樣，一個蘋果從樹上掉下來。但這回引起牛頓沉思：究竟是甚麼原因，使得一切物體都受到差不多總是朝向地心的吸引？牛頓思索著，終於發現對人類具有劃時代意義的萬有引力。因而斷定：太陽吸引行星，行星吸引行星，以及吸引地面上一切物體的力，都是具有相同性質的力。這就是萬有引力。同時，牛頓還通過大量實驗，證明任何兩個物體，相互之間都存在著吸引力。從而，總結出一條定律：萬有引力定律。

一個蘋果偶然落地，使得那位坐在花園裏的牛頓，頭腦開了竅，人類亦因此改變對於宇宙的看法。

2　小球轉動大球，改變對於世界的看法

一九七一年四月十日，美國乒乓球代表團訪問中國，打開中美兩國友好往來的大門。一九七一年四月間，美國有個乒乓球代表團在日本名古屋，參加第三十一屆世界乒乓球錦標賽。美國乒乓球代表團向中國乒乓球代表團表示，比賽結束後，希望到中國訪問。是否邀請？代表團當時通過周恩來總理請示毛澤東主席，毛主席果斷地作出決定，邀請。爲甚麽呢？因爲小球可以轉動大球。美國乒乓球代表團訪華，終於成爲中美關係史上的破冰之旅。接下來，美國國務卿基辛格秘密訪問北京，來了好幾趟，一直到毛澤東主席與尼克松總統會面。這就是舉世聞名的乒乓外交。

一九七二年二月二十一日，毛澤東主席在中南海會見美國總統尼克松。二月二十八日，中美雙方在上海發表聯合公報，決定實現兩國關係正常化。一九七九年一月一日，中華人民共和國和美利堅合衆國互相承認並建立外交關係。

世界上兩大巨人會面，改變了全中國對美利堅合衆國的看法，從而也改變了世界。這種改變，首先體現在觀念上。比如，究竟是美國的月亮圓，還是中國的月亮圓？這一話題，現在似乎不怎麽講，實際上還是存在的。一九四九年以前，美國的月亮比中國的圓；一九四九年以後，情況不一樣，至少是一樣圓。不但一樣圓，而且很可能是，中國的月亮反倒比美國的

圓。至於現在，究竟是美國的月亮圓，還是中國的月亮圓呢？不知道。這要看具體情況，比如天氣。像今天，風沙這麽大，環境污染這麽厲害，那就很難説。（笑聲）

毛澤東主席的「小球轉動了大球」，不但改變了中國人的觀念，改變了中美兩國關係，而且於十年以後，爲中國的改革開放起到了一定的推動作用。

3 現代化、全球化對於世界的衝擊

整個世界，由前現代進入現代，由現代進入後現代，就目前趨勢看，究竟將走向何方？是不是一定走向後現代？似當認真進行一番反省。

以下幾個重要日子，重要時刻，特別提請留意。

一九七二年七月十五日，美國密蘇里州聖路易城作爲現代化標誌的兩座大廈，雅致的十四層板式構造，正宗的現代建築，像是文件櫃、紙板箱一樣，終於在黄色炸藥的巨大爆炸聲中消失。論者以爲，這是人類建築由現代進入後現代的一個轉折點。後現代這一概念，語出英國建築評論家詹克斯（Charles Jencks）。其曰：「現代建築於一九七二年七月十五日下午三點三十二分，在美國密蘇里州聖路易城死亡。」（《後現代主義建築語言》）這一日子，成爲人類現代建築死亡的紀念日。

一九八九年十一月九日，柏林墻被推倒。一九九一年八月二十四日，戈爾巴喬夫宣布，辭去蘇聯共產黨中央總書記職務，並且建議蘇共中央自行解散。蘇聯解體，美、蘇兩極戰略均勢消失。美國總統布什宣布：以西方資本主義形態的經濟體系，重建世界新秩序，全球化（Globalization）時代開始。

二〇〇一年的「九·一一」事件，美國另外的兩座建築物——世貿中心大廈被炸，世界運作模式跟著改變。由你活我也活，變成你死我也死。美國被弄得焦頭爛額，不知道怎麼樣來充當世界警察。網絡上文章稱：「九·一一」事件刷新美國人對自己與外部世界的看法，刺破蒙在全球化與美國角色上的那層薄薄的面紗。這一刷新與刺破，表現在兩個方面：一方面是，讓美國人看到，經濟全球化的運轉之道像流淌在地表上的水，未能改變深層結構，政治全球化滯後於經濟全球化，必然引發災難；另一方面是，讓美國人看到，如此强大的帝國，實際上却是那麼脆弱。所謂民主、自由制度，也不能不讓人產生懷疑。

（二）觀念改變，社會改觀

世界上任何時候，任何事物，都有個現代化問題。這是没有開始，也没有結束的過程。從内容上看，主要是處理人與天的關係問題。而從形式上看，應當是追求一種整齊與劃一。由不整齊到整齊，由不一致到一致，古往今來，所有事物，包括文學，其發展、演變，都需要經歷這一階段。例如，秦始皇統一六國之車同軌，字同文，就是這麼一種推進。那麼，現代之後，是不是一定進入後現代呢？許多人以爲必然如此，實際應未必。事物的存在，多元發展，無有一定規限。由前現代到現代，現代之後，不一定就是後現代。相反，可能是返回古典。即由整齊返回不整齊，由一致返回不一致。有時候，「緑樹偏宜屋角遮，青山正補墻頭缺」，造化與人工的轉換，也是一種推進。

以下著重看看，二十世紀文化人，如何以自己的觀念令文化、文學改觀，因而也令社會改觀。

1 人類文明區域的重新劃分

① 風動或者幡動

中國佛教經典上有個故事：六祖惠能得到弘忍大師真傳，於山中修行十五年。某日，來到南海法性寺，正好遇上印宗法師宣講《涅槃經》。其時，風吹幡動。一僧曰風動，一僧曰幡動，議論不已。惠能進曰：不是風動，不是幡動，仁者心動。所謂撥竿見影，舉座皆驚，印宗法師隨即延至上席，爲其剃度，並反拜其爲師（《六祖壇經》）。有人以爲，這是借機發難，先聲奪人，似不甚確切。就當時情況看，與其說以聲先，不如說以理勝，即以觀念取勝。佛家說執與破執，以爲執色必迷，萬相皆空方悟。在對待物與我的關係上，觀念十分要緊。比如，兩僧執風動、幡動，六祖破其執。曰：心動。一個只看到外部世界的變化，一個則將一切外物都看作是心靈的投影。只看到外部世界，甚麼都放不下，必然爲外物所執（驅使）；能够自我觀照，自我把握，才能够真正頂天立地。真正身定心空，萬緣都寂，外部世界，風動也好，幡動也好，皆與我了不相干。天堂就在心静時刻。六祖所宣示，就是一種觀念。這當也是六祖所以成爲一代佛宗的原因之所在。

當今世界，瞬息萬變，好像處於戰國時代。齊、楚、燕、韓、趙、魏、秦，七雄並立。風動、幡動，不得太平。一班文化人，和中國當時的策士一樣，合縱連横，馳騁天下。其中，有兩位國際知名的大儒，值得注意。一位是哈佛大學首席教授、戰略問題研究所所長亨廷頓（Samuel P. Huntington）所著《文明的衝突》（*The Cahof Civizaio*），以文明間的框架詮釋冷戰後的世界，首次提出文明衝突這一概念。以爲：第一次世界大戰（一九一四—一九一八），二、三政治寡頭主宰世界；第二次世界大戰（一九三九—一九四五），由熱戰轉入冷戰，兩大陣營主宰世界；新舊世紀之交，全球科技、文化一體化，八大文明主宰世界。這是非常宏觀的一種規劃。這一規劃，對於全球化明顯已産生一定的震撼作用。這是哈佛學者的一項重要研究成果。亨氏此舉，可能爲著讓當政者警醒：西方文明的衰落及東方文明的興盛。另一位也是哈佛大學教授，哈佛燕京學社社長杜維明。所著《文明的衝突與對話》，持有不同意見。杜維明提倡對話，尤其是宗教界領袖人物的對話。謂即使亨廷頓所謂的文明衝突之確實存在，也應當加强文明間的對話，而且對話顯得更爲重要。

表面上看，衝突與對話似乎有所不同，而實際却不見得有太大區別。正如孔夫子之所標榜——「君子和而不同，小人同而不和」；君子與小人，畢竟都在一個屋檐底下。子不語怪、力、亂、神。舊儒學未曾上升爲宗教，只是停留於形下層面；新儒學和所有利害個體或者集體一樣，在形上與形下問題上，也不見得有何突破。君子與小人，小人與君子；一僧與另一僧，互相彼此。外部世界的改變，風動、幡動，真正能够保持心静者，仍然有待六祖一般的大師級人物出現。

② 和諧與不和諧

世界目前情勢，不論大國、小國，所有矛盾衝突，都只是君子與小人的爭鬥，或者小人與小人的爭鬥。無非是，你掠奪我也掠奪，你擁有我也擁有。或者説，你傾銷於我，我必制裁；你制裁，我必反制裁。而就大陸現實看，先富、後富，同樣危機四伏。有一位經濟學家，和我們一樣出身，但他通過考試，從基層到中央，成爲經濟體制改革的謀士。他走遍全國，到過二十幾個不同國家，曾提出過去二十八年，中國經濟改革的成功，由於有一個合適的制度。如今，社會有不和諧現象，是不是應當引發思考？社會的分化，是否也有根源可追究？但是，最根本的，應當還是人天關係問題。和諧社會講人本，更加重要的還得講人與自然的關係，才能實現真正的和諧。

社會發展，和諧與不和諧的衝突，怎麽辦？ 我們的祖先，很早就爲之定下規則：「發乎情，止於禮義。」（《詩大序》）朱熹提倡「存天理，滅人欲」，以前將它看作道學家的一種教條，好像不怎麽好。而放縱人欲，又怎麽樣呢？ 就人與天的關係看，開掘、發展，説得直接一點，就是一種掠奪。人與人之間的掠奪，人對於天的掠奪。這是應當節制的。另有一位經濟學家，演説中國經濟發展對世界的影響。答問時，我提出三個問題請教。一，鄧小平先生説，發展是硬道理，没錯，但鄧先生還講過另一句話，建設具有中國特色的社會主義。甚麽是中國特色？「留得青山在，不怕無柴燒」。這就是中國特色。作爲一位經濟學家，尤其是一位能够影響決策的經濟學家，不知道是否調查並向中央彙報，神州大地還有哪幾座山是青的，有柴火可燒？ 二，二〇〇〇年春，我由上海經杭州到紹興，看見大片大片的油菜花。兩年後再度經過，油菜花不見了。油菜花到哪裏去了？ 二〇〇五年夏遊敦煌，發現油菜花到戈壁灘上去了。如果開發大西北，油菜花又將到哪裏尋找？ 三，據説中國每年所消耗的能源，占世界百分之幾，所創造的財富，占百分之幾。不知道有没有這回事？ 這位經濟學家回答：油菜花由東部轉移到西部，符合經濟效益。東部土地少，一畝好幾萬元，西部便宜。不在東部種

③ 天道以及人事

植，轉移到西部種植，既節省成本，亦爲西部創造致富條件。至於百分之幾與百分之幾這數字，則謂有此事，但不能只看數字。因中國所從事的都是高耗能産業，而美國則不同，許多高科技，節能空間大。並説，美國是世界上消耗能源最多的國家。經濟學家的回答，無關天道，只是停留於人事層面。

現實世界，開發與掠奪，没有盡頭。併購、壟斷，已成爲必然趨勢。將一百年乃至一萬年的資源，集中於五年使用；將一百人乃至一萬人的財富，集中於五人使用。人欲滿足了，環境受到破壞。提倡科學（科學發展）與和諧，注意到人與自然的關係，在節制人欲方面，相信將起一定作用。

2 中國文學區域的重新劃分

文學區域劃分，需要準則，體現一種主意。就二十世紀情況看，文學家大都没有主意，只是跟在人家後面跑。比如，近代文學、現代文學以及當代文學的劃分，就是跟著歷史學家，跟著政治學家跑。因其劃分依據，乃中國近代歷史上所出現若干重大事件。一八四〇年，鴉片戰争；一九一九年，「五四」新文化運動；一九四九年，中華人民共和國成立。世紀之末，有些人出來反思。提出二十世紀文學，想摧毁原來的劃分。而二十世紀這一概念，是不是文學所專有的呢？那又未必。所謂當代，一部分人已經進入二十一世紀，並非二十世紀之所能包括。

我以爲，二十世紀中國學界，只有兩人有觀念，能够劃分。一個王國維，一個胡適。王國維倡導境界説，以有無境界判斷文學作品的優劣與高下。胡適「大膽的假設，小心的求證」，將漢以後的中國文學一刀劈成兩半，一爲死文學，一爲活文學。王國維的劃分，另有專文説及，這裏著重説胡適。胡適的劃分標準是語言，看看是白話文還是文言文。這是文學表達工具。所以，有此斷言。這一問題，我與劉再復探討過。我説只有兩人，他有點驚訝。問：某某人以及某某人都不是嗎？我説，如用我的四大要素來衡量，應當還稱不上。但劉再復有自己的思考。一九九八年，美國科羅拉多大學召開「金庸小説與二十世紀中國文學」學術研討會，劉再復發言，亦將「五四」以後的中國文學一刀劈成兩半。一半是占據舞臺中心地位、由「五四」新文化運動所催生的新文學；另一半是保留中國傳統文學形式但有新知的本土文學。而在大陸學界，左翼作家、党的文學工作者，大都將這一階段的文學劃分爲新文學與舊文學。劉再復對胡適的劃分没怎麽講，對新、舊文學的劃分，則有自己的説法。以爲這是意識形態的劃分，受到意識形態的統制。劉指出，金庸屬於本土文學，提倡一種自由解放的價值觀。我向他表示，希望能够提出一個公式來。劉答：「胡適的學説叫語言本體論，我的可以叫靈魂本體論。」並説明，看一部文學作品之好與不好，須看有没有靈魂，有靈魂就是好作品，没有靈魂就不是好作品。這是第一層意思。第二層意思，就看有没有想像力。第三看語言表述。靈魂及語言，三層意思，進一步加以提升，也許能够構成一個方程式（劉再復方程式）。我向他提出這個建議。

3 詞學研究區域的重新劃分

一九一六年，胡適二十五歲。所作《沁園春・誓詩》，自以爲一篇「文學革命宣言書」。他的攻擊對象，是五百餘年來「半死之詩詞」。詞之作爲艷科，胡適有自己的理解。他的所謂革命，既要革傳統題材的命，革傷春悲秋的命，又要革聲律的命。對待詞體，立足於破。但是，繼往開來，其目的乃在於：「爲大中華，造新文學。」十年後，胡適編纂《詞選》，對於千年詞史的砍與伐，却爲詞學研究區域的重新劃分立下樣板。

近幾年來，有關千年詞學三座里程碑的揭示以及對於百年詞學所進行的劃分，在一定意義上講，也是一種大膽的設想。所謂三碑、六藝，到現在爲止，儘管只是側面得到的一點點回應，但後起一輩，包括在學的碩士研究生和博士研究生，同道仍不甚少。故此，我千里迢迢，到這兒來，借用你們這個論壇，就詞學區域的重新劃分，再一次與你們探討，希望進一步將論題展開。

（三）觀念改變、品級提升

重量級人物，靈機一動，世界即時跟著變動。作爲小百姓，就不那麼容易。但是，由於時空變换，情况便有所不同。俗話説：人動則活，樹動則死。天下大得很，可走的路千萬條，何必要吊死在一棵樹上呢！對此，我自己也曾有過一段經歷，有所體驗。尤其是移居港澳以後，换了一種文化背景，樣樣東西都曾重新來過。在自我調整過程，考慮最多的是這麽一個問題：內地與港澳，究竟有何相同與不同之處？置身其中，從人云亦云，到有自己的思考。

移居港澳之前，看過劉征的一篇雜文：《一簍螃蟹》。謂螃蟹在簍筐裏，既受到鉗制，又互相鉗制。你扯住我的大腿，我扯住你的大腿。誰也别想游到大海中去。在尚未離開内地之時，對此頗有同感。移居之後，筐内、筐外，有了比較。我發現，在筐内那麽長時間，雙脚已經變軟，變得没有力氣，投入大海，顯然游不過原來就在筐外的螃蟹。我曾想寫封信，告訴劉征，請作修訂。以爲：筐内未必就不好。我與内地一位教授説及此事。問：想不想走出簍筐，游向大海深處。答曰：寧願留在筐内。

經過調整，觀念改變，已能察知品級之是否提升，但未敢輕易下結論。這是個層面問題，形上或者形下，不同品級，其區别就體現於此。

三　何以調整觀念、方法與模式？

第三個問題，何以？包括兩方面意思：一，來歷及依據；二，怎麽進行調整問題。試圖通過對於來龍去脉的把握，爲自己所提出話題，來個簡單的理論説明。

（二）來歷及依據

這些年演説「文學研究中的觀念、方法與模式」這論題，經歷一個不斷吸取、不斷充實的過程。一切仍在進行當中。所謂來歷及依據，一時講不清楚。這裏所提供的，只是一種推測及聯想。

1 宇宙空間的位置變換以及人腦、電腦的登入與登出

① 天地，沙鷗，古今、須臾

古時候，人們一早就非常注重自己在天地間的位置，懂得就自身所處環境，以想像外面世界。如謂「宇，屋邊也」（《説文解字》）。即由自己所居住可以用來遮擋風雨的小屋，想像至高無上的天，謂其「上棟下宇，以待風雨」（《周易·繫辭下傳》）。又如，以舟車行走之自此至彼，復自彼至此，如循環然（《説文》段注），將由今溯古，復由古沿今的時間，看成不斷運轉的舟車的輪子。謂：「宙，舟輿所極覆也。從宀，由聲。」（《説文解字》）從而一早得出這麽個結論：「上下四方曰宇，往古來今曰宙。」（《尸子》）這是從空間、時間兩個不同維度，對於周圍一切之所認知，也是對於自己位置的測定。

孟子説，萬物皆備於我。這是一個基本立場。一切思維活動，似皆導源於此。就人與宇

宙的關係看，我是縮小了的宇宙，宇宙是放大了的我。因曰：「並生天地宇，同閲古今宙。」（蘇軾《次韻答章傳道見贈》）「一人之心，天地之心。」（邵雍《皇極經世》）以及「宇宙便是吾心，吾心即是宇宙。」（陸九淵《象山先生全集・雜説》）云云。説明我與宇宙，在人們心目中，早已合二爲一。王國維説不隔，就是這麽一種狀態。

文學活動，在變化、發展中進行。上窮碧落，下極黄泉，乃至於海上仙山，並非只是在一個層面。所謂「觀古今於須臾，撫四海於一瞬」（陸機《文賦》），其近、遠以及内、外，涵蓋一切，包羅萬有。就外面的世界看，作爲單獨的個人，儘管非常渺小，而當其與外面的世界融合在一起，則無比浩瀚、偉大。

人生天地間，對於位置的思考，既是視角問題，也是責任問題。於天地間立論，這是觀察世界、思考問題的視角，也是我所提出論題的立足點。

② 一陰、一陽，繼之、成之

《易傳・繫辭》第五云：「一陰一陽之謂道。繼之者，善也；成之者，性也。仁者見之謂之仁，知者見之謂之知。百姓日用而不知，故君子之道鮮矣。顯諸仁，藏諸用，故萬物而不與聖人同憂，盛德大業至矣哉。富有之謂大業，日新之謂盛德。生生之謂易，成象之謂乾，效法之謂坤。極數知來之謂占，通變之謂事，陰陽不測之謂神。」世間萬事萬物，千差萬别，其共通處就在於陰陽二事。陰與陽之互相交替，所謂繼之、成之，有如日往月來、寒消暑長，有進必有退。萬物趨時而生、效時而行以及生命之生成與繁衍，無有窮盡。一陰一陽之間，其奇與偶的排列組合，展現出宇宙萬物有規律、有秩序，和諧演化的行進軌迹，構架起萬物與天地相參、天地人三才合而爲一的象數模式系統。這是中國人對於世界的傳統看法。由宇宙程序，到人腦程序，到IT程序，各種各樣的形式創造，不斷的智力開發，儘管越來越繁複，到頭來仍然離不開陰陽二事。借進與退布局，這是觀察世界、思考問題的途徑，也是確立論題的方法。

2　人類思維的基本模式以及上下、續斷的重組與轉换

西方結構主義的原理是二元對立關係。兩個互相對立而又互相依賴的單元，加上一個中介物，構成二元對立定律。論者以爲人類思維的基本模式。兩兩成雙，再加上一個第三者，這是西方的架構。中國則有所不同，其構架，歸結起來只有四個字——續斷與上下，表示一陰一陽之斷與續以及乾上坤下之涵蓋與承載。二者都是一種排列與組合。而其具體運用，却是一種重組與轉换。對此，西方説分解與化合，中國説善入與善出(龔自珍語)，或者入乎其内與出乎其外(王國維語)。二者相比較，同與不同，似乎難以説得清楚。

依據吴世昌先生的結構分析法，我將中西兩種思維模式，歸結爲另一結構模式。就詞學而言，可稱之爲新變詞體結構論。這一結構模式與西方結構主義大致相同而略有變通。其

要點有以下二項：

①兩個單元的組合規則：相關、相對、相反

我與宇宙，包括内宇宙與外宇宙，皆由兩個互相對立而又互相依賴的單元所構成。兩個單元的組合，相關、相對、相反，皆有一定規則。謂相關，指相互關聯，並非風馬牛之互不相及，比如英格蘭曼聯與芝加哥公牛，足球與籃球，互不相干。謂相對，指門當户對，勢均力敵。謂相反，指不同目標，各自攻守一邊，方向相反。六字規則，構成對立及依賴之相互關係，誰也離不開誰。

②中介的效用：分解與化合

互相對立而又互相依賴的組合，其間需要一個中介物。這一中介物，於兩個單元之間，産生催化作用，即其加入，令兩個不同單元重新進行整合。或者進一步分解，令對立關係顯得更加不可調和；或者加以化合，令雙方各朝著自己的對立面轉换。比如，賀知章之《回鄉偶書》，具象與抽象，一前一後，因兒童的加入，令故鄉與他鄉，相距更加遥遠，對比更加强烈，就是一種分解。而晏殊之《浣溪沙》，上下兩個單元，瞬間與永恒，則由小園香徑，獨自徘徊，加以貫穿，令有限與無限，在此過程中得以重組或者轉换，就是一種化合。

（二） 調整的問題

1 於東方大傳統吸取資源

創造歷史的偉大人物，毛澤東主席説，中國幾百年才出現一個。以前稱聖人，現在是思想家或者大師。大傳統，非一家，乃綜合百家。用現代的話講，就是一種共識。

① 天道與人事，道與理的問題

孔夫子提倡思無邪，對於人的行爲，有一定節制作用，但限於形下層面，只是看怎麼分辨君子與小人。孔夫子以後，朱夫子提倡：存天理，滅人欲。在於協調人天關係。這是在温飽基礎上的進一步提升。用現代的話講，就是保護環境。朱夫子以後，又將如何？當留待歷史評判。就整體情況看，所謂大傳統，應當就是天人合一思想。頭上三尺有神明。人與人的問題，人類自身解決不了，天來解決，或者禽獸來解決。承運得天，這是中國人共同的願望。

② 排列與組合，理與法的問題

中國人的思維模式，斷續與上下，其排列與組合，相反、相成，皆有一定之數。老子《道德經》云：「道生一，一生二，二生三，三生萬物。」並云：「人法地，地法天，天法道，道法自然。」天、地、人；一、二、三。這幾個文字，其排列與組合，在很大程度上，代表著中國人的宇宙觀。所謂近取諸身，遠取諸物，思路不同，却都從這裏開始。《孫子・計》（銀雀山竹書本）云：「地者,高下、廣狹、遠近、險易、死生也。」作戰須考察地形,知己知彼,亦由此體現出高度的智慧。

2 於西方大傳統吸取資源

西方大傳統,限於見聞,頗難著手。從王國維那裏借來一點,例如叔本華哲學,不知有無説服力量。叔本華認爲自己是康德的真正繼承者。宣言:「世界是我的表象,世界是我的意志。」表象與意志,這是叔氏從康德那裏承繼下來的所謂二元論的世界觀。將事物一分爲二,頗具普世價值。

① 叔本華稱:「作爲表象者,不認識甚麼太陽,甚麼地球,而永遠只是眼睛,是眼睛看見太陽;永遠只是手,是手感觸著地球。一切都是作爲表象而存在著的。」並稱,世界是我的意志。以爲接觸得到才算數。太陽是我所看到的太陽,地球是我的手所摸得到的地球,這就是世界是我的表象。但是,僅僅就作爲表象的一面來考察世界,雖無損其爲真理,却究竟是片面的,須由另一真理來補充。

叔本華並提出:「意志是世界的本質。身體是意志的客體化:牙齒,食道腸的輸送是客觀化了的飢餓;生殖器是客觀化了的性欲;至於攫取物的手和跑得快的腿,所契合的已經是意志比較間接的要求了,手和脚就是這些要求的表出。」以爲:世界是我的表象,意志是萬物的基礎,因而生活的本質就是生活之欲。生命意志既然表現爲人生,則人生也就爲意志所支配。

叔本華所謂世界是我的意志，意即世界是欲望的表象。

②叔本華廣采博取，用一系列西方傳統中流行的概念，將人生的一幕幕、一場場，清楚加以表述。説明欲望是一種動力，是生命的體現。人這種生命現象，是求生意志的客體化，是一切生物中需求最多的生物。因而，只就個體生命而言，生命的意志表現爲欲望。意志創造了世界。

③西方大傳統，説穿了就是一個欲字。這一個欲字，讓勇敢進取，讓冒險，讓開放，並具較大破壞力量。

（三）中論的重要性，非執著於一邊

觀念、方法與模式，本身並無高低之別與優劣之分。不能説這個好，那個不好；這個先進，那個落後。這裏説調整，在很大程度上，就是爲著尋找中介物。比如説，世界現今所造成你死我也死的局面，究竟應當如何面對？劉再復在美國生活了十幾年，「九·一一」剛過去，我請他到澳門做演講。乘坐十幾個鐘頭的飛機，氣都還没喘過來，一講就講到這件事上。他説：美國的民主、自由制度須要反省。民主、自由有許多好處，但也給恐怖分子以可乘之機。其間可能需要個中介物。此中介物，一個在天上，一個在地下。不知道你們想得出來想不出來？在地下的一個可能是石油。美國打伊拉克，打薩達姆，跟石油有關。在天上的是甚麽呢？可能是上帝。二十世紀，尼采宣告，上帝已經死亡。没有上帝，没有神，也就没有公信。所有一切都亂了套。想了一想，劉再復説，應當有一定道理。你們想想，有没有道理？這也是一種大膽的設想，須要小心加以求證。數碼時代，關鍵仍然是中介問題。就對立雙方看，這是一種催化劑，是二之間的三。將其注入，進行分解或者化合，以達至中和效果。在哲學意義上講，這是一種中論。中的意思，非執著於兩邊，乃最大的包容。這應是對立雙方，共同的出路。

四　實證

以下三個事例，爲著看看講究觀念、方法、模式，到底有何效用，看看如將其運用到具體的文學研究中去，能够不能够出新意。

第一個例子，李白的《清平調》：

雲想衣裳花想容，春風拂檻露華濃。若非群玉山頭見，會向瑶臺月下逢。
一枝紅艷露凝香，雲雨巫山枉斷腸。借問漢宫誰得似，可憐飛燕倚新妝。
名花傾國兩相歡，長得君王帶笑看。解釋春風無限恨，沉香亭北倚闌干。

李白之作爲翰林供奉，看過清宫戲，知道這就是一名奴才。隨叫隨到，隨時聽候使喚。而對於這一角色，李白擔當得好不好呢？ 應該説相當出色。這是宫中當年所發生的事情。某一天，牡丹盛開，紅紫、淺紅、通白。「上乘照夜白，妃以步輦從。」賞名花，對妃子。有李龜年這樣的好歌手，却没有好的歌詞。皇上立即想起這位等候使喚的奴才。「遽命龜年持金花箋，宣賜翰林學士李白，立進《清平樂》詞三章」。其時，李白儘管宿酲未醒，但死門活門，還是看得清楚的。名花、傾國、君王，這三者得罪得了嗎？ 名花得罪了，不要緊； 得罪了傾國與君王，就有殺頭的危險。大家看看，李白怎樣擺平各個方面的關係。第一首，「雲想衣裳花想容，春風拂檻露華濃。若非群玉山頭見，會向瑶臺月下逢。」到底是寫花，還是寫人呢？ 不理他，不會有人跟他計較。第二首，「一枝紅艷露凝香，雲雨巫山枉斷腸。借問漢宫誰得似，可憐飛燕倚新妝。」這麽漂亮的妃子，有誰能够跟她相比呢？ 只有漢宫飛燕，而且還要剛剛洗好澡，著上新裝那一刻，才能够跟她相比。楊貴妃當然没意見。第三首，君王怎麽辦？ 我在上海出席宋代文學研討會，也説了這個例子。其中有一個字非常關鍵，「長得君王帶笑看」的「得」字。這個字如果换成「使」，謂「長使君王帶笑看」，可能要被砍頭。許多版本都是「得」，未曾出錯。李白非常謹慎，將這三者伺候得服服帖帖，三者之間的關係，也給擺得平平正正。這不就是十足的奴才嗎？ 但是，這是不是李白詩中的李白呢？ 絶對不是。李白詩中的李白不是奴才。那麼，李白詩中的李白又是怎麼個樣子呢？能不能從歌詞當中認識得到？請看下面一句：「解釋春風無限恨。」這一句非常要緊，須細心解讀。從字面上看，並非解釋春風，而乃春風解釋。爲協和平仄，調換了個位置。主語是春風，謂春風把無限恨釋放出來。再從字義上看，剛剛説兩相歡，馬上説無限恨，到底爲甚麼呢？爲著警告當事人：不要得意忘形，高興得太早。同時，也爲著警告自己，警告所有的人：花不常開，月不常圓，人不常好。字面、字義弄清之後，即可明白，於沉香亭北倚闌干時之所思考與揭示，乃一放之四海而皆準的定律。其所謂無限恨，是名花之恨，是傾國之恨，是君王之恨，是李白之恨，也是千百年後，包括我以及在座各位在内之恨。而這位倚闌干者，就是李白詩中的李白。

第二個例子，李煜的《虞美人》：

春花秋月何時了。往事知多少。小樓昨夜又東風，故國不堪回首月明中。雕闌玉砌應猶在。只是朱顏改。問君都有幾多愁。恰似一江春水向東流。

往事者爲何？多數讀本以爲故國，或者雕闌玉砌，我看未必。比如：「小樓昨夜又東風。故國不堪回首月明中。」這是今事，還是往事？是昨夜的事，乃今事，新近的事。而「雕闌玉砌應猶在，只是朱顔改。」又是往事，還是今事？也還是今事。那麼，往事到哪裏去了？往事是春花秋月，像春花秋月一樣的人和事。爲甚麼呢？這就需要從一的層面進行闡釋。我曾經問學生，你覺得世界上最美好的事物是甚麼？有學生答，情人。我説不對。情人是你一個人的，别人没有份。而世界上最美好的事物是共同的，不是你一個人的。一個人的東西再美好也不是最美好的。最美好的事物，一個在天上，一個在地上。這就是春花與秋月。春天的花最鮮豔，秋天的月最圓、最明亮。跟春花秋月一樣美好的人和事，就是抽象的一。這是不是我强加給李煜的呢？這是根據王國維所説來講的。王國維説，李後主像釋迦牟尼，像基督一樣，敢於擔負人類的罪惡。能够擔荷罪惡，怎麼不能够擔荷幸福、擔當美好呢？這是就意境創造所進行的探討，是從多到一的提升。如果説風格，以豪放或者婉約進行評析，往往難以説清楚。一本叫《豪放詞》的，謂其「悲壯剛健」，把它當豪放詞看待，另有一本叫《婉約詞》的，謂其「悽婉感愴」，把它當婉約詞看待。兩部選本皆收録此詞。編者不一樣，理解不一樣，但都不明白作者的意願。

第三個例子，蘇軾的《臨江仙·夜歸臨皋》：

夜飲東坡醒復醉，歸來彷彿三更。家童鼻息已雷鳴。敲門都不應，倚杖聽江聲。長恨此身非我有，何時忘却營營。夜闌風静縠紋平。小舟從此逝，江海寄餘生。

怎麽理解這首詞？我畫了兩個倒立的等邊三角形，爲示其意。兩個等邊三角形，兩個相互對立而又相互依賴的單元，表示社會人生及宇宙空間。其中，醒、醉與進、退，這是現實生活中不可回避的矛盾與衝突；而此身與江海，則包括内宇宙與外宇宙，亦隱含著短暫與長久的矛盾與衝突。兩個單元，借助於中介物——杖與小舟，分别將内與外以及上與下的界限打通。於是，心聲應合江聲，人境（世俗社會）融入物境（大自然），營營此身，隨著輕快的小舟，漂流江海，瞬間轉化爲永恒。兩個單元，經過重新組合，構造出另一境界。這是以新變詞體結構論所作解讀，亦與一般有别。

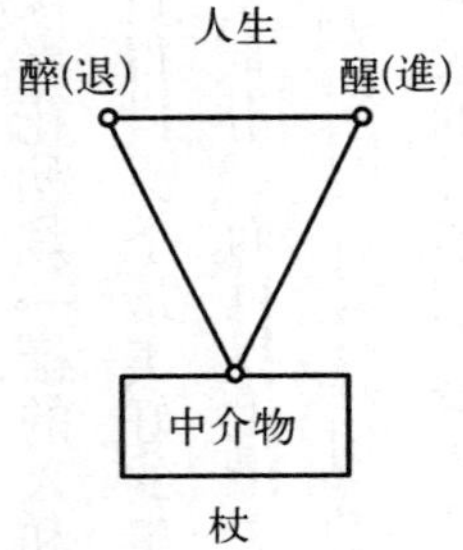

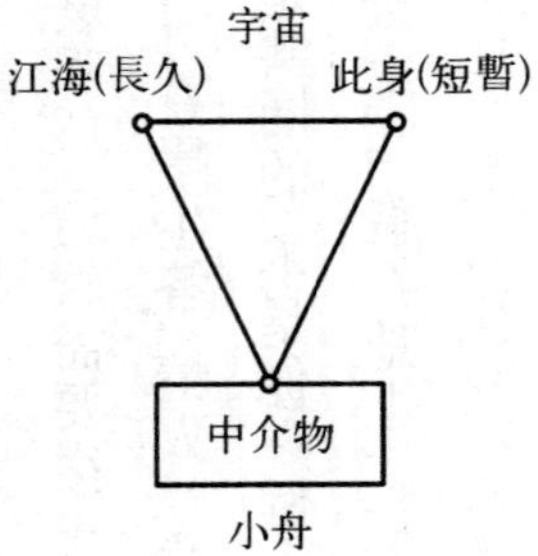

五　結語

我在開場白所説大題小作，指的是以文學研究角度看世界；而小題大作，則是以社會發展角度看文學。提倡四大要素，觀念、方法、模式，以及語彙系統，追求一種「放之四海而皆準」的東西。現在看來，似乎頗有點迂腐。乃知其不可而爲之。不過，老子的一段話，又似乎可爲之提供依據，提供支持。其曰：

道可道，非常道；名可名，非常名。

謂作爲一種道，是能够説出來的，可用言語加以表述；而能够説出來，可用言語表述的道，不是常道，不是永遠不變的道；同樣，可以叫得出名字的那個名，也不是該種事物永遠不變的名稱。不變的道（常道）以及不變的名稱（常名），不能道，不能名，不能用語言或者文字將它描繪出來。這是一個方面的意思。但是，另一方面，老子並不否定常道、常名的存在。其所謂常道、常名，應當就是一種「放之四海而皆準」的東西。

如此推斷，即今天的講題，也許可行，但在回答問題之前，還是先來個自我解構或者顛覆，方才不至於下不了臺。著重説明兩個問題，語言問題及方法問題。在人類各項活動中，語言或者文字，是不可或缺的一種傳播媒介。不能因爲它難以擔負起可道、可名這個責任，就要求其自動下崗。但言不能達意，其自身所確實存在的局限性，也就是現在所説語障，亦不當受忽略。至於方法，既無有好與壞之分，勿論礦石、火花，以一當十，還是以十當一，如運用得當，即可收取事半功倍的成效。那麽，有方法是不是就比没有方法好呢？不見得。所謂無法至法，有時候，没有方法反倒比有方法來得好。因此，對於今天的講題，希望能持分析的態度、批判的態度。

成就大事業、大學問，有法無法，各顯神通，祝願諸位旗開得勝，馬到成功。

謝謝大家。（掌聲）

師生問答

問： 施教授您好，我想請問您，作爲一名學生，應以怎麽樣的心態來讀書？

答： 孔門四科：德行、政事、言語、文學。你是學哪一科的？學政治。好，應當屬於前面兩科。德行，或者政事。德行就是道德修養，政事乃建功立業，言語是外交，文學所包括則較爲廣泛。亞里士多德把科學分成三個門類：一、認識性學科，二、實踐性學科，三、創造性學科。物理、數學，形而上學，屬於認識這一門類；倫理、政治、經濟，屬於實踐門類；文學、藝術屬於創造門類。歐陽修有三不朽：立功、立德、立言。你所學的應當屬於實踐門類，爲立功一項，主要在於建立一番事業。就我們的題目來講，成就大學問、大事業，都包括在立功裏面。那麼，要用怎麼樣的心態來對待學習呢？我覺得，目標還是須要高遠一些。定下目標，然後才是學習與思考的問題。借用孔夫子的話講，那就是：「學而不思則罔，思而不學則殆。」學與思的關係處理好了，應該就没問題。兩千多年前，四科並列，兩千多年後，文學一科，逐漸被邊緣化。在大文化背景下，各門學科，都面臨著挑戰。你學的是事功，應當大有作爲。

問：施老師您好，您把詞學一千年的批評史劃分爲三段，具體的理由和根據是甚麽呢？您給學生上課，是不是也脱離了以前的模式，不作一般的背景材料講述，也不注重一般的思想、藝術分析，具體的方法、方式是怎麽樣的呢？

答：我將中國詞學史劃分爲三個階段，主要依據言傳方式。本色論以似與非似進行判斷，境界説是有與無有，結構論生與無生。這就是言傳方式。似與非似。你覺得似，覺得像詞就是詞；覺得非似，覺得不像就不是。好像有點玄，但也不難把握。比如説，「寒光照鐵衣」與「對鏡貼花黄」，哪一樣才是花木蘭的本色呢？大家心中都很明白。有與無有。以爲有境界就是好詞，沒有就不好；有境界爲最上，無境界爲最下。比較容易理解，不必多説。至於生與無生，所説主要是一種聯繫。能够聯繫就是生，不能够聯繫就是無生（死）。怎麽聯繫呢？吴世昌拈出一個第三因素——事，以爲聯繫前情、後景的第三者。這就是詞體結構論。詞學史上第三座里程碑，以此爲標誌。講到這裏，可以作個小歸納。研究古典詩詞，本來只有兩個字：情與景。一般情形，説到情景交融，就没話講了。王國維於情與景之間，給它加了一個字，就是語言的「言」字，看能不能語語如在目前。能，不隔，而且有言外之意；不能，隔，就算不上好詞。吴世昌再加了一個字，故事的「事」，謂其將前情、後景聯繫起來，並另出新境。我有《吴世昌與詞體結構論》一文，專門講述這一問題。

平時上課，我不大講時代背景，不一定介紹作者，因爲這一些，學生全都查考得到。我著重解讀作品（文本）。怎麽解讀呢？除了符號意義上的方法與模式，例如二元對立定律，並不排斥其他方法與模式。我以爲，批判繼承三段式，還是很方便的，不一定取締它。課堂上使用，容易筆記，便於得分。但屬於權宜之計。老是這麽做，當不能讓人滿足。要有新的嘗試，比如從多到一的提升。吴宓所提倡的，是一條很好的經驗。現在有些文化學研究著作，就缺少這種提升。有一本研究宋詞與宋代歌妓制度的書，是一篇博士論文，有學者將其看作宋詞文化學的一項研究成果。書中探究柳永有哪幾名女朋友，考察這些女朋友給柳永的創作帶來哪些動力。我有文章指出，這是對柳永進行的一種内查外調，正好可爲攻擊柳永的評論家提供證據。這就是停留在多的層面，没上升到一的結果。屬於文學社會學研究，而非文化學。

問： 施教授您好。我想先談談對《虞美人》的看法。你説往事是春花秋月，這點我是贊同的。但是，爲甚麽後面是「何時了」？可見，他内心是一種感嘆，覺得春花秋月是一種煩惱，一種負擔。所以，我認爲春花秋月既指往事，也是當前的春花秋月。但當前的春花秋月已經不是屬於他的了，所以，他才有「何時了」的感嘆。

還有關於詞是艷科的看法，北宋詞可以用小令作爲概括，南宋詞以慢詞爲代表。而南宋的遺民詞人，更多的是將自己的生平抱負、政治遭遇寄托在詞中，詞所承載的内容就更多了。詞的載體是不是影響了分期呢？

另外，古典詩詞的創作，對於研究是不是必要的呢？我自己也有一些創作，覺得創作之後，對前人的理解是不一樣的。

答：「何時了」三個字，很值得探討。這三個字，也許就是現在進行式，而非過去式。「對酒當歌，人生幾何。」這兩句話也有不同解釋。一種説，對著酒，應當歌。這就錯了。不是應當不應當的問題，而是對著酒和歌，即對著酒，當著歌。酒和歌，跟春花秋月一樣，既十分美好，又没完没了。你説何時了，跟這個情況有點相似。因此，你所作解釋，應當可以成立。我把它當成往事，怎麽自圓其説，還得仔細想想，進一步加以論證。這一意見，你提得相當好。

對於兩宋詞，不同評價，依據不同標準。比如朱彝尊，其謂「世人言詞，必稱北宋。然詞至南宋，始極其工，至宋季而始極其變」（《詞綜・發凡》）。所謂工與變，就是一種標準。你所説艷科，説承載内容，以及小令及慢詞，也是一種標準。這問題，須分别加以探討。而重北輕南傾向，可能與傳統本色論相關，王國維亦如此。

現在詞學研究出現兩種偏向：一則以詞爲艷科，著重於思想内容，無限上綱，將詞學變成顯學；另一則講詞學而不講學詞，不重視創作，令聲學淪爲絶學。兩種偏向都不太好。大部分人不創作，這是實情。如以爲非創作不可，也不一定行得通，没有必要。我有另外一種想法：不創作不等於不會創作。有時候，也許「是不爲也，非不能也」。到時寫出來，一鳴驚人，都很難説。而現在寫出來的，不一定就是好作品。所以，我並不怎麽提倡大家都來寫詩填詞。

問：施教授您好。胡適創造了很多白話詞，在白話語境下，你認爲詞創作的前景會怎麽樣？在審美上，和文言詞有甚麽區别？

答：在詞界，胡適差點被忘記。但是，一熱又熱得不得了。我在香港發表文章，曾寫道：一九四九年，胡適之作爲反動派被趕出大陸，他的思想却留了下來。我們近幾十年所出現的「左」的東西，大都是胡適留下來的。如果歷史不是那麽作弄人，有一定造化，一定時勢，説不準他也可能當上個旗手。我有一篇文章稱《舊文學之不幸與新文學之可悲哀》，副標題是「二十世紀對於胡適的錯解及誤導」。舊文學爲甚麽遭遇不幸呢？胡適宣告，舊文學是死文學，詩詞是半死的文學。一刀砍下去，舊文學之作爲死文學，永世不得翻身。舊體詩詞一直到天安門「四五」運動，方才浮出地面。而新文學又有甚麽可悲哀的呢？因爲一直以來，搞新詩的人對於胡適的白話詩就不欣賞。嚴家炎説，胡適那些新詩就是把小脚放大。結果，舊文學白白挨了一刀，新文學也不領情。舊文學不理睬他，新文學也不理睬他，只有我們的老幹部理睬他。

胡適的白話詞，大都是打油詩。不過他打出來的，多半是較好的油，或者是上等的牛油，和某些老幹部的打油詩不同。當初，胡適的想法非常好，他想爲新詩創作尋找生路。「我從山中來，帶著蘭花草」。這一首歌，就是用《生查子》的調子所譜寫的。他想用倚聲填詞的方法，教寫作新詩的人寫作新體白話詩。我有《胡適詞點評》（增訂本）一書，把他的白話詩選原爲白話詞，總共一百〇三首。胡適把詞變成詩，我將詩還原爲詞，方向不同。

問：白話詞好像不如文言詞那麽典雅。白話寫詞會不會比胡適那個時候更好？

答： 胡適創作白話詞，目的不是爲著詞，而是爲著新詩創作。一九九九年十二月三十一日，香港《大公報》「藝林」副刊約了一批人寫文章，表達對於過去一個世紀的觀感。我寫了一篇，題爲《二十一世紀詩壇預測》。其中一條就是，胡適仍將出來領導新詩運動。意即，新世紀詩壇，一切都將重新來過。新詩跟舊詩的比較，就跟唐人講古體詩與近體詩一樣。魯迅說：「我以爲一切好詩，到唐已被做完。此後倘非能翻出如來掌心之齊天大聖，大可不必動手。」到唐已被做完，是不是好詩做完，再寫就是壞詩呢？不一定就是這一意思，而是說，詩的各種各樣形式，唐人全試過了，唐代的詩兼備衆體。不是好與不好的問題，而是形式創造問題。以好與不好的角度進行評價，必然引起爭論，須從形式上講。一部中國詩歌發展史就是一部詩歌形式創造史。胡適寫作白話詞，目的就在於，從形式創造上，教人怎麼寫作新體白話詩。但是，就目前狀況看，白話詞、文言詞，兩樣都沒寫好，實在有點遺憾。

王光明： 非常感謝施議對先生給我們做了一個非常有深度又能讓人聽得懂的報告。能把學問做得深，又能表述得這麼清楚，這就是一種境界。這是非常不容易的。施先生具備非常深厚的傳統根底，對西學又有所了解，從傳統的詩話、詞話，繼承了簡潔、點到爲止、讓人聯想的風格，同時又非常的深刻。施先生的報告也帶出了很多問題。我對「春花秋月何時了」的感覺，不完全是當前的，而是過去的。春花秋月帶出了一連串追憶，使作者發出一種感嘆。古典詩詞在今天，是否還具有活力和張力？顧隨可以給我們一些啓示。我最近給《顧隨年譜》寫了一個序，非常感嘆。在自然市場和體制化市場的夾擊下，許多東西都被邊緣化了，還有没有古典詩詞和現代漢詩進行對話的可能？我們的文化狀況是會不一樣的。顧隨在舊的形式和新的語言之間提供了一種張力，但是非常困難，不可能成爲一種典範，成爲一種主流的寫作。但是有這些試驗，對中國詩歌和中國文化的發展是不一樣的。過去的形式，不僅僅是我們保留文化記憶或者研究的一個對象，同時也還是可以提供活力的。這些個人的、微小的、不屈服的堅持太少了，我們需要這些東西，這樣才能使我們的文化顯得不單一。有豐富的參照，才有豐富的可能。再次感謝施先生。

二〇〇六年四月十二日，於北京首都師範大學演講。據謝文娟記録整理。原載北京《國學學刊》二〇一一年第三期。

文學研究中的語彙與語彙系統

——兼論宋初體以及宋詞基本結構模式的確立與推廣

成就大學問，著書立説，或者著書立學，除了觀念（Idea）、方法（Method）、模式（Model），很重要的還要有自己的語彙，而且須構成系統，即語彙系統（System of vocabulary）。具備這四個元素，方才稱得上是一門學問，一名學問家。四個元素之前三者，我已在《文學研究中的觀念、方法與模式問題》（文載北京《國學學刊》二〇一一年第三期）的講演中專門進行闡述，今番所説，著重於語彙系統。

開講之前，我想説説兩首詩。第一首，四言四句，是我在講演之前臨時拼湊出來的。其曰：

外鄉和尚，他山之石。示我周行，燈寒紗碧。

第二首，七言四句，是一首唐詩，作者王播。其曰：

上堂已了各西東，慚愧闍黎飯後鐘。二十年來塵撲面，如今始得碧紗籠。

兩首詩所説，各有不同的内容，不同的申訴目標，但都是有關和尚的事情。前一首説，一般人怎麼看待和尚；後一首説，和尚怎麼看待一般人。一般人看待和尚，有遠近之别；和尚看待一般人，有貴賤之分。展示這兩首詩，就我的想法看，主要在於揭示這麼一種現象：貴遠而賤近。比如，一般人認定：「外鄉和尚會念經，外來道士會捉鬼。」遠處來的才較寶貴，近的就不值錢。對待和尚如此，對待攻玉之石亦然。大多覺得，另外一座山的石頭，才能够攻玉，自己所在的這座山就不行。這是世俗社會的看法。至於和尚，同樣也並未脱俗。比如王播，當他作爲一名書生，寄宿在寺廟裏，和尚看他没什麼出息，就在吃飯的時候捉弄他。看看時刻將到，書生就將前來用膳，和尚隨即敲鐘，表示飯已吃過，令得這名書生受到很大的侮辱。但是，過了二十年，書生有了功名，再回到寺廟來，和尚又怎么看待呢？果然大不一樣。當年，他隨意寫在墻壁上的詩篇，都用碧紗給籠罩起來了。王播的詩篇，説明佛地也並不怎麼清净。我的詩借用王播典故，一方面爲自己能够充當一回外鄉和尚而感到慶幸，一方面也藉以批評古往今來這種賤近貴遠的習性。但是，今番前來，對於貴校高規格的款待，我還是非常感謝的。這首小詩，後面二句就是替你們作的。

那麽，社會上這麽一種貴遠賤近的習性究竟是從何而來的呢？照我看，應當是從孔夫子那裏來的。孔夫子曾説：「有朋自遠方來，不亦樂乎？」遠方來的他高興，近的可能就不怎麽樣。當中多多少少有點功利在。一般人如此，和尚如此，世俗社會如此。可見，作爲一位至聖先師，孔夫子也有教壞細路（廣東話，意即教壞小孩子）的一面。不過，孔夫子推行詩教，天天與諸生言詩，對於語彙與語彙系統的構建，却十分成功。諸如「志於道，據於德，依於仁，游於藝」（《論語·述而篇》）以及「《詩》可以興，可以觀，可以群，可以怨」（《論語·陽貨篇》），等等，皆已構成自己的系列及系統。在中國歷史上，最早懂得以語彙及語彙系統立言的人物，當數孔夫子。

今天，我的講題，所謂語彙與語彙系統，就是從孔夫子那裏得到的啓示。準備講三個問題：第一，話語的構成及語境的創造；第二，語彙及語彙系統；第三，存在的形式及形式的體現。但是，這三個問題，僅僅是一種包裝，論題推出的包裝，我的用意並不在此。説得明白一些，我的用意乃在於借助三個問題的闡發，説明詞學蜕變期豪放、婉約語彙系列的形成、變異以及上片、下片語彙系列的形成及推廣，並且在歌詞的體制上，用哲學語言將宋初體、宋詞基本結構模式以及中國詞學學這一嶄新學科的意涵固定下來。希望各位留意。

一　話語的構成及語境的創造

（一）作爲傳播媒介的詞彙與語彙

1　工具與代言人

詞彙與語彙，符號中的一種。人類生活，群體活動，傳播、交流的必需工具。孔門四科：德行、政事、言語、文學。四科之一的言語，於諸侯國之間進行外交活動，詞彙與語彙成爲交鋒及比拼的重要工具。「不學詩，無以言」，學詩的目的，就在於增添詞彙與語彙的表現能力和戰鬥能力。今日外交辭令中的遺憾、抗議、嚴重抗議，既表示交鋒及比拼的等級區别，具實質内容，也可以看作是一種文字遊戲。社會活動如此，思維活動亦然。構造思想成果，依靠的就是詞彙與語彙。現代社會，多媒體世界。不同領域，各自表述。各種詞彙與語彙，相繼出現。尤其是潮語的引入，諸如IT、e 時代，傳呼、呼我，電我、短我，屈機（遊戲機術語）、升呢（升還是不升呢），等等，則更加日新月異，更加没有窮盡。各個領域，相關産品，同樣需要通過詞彙與語彙加以描述，用詞彙與語彙給確認下來。在一定意義上講，詞彙與語彙，已成爲相關産品的代言人。這是詞彙與語彙之作爲工具的由來及其發展、變化的狀況。再就工具的使用者，亦即代言人一方看，生活在不同層面的社會人士，其所使用詞彙與語彙，亦各不相同。課堂上，曾與諸生討論過這一問題。比如，作爲一名小會計，小單位的一名會計師，和司長一級官員相比較，所用詞彙與語彙就不一樣。小會計整天忙碌，所關心問題，和家庭主婦差不多，就是收入、支出問題，其所使用詞彙與語彙，自然都在此範圍之内。而司長級官員則有所不同，其所考慮乃整個政府部門的財政問題，是整個部門的開源節流問題，所用話語，必然與升斗小民不一樣。這是生活層面不同所造成的差距。

2　話語與話語權

社會活動中，我方與對方，以詞彙與語彙的交流、應接，産生聯繫，建立關係，其間，話語中關鍵詞的運用相當重要。一般情況下，關鍵詞掌握在誰手中，誰就能把握話語權，占據領導地位，而對方則可能被牽著走，處於被動地位。這是交流、應接的重要技巧。例如，海峽兩岸的交流與應接，在某個時期，某些關鍵詞的出現，諸如共識、願景，等等，對於兩岸關係的確立，都曾産生一定的效用。至於話語中的標題，對於話語權的把握，也相當重要。明確的標題，明白的指引，有利於組織話語，達至戰略目標。現實生活中，此類事例，亦不甚少。

3　系統與系統化

社會實踐中，經驗的積累，詞彙、語彙，豐富多彩，信息分布，千頭萬緒，必須通過系統和系統化的程序，加以掌控。所謂系統，乃對於不同事物，各種活動形式，從時間與空間兩個方向進行分列、排比，亦即分期、分類之所構成。而系統化，乃事物在統一運轉系列之中，借助於事物與事物之間的有機聯繫所形成的模式、結構及規律的集合。這是系統的進一步歸納與提升。系統和系統化，以一個預定的模式或者公式將事物與事物之間的有機聯繫固定下來，並以相應的詞彙與語彙加以表述，統括萬有。其職能大致包括兩個方面，即內容的規範及表達的提示。通過系統和系統化的程序，相關信息，無論新舊，都在其把握的範圍之內。數碼時代，瞬息萬變，詞彙與語彙的不斷湧現，看似十分繁複，頗難掌控，但從系統和系統化的角度看，也非常簡單。比如，一個在綫、一個離綫，已將虛擬世界和現實世界全部包括在內。這應當就是系統的功用及效率。

（二）語言的障礙及補救方法

1 言不能達意，隔行如隔山

在許多情況下，語言本身往往不能達意。用現在的話說，就是存在著語障。這是語言自身的缺陷。說明，語言本身是靠不住的。莊子一早就說過這樣的話：「筌者所以在魚，得魚而忘筌。蹄者所以在兔，得兔而忘蹄。言者所以在意，得意而忘言。吾安得與忘言之人而與之言哉！」（《莊子・外物篇》）魚與筌，兔與蹄，相當於意與言。以爲只要是意思得到了，就不必記住言辭。亦即得到了真意而忘掉其用以表達的言語。

日常生活中，隔行如隔山，就是語障問題。韓少功小説《馬橋詞典》，其中有一段，説他到海南去，跟本地漁民對話。看擺在街上的魚，問：這是什麽魚？答：這是海魚。海魚誰不知道，海裏拿上來的都是海魚。不對頭。你再給我説説，這是什麽魚？答：這是大魚。感到没辦法回答他，他也十分無奈。是大魚嘛，要我怎麽講呢。海南土生土長的漁民，魚的知識非常豐富。對於幾百種魚以及魚的各個部位、各種狀態，都有特定的詞語和細緻準確的表達。這是一種漁民文化。但是，不能用普通話講，要用海南話講。用普通話，便只有海魚、大魚的區别。這就是語言的障礙。

數碼時代，潮語湧現，語言的缺陷，仍然存在。這與詞彙、語彙在表達能力上所存在先天不足，頗有一定關聯。

2 語境的營造，叙述的策略

失去語言環境，没辦法回答問題。營造語境，設置圈套，有效的表達及推廣。叙述的策略及圈套，自圓其説，立於不敗之地。辨别真假，測試深淺。語彙與語境，這個語境就非常重要。語彙要用語境的方式，才會讓人家上圈套，也是表達的一種策略。

有一回，遇上一位學者。兩人互不認識。我問：你是研究什麽的？答：研究唐詩。並加上一句：唐詩和禪學。唐詩似乎較爲普通，加上個禪學，好像比較高明。那我研究什麽呢？彼此間未曾相識，自然也得説説自己。我説：研究宋詞。並且也爲自己加碼，説宋詞和《易》學。免得低人一等。其實，《易》學者也，我並不怎麼理會。接著我問：什麼叫禪學，能不能用比較概括的話語介紹一下？結果，對方非常學術地跟我講了一段，但我不知講些什麼。此刻，我想，不能落入對方的語言圈套，我得另有設置。於是，我問：能不能說，禪學就是講一點不講一點，讓你聽不懂？對方一時没辦法反駁。説：可以。好啦，講一點，不講一點，讓你聽不懂，這就叫禪學。這個時候，雙方話題就進入我所設置的語言圈套。通過這一圈套，引出我的語彙系統來。那好，現在能不能討論一下，什麼是文學、什麼是科學以及什麼是哲學、什麼是美學等問題？大家都用非常概括的言語加以表述。先説文學，從時空的關係看文學和科學，二者有何相同和不同的地方？能不能説，文學乃將時空推遠，科學則將時空拉近？而再進一步，能不能説，文學求假，科學求真？科學用顯微鏡，就要求真；文學求假，真的呢？像畫家一樣，是他所畫的一條魚好，還是真的一條魚好？是他所畫的一條魚好。是假的比真的好。文學亦如此，是假的比真的好。那好了，哲學的基本命題是什麼呢？因爲是我提出的問題，答案我已經有了。我説：哲學的基本命題就是有和無。好，那你的這一套，我也會。對方説。我説：不見得。比如，什麼是美學，美學的基本命題是什麼？是美和不美。我説：非也。美和不美，大家都有自己的堅持。你説美，我説不美，這不是美學。那什麽是美學呢? 我説美學就是研究一横一豎之如何搭配的問題。兩條綫,看你排列得美不美,這就是美學。對方聽了,没有辦法加以反駁。這就是我所營造的語境。

語境的營造,讓你上圈套。這是一種策略,也是一種測試,説明語境的重要性。這是針對語言本身缺點,所采取的補救辦法。

(三)可名與不可名,言語以外的媒介

1 可名與不可名

語言本身的缺點,可以補救,但也不可能做到萬無一失。《道德經》第一句話:「道可道,非常道; 名可名,非常名。」以爲,説得出來的,亦即語言能表達的,都不是真實的那個東西。比如我説,這個是什麽顔色? 你説是紅色,或者説粉紅、淺紅,皆非也。而且,無論你怎麽説,也都不準確。那麽,這個到底是什麽顔色呢? 這個就是這個顔色。是不是啊? 無需説出,也説不出,這才是百分百準確的答案,也才是事物的本真。説得出來,就不一定是準確的答案,不一定就是事物的本來面目。

2 手語與足語

把握本真,誰個有這種能力? 在言語世界,已是很難達至。《詩三百》時代,言語以外,已有其他輔助動作。正如《禮記・樂記》所云:「言之不足,故長言之。長言之不足,故嗟嘆

之。嗟嘆之不足，故不知手之舞之、足之蹈之也。」除了口語與手語，還有足語。人類交流、傳播，依靠口，或者依靠手？或者依靠足？在中國，向來有此選擇。例如歌、樂、舞三位一體，就是表達的需要。今日世界，變幻莫測，在言語方面，其表達能力似乎更加受到局限，障礙更大。如何以最簡單的辦法將最複雜的事物，乃至整個世界，把握在手掌當中？喬布斯的出現，手指頭輕輕地一彈，應當能够引發思考，給人以啓示。

二　語彙與語彙系統

以下，準備講三個小問題。一爲，詞彙跟語彙；二爲，系列與系統；三爲，不同系列的劃分及對比。

（一）詞彙與語彙

1　語文與韻文

詞彙與語彙，牽涉到一個問題，就是語文與韻文問題。在這一特定的意義上講，語文與韻文，其區别就在於詞彙與語彙的運用。一般講，語文講詞彙，韻文講語彙。這是不一樣的，不知道你們有没有注意到這一問題。我有一篇文章，題稱《不學詩，無以言——兩岸四地及日本韻文讀寫狀況》，在北京《文史知識》（二〇〇五年第二期）發表。文章説兩岸四地加上日本,在中國韻文讀與寫方面存在的問題。文章揭示三種現象:地上爬、天上飛及空中走。三種現象,在於描繪兩岸四地加上日本幾個地方的學者,在中國韻文讀與寫方面所出現的狀況。大概意思是,臺灣學者在地上爬,大陸學者在天上飛,日本學者在空中走。有位學者說,施先生不讓我們在天上飛,不讓我們在空中走,那我們要怎麽辦呢? 是不是要到水裏去? 我不會游泳,不就要下崗了嗎? 其實,我說的只是一種比喻,用形象的語言,對於三種現象進行描繪。而且,我所說,也是有根據的。比如地上爬,說的就是把韻文當語文來研究。前一段,網上公布一篇論文(碩士學位論文),研究唐五代詩詞,將唐五代詩詞之所用詞語,進行分類、統計,提出詩詞之間語言,可分爲詩用詞不用、詞用詩不用以及詩詞皆用三大類別,並通過表達方式及出現次數,說明詩詞皆用亦有異同,以證實詩莊詞媚以及「詩之境闊,詞之言長」這一論斷。結論不錯,但整個統計過程,其所作爲依據的皆爲詞彙,而非語彙,說明仍將韻文當語文而不將韻文當韻文看待。這就是地上爬的一個例證。

2　和尚與和尚廟

將韻文當語文而不將韻文當韻文看待,於大陸學界,我也發現這麼一個例子。有一位非常出名的學者,現在可能已接近國學大師這一級別了。一九九三年,臺灣舉辦一個詞學國際研討會，他提交了一篇論文，爲證實自己有關「撰寫詞史似應給長吉歌詩留有一席之地」這一假設，亦曾運用同樣方法。這位學者，對李賀今存二百四十餘首歌詩中所用二千四百九十四個不同的字進行統計，指冷、凝、咽、啼、垂、寒、幽、死、泪、老，出現頻率較高，他説「花間」亦有同樣情況。因而證實，長吉歌詩已明顯地具有詞境。在詞史上，要給李長吉一定的地位。這篇論文由另一位學者代爲宣講。正當其時，我第一個上臺發難。我説不對頭，辨别文學的體裁，謂其爲歌詩，或者歌詞，不能看内容，而要看形式。比如，現在我們所在的這個場所是學術演講廳，這是由它的形式所決定的。這時候，萬一來了一群和尚，我們這個演講廳會不會變成和尚廟？我以爲，那是不可能的。當時，饒宗頤在場，表示贊同我的觀點。但是，研討結束後，出版詞學研討會論文集，這篇論文，主辦方不僅把它收了進去，並且列居首位。謂爲地上爬，乃因其著眼點在詞彙，相關統計、研究，以及具體運用，都在語文層面，未到韻文。韻文須研究語彙。説明彼岸有此狀況，此岸亦然。

3　形式與内容

一部中國詩歌史，就是一部詩歌形式變革、發展的歷史。在這一意義上講，是形式決定内容，而非内容決定形式。而且，在許多情況下，如果只是看内容，忽視形式，容易出現誤判。例如，詞學史上，一般都以爲蘇軾以詩爲詞，而未見指稱他人。但蘇軾説柳詞，曾稱贊其《八聲甘州》,謂其「不減唐人高處」。如果只看內容,似乎柳永亦以詩爲詞,而不僅僅是蘇軾。這就是一種誤判。

(二)系列與系統

詞彙與語彙的運用,日常生活中所見,大多屬於一種系列,而非系統。學術研究領域,非屬獨創性的敘述,亦多爲系列,而非系統。語彙系統的構成,乃策略敘述的結果。尤其是文學研究,語彙系統的構成,更是識見的體現。閱讀文學作品,無論哪一種文體,能够掌握語彙,進入其系統,許多疑難題目,都將迎刃而解。

1 一般文學系列

文學研究中常見的語彙,我將其概括爲兩大系列。一爲文學題材範圍的語彙系列,另一爲文學題材要素的語彙系列。文學題材範圍,或者題材規範,表明文學究竟寫些什麽?如用語彙將其確定下來,那就是天文、地文、人文。除了這三樣,還有没有其他東西呢?没有。這組語彙,對於文學題材而言,就是一種範圍的規範。而文學題材要素,另一組語彙,事理、情思、物景,同樣也是一種範圍的規範。説明除了這三樣,也就没有了。這就是文學研究中的一般系列。兩大系列,皆六個字。兩組語彙,高度概括。其視野所及,對於文學研究而言,已是完全徹底,亦即除此以外,再未能隨意加減。

2 一般韻文系列

韻文與語文，學科對象、學科性質以及表達方式，均各有不同。體現在詞彙與語彙的運用上，二者區分明顯可見：語文講究詞彙，名、動、形、補、定、狀；韻文講究語彙，布景、說情、敘事，以及造理。布景、說情、敘事、造理，須注意動詞的運用，動賓的搭配。我所說是布置和敘說，而非寫。比如寫景、寫情，那樣的表述，顯得辭彙過於貧乏。這是景和情。至於事和理，又當如何表述呢？同樣不能夠用一個寫字搞定一切。比如寫事情，寫道理。而當變換動詞，以敘事、造理，加以呈現。乃敘述的敘，製造的造。依照孔夫子的組合方式，志道、據德、依仁、游藝，對於題材中的三大要素——事理、情思、物景，我以四個不同的動詞加以統領，謂布景、說情、敘事、造理，這就成爲一套完整的語彙系統。

布景、說情、敘事、造理。韻文中語彙系統的創立，是對於內容及格式的規範。利用這一系統，進入我的「圈套」，解讀作品，必定比較快捷，闡釋作品，也會表達得更加清楚。以下說一說，這套語彙系統於各種韻文形式的運用問題。首先說古、近體詩歌。長短句歌詞，下文另敘。

①絶句。五言四句，或者七言四句。基本格式組合：首二句，次二句；或者前二句，後二句。首二句，布景，屬於自然物象。次二句，或者說情、或者敘事、或者造理，屬於社會事

相。衆生相的相。如果是咏物，即首二句，咏物形；次二句，咏物理。不是物理、化學的物理，是物的一種精神。這是一般的布局方法。

②律詩。前、後四句，劃分爲前解、後解。前解，布景，屬於自然物象。後解，或者説情、或者叙事、或者造理，屬於社會事相。

③古詩。包括樂府、歌行。那麽多句子，又當怎麽辨呢？我看也跑不出這一系統。比如《春江花月夜》，詩篇由九解所組成。這麽多個組成部分（片段），其實也只是兩個部分。開頭，「春江潮水連海平，海上明月共潮生」。這麽一路下來，先是春，再是江，接著是花和月，最後是夜。五個字，春、江、花、月、夜，依次漸進。五個字，五種意象，劃分爲兩個部分。前一部分，春、江、花、月，屬於自然物象。其中，月是重點。「江天一色無纖塵，皎皎空中孤月輪。江畔何人初見月，江月何年初照人」。月和人聯繫在一起，詩篇告一段落，爲布景。接著，「白云一片去悠悠，青楓浦上不勝愁」。二句由天上到人間，由自然物象到社會事相。「誰家今夜扁舟子，何處相思明月樓」。二句將眼前所見，落實到夜。説夜間的人物活動及詩人的感想，爲説情。如果用一般韻文系列的語彙加以概括，即前面的自然物象，主要是月；後面的社會事相，主要是人。月有陰晴圓缺，人有悲歡離合。兩句話，圓與缺、陰與晴以及合、分與聚、散，便將人間一切，通通包括在內。非常簡單，也非常清楚。

中國古代韻文，兩個部分的組合和分解，我在《唐詩讀法淺説》（《唐詩一百首》導言，長沙：岳麓書社，二〇一一年一月第一版）中，將其歸納爲平分式這一結構方法。平分式的兩個部分，兩個單元，其所包涵，布景、説情以外，昨天、今天，也同在規劃當中。如果進一步加以抽象，兩個部分，兩個單元，其組合方式，就是A和B。A和B，包羅萬有，以之解讀作品，一通百通，事半功倍。這就是韻文系列的語彙系統。

3　一般歌詞系列

唐宋歌詞的創作及研究，牽涉面十分廣泛，所使用語彙亦繁複多變。不過，兩組語彙、兩個系列，即豪放與婉約以及上片與下片，却甚是值得注意。豪放與婉約，在二十世紀詞界是使用較多的一組語彙。尤其是世紀的後半葉，進入蜕變期的四五十年間，這一組語彙，幾乎籠括一切。這就是著名的豪放、婉約「二分法」。而另一組語彙，上片與下片，這是我所推出用以和豪放、婉約這一語彙系列相對抗的一組語彙。兩組語彙，兩種系列，其形成及運用，對於歌詞創作及世紀詞學的發展、演變，究竟有何影響，下文將分别加以列述。

（三）不同系列的劃分及運用

1　豪放、婉約語彙系列的形成及變異

宋詞中的豪放、婉約問題，是詞學研究領域中的一個重要課題。但是，將宋詞及宋詞作

家劃分爲豪放、婉約兩個系列的做法，又是甚麽時候开始流行的呢？大體上講，應是上世紀的三十年代。胡適説詞，第一個涉及這一問題。胡適以後，緊跟著就是胡雲翼。而在這之前，王國維似已爲之埋下伏筆。一九〇八年，王國維發表了《人間詞話》，倡導境界説，謂「詞以有境界爲最上」。以有無境界作爲評價歌詞高下、優劣的標準。王國維境界説自身已存在問題。他重意，重思想内容，已有點向左傾斜。這是所謂先天不足。而後，胡適再給以加碼，並經胡雲翼，一左再左，即將其蜕變爲風格論。此事自上世紀三十年代，已是大功告成。胡適、胡雲翼之後，處於詞學蜕變期的風格論者，步其後塵，進一步加以發揚光大，但其所依據，不外下列三條材料。這是豪放、婉約語彙系列立論的依據。

①三條材料的來源

第一條，俞文豹《吹劍續録》的記載。其曰：

東坡在玉堂，有幕士善謳。因問：我詞比柳詞何如？對曰：柳郎中詞，只好十七八女孩兒執紅牙拍板，唱「楊柳外曉風殘月」。學士詞，須關西大漢，執鐵板，唱「大江東去」。公爲之絶倒。

謂東坡有個幕僚善於唱詞。有一天，東坡問：我的詞跟柳七的詞相比，是怎麽個樣子呢？東坡一直把柳永當成自己的勁敵。一直覺得柳永這麽走紅，很是不順氣，非赢過他不可。但幕僚的一番話，儘管比喻恰切、生動，也只能當玩笑看待。想不到千百年後，這番話却變成中國詞學史上豪放、婉約「二分法」的立論依據，這位幕僚也成爲豪放、婉約「二分法」的始作俑者。

第二條，張綖《詩餘圖譜》例言裏面的一段話。其曰：

> 詞體大略有二：一體婉約，一體豪放。婉約者欲其詞情藴藉，豪放者欲其氣象恢弘。蓋亦存乎其人。如秦少游之作，多是婉約。蘇子瞻之作，多是豪放。大抵詞體以婉約爲正。

這段話提出婉約和豪放一組詞彙。分别謂之爲體，而其所謂體，並無明確界定。到二十世紀，此所謂體，一般被理解爲風格，或者宗派。論者據之，將全部歌詞劃分爲婉約、豪放兩種風格，將全部歌詞作者劃分爲豪放、婉約兩種派别。

以上兩條材料，於詞學蜕變期，一直被引用。或爲豪放、婉約風格論者鐵的依據。兩條材料，論者據之，爲其風格、流派説，構建自己的話語系統。

第三條，元好問的一首詩，題稱《贈答張教授仲文》。詩曰：

秋燈摇摇風拂席，夜聞嘆聲無處覓。疑作金荃怨曲蘭畹辭，元是寒螿月中泣。世間刺繡多絶巧，石竹殷紅土花碧。窮愁入骨死不銷，誰與渠儂洗寒乞。東坡胸次丹青國，天孫繰絲天女織。倒鳳顛鸞金粟尺，裁斷瓊綃三萬匹。辛郎偷發金錦箱，飛浸海東星斗濕。醉中握手一長嗟，樂府數來今幾家。剩借春風染華髮，筆頭留看五雲花。

這條材料是日本人發現的。有一本書叫《日本填詞史話》，神田喜一郎著。書中指出，關於詞有南、北二宗或豪放、婉約二派的看法，早在張綖之前，金代元好問已以南、北二宗論宋詞。元好問的詩篇，以天孫織錦比蘇、辛，以月中螿泣比姜、史，説明南、北之異。即以蘇、辛和姜、史做對比，標舉詞中兩派。神田喜一郎的這部著作，於二十世紀六十年代中寄贈業師夏瞿禪（承燾）先生。八十年代初，瞿禪先生命作譯介。筆者即於《關於〈日本填詞史話〉》一文將此詩引進，於中國社會科學院《文學研究動態》（一九八二年第一八期）公布。這條材料紹介到中國，告訴中土讀者：豪放、婉約「二分法」的來源，除了俞文豹和張綖，還有元好問。

三條材料中有兩條，大家都很熟悉。至於第三條，一般人還不是太清楚。因爲直至最近幾年，北京大學一位教授（程郁綴）才將神田喜一郎的這部著作翻譯成中文出版。這算是出口轉内銷，早前由中國傳出，今又回到中國本土。而所謂風格論者，他們的理論依據，充其量就這麽三條。這是值得注視的一個問題。這也就是説，二十世紀詞界風格論者的立論依據，自始至終只是這麽三條材料。

② 變異之一

一九四九年以後，隨著詞學蜕變，豪放、婉約「二分法」，曾經盛極一時。直到文化大革命結束，中國詞學由此前的批判繼承階段進入再評價階段，豪放、婉約「二分法」，才不怎麽受歡迎。二十世紀七十年代末、八十年代初，萬雲駿撰寫過多篇文章，指出：「解放以來出版的有些文學史和詞的選注本，對於宋詞的婉約派和豪放派，評價不免偏頗，既對某些詞人及其作品缺乏實事求是的分析態度，也和當時詞的歷史發展的客觀規律不相符合。」業師吴世昌先生也曾發表一系列文章及演講，提出自己的看法。一九八二年間訪問日本，吴先生作了一場演説，提出「北宋根本没有豪放派」。日本《朝日新聞》称：吴世昌創立新説，向傳統詞學觀念挑戰。這篇演説，歸國後於北京《文學遺産》（一九八三年第二期）發表。題稱：《有關蘇詞的若干問題》。吴先生以爲：詞史研究領域狹窄，有些選家，有些文學史的編寫者，選來選去，評來評去，總不外「明月幾時有」、「大江東去」這幾首詞。他反對以偏概全，强調核對事實、考慮邏輯，以弄清歷史的真相。他以具體的作家、作品爲依據，對於當時仍然盛行的豪放、婉約「二分法」加以否定。由於勢單力薄，未能抵擋得住潮流，詞界豪放、婉約「二分法」，仍未破除。之後，進入反思、探索階段，有關論者改變策略，變「二分法」爲多分法，或者多元論。不再説兩種風格、兩個流派的對立，而將「二」（兩種風格）説成是「八」（八種風格），或者是「八」（八種風格）的添加。這是變異之一。但只是數目的變化，實質未曾變，仍然是豪放與婉約的判斷及劃分。

③ 變異之二

經過反思、探索階段，新舊世紀之交，豪放、婉約這組語彙在歌詞創作及研究的實際運用中，已到窮途末日，其所謂「二分法」，再也没有辦法講下去了。於是，相關論者著手變換，希圖令其以另一種形式延續自己的存在。比如，變豪放、婉約「二分法」爲雅、俗「二分法」。故此，雅與俗這組語彙，於詞界又流行起來。這是一種形式的變異。由於雅與俗乃相對的概念，以之作一斷語，斷定哪個好，哪個不好，難以爲準，而且，即使是可以斷定爲雅，也不一定就比俗好，俗也不一定就不好。雅與俗的運用，對於作品的高下優劣，未能明晰地進行判斷。因此，對立的兩極，豪放與婉約，又被變換成爲各種各樣的「體」。比如，一部專著將唐宋詞歸結爲三十一體；另一專著，從三十一體中，選擇十四體，作爲詞體演變史的評述對象。這是另一形式的變異。和上文所説變異比較，前者著重於方法（風格劃分的方法），後者著重於名稱（被劃分對象的名稱）。似略有區別，但劃分的結果，却完全一樣。即其對於豪放、婉約「二分法」的變異，不僅於内容實質上，没有任何改變，而且在語彙及語彙系統上，也没有自己的創造。

2 上片、下片語彙系列的形成及推廣

兩組語彙，豪放與婉約以及上片與下片，相比之下，其系列的形成，各有不同依據。豪放、婉約語彙系列的形成，依據的是詞體外部的三條材料；上片、下片語彙系列的形成，依據的是詞體内部自身的結構規則及形式。豪放、婉約語彙系列運用過程中的變異，即其由二分法，到多元論，以至於流派發展史，或者詞體演變史，著眼點都在於外部的形貌，也就是一般所説的風格。其所謂「體」者，最多只是詞體在外表上的某些特徵。而上片、下片語彙系列的形成及推廣，著眼點則在於體制，「由語言文字之多少所排列而成的形相」（徐復觀語），其所論列，始終與文學材料的分配與組合聯繫在一起，乃詞體構成的必然結果。

①宋初體及其系列的確立

宋初體，這是劉熙載提出的命題。劉熙載《藝概・詞曲概》有云：

宋子京詞是宋初體，張子野始創瘦硬之體。雖以佳句互相稱美，其實趣尚不同。

這段話將宋初體與瘦硬體並舉，又將其區分，體與體的區分，歸結於趣尚。體與趣尚，不知如何聯繫在一起。一般語境下，趣尚可理解爲志趣、好尚，如「趣尚略同，才力又相等」（趙翼《甌北詩話》論昌黎與東野語），又可理解爲情致，或者風格，如「然筆迹趣尚皆持國，又不足疑」（蘇舜欽《答韓持國書》）。這兩種解釋，如與體聯繫在一起，則其所謂體者，應當只是一種形態，或者外貌，而不一定是體制，或者體式。例如，杜甫所説「書貴瘦硬方通神」（《李潮八分小篆歌》），其所謂瘦硬者，蘇軾就將其理解爲形態，或者外貌。蘇軾《孫莘老求墨妙亭詩》云：「杜陵評書貴瘦硬，此論未公吾不憑。短長肥瘦各有態，玉環飛燕誰敢憎。」短長肥瘦，其所體現的，就是一種外部的特徵。劉熙載所立論，是否亦有所偏向，則未可知。但我取體制，並將其所謂瘦硬體暫時擱置不論，而只説宋初體。

那麽，何謂宋初體？從體制上看，我以爲，上片布景，下片説情，就是宋初體。我的這一論斷，主要根據是宋祁的《玉樓春》。其詞云：

東城漸覺風光好。縠皺波紋迎客棹。緑楊烟外曉寒輕，紅杏枝頭春意鬧。浮生長恨歡娛少。肯愛千金輕一笑。爲君持酒勸斜陽，且向花間留晚照。

這是宋祁的代表作。劉熙載謂之「以佳句互稱美」，其佳句即指「紅杏枝頭春意鬧」。歌詞所謂東城風光，包括綠楊烟外、紅杏枝頭，以及所謂浮生長恨，兩個片段的安排，正體現上、下二片布景、説情的組合原則。由此，我推斷，上片布景、下片説情這一結構模式，就是宋初體的結構模式。這是就歌詞體制所進行的論斷。

總之，宋初體的確立，乃體制上的確立，而非體形、體態，或者體貌的確立。體制確立，上片與下片，隨著物景、情思、事理等題材要素在創作過程中的分配與組合，其所謂布景、説情的語彙系列，也就跟著確立。就體制建造而言，歌詞與古詩，包括律詩和絶句，其相關語彙系列的確立，與文學材料的分配與組合，關係都較爲密切。説明並非一般的詞語配搭。

②上片、下片系列的推廣

宋初體，上片布景、下片説情，這是以宋祁爲代表的宋初倚聲家所創造的歌詞體制。在此之前，亦即唐五代時期，歌詞的體制創造仍未盡完善。一般所説花間式小令，儘管已注意到上片、下片的劃分及創作，但在形式格律上仍未達至整齊劃一的程度。進入宋代，尤其是柳永的出現，經反復實踐，方才令得上片布景、下片説情這一體制，趨向於公式化和程式化，並形成一定模式。就歌詞體制的建造看，柳永雖並非建造宋初體的第一人，但宋初體的確立與推廣，却不能不歸功於柳永。以下請看他的《八聲甘州》：

對、瀟瀟暮雨灑江天，一番洗清秋。漸霜風淒緊，關河冷落，殘照當樓。是處紅衰翠減，苒苒物華休。惟有長江水，無語東流。　不忍登高臨遠，望故鄉渺邈，歸思難收。嘆年來踪迹，何事苦淹留。想佳人、妝樓顒望，誤幾回、天際識歸舟。爭知我、倚闌干處，正恁凝愁。

歌詞由八個韻脚所組成，是爲八聲。八韻、八聲，將歌詞所抒寫的全部内容，劃分爲兩個部分：上片與下片。上片包括江天、關河，物華、江水四種物景，是爲布景。下片包括歸思、思歸以及佳人念我、我念佳人四種情思，是爲説情。相關材料，排列、組合，十分匀稱。歌詞所構建的模式，屯田體的典型模式，既是柳永的獨特創造，也是宋初體成立的標誌。

宋初體之上片布景、下片説情，這是依據文學材料分配、組合原則所進行的布局。文學材料，亦即文學題材的三大要素，物景、情思、事理；三大要素運用於創作過程，布景、説情以外，還包括叙事和造理。這裏所説，上片布景、下片説情，亦即上景下情，這是宋初體的典型模式。這一模式，如以脚色代入的方法加以變换，即可用上片A、下片B的形式加以表述。亦即經此脚色代入，上片的A既可以是布景，也可以是説情。唐圭璋論詞中片法，計十四種。其中，張先《天仙子》（「水調數聲持酒聽」）即爲上情下景例證。同樣，下片的B，於説情外，亦可以叙事，或者造理，即於叙事和造理過程説情。經此脚色代入，宋初體的典型模式，也就進一步得以推廣。因而，也就更加具有適應性。

例如，歐陽修《生查子》：

> 去年元夜時，花市燈如晝。月上柳梢頭，人約黄昏後。　今年元夜時，月與燈依舊。不見去年人，泪濕春衫袖。

依題材看，歌詞的上片與下片，曰燈、曰月、曰人，皆爲布景。所不同的只是去年與今年，有人與無人的區别。這是以時間次序的推移所作劃分。而依所代入的角色看，就是宋初體上片A、下片B這一模式的推廣。

時間次序的推移，過去與現在；空間位置的變换，我方與對方。皆由A和B的替代而來。如引申至寫作方法，有如泛寫與專敘，同樣也可以這一替代方法加以規範。例如，蘇軾《乳燕飛》：

乳燕飛華屋。悄無人、桐陰轉午，晚涼新浴。手弄生綃白團扇，扇手一時似玉。漸困倚，孤眠清熟。簾外誰來推繡户，枉教人夢斷瑶臺曲。又却是，風敲竹。石榴半吐紅巾蹙。待浮花、浪蕊都盡，伴君幽獨。穠艷一枝細看取，芳心千重似束。又恐被，秋風驚緑。若待得君來向此，花前對酒不忍觸。共粉泪，兩簌簌。

上片歌咏人物，呈現一種狀態。謂桐陰轉午，晚涼新浴；扇手似玉，孤眠清熟。包括一系列動作、行爲，乃爲泛寫。下片歌咏景物，描摹一種神態。謂一枝細看，芳心千重；花前對酒，粉泪簌簌。集中於榴花以及面對榴花的人物心理，則爲專敘。上、下兩片，有關人與花的布局，各有側重。如代入脚色，A和B，即其組合，仍然是宋初體的模式。

③ 一般與個別的變化及規範

大體上説來，宋初體及其系列的推廣，其所謂A和B的排列與組合，如上述各例，基本上呈一比一情狀。上片與下片，A和B，相互對等。而就宋詞作家看，凡所製作，於對等之外，仍有不對等的情狀出現。兩種狀況，究竟如何通過宋初體加以規範，這是值得探討的一個問題。

例如，辛棄疾《破陣子》：

醉裏挑燈看劍，夢回吹角連營。八百里分麾下炙，五十弦翻塞外聲。沙場秋點兵。

馬作的盧飛快，弓如霹靂弦驚。了却君王天下事，贏得生前身後名。可憐白髮生。

歌詞題稱：爲陳同父賦壯語以寄。賦壯語，表現雄心壯志，在於爲對方打氣，也爲自己打氣。因謂，挑燈看劍，由醉入夢，並於夢回之時，沙場點兵。馬作的盧，弓如霹靂。準備爲君王，亦爲自身，建立一番功業。説的是一番豪言壯語。正與詞題相合。直至最後一句，「可憐白髮生」，乃將前面的豪言壯語全部推翻。歌詞所布局，構成一與九的不對等關係。看起來，對比懸殊，實際上，最後一句的力量，頗足以和前面九句相對抗。所謂「老僧以寸鐵殺人」（夏承燾先生語），就全篇看，歌詞之所歌咏，或壯、或悲，或正、或反，仍然是一種對等關係。這是辛棄疾的一種特別構造，亦仍然是宋初體中的一體。

此外，辛棄疾另有《沁園春》：

三徑初成，鶴怨猿驚，稼軒未來。甚雲山自許，平生意氣，衣冠人笑，抵死塵埃。意倦須還，身閒貴早，豈爲蓴羹鱸膾哉。秋江上，看驚弦雁避，駭浪船回。東岡更葺茅齋。好都把軒窗臨水開。要小舟行釣，先應種柳，疏籬護竹，莫礙觀梅。秋菊堪餐，春蘭可佩，留待先生手自栽。沉吟久，怕君恩未許，此意徘徊。

歌詞題稱：帶湖新居將成。説的是和鶴、猿的一種盟約。而「來」與「未來」，則爲二者之間的一個關鍵問題。「來」，表示不違背盟約；「未來」，説明還不是真正下定決心，履行盟約。那麽，其平生既已以雲山自許，爲什麽却不早早歸來，任憑衣冠積滿塵埃？秋江上，曾經受過傷的大雁和駭浪驚濤中的船隻，已足够引以爲鑒。這是鶴與猿的責問，也是歌詞作者自己對自己的一種責問。是「來」的表示。此爲上片。至於下片，仍然亦是「來」的表示，乃换片而不换意。其所謂東岡茅齋，臨水軒窗，種柳、護竹，行釣、觀梅，以及秋菊、春蘭，留待先生親自栽培，都緊緊圍繞著一個「來」字，表示自己並不違背盟約。但是，經過一番考量（「沉吟久」），却還是不能「來」。和爲陳同父賦壯語一樣，最後之所謂君恩未許，此意徘徊，還是將前面所表示的「來」，給予推翻。此刻，一與九相比，一的力量同樣頗足以和九相對抗。和《破陣子》一樣，辛棄疾的這一特别構造，也是宋初體中的一體。

辛詞二例，兩種狀況，對等與不對等，或者對稱與不對稱，均由兩個相互對立的單元所組成。前者爲壯與悲的對立，後者爲「來」與「未來」的對立。兩個單元的組合，正與反，如以A和B脚色代入，其所構成，相對於宋初體，就只有一般與個別，或者共相與殊相的區別。上述兩種狀況，都在宋初體的規範之内。這是借助於哲學語言所進行的表述。

3 兩種語彙系列的比較與抉擇

豪放、婉約以及上片、下片兩種語彙系列，推廣過程中，呈現出兩種不同的陳列方式，兩種不同的運作程序，因而也呈現出兩種不同的運用效果。上一個世紀，詞界種種人和事，已有不少個案，可供比較與抉擇。

① 豪放、婉約語彙系列與豪放、婉約「二分法」

以豪放、婉約這一語彙系列説詞，將歌詞作品和歌詞作家，劃分爲豪放、婉約兩種風格、兩大流派。詞中「二分法」，即此之謂也。這是以豪放、婉約説詞的基本模式。以這一模式説詞，著眼點在風格和流派，只是就詞的外部形態，進行觀摩與描述，以贊嘆其美，特美，甚而特特美；或者只是從一座小山到另一座小山，進行感發與聯想，以鑒賞其美、特美、特特美的各種姿態。中國詞學在上一個世紀，尤其在蜕變期的五十年期間，豪放、婉約語彙系列的形成及變異，既爲風格論由盛到衰的明證，也是以豪放、婉約語彙系列説詞的一種必然結果。

② 上片、下片語彙系列與宋詞基本結構模式

以上片、下片這一語彙系列説詞，將歌詞作品看作是由兩個相互對立而又相互依賴的單元所組成的統一體，著眼點在於文學材料的分配與組合。上片布景，下片説情，或者上片A，下片B，這是對於衆多歌詞作品不同體式所進行的綜合與歸納。爲宋初體的典型模式，也是宋詞基本結構模式。這一模式，既在體制上實現由多到一的提升，又在體式上，對於歌詞內部構造進行揭示與把握。一體對百體、一家對百家。以之説詞，較易切近詞體自身，而不至於總是停留在詞外。

③ 語彙的變換，根本上的顛覆

對於豪放、婉約以及上片、下片兩種語彙系列的比較與抉擇，是一種語彙的變換。即以一種語彙系列取代另一語彙系列。表面上看，這種變換似乎並不怎麼緊要，只是個語彙而已，實際上，這是釜底抽薪，是一種語彙系列對另一語彙系列的顛覆，而且也是一種破中的立。爲説明這一問題，仍須將話題轉向上文所説豪放、婉約語彙系列的變異上。上世紀七十年代末至八十年代初，蜕變期詞學正處於再評價階段。其時，豪放、婉約「二分法」，受到批評而仍未破除。之後，經過一再變異，由「二分法」到多元論，由兩種風格到兩種品級（雅與俗）、再到各種各樣的「體」（體式），翻新花樣，却仍然是豪放、婉約那一套。進入新世紀，仍爲豪

放、婉約這一語彙系列所困擾。爲此，我説語彙與語彙系統，乃在於借助語彙變換，達致批評模式的變換。看看今後説詞，能否不説豪放、婉約，而説上片、下片，從而由詞外轉向詞内，看其排列、組合，體制構成，以爲詞學學科的建設創造合適語境。

三　存在的形式及形式的體現

學科建設，首要問題是弄清學科的存在。明白什麽是填詞，什麽是詞學。這兩様東西，填詞且不説，只説詞學，也就是一般所説詞學研究。如果這麽提問，詞學在哪裏？現在的詞學家，上百個還不止，有誰能够回答這一問題呢？上世紀三十年代，龍榆生發表《研究詞學之商榷》一文，對於填詞與詞學，就曾有過這様的描述。其曰：

> 取唐、宋以來之燕樂雜曲，依其節拍而實之以文字，謂之「填詞」。推求各曲調表情之緩急悲歡，與詞體之淵源流變，乃至各作者利病得失之所由，謂之「詞學」。

龍榆生的兩句話，簡單明了，但只是説出個範圍，告訴你，哪一些東西屬於填詞，哪一些東西屬於詞學。如果將填詞與詞學當作一個專門術語，一個科學的概念，那麽，龍榆生對其内涵、外延的規限，顯然並不嚴謹。而且，他的規限亦尚未以哲學的語言，將其固定下來。進入新世紀，考慮詞學學科的規劃及建設問題，我曾以存在的形式及形式的體現，對中國詞學學這門學科進行過界定（《詞學的自覺與自覺的詞學——關於建造中國詞學學的設想》，上海《詞學》第十七輯，上海：華東師範大學出版社，二〇〇六年十一月第一版）。這是學科創建過程所探尋得到的一套語彙與語彙系統。以下擬以《花間集叙》有關花間詞的特質及其創作與結集所進行的描述，對這一系統的組成及其實際運用，嘗試加以驗證。

（一）存在的形式及形式的體現

詞學究竟存在哪裏呢？簡單地説，存在於六藝與三碑。六藝，爲研究的對象。三碑，爲對象存在的形式。六藝與三碑，可以看作是中國詞學學的一種總歸納。這一論斷，包括三個層面的意思。一爲研究的對象及對象的存在，二爲存在的形式，三爲形式的體現。建構中國詞學學，可從這三個層面進行探研。

1　詞中六藝與詞學的確實存在

詞中六藝，這是趙尊嶽所提出的命題。他將詞集、詞譜、詞韻、詞樂、詞評、詞史稱作詞中六藝（《饒宗頤〈詞籍考〉序》）。以爲研究詞學，離開不了這六個方面的問題。這是從多到一的一種歸納與概括。此前，龍榆生有過詞學八事；此後，唐圭璋有個詞學十事。上個世紀之末，有學者將其變成二十幾事。我則將其概括爲三事：詞學論述、詞學考訂、倚聲填詞。究竟複雜些好呢，還是簡單好？我主張簡單。故此，我給變成三事。這是詞學的確實存在。

2　三座里程碑與詞學的存在形式

我説三碑，謂三座里程碑，即爲三種批評模式。這是中國詞學史上的三大理論建樹。包括傳統詞學本色論、現代詞學境界説和新變詞體結構論。二〇〇二年九月，北京師範大學一百周年校慶，我有個演講，題爲《中國詞學史上的三座里程碑》（廣州《學術研究》二〇〇四年第八期）。第一次公開指出：第一座里程碑，傳統詞學本色論，李清照所確立，施行一千年。第二座里程碑，現代詞學境界説。王國維所建造，自一九〇八年開始，至今一百年。第三座里程碑，新變詞體結構論。吴世昌爲之奠定基礎。但其實施與推廣，可能是今後的一千年。這是詞學的存在形式。

3　三種言傳形式與詞學的形式體現

三座里程碑，三種批評模式，詞學的存在形式。而其形式體現，則爲三種批評模式的三種言傳形式。

先説傳統詞學本色論。這一批評模式所承襲的是所謂「意之所隨者，不可以言傳也」

(《莊子·天道》),即「只可意會,不可言傳」這一話語傳統。批評的標準,爲本色與非本色。而在方法運用上,既不可言傳,又要言傳,將怎麽辦? 就靠主觀上的感悟。即看其似與非似。似,本色;不似,非本色。大致依據感覺和印象進行判斷。以爲其本色就是本色;非,則非也。就這麽簡單。

再説現代詞學境界説。所謂「詞以境界爲最上」。有境界的詞,爲最上;無境界,爲最下。批評標準,境界。形式體現,有與無有。那麽,這一批評模式爲何冠之以現代呢? 主要的依據是以下兩條:看其可以不可以用科學的方法加以測量,又能不能用現代的語言予以表達出來? 做得到這兩條,説明已進入現代化的行程。因作爲一個境界,其長、寬、高,全都可以測量出來,而且還可以用現代科學的話語加以表達。比如長,再怎麽長,長到月球去,有多少光年還是多少個什麽,都可以測量與表達。古代,不可以言傳;現代,可以言傳。這是境界説的現代化標誌。

最後説新變詞體結構論。這是依據吴世昌結構分析法所引申出來的一種批評模式。結構分析法與詞體結構論,二者有一定區别,但並非互相孤立的兩件事。如果説前者爲基礎,那麽,後者就是一種理論説明,或者包裝。這一批評模式講究生與無生。生,不是生死的生,而是聯繫。看其能否聯繫在一起,能够聯繫,才結構得起來,才有所謂論。我在有關講演視頻中曾提及，中國幾千年的説詩與説詞，概括起來只有兩個字：情和景。王國維加上一個字：言。「言有盡而意無窮」（嚴羽《滄浪詩話·詩辨》）當中的言。加上這個言，原來的情和景就合而爲意。言則作爲一種容器（載體），承載這個意。因而，言和意就成爲意境。這是一百年的事情。至於吴世昌，乃於情和景以外，加上個事，故事的事。這個事一經加入，情和景就有了聯繫，並且構成新的境。如果没有事，情和景二者可能仍然相互孤立，互不相干，是爲無生；加上個事，將其聯繫在一起，即令其生。這就是事的妙用。吴世昌稱之爲第三者。謂借助於第三者，兩個相互對立而又相互依賴的單元，有了事（中介物）的分解，或者化合，即可構成一藝術整體。

中國詞學史上，三座里程標誌，三種批評模式，三種言傳形式。似與非似，有與無有，生與無生，構成一整套語彙系統。這三種形式，既是三種批評模式實際運用的三種方法與途徑，又是詞學存在的三種形式體現。整整齊齊，相當嚴密。在一定程度上，已初步構成自己的體系。

（二）花間詞特質及其創作、結集的例證

中國詞學學，一門嶄新的詞學學科，上文已從文體構成的角度，對其進行系統的描述。以下將對照《花間集叙》的相關描述，以印證其體系的構成。

1　玉、瓊，花、葉：花間詞的確實存在

花間詞作爲一種言説的對象，究竟存在哪裏呢？ 和論證詞與詞學的存在一樣，有關研究，首先必須回答這一問題。

《花間集叙》開篇有云：

鏤玉雕瓊，擬化工而迥巧；裁花剪葉，奪春艷以争鮮。

這段話，以玉、瓊、花、葉四種物景，説明花間詞的存在。四種物景皆屬於自然物象，文學體材的要素之一，爲歌詞創作的對象，也就是花間詞的確實存在。相關要素，通過歌詞作家模擬自然界的工巧，進行鏤、雕以及裁、剪，創造出歌詞作品，以與春天比鮮艷。這就是花間詞。因此，「是以」以下一段話，即將歌詞作家的創造，轉化爲句與篇，進而揭示出花間詞的存在形式。

2　句和篇：花間詞的存在形式

《花間集叙》緊接著稱：

是以唱《雲謡》則金母詞清，挹霞醴則穆王心醉。名高《白雪》，聲聲而自合鸞歌；響遏青雲，字字而偏諧鳳律。楊柳大堤之句，樂府相傳；芙蓉曲渚之篇，豪家自製。莫不爭高門下，三千玳瑁之簪；競富樽前，數十珊瑚之樹。

這段話，先以雲謠和霞醴對舉，謂其歌詞作品，有如仙家美酒，令人心醉。這是總的描述，尚未落到實處。接著，從聲音入手，謂其聲聲字字，既合鸞歌，又諧鳳律，足以和郢中白雪相比美。這一切，都體現在句和篇裏。這就是花間詞的一種存在形式。而其句和篇，包括大堤所歌唱的楊柳以及曲渚所歌唱的芙蓉。大堤、曲渚，表示方位；楊柳、芙蓉，皆爲樂曲名稱。謂之乃豪家自製，並且於門下、樽前，爭高、競富，可見當時風氣。這是出現句和篇的社會環境。

3 清絶之詞，妖嬈之態：花間詞的形式體現

如上所述，花間詞的存在形式在於句和篇。而其形式體現，又是怎麼一種狀況呢？緊接著句和篇的揭示，《花間集叙》有云：

則有綺筵公子，繡幌佳人，遞葉葉之花箋，文抽麗錦；舉纖纖之玉指，拍按香檀。不無清絶之詞，用助妖嬈之態。

公子、佳人,點明作者身份。葉葉花箋、纖纖玉指以及文抽麗錦、拍按香檀,説的是歌詞的製作及歌唱。清絶、妖嬈,包括歌詞的質性及姿態,乃其形式體現。

4 實證

行文至此,《花間集叙》已在存在、存在的形式以及形式體現三個層面的表述,爲我們提供了一個論證的事例。説明存在、存在的形式以及形式體現這一語彙系統,不僅適用於中國詞學學的建造,也與花間詞的創作實際相合。這是《花間集》叙文的前面一個部分,著重説創作。接下來就是實證,歷史的事證和當下的事證。

① 歷史的事證

《花間集叙》云:

自南朝之宫體,扇北里之倡風。何止言之不文,所謂秀而不實。有唐已降,率土之濱,家家之香徑春風,寧尋越艷;處處之紅樓夜月,自鎖嫦娥。在明皇朝,則有李太白應制《清平樂》詞四首。近代温飛卿復有《金筌集》。

對於歌詞創作,《花間集叙》將其淵源追溯自南朝。謂宫體、娼風,不單止言之不文,而且秀而不實。苗而不秀，秀而不實，一般指華而不實，或者開花而不結果。這裏所説，不知是否帶有重文不重質的意思？是否有所褒貶，或者有所針對，亦尚未知。接下來，敍文列述有唐以降的風習，謂家家香徑春風、處處紅樓夜月，與南朝、北里當時的情形差不多。並且列舉二人，説明其創作與當時的社會環境相關。二人即爲明皇朝的李太白和太白之後的温飛卿。依據敍文推斷，二人的創作應是宫體、娼風的繼續。因而説明，花間詞清絶、妖嬈的質性及姿態，古已有之，是一種確實的存在。這是史證。

② 當下的事證

《花間集敍》云：

> 邇來作者，無愧前人。今衛尉少卿字弘基，以拾翠洲邊，自得羽毛之異；織綃泉底，獨抒機杼之功。廣會衆賓，時延佳論。因集近來詩客曲子詞五百首，分爲十卷。以炯粗預知音，辱請命題，仍爲敍引。昔郢人有歌《陽春》者，號爲絶唱，乃命之爲《花間集》。庶以《陽春》之曲，將使西園英哲，用資羽蓋之歡；南國嬋娟，休唱蓮舟之引。時大蜀廣政三年夏四月日序。

邇來作者，無愧前人。說明時賢創作，同樣具備清絕、妖嬈的質性和姿態。如聯繫到叙文開篇之所述，即這種質性和姿態，當以一個艷字加以概括。以爲這是可以與春天比鮮艷的艷，是世界上最美好的事物。在這一情形下，今之衛尉少卿，就是後蜀的這位編纂者趙崇祚，乃於洲邊拾翠，自得羽毛之異；並於泉底織綃，獨抒機杼之功。亦即經過一番搜輯與鑒別，而後廣會衆賓，時延佳論，博觀約取，集成《花間》一編。都十卷，詞五百首。叙文中的這段話，既交待編纂《花間集》的緣由，亦爲其所録歌詞作品定位，謂之「詩客曲子詞」。希望西園英哲能够藉此以盡羽蓋之歡；南國嬋娟，不必再唱《蓮舟》之引。可以將其供奉於尊前、花間，以娛賓遣興、聊佐清歡。這就是這部歌詞總集編纂意圖之所指。

（三）小結

以上所述，自宋初體以及宋詞基本結構模式的確立與推廣，直至中國詞學學的設想與建造，有關種種，大多牽涉到文學研究中語彙及語彙系統的運用問題。例如，上片A、下片B這一結構模式，已成爲歌詞創作之普遍適用模式；而存在、存在的形式以及形式體現這一語彙系統，其對於中國詞學學這一學科建設的適應性及可行性，亦由《花間集叙》的描述得以驗證。說明：中國詞學學的建造，已經足以在符號層面進行理論上的規劃。這是通過語彙及語彙系統的推斷所得出的結論。不過，相關問題，仍然屬於一種探討性的話題。限於水平及能力，未妥之處在所難免，尚待大方之家有以教之。

癸巳立春前二日於濠上之赤豹書屋

二〇〇九年十一月十七日，於華中師範大學文學院演講之底稿。據雷淑葉記録整理。載上海《詞學》第二十九輯，上海：華東師範大學出版社，二〇一三年六月第一版。又載超星學術視頻 http://video.chaoxing.com/teacher_625.shtml。

第二辑

天分與學力

——詩詞欣賞及寫作

吉甫作誦，以雅以南。
燕及朋友，則百斯男。

——集《三百篇》句

彭玉平(中山大學文學院教授)：

各位老師、各位同學，今天我們很榮幸地邀請到澳門大學中文系施議對教授，來給我們作這場「天分與學力——詩詞欣賞及寫作」的主題講座。施議對先生一九八六年畢業於中國社會科學院研究生院，是中國恢復研究生招生制度以後的第一批文學博士。他的導師是著名的詞學家吳世昌先生，而他在「文化大革命」前做研究生時的另一位導師是著名的詞學家夏承燾先生。他的兩位詞學導師在中國二十世紀的詞學史上都有著非常重要的地位。畢業以後，施先生曾經在中國社會科學院文學研究所工作多年，之後移居香港，又在港澳兩地工作多年。施先生的研究，由於他生活的背景和學習的背景不同，所以體現出一些與我們內地學者不同的特色，比如港澳的學者跟外邊的交流比較多，所以，他在做學問的方法、做學問的角度方面，以及做學問的一些標準方面、看法方面，都有很多新的地方。就我跟施先生多年的接觸來看，我覺得他是一个很有想法的人。就「天分與學力」這個題目來説，大家應該是熟悉的，但我相信施先生一定可以講出讓我們感到新鮮的東西。

在介紹施先生之後，我還想介紹一位嘉賓，那就是我們中山大學中文系，八十高齡、德高望重的邱世友先生。邱先生也是研究詞學的，也是能寫詞的；施先生也是研究詞學，也是能寫詞的。他們兩位年齡相差十多歲，但却結成忘年之交。我手上有一份二〇〇一年邱世友先生寫給施議對先生的信。邱先生非常注重故交情懷，今日還特意將這封信找出來。這不是一封普通的嘘寒問暖的信，而是涉及一些學術的源流、學術的定位問題。而且是用古文書寫，古色古香。大家邊聽，恐怕也要邊想。以下是信件的內容。

議對詞家道席左右：

武夷相晤，又賡澳門之娱。玉女倒影，雲窩境清；與夫普濟媽祖諸寺，消人煩鬱，一時飄飄若仙。分攜即往福州，遊鼓山、烏石、西禪諸勝，觀唐宋名家石刻暨近代楹聯。蔡襄、嚴復隔代如在。榕城歷史文物之盛，爲之流連低徊感嘆！

大作《宋詞正體》，未遑細讀，然于拙文《柳永詞的聲律美》已具引矣。顧吾兄從學於夏、吴二大家，得通變之思於吴（世昌），得實證之學於夏（承燾），斯二者詞學專家，各以其治學特點授兄，而兄則融二家之長，成獨有之治詞風格。《宋詞正體》其表見也。如論東坡、少游，大有異焉。東坡于柳（永）多微詞，而猶學柳之長調，掩而不宣耳。少游則學柳之詞心焉，變柳之體而得其正。其語塵下者變而爲婉麗矣。是知蘇門詞學，各有其風格，各有其韻味，皆有諸柳三變耳。吾兄問學得吴通變之理者，重在西學；得夏實證之義者，重在中學。竊以「中學爲體，西學爲用」之旨共勉哉！夫通而不滯，證而有據，詞學之發展，在乎左右者也。

聖誕節將臨，尚祈繼澳門、武夷之歡，永持其心境而已矣。

邱世友

謹勒二〇〇一年十二月二十三日

我們爲兩位前輩深厚的學術交情鼓掌！下面我們大家用掌聲有請我們今天的演講嘉賓施議對教授！

各位老師、各位同學：

今天非常高興跟大家見面，而且邱世友教授到這裏來給我捧場、支持，邱先生還帶來他給我的一封信。這封信我也是珍藏著的，有這封信，今天到這裏來跟大家做這個講座我感到特別有意義。在這裏主要也是把我的心得跟大家來交流一下，而且在座還有很多老師都是老朋友。我跟邱世友教授是忘年交，他對於我來說是老師，也是朋友，我是他的晚輩。在座的海鷗教授、玉平教授，我們都是同一輩的朋友，只是先後差了幾年，現在都還是一起在努力著。剛剛邱教授那封信，對我來説是非常寶貴的，特別是他對我兩位導師的評價，以及我對於兩位導師，到底承繼了些什麽，看了這封信以後才引起我的思考。我才真正明白，我這兩位導師，我要向他們學習什麽呢？吴世昌先生的通變之思，是西學；夏承燾先生的實證之學，是中學。中學爲體，西學爲用。邱先生講得太好啦，畢竟是研究文論出身的，而且，在詞學方面，他的成就也相當出衆。所以説，邱世友教授這封信對我是一個非常大的鼓舞。

一　開場白

今天講這個題目，書面上的依據還不太多，主要是講我個人在教學與科研中的一些體會、一些經驗。

（一）外交比試，詩詞大戰

大家都說，我們的國家，是一個詩的國度，而且還說，澳門是個詩城，那麽，身在其中，自然離不開詩，離不開詩人。所謂「不學詩，無以言」，這是孔夫子的教導。在實際當中，詩詞跟我們的生活，關係也非常密切。特别是一九九一年年初，從中國社會科學院移居到香港以後，所見到的情景，更加讓我覺得學詩、言詩的重要。我在香港工作兩年，一九九三年到澳門大學任教。一九九七年香港回歸，一九九九年澳門回歸，都曾親身經歷。香港回歸之前，中、英兩國的外交大戰，可以說是一場詩詞大戰。自從上世紀八十年代開始，中、英兩國就香港前途問題，已進行了一輪又一輪的談判，但都不得要領。到第二十輪談判，最後一個大障礙已經解決，中國代表團團長周南引用李白詩句「兩岸猿聲啼不住，輕舟已過萬重山」，以喻談判已接近大功告成。我到香港的時間是一九九一年二月十四日，西方情人節的那一天。之前，許家屯逃跑到美國去；之後，周南接任。報載，許家屯出走，抛下兩句話給港人。叫「百駿競走，能者奪魁」。兩句話是他自己做的，不是詩裏面的經典。鄧小平説，香港回歸，馬照跑，舞照跳。他説，有能力的可以跑在前面。香港人喜歡跑馬，許家屯這兩句話，對於香港人來説，既非常中聽，也很受用。周南上任，丢給港人半句詩「春到枝頭」，四個字，不得了。整個香港的輿論界都爲之轟動。所謂「兩岸猿聲啼不住」，當時情景，記憶猶新。可知，詩詞大戰，周南是其中一位關鍵人物。而周南者，並非他原來的名字。他原名叫什麼，已經被人們所遺忘，這是他參加革命時所起的名字。也正因爲周南這名字，當毛澤東接見他的時候，引起了興趣。毛澤東接見周南，這是陳毅的引薦。當時，周南還是個科長。但毛澤東見了他，聽到周南二字，非常高興。說，《詩》唱《周南》第一章，馬上記住了。周南是一位外交家，到香港後，即刻掀起詩詞大戰。那麼，詩詞大戰，到底怎麼個打法呢？一般講，大多是碰到了什麼大一點的政治事件，就來兩句。中方的官員引詩，代表港英的彭定康也引詩。記得彭定康將要走的時候，他作了個政治報告。這個政治報告帶著很濃厚的情感意味，表示很捨不得。但報告中所引用的，不是中國的詩，而是美國詩人傑克·倫敦的詩。肯定不是文言文，但這個翻譯好厲害，給他翻譯成八個字：「寧爲塵土，不作灰飛。」謂寧願做塵土落到地上，不願做塵灰在天上飄飛。也是陳詩以言志。香港的這場詩詞大戰，持續到彭定康回老家，周南北上，方才告一段落。

（二）學詩立言，非詩之福

在中國歷史上，詩詞大戰，由來已久。不學詩，無以言。學詩立言，對於所謂小子，很有必要，可爲立身之助。但學詩爲著立言，却並非詩之福。以往如此，今日亦然。前面集句中的吉甫，某諸侯手下一員武夫，當時可能也是一位著名的詩人。說明在孔夫子那個年代，引詩、用詩，並非專利。從政的，學詩立言，做生意的也不例外。只是各有所用，各取所需，大都斷章取義罷了。最著名的就是《左傳》所記載的諸侯會盟。那個時候，諸侯與諸侯之間，用詩來外交，情況很普遍。而今，温總理出訪，到香港引用黄遵憲的詩，到印度就用泰戈爾的詩。舊體、新體，衆體兼擅。無論到什麽地方，都會有相應合的詩句引用。最近好像少了一點。可見，詩詞在我們中國是多麽重要啊。學詩立言。有了詩，就能掌握話語權。許多人因此也加緊寫詩。只可惜，寫詩的人很多，看詩的人却仍然比寫詩的人來得少。

（三）人天之間，把握自我

在這種情況下，我今天講這個題目，天分與學力，究竟想幹什麽的呢？我的來意如何，大家多少可以猜想得到。是不是鼓勵大家多寫一些詩呢？好像不是這個樣子。今天我來，主要想根據我掌握的有關詩詞欣賞及寫作的一些狀況和材料，跟大家探討一下，究竟有沒有天分這回事，有天分怎麽辦？没有天分又當如何？要大家知道，詩詞這個東西是要有點天分的。那没天分怎麽辦呢？没天分寫不寫？也不能説叫他不寫。等一下再看看没天分怎麽處理。而天分以外，學力又有什麽用處？古人曰：天分稍次，學而能之。天分與學力，還是可以互相補救的。只要肯下功夫，仍將有所得益。

開頭的這一段話，説明學詩的一個側面，表現一種風氣。總的講，我講這個題目，就是要大家了解詩詞是個什麽東西，以更好地愛護詩詞、維護詩詞，也維護自己。

以下準備講三個問題：一，詩詞發展及現狀的分析與判斷；二，詩詞涵養及潛力的檢驗與評估；三，詩詞涵養及潛力的增添與發掘。三個問題，有關天分，亦有關學力。既決定於天，亦決定於人。在人天之間。目的在於：把握自己的位置，明確重負，知道如何面對。

二　詩詞發展及現狀的分析與判斷

（一）詩詞發展的兩個六十年

不說兩千年，或者五千年，而說一百二十年。一百二十年，分成兩個階段。第一個階段，一九一六年至一九七六年，六十年，一個甲子。說詩運與時運，屬於詩和時代的關係問題。第二個階段，一九七六至二〇三六年，也是六十年，一個甲子。說詩運與文運，屬於文風與學風問題。

1　第一個六十年（一九一六—一九七六）

第一個六十年爲什麽從一九一六年算起呢？因爲這一年，胡適發表第一首新詩。新詩出現，宣告舊詩死亡。胡適並於一九一七年發表一篇重要文章《文學改良芻議》。這篇文章對於新文學的興起及舊文學的衰亡，起了非常大的作用。這方面的歷史，大家可以留意一下。由於新詩登場，詩壇上出現第一次流動。由舊詩到新詩的流動。原有舊詩作者，改弦易轍，寫起新詩來了。幾位老前輩，沈尹默、劉半農，原來寫舊詩，改而寫新詩；年青一代如俞平伯，舊詩已經入門，也開始改寫新詩。到了二十年代，聞一多出現，便稍有些不同。聞一多原本也是由舊詩改而作新詩的，也想在形式上對新詩有所突破，爲新詩提供個合適的形式。因爲詩歌的發展，實際上就是詩歌形式上的創造，一部詩歌發展史就是一部詩歌形式創造史。聞一多非常明白這一道理。他的《死水》，努力爲新詩的形式創造，尋找建築美、繪畫美和音樂美。希望在這幾個方面來爲新詩創作提供樣板，尋找出路。在這首詩後面曾署有一個寫作時間：一九二五年四月。而同在這一時間段，他在致梁实秋的信中，却提及自己的一首舊詩——《廢舊詩六載矣，復理鉛槧，紀以絶句》。曰：

六載觀摩傍九夷，吟成鴂舌總猜疑。唐賢讀破三千紙，勒馬回繮作舊詩。

以爲當回過頭來，提倡舊詩。這是二十年代的事。不過，那個時候的新詩畢竟還是新的詩，是一種新的詩歌樣式，不會那麼快就收場。之後，經過三十年代直至四十年代，新詩儘管亦曾遭到質疑，也許不一定再有那麼多人擁護，而仍未曾取代舊詩。到什麼時候舊詩才真正失去自己的主導地位呢？一九四九年。那時候，舊詩基本上就没人敢寫了。新詩占據了主導地位。

這是第一個六十年。代表人物——胡適。中間,又以聞一多爲代表。最後,毛澤東説:新詩至今六十年,迄無成功。

2 第二個六十年(一九七六—二〇三六)

過去六十年,中國舊體詩詞打不死。由於新詩迄無成功,舊詩方才有了機會。是一條龍,而不是一條蟲。一九七六年,「四五」運動,舊詩復活。詩詞創作由地下轉向地面。開始了另一個六十年。那個時候,因應社會發展、變化,政治上有「兩個凡是」,詩詞界也有「兩個凡是」。政治上的「兩個凡是」,大家都知道,詩詞界「兩個凡是」就未必知道。詩詞界「兩個凡是」:凡是無産階級革命家都會寫詩詞,凡是平反昭雪都要發表詩詞。第一個凡是,凡是無産階級革命家都會寫詩詞。毛澤東不用説啦,還有董必武、朱德,以及陳毅、葉劍英,都會寫詩詞。華國鋒也會。他有兩句詩:

昔日從你脚下走,今朝從你頭上過。

原是説興修水利的,但聯繫到現實社會,這兩句話都已變成現實。不是嗎? 他那個時候,是國家主席、黨中央主席、軍委主席,真的就「從你頭上過」了。詩詞很神聖,不能隨便寫。這是第一個凡是的事證。第二個凡是，你們去查閲一下北京《人民日報》就知道了。那是一九七八年，改革開放開始，文化大革命結束。一批老革命家復出，或者來不及復出就已離世，需要平反昭雪，都需要發表詩詞作品。其中，有一首《金縷曲》，在這一年的五月二十八日北京《人民日報》發表，就是爲著替趙樹理平反昭雪。報紙編者注云：據趙樹理同志的親屬記憶，此詞寫於一九六五年初。原詞無標題，詞牌爲編者所加。原載《詩刊》第五期。但這首詞却另有所屬，作者姓趙，不是趙樹理，而是趙朴初。同樣在北京《人民日報》發表。時在一九六六年一月五日。題稱《賀新郎》，副題《新年獻詞》。這是十幾年前的事。那麽，後來的《人民日報》爲什麽將趙朴初的詞當作趙樹理的詞來發表呢？因爲他是一名無産階級革命家，此其一；另一個是因爲，他需要平反昭雪。所以，就將這一首詞拿出來發表。究竟趙樹理會不會寫詩詞呢？應該都寫的，我没有注意收集他的作品，而這一首我倒是非常注意的。一看是趙樹理的作品，我就趕快剪下來，趕快往我的本子上貼。我的本子是自製的一個詞的鈔本。按詞調排列，一貼就貼到了趙朴初的頭上去了，同樣一首詞，到底是誰抄誰的呢？想了又想，我猜想，應該是一九六六年初，趙朴初這首詞發表，趙樹理看到了抄下來，放在抽屜裏，没有注明是趙朴初的。兩首比較，個别字面爲什麽又有不同呢？也許因爲非即時鈔記，乃事後憑記憶録下。後來，趙樹理去世，家屬看到手迹，即送編輯部發表。對於這段公案，當時很想寫個信給《人民日報》編者，後來想想，自己明白了也就作罷，不必追究。我以爲，此事不能怪編輯，只能怪「兩個凡是」。「兩個凡是」，將詩詞擺到祭壇上，究竟是詩詞之福，還是詩詞之禍？都可以討論。就文學與政治的關係看，將學詩立言擺到極其崇高的位置之上。只是，作爲中國語言文學系的師生，應當冷静地想一想，孔老夫子説「小子何莫學乎《詩》？」「不學《詩》，無以言」，到底爲的是詩，還是爲的是言？並且不妨也想一想，當今學詩立言，究竟是爲著詩，還是爲著言？這一事實證明，爲著政治的需要，爲著現世的榮華富貴，學詩、引詩，我們的老祖宗一早就已經自己在破壞著詩。以前這樣，現在也是這樣。

(二) 詩詞的當前狀況

1　官詩與詩官以及商詩與詩商

就當前的狀況看，我們的詩詞究竟被破壞到哪個程度呢？上世紀九十年代中，我有一個系列文章，用以描述這一狀況。其中，官詩與詩官以及商詩與詩商兩個小標題，可供觀覽。官詩與詩官，一指當官而作詩，一指作詩而當官。二者都有點特别。商詩與詩商，一指營商以作詩，一指作詩以營商。二者同樣也有點特别。兩個命題，皆有感而發。可以講一些具體的例子來説一説。先説官詩與詩官。當官的作詩，作詩的當官，自古以來就是這個樣子。詩人中哪個不當官啊？蘇東坡、陳亮等等，都是當官的。而且，當官的所作的詩並不壞。那詩官呢？作詩而當官，這應當是一個新物種，以前不一定有。一九八七年詩人節，中華詩詞學會成立。從會長到理事，設有很多官。有位先生叫荒蕪，作有《長安雜詠》一組詩歌，於北京《人民日報》發表。其一有云：「一文一武兩皮包。」所詠正是剛成立的中華詩詞學會。這是因詩而得官的一個真實事例。再說商詩與詩商，這一問題也值得注意。中國的讀書人，向來不太看得起商人，而現在的商人變成儒商，一旦詩落到商人的手裏，處境就很淒涼。有位生意人，利用中華詩詞這一招牌，辦文化研究所、辦出版社。以每人一百元的價格廣泛招攬研究員，又以一個書號二千元，爲詩詞家樹碑立傳。一百元，一個研究員，給發個證書，可以上名片。這下就發達啦，最少有幾萬、十幾萬人想當研究員。出版社也一樣，頭銜那麼顯赫，二千元很值得。去年到某地，知道這是一個人的生意。見面時，口無遮攔，給戳穿了。我說，中華詩詞有這麼個出版社，怎麼我不知道呢？原來這是在香港注册的出版社。在香港想辦一千個、一萬個這樣的出版社，那是很容易的事情。但一個願打，一個願挨，也就没話說了。研究員也一樣，一百大元一個研究員，何樂不爲呢？

2　好爲人師，自我作古

官詩與詩官以及商詩與詩商，於第二個六十年的中國詩壇，構築起兩道風景綫，出現了一些怪現象。現在再來看一看，在這兩道風景綫下，詩詞被糟蹋的情狀。

以下引了兩首詩。第一首，某氏《采茶樂》：

雨霽山頭蔚翠蒼，姑娘結隊采茶忙。三三五五揺揺擺，緑緑花花艷艷妝。樹樹株株挑剔遍，疏疏落落塞盈筐。金烏西墜呼歸去，説説談談笑靨張。

揺揺擺擺，變成揺揺擺；説説笑笑，變成説説談談。平時講話，本不至此，作詩却無所忌諱。這説明寫詩和講話有差異，差得好遠，是不是爲了追求一種陌生感呢？不得而知。但是編輯看了也放他過，這是一個例子。

第二首，這就更加了不起。某市一個鎮的黨委書記，有詩詞作品三部曲，還搞了一個發行儀式。並且寫了一首和崔顥的詩，自以爲：「我所寫的七絶《和〈題都城南莊〉》，是我在立意上創新的嘗試。」想用作樣板，以與崔顥並列。他的和作是：

桃花盛放洛城紅，人面桃花鬥艷中。人面萬張隨處見，桃花人面笑春風。

崔顥的《題都城南莊》，人面、桃花，去年、今年，遇與未遇，形成對比，表達一種失落感。此君和作，人面、桃花，桃花、人面，鬥艷中、笑春風，字面上顛來倒去，根本表達不出什麽意思來。

詩詞界，如此好爲人師，自我作古的現象，並非僅此一例。故此，本人目前的憂慮，是兩個恐怕：恐怕污染環境。將來，詩集詞集，越出越多，不知道該往哪裏放？恐怕損害詩體。因爲，詩多好詩少，魚龍混雜，敗壞了詩詞的名譽。

這是第二個六十年的狀況，和第一個六十年相比，在新與舊的相互交替上，同樣出現過一次流動。第一個六十年，是舊詩向新詩的流動；第二個六十年，是新詩向舊詩的流動。兩次流動，我稱之爲，文學史上的一次雙向流動。兩個六十年，前一個六十年已成爲過去；第二個六十年，過去三十年，還有三十年。現在是二〇〇五年，再過三十年，詩詞的命運如何，等一下可來個預測。這就是我要講的第一個問題，詩詞發展及現狀的分析與判斷。

三　詩詞涵養及潛力的檢驗與評估

(一) 兩種不同層面的檢驗與評估

爲方便檢驗與評估，以下先説幾個具體事例：

其一，姜亮夫。早歲雅好吟咏，中學時就已有詩詞習作千餘首。自己滿意，老師也覺得不差。到了清華研究院，呈交梁啓超、王國維二位大師批覽。頗想獲得嘉奬，但出乎意料，兩位導師都不給他講好話，並且勸其勿再作，以爲理多於情。作與不作，一句話，以爲論定。他很傷心，想了一個晚上。爲什麼叫他不要寫了呢？理由是理多於情。是不是就不要再作詩詞了，專心做學術研究？他想想，也有道理。因此，天没大亮就把那些詩詞稿都燒掉了。後來，姜亮夫成爲楚辭學家、敦煌學家。

其二，夏承燾。我的老師。十四歲作《如夢令》，當時的國文教師張慕騫，於最末三句，「鸚鵡。鸚鵡。知否夢中言語」，畫了三個圓圈。不需要講什麼道理。三個圓圈，他記了一輩子。八十幾歲得了老年癡呆症，老婆叫什麼名字已經記不得，而這三個圓圈，仍然深深刻在他的腦海當中。三個圓圈，決定終生。他終於成爲一代宗師。

其三，劉永濟。壯歲遊滬濱，二十九歲到上海，遇到朱祖謀、况蕙風，以所作《浣溪沙》請益。天才被發現。况喜曰：「能道沉思一語，可以作詞矣。詞正當如此作也。」况喜，劉暗自欣喜。爲什麼兩人都高興，况因其可以作詞而高興，劉則没説。總之乃在於能説「沉思」一語。爲什麼能説「沉思」就可以填詞了呢？况未説明，劉亦未曾説明，都在不言之中，只能於具體作品中探尋。因此，現在先看看他的《浣溪沙》：

幾日東風上柳枝。冶遊人盡著春衣。鞭絲争指市橋西。　寂寞樓臺人語外，闌珊燈火夜凉時。舞餘歌罷一沉思。

歌詞説冶遊，謂戛凮上柳枝，春風將柳條吹緑，冶遊人都著上春衣；鞭絲争指，騎著馬紛紛奔向橋西而去。橋西，應當是個娱樂場所。這是上片。乃布景，亦於布景中叙事。其中冶遊人，亦景中之景。是否包括作者在内，很難説。下片説情，表達對於上述事件的觀感。謂人語外，夜涼時，舞餘、歌罷，獨自沉思。依照況周頤的説法，就是由言内到言外的思考。而就歌詞看，言内所指，乃上片所説冶遊一事，包括歌舞；言外所指，應是下片所説歌舞以外的事。謂之能道沉思一語，此沉思，就是一種聯想。

三個故事，姜亮夫一例，情和理，屬於性情問題，這是有無天分於深層意義上的體現。夏承燾、劉永濟，一個憑藉三個圓圈，一個憑藉沉思，用以衡量可不可以作詞，怎麽進行判斷呢？兩個事例，夏承燾一例，只能憑藉感悟，無需清楚道明；劉永濟一例，則已清楚道明，謂看其是否能沉思，懂得聯想。二例是有無天分於表層意義上的體現。以爲能沉思，懂得聯想，就可以作詞。而聯想又是怎麽個樣子呢？夏承燾的事例，乃由夢中言語聯想到非夢中言語；劉永濟的事例，是從歌舞中聯想到歌舞外。這是況周頤所説的一種言外之意。

1　表層意義上的檢驗與評估

依據劉永濟的經驗，一句話，能沉思，懂得聯想，就具備天分，可以作詞。不過，想就這一問題進行測試，還得請教孔夫子，看看他怎麽對可不可與言詩進行測試。孔夫子授徒，既有教無類，又能够因材施教。三千弟子，七十二賢人。周遊列國，都是一個團隊出現。並且，在周遊過程，亦隨時討論問題。有一回，子貢提出問題，現在社會貧富不均，富的那麽富、窮的那麽窮，如果窮的人不要諂，不講奉承話，富的人不要太驕傲，這個社會不就安定了嗎？孔夫子説，這麽説當然也可以，但不如説，貧困的人好樂，富裕的人好禮，那不更好嗎？這裏的樂讀作yuè，不讀lè，乃禮樂的樂，而非快樂的樂。樂和禮合在一起爲禮樂，代表著文化。好像我們現在講的建設經濟大省，也要建設文化大省一樣。這麽一講，子貢就開竅了，他很快聯想到《詩經》裏面的「如切如磋，如琢如磨」，説老夫子講的不就是這一意思嗎？孔夫子聽了很高興，就説，你現在可以和我一起談詩了。爲什麽呢？因爲告諸往，你就能知來者（此段據《論語·學而篇》）。孔夫子所説，由諸往到來者，就是一種聯想。這是可否與言詩的一個先決條件，也是有無天分、聰明不聰明的一種表現。

發掘天分，懂得聯想。聯想方法，除孔夫子所説，告諸往而知來者，《詩三百》之由此物到彼物，即爲另一方法。兩個方法，一縱向，一横向，從時空兩個角度，移動及變换，概括所有。這是一種思維方式，曰聯想；與之相對應的另一思維方式，曰推理。一般講，推理具有嚴密的思維邏輯，做事必講究，作詩不一定；而聯想則海闊天空，無有邊際，作詞作詩正當如此。

2 深層意義上的檢驗與評估

以聯想判斷其可不可與言詩，可不可以作詞，在某種意義上講，這種測試方法，似乎比較容易計量，故稱之爲表層意義上的檢驗與評估。至深層意義，則指性情，或者才情。這是較難計量的。在很大程度上講，這種測試方法，就是一種主觀判斷。對於一個人寫不寫詩，填不填詞，寫得好不好，填得好不好，有没有天分，只是憑藉感悟。有時很準確，有時也有失誤。例如，海鷗教授寫新詩，也寫舊詩。我寫舊詩，不會寫新詩。大致情況能知。但邱教授跟我說，他不會填詞，我就上當了。當時編纂《當代詞綜》向他要稿，他不給。其實，他的詞填得非常好，而且非常本色。結果，《當代詞綜》就没有收録他的詞，只好看看有没有機會補編。由於邱教授的關係，黄海章教授也與我通信了，寄作品給我，非常感謝邱教授的幫忙。

① 印象、感覺與狀況

有無寫詩作詞的性情，或者才情，這是在較深層面對於天分的測試。通過具體作品揭示，這種性情，或者才情，大多通過印象、感覺或者狀態得以呈現。

例如，「單衫杏子紅，雙鬢鴉雛色」，這是《西洲曲》所描述主人公的衣著及妝扮。由於折梅、憶梅，結下因緣，又於樹下、門中，盼郎不至，因特别穿上這件衣服，出門采紅蓮。這是第一次見面所穿衣服。第一印象，看郎記得不記得。

又如，「記得小蘋初見，兩重心字羅衣」，晏幾道《臨江仙》所記述。謂酒醒、夢後，再三思憶，也還是第一次見面時所留下的印象最深刻。

又如，「傷心橋下春波緑，曾是驚鴻照影來」，陸游《沈園》二首中的句子。謂故地重遊，儘管夢斷香消，此身亦行將化作稽山上土，但記得最深刻、最令其刻骨銘心的，也還是伊人當時在傷心橋下、緑波當中所留下的印象。

詩歌作品中所呈現印象和感覺，尤其是第一印象和第一感覺，最是令人心動。狀態的呈現亦如此。

例如，秦觀的名句，「兩情若是久長時，又豈在朝朝暮暮」，歷來備受贊賞，或以爲「古之傷心人」（葉夢得語），以爲「他人之詞，詞才也；少游之詞，詞心也」（馮煦語）。其實，只是一種抽象了的道理，一種假設，信不信由你。有詞才而不一定有詞心。千餘年來，儘管也讓不少人上當，但只要對比一下，秦觀在另一場合所呈現的狀態，「銷魂。當此際，香囊暗解，羅帶輕分」，就不難確認，怎麼樣才是真心實意，才算是出自於内心。兩者相比，前面的山盟海誓，終不如後者所呈現的這麼一種狀態來得真切。後者的一種狀態，瞞也瞞不住，辨也辨不清，所以，他的老師才那麼緊張。這才是真正的詞才與詞心。

感覺、印象，以及狀態的呈現，真正動人心魄，能够觸動生命。正如孔夫子所説，「《詩》可以興」，這就是詩歌所具備一種感發興動的力量，也是天分的體現。

② 本色與非本色

有人説，對待客觀世界，政治家依靠的是口號，哲學家依靠的是概念，那麼，文學家依靠的是什麼呢？意象，或者形象？是印象、感覺，或者狀態的呈現。一般説本色、非本色，或者當行、不當行，亦取決於此。

以下，看李清照、辛棄疾的《醉花陰》：

醉花陰

李清照

主題，賞菊。

賞菊的一種過程：感覺與印象。

感覺涼，印象瘦。

感性認識階段。

二片：布景。霧、雲；玉枕、紗廚。

薄霧濃雲愁永晝。△

醉花陰

辛棄疾

主題，賞菊。

賞菊的一種體驗、體會。

體驗老，認識了。

理性認識階段：歸納、提升。

上片：布景。黄花、人。

黄花謾説年年好。△

瑞腦消金獸。△
佳節又重陽，
玉枕紗廚，
半夜涼初透。△

下片：叙事。把酒東籬。
　呈現狀況：人比黃花瘦。
　結局：因緣未了。
東籬把酒黃昏後。△
有暗香盈袖。△
莫道不消魂，
簾捲西風，
人比黃花瘦。△

也趁秋光老。△
緑鬢不驚秋，
若鬥尊前，
人好花堪笑。△

下片：説情。言志。
　表達意願。
　結局：因緣已了。
蟠桃結子知多少。△
家住三山島。△
何日跨歸鸞，
滄海飛塵，
人世因緣了。△

兩首詞之所歌咏，皆重陽賞菊，乃同一題材。李清照所作，上片布景，下片叙事，著重説感覺及印象。辛棄疾所作，上片布景，下片説情、言志，著重説體驗及認識。層面不一樣；效果也不一樣。一個當行本色，一個則稍涉理路，就樂府歌辭講，乃爲别調，屬於另一體。

四　詩詞涵養及潛力的增添與發掘

況周頤論填詞，曾於《蕙風詞話》卷一説過這麽一段話：

> 填詞之難，造句要自然，又要未經前人説過。自唐五代已還，名作如林，那有天然好語，留待我輩驅遣。必欲得之，其道有二：曰性情流露，曰書卷醞釀。性靈關天分，書卷關學力。學力果充，雖天分少遜，必有資深逢源之一日。書卷不負人也。中年以後，天分便不可恃。苟無學力，日見其衰退而已。江淹才盡，豈真夢中人索還錦囊耶。

「性情流露」，「書卷醞釀」，既有關天分，亦有關學力，正好可作爲今天講題的一種書面依據。天分與學力，先天與後天。説得倒還比較允當。

那麽，如天分過之，又當怎麽辦呢？《詩大序》有云：「發乎性情，止於禮義。」則須有所約束。這是聖人一早爲之定下的原則：孔門詩教原則。作詩、做人，都不能違背這一原則，不能没有個度。例如蘇軾填詞，他自己也説，豪放太過，恐造物者不容人如此快活。實際情況亦如此，蘇軾自身也有保守處，非如柳永那般毫無顧忌，非真正解放派。

我與邱世友教授交往已有二十幾年，相識、相知，無話不談。有一回，他告訴我，張海鷗説，陳永正贈給他四個字：斂才就範。我有一點驚訝。這不就叫他不要那麼多才，那麼多天分嗎？要他用學力來抑制天才。也因爲這四個字，我想起，在澳門回歸之前，邱教授也曾送給我十二個字，那就是周濟評稼軒的十二個字，曰：「抗高調，斂雄才。變悲涼，成温婉。」不單單講作詩填詞，也講怎麼做人。那時候，對於這十二個字，還不是怎麼放在心上。之後，師友間也有類似勸告，我才逐漸有所體會。有一回到天水参加一個學術研究會，火車上巧遇鄧魁英教授，我碩士論文答辯委員會委員，在同一卧鋪車廂。這一車廂，除鄧教授外，還有兩名外國女孩，一名小商人。我一進車廂，她們就投訴，説這名小伙子抽烟。我想整一整這名年輕人。我問：你是幹什麼的啊？答：做生意的。我又問：做什麼生意啊？答：搞運輸的，運木材。我説：我也是搞印書（運輸）的，跟你同行。他很高興，想請我抽烟。我給他説：你會抽烟，我現在就考你一個問題，看看你到底真會抽烟還是不會抽烟。我説：如果我們兩人都會抽烟，你的烟癮很大，我的烟癮也很大，我向你要烟，你那裏只剩下一支，你給不給我？我這樣問他。他回答我説：我只剩下一支，不能給你，等到了站，我買十包給你。果真是做生意的。我説：不要你的十包。並説：這是中國人的觀念，中國人的做法，日本人不一樣，西方人也不一樣，他們剩下一支，不給你就不給你，會明講。中國人就是要麽一會兒我多買一包給你，要麽我們一人一半，或者一人一口，是這個樣子的。聊了一會兒，我就跟他講，你不能在這裏抽烟，他就不抽了，還要請我喝酒。然後，到達天水，鄧魁英教授看我一路上教訓著他，研討會開會期間，贈給我一句話：得饒人處且饒人。但我這人秉性如此，總是改不了啊，太狂了。由北京到港澳，也是這個樣子，也是很狂。在講澳門大學事之前，先講一講在北京的一段經歷。來港澳前，我在中華詩詞學會的一個角色是責任編輯，負責編輯《中華詩詞》，而主編則是大名鼎鼎的畢朔望。我想，我是中國社會科學院文學研究所副研究員，又是詩詞方面的專家，來你這裏當責任編輯，那我就編，完全不考慮其他因素，不買他們的賬。最近看了一篇文章，中華詩詞學會十年回顧一類的文章，有一段是寫我的，可把我寫活了，我很佩服。文章説：「畢朔望當了主編，他整天就在家裏等著施議對把稿子一起送去給他……，他很想把這個稿子出兩個版本，有英文版也有中文版，結果等來等去，等到施議對送去的稿子連號碼都編好了，這樣給他，他就感到很没臉，他就不要當這個主編了。」我還不知道我這樣得罪了他，現在想起來都追悔莫及，當時太狂了。以爲我來當你這個主編也還是綽綽有餘，所以我編好了再給他，他這個主編往哪裏擺呢？這個都是二十年前的事。像這種事情我總是犯的，屢教不改。到了澳門大學，有一位朋友，跟我比較好，大我幾歲。他說，有人反映，你太驕傲了。我心裏就想，不講我狂都算好了，講我驕傲都算客氣了。我就反問他：你有没有驕傲過？他想了半天説他曾經驕傲過。我再問，什麼時候驕傲過呢？他説二十幾歲的時候驕傲過。我就説，我到現在還驕傲，還不更加驕傲！講得他没話説，他就不敢再勸我了。這是附帶講的一個問題，可能這個問題與天分與學力這一講題也有點關係。

講到這裏，我想跟大家做一個小小的測試，選字填詩，看看大家有無興趣。這是我教我的學生的事例，拿兩個句子給你們看看。比如寫一朵花，這朵花應該怎麼寫呢？有幾個選擇，看看哪個合適一些。

一枝□（才、未、已、初）發□□（正逢、未逢、不勝、能勝）春，欲寫香箋筆□（已、正、未、才）匀。

按：參考答案見本文末尾。

這一測驗説明，事物的組合，最好不要正跟正、負跟負。《易經》上説，一陰一陽之謂道。我在詞學方面，推廣詞體結構論，二元對立定律，就是《易經》有關陰陽組合的道理。一陰一陽，一正一反。實際生活中亦如此。我在澳門大學，鄧國光教授是我的好搭檔，當年的中文學院，他是正院長，我是副院長，合作無間。但我們兩個太正了，兩個都正，正正得負，做了一年就下臺了。所以，要一個正一個負就好。一個往東走，一個往西走，可能走得更好。太一致了，就無法無天，就不能做好。詩詞也是這個樣子。所以，這個小測驗，一正一負，相反、相對，組合的效果就好一些。兩個都正，效果不一定就好。這既是一個重要的原則，或者道理，也是有關方法的問題。

就講這麽一些，供大家參考！謝謝大家！

彭玉平教授：

今天我們聽了施議對先生一個多小時的講座，我覺得有一種很親切的感覺。這個講座的核心是關於詩詞的天分與學力，他有一個取材的範圍，這個範圍主要是以二十世紀爲核心的這些資源，這個領域也是我所關心的。施先生曾經編過一套書《當代詞綜》（四本），承他厚愛，送了一套給我。這四本《詞綜》好在哪裏呢？我們知道，朱彝尊編過《詞綜》，還有《續詞綜》、《國朝詞綜》，掛「詞綜」這個名字需要慎重，而且需要膽量。這個膽量就需要有一些驕傲的心理。施先生不斷在講他這個驕傲的經歷，我想驕傲是需要資本的，根據我的理解，施先生是有資格驕傲的。他的《當代詞綜》就是他帶有驕傲的眼光來編輯的。雖然是四大本，但二十世紀的詞人是非常多的，特别是一些幹部退休以後，老幹體盛行，寄給他的作品非常多，假如説施先生不驕傲的話，那這套《當代詞綜》恐怕就變成泥沙俱下了。所以，我想學術上是需要一點驕傲，需要一點清高的。把門檻提高，這樣的話，學術的境界也就提高了。所以我想説，今天施先生的講座，除了這個内容之外，他嬉笑怒罵皆成文章，從各個領域，各個角度來講，圍繞詩詞這個核心，我個人受益很深，我們對施先生精彩的演講表示感謝。

下面請中文系副主任王坤教授爲施先生頒贈名師講壇證書。

今天的講座就到這裏，謝謝大家！

二〇〇五年四月二十八日，廣州中山大學第四十六次名師講壇演講稿，據燕鑫桐記録整理。載中山大學中國語言文學系網頁http：Chinese. sysu. edu. cn/2012/Item/2048. aspx。

附：參考答案：一枝初發不勝春，

欲寫香箋筆未勻。

從詩歌到哲學的提升

——古典詩歌研究與人文精神思考國際學術研討會開題報告

一　開場白：關於研討會文化以及廟與神的問題

古典詩歌研究與人文精神思考，關鍵詞起碼是三個。一個古典詩歌，一個人文精神，一個是國際。前兩個等會兒講。國際需要講一講。澳門回歸之前，我們這裏無論開什麽會，都是國際研討會。回歸以後就不一樣。二〇〇六年，我召開「中國文學現代化進程國際學術研討會」。也是在這個地方。結果開了半天，發現研討會在座每個人全都是從内地來的。上面掛的横幅，明顯國際二字，心裏很不安。趕快加個説明，要不然報導出去就麻煩了。全部是内地來的，怎麽是國際的呢？原來我們請了一位日本朋友，這位朋友也已答應到會，等招牌掛上去，又不能來。所以，用上「國際」二字，挺麻煩的。以後，乾脆不叫國際，就叫學術研討會，那要保險一點。萬一來的只有内地和臺灣的朋友，你叫國際，那就是政治性的錯誤。當然，這一回名副其實，有日本來的朋友，也有美國來的朋友，是一次真正的國際學術盛會。

研討會開幕，除了説明用意，展現宗旨，我還想講一講研討會文化問題。隨著國家的改革開放，走出去，請進來，各種各樣研討會接連不斷，會議進行的方式也各不相同。種種現象，似可歸結爲一種研討會文化。比如講評制，有講有評，不一定展開討論。這對於自然科學來講，應當是比較合適的。有關專家將研究結果拿到國際級的學術會議上去發表、公布，有時只要宣讀就行，不一定需要評議。社會科學雖稍有不同，但大家都跟著做，一路過來，就形成通例，並且與國際接軌。這就是講評制。當然，我在這裏進行評説，並不以爲這種講評方式不好，這種方式並不錯。只是因地制宜，想做點小變革，以適應這裏的情況。澳門是個小地方，小地方，開大會，並不容易，所以想改革一下現狀。我於上世紀九十年代初移居香港，之後，又來到澳門。在大學擔任教職，並主持社團工作。回歸之前到現在，差不多每年舉辦一次學術研討會，去年舉辦二次。有關詞學方面的研討會，已舉辦二次。俗話説，人多好辦事，但人少有時候也有人少的好處。我辦研討會靠的就是人少，基本上自己説了算。二〇〇六年，胡曉明先生應邀出席這裏所舉辦的研討會，他把我的這一進行方式稱爲主持人制。去年十二月，舉辦「第二届中華詞學國際學術研討會」，正式將其寫入會議議程前言。曰：「所謂主持人制，乃胡曉明兄來澳參加『中國文學現代化進程國際學術研討會』於網上評議所提出的一個意念（Idea）。今年五月，通過『對話衝突與文明建設國際學術研討會』之再次實踐，與會同仁皆以爲可行，因借此機會，再次加以推廣。」將一般講評制，改爲主持人制。會議議程前言曾開列五條注意事項，以下是其中三項，曰：「不設主題演講，不設大會發言，不準備逐一宣講論文。凡會前之所提交，暫裝訂成册，供研討參考，會後待修改定稿，將正式交付出版。」曰：「只設主持人和討論人，没有報告人。與會諸君，均須認清脚色。」曰：「三大議題，五個場次。每一場次，四人主持，四人討論。其餘諸位，圍繞議題，自由發言。臺上、臺下，亦問、亦答，亦講、亦評，共同推進話題。」這就是主持人制。但今次的研討會，又變了一下做法，叫報告人制。就是只報告，不研討，節省時間。

關於研討會文化，除了改革制度及進行方式以外，還要改革觀念。這就是近與遠的問題。比如説，我到戴建業老師、張三夕老師他們那邊去，是外來的和尚，在這裏，我是本地的和尚。本地和外地的這種差别，體現觀念問題，叫做賤近貴遠。這一想法，也就是觀念，是從孔夫子那裏來的。他的「有朋自遠方來，不亦説乎」已有賤近貴遠的傾向。今天在這裏，我是本地的一名小和尚，爲改變這一觀念，也就自告奮勇，上來念一回經，做這個開題報告。剛剛説近和遠，這一問題可能還牽涉到廟和神的問題。本來是準備説給我的學生聽的，想讓他們知道：什麽情況下，應當認廟不認神；什麽情況下，應當認神不認廟。可惜學生没到位，也就不好意思，在各位面前，講得太多。大家知道，中國社會科學院是一座大廟，裏面的神也都很神聖。澳門大學是一座小廟，當中有没有神呢？其實有一尊，一尊非常偉大的神，就是大家没記起來。這尊神就是我給你們的那本書《文學與神明》，我的那位訪談對象——饒宗頤教授。他就是現代一位至尊的神明。上世紀八十年代初，曾經在澳門東亞大學（後改名澳門大學）擔任客座教授。媒體説他是國學大師，是超級的國學大師。官方的報導則比較保守，只把他當學者看待。八月六日，温家寶總理在文史館接見他，而不是在人民大會堂。報導稱：「中共中央政治局常委、國務院總理温家寶在中央文史研究館親切會見了來自香港的館員、著名學者饒宗頤先生。」並稱：「饒宗頤是我國當代著名的歷史學家、考古學家、文學家和翻譯家。他曾長期在海外從事教學、創作和學術研究，現定居香港。二〇〇九年一月十六日，被國務院聘任爲中央文史研究館館員。」四頂帽子，四個家——歷史學家、考古學家、文學家和翻譯家，未稱大師。那麽，饒宗頤自己又是怎麽稱呼自己呢？他説：「説我是大師，這不對，我不是和尚，不能當大師。和尚才是大師。」不過，他又替自己找到了出處。他發現宋真定府十方洪濟禪院住持、傳法慈覺大師叫宗頤，日本大德寺住持養叟也叫宗頤。兩條證據，説明他有資格稱大師。有一回，我跟他閒聊。我説，現在廣東話盛行。廣東人的埋單，已經埋到北京。埋單，就是買單。平常人吃飯付賬，就叫埋單（買單）。那麽，和尚吃飯，應當怎麽説呢？比如，叫什麽單？大家知道嗎？叫掛單。我説：你是個真人，遊戲人間，可以到處掛單。一會在香港大學，一會在香港中文大學。而他不肯。説，「不成，你要把掛單拿掉」。現在，楊義到澳門大學掛單。呵呵。這個單可不太輕（不一般）。劉禹錫《陋室銘》有云：「山不在高，有仙則名。水不在深，有龍則靈。」一方神聖，不一定出之於名牌大廟；不是名牌的小廟，也不一定就没有神聖，就没有品牌出現。所以，劉再復當年獲知這邊的一座小廟，有人提出興辦古時候書院式的學院，才顯得那麽興高采烈。這是題外的話。

二　研究與思考

以下，言歸正傳。講一講是次研討會的宗旨。從詩歌到哲學的提升，是一種形上之思。目的在於爲古典詩歌研究的更上層樓，探尋方法與途徑。準備講三個問題。第一個問題，人文與人文精神之能指與不能指問題。這是對於概念的詮釋。第二個問題，古典詩歌及古典詩歌研究的層面劃分。就研究對象自身，揭示其本來狀況。第三個問題，研究與思考——方法論的啓示。探討具體的方法及途徑。剛才鄧國光教授爲研討會致詞，有一句話我覺得很值得我們注意。他説，古典詩歌研究與人文精神思考，不是跨學科的研究。他講得很好。不是跨學科，而是怎麽樣呢，而是不同層面的研究。我很贊同。詩歌與哲學，是不同領域的兩個學科。就物與我的關係看，一個呈現物象，一個表現物理。各自關注的對象不同，學科職能也不一樣。研討會副標題，包括研究和思考。二者都在詩歌的範圍內。意即於研究過程中思考，以思考促研究，實現從詩歌到哲學的提升，並非將詩歌變成哲學，這就是研討會的宗旨。今天所講，只是個人的體會。作爲一名小和尚，在此念了將近二十年經。通常是，一堂課八十分鐘，只說一首詩。不說時代背景，也不介紹作者。八十分鐘，綽綽有餘。我喜歡思考，也喜歡做點文字遊戲。積累了好多思考，好多思考所得的問題。一些具體事例，拿到這來，開這個研討會，和大家一起研討。其實，這樣的研討會，我在二〇〇三年已經開過一次了，也是這個題目。這個題目容易被混淆。既可當詩學題目看待，亦可當詩教題目使用。詩學取審美標準，在形上層面；詩教取功利標準，在形下層面。現在詩學與詩教混淆，人文與人本混淆。大都以爲：和諧社會，以人爲本。是次乃詩學的研討會，提倡向上的思考。

接下來，講第一個問題。能指和不能指問題。這麼一種表述方式，似乎有點奇怪，其實很普通，就是概念的外延與內涵問題。是對於概念的界定。也就是說，人文精神到底是怎麼回事，要給做個界定。怎麼界定呢？直接作出判斷，給予定義，難度較大。我想借助訓詁學的方法，以三組語彙（詞語），亦「訓」、亦「詁」，也就是參照與限定，而後對其外延及內涵嘗試加以確定。第一組，人文與人文精神。傳統漢語語境中只有人文，沒有人文糟神。例如：「聖人觀察人文，則《詩》《書》禮樂之謂，當法此教而化成天下也。」（孔穎達語）二十世紀，讀書人害怕自己被邊緣化，提出人文精神。所以，有人説，這是現代乃至後現代的一項發明。這組語彙體現了人與文的關係。第二組，人文精神和科學精神。這組語彙大家都很清楚，就是科學是怎麽樣的，文學是怎麽樣的。科學、文學，二者都是人類在實踐中創造出來的精神財富。由於科學精神和人文精神分離，科學對人的存在的忽略，致使見物不見人和人的異化。現代科學，現代文明，已喪失其人文意義。這組語彙，體現了人與物的關係。第三組，人文精神與人文關懷。包括人文與人本兩個不同層面。看似相去未遠，實際上有很大區別。形上與形下的層面區别。實際生活中，大多將人文精神當人文關懷理解；平時所説人文關懷，只是在人本層面。這組語彙，體現了人與天的關係。通過三組語彙的參照、對比以及限定，人文精神的内涵及外延基本上已能固定下來。至此，可以這麽説，人文精神是一個既與天文、地文相對應，又與人本以及人文關懷有别的概念。也可以這麽説，人文精神是一種既與天文、地文相對應，又與人本以及人文關懷有别的精神。總的説來，人文精神的文，不是斯文掃地的文，而是人文的文，是與天文、地文相對應的文。因此，講人文實際就是講天文。以天爲本，而非以人爲本。不以天爲本，必受天譴。古來如此。在這一意義上，我説人文精神，就是敬天、畏天的精神。天理與人欲對峙。天人對峙，天人衝突。明白這一點，相信也就知道應當怎麽思考。這是我對於人文精神的理解及界定。

我對於人文精神的理解及界定，是從現實生活中慢慢體會得到的。我一向認爲，自己是個環保主義者。爲什麼會有這樣的思考呢？這裏頭我有自己的經歷和體驗，説一段與大家分享。二〇〇〇年四月，我到上海復旦大學參加首届宋代文學研討會。會議結束，主事者組織境外以及臺、港、澳學者到紹興進行學術考察。在高速公路上，一路過來，都是油菜花。我很高興，填製一首歌詞，叫《鵲踏枝》。歌詞寫道：

寶馬奔馳新幹綫。高樹棲鴉，油菜黄天半。水繞人家船泊岸。門前熠燿桃花粲。昨夜春風吹未斷。縷縷雨絲，一路來相伴。待得滿城燈火亂。闌珊意緒憑誰管。

開題一句，有寶馬、又有奔馳，都是現在的名牌。我一拿出來，學生就笑了。説你這個是假古董。其實，我用的都是古典的辭彙。比如，寶馬香車、高樹棲鴉以及闌珊意緒，等等。課堂上，將自己的作品拿出來，問學生，這是古人寫的還是今人寫的？他們都説是古人寫的。説明我製造假古董的能力還相當强。經常可以騙騙他們。這一首詞，於二〇〇〇年的詞學會上，給大家觀覽，多位朋友有和作。這是二〇〇〇年的事。到了二〇〇四年，我從深圳到上海，「馳騁鐵龍深滬綫」，乘火車一路看過去，「赤幟高揚，樓閣起將半」。看到那麽好的田園，土壤都是黑黑的，可就是蓋一半的樓房在那裏。太可惜了。我們以後到哪裏去吃大米飯呢？這個就是一種人文關懷。這是另外一首《鵲踏枝》。乃叠韻，韻脚要一様。歌詞寫道：

馳騁鐵龍深滬綫。赤幟高揚，樓閣起將半。人在田頭牛隔岸。數聲布谷晴光粲。

一路畫圖添不斷。有夢三更，枕上書爲伴。漸遠漸行烟柳亂。天涯到處知誰管。

前後兩首歌詞，同一詞調，都是《鵲踏枝》，也就是通常所見《蝶戀花》。所寫也都是途中的所見、所感。前一首，樹上棲鴉，油菜天半；水繞人家，桃花璀璨。依舊一幅充滿生機的江南春色圖。後一首，赤幟高揚，樓閣將半；人在田頭，牛在對岸，儼然一幅充滿無奈的鄉鎮被迫遷拆圖。兩相對照，令人不堪。這是二〇〇四年的事情。二〇〇五年，我到敦煌。在戈壁灘上，竟然有油菜花。油菜花在上海找不到，到敦煌那裏去了。我以爲正在做夢。其實，那裏有緑洲，有緑洲就有油菜花。我看得很清楚，感到太驚訝了。到大西北，開了一個座談會。他們説，現在中央要開發大西北啦。哇，很興奮。你這個香港來的要不要投資一點？我們的荷包都是乾癟的，不會那麽鼓的，哪能投資。在大西北轉了一圈，我也很興奮。幸好現在的大西北，不是那麽開發，還有油菜花，過些時，真不知怎麽様。是不是啊？我本來還想作個發言。想説這個開發呢，就是要文化領先。你不要發展了再來環保，那就來不及了。後來，到了北京。國慶的時候，聽了一個報告。一位經濟學家在報告中説，中國經濟增長一年百分之九，全世界許多國家，贊揚中國發展快。聽了以後，我提了三個問題。没跟他説我是澳門大學的，只説我是學文學的，想用文學的語言表達。第一個問題，我説，發展是硬道理，這是鄧小平講的，没錯。但是鄧小平還講過另一句話，你知道不知道？鄧小平講，要建設中國特色的社會主義。什麽是中國特色呢？中國特色就是「留得青山在，不怕無柴燒」。作爲一位經濟學家，一位可以影響中央決策的經濟學家，你有没有調查過，神州大地上還有幾座山是青的？還有幾座山有柴可燒？第二個問題，説油菜花。二〇〇〇年，從上海到紹興的路上，一路油菜花；二〇〇四年，油菜花就很少看到了，後來到戈壁灘才看到。我問，如果現在開發大西北，油菜花要到哪裏去尋找呢？第三個問題，我説，我是學文學的，不會算數。有個數字想和你核實一下。據稱：中國的發展，每年消耗的能源，鋼鐵、水泥，占全球的百分之幾；中國所創造的財富，占全球的百分之幾。這組數字正確不正確？三個問題，他一個一個作答。他説，數字没錯。那我放心了。這是第一個問題，他回答了。第二個問題，油菜花到哪裏去找？他説，當然要到西北那裏去。上海這裏地價太高了，一畝地好幾萬。西北那裏，没多少錢就行了。他就這麽回答我，我也不好意思再追問。其實，經濟這一科，在孔夫子那時候，是屬於我們文學管的。孔門四科，没有經濟這一科。經濟這一科，直到曾國藩時候才出現。我們學文學的不要怕被邊緣化。所以，我想我們一起來思考人文精神。思考人文精神，研究古典詩歌，做出一番驚天動地的成績來。我是這麽想的。

接下來，第二個問題。古典詩歌及古典詩歌研究的層面劃分。包括古典詩歌以及古典詩歌研究。二者都是我們的研究對象。現在看研究對象自身的本來狀况，也就是看看古典詩歌本身有没有層面之分以及對於古典詩歌的研究有没有層面之分。有没有層面之分，是否有樓上與樓下之别？是形上，還是形下？在天上，或在人間？一系列問題，都牽涉到對象自身的本來狀况，好比唐詩，方扶南《李長吉詩集批注》卷一有這麽一段話，值得注意。其曰：「白香山江上琵琶，韓退之穎師琴，李長吉李凴箜篌，皆摹寫聲音至文。韓足以驚天，李足以泣鬼，白足以移人。」就是説唐詩三家——韓愈、白居易和李賀，他們三個人，三首歌詩，皆摹寫聲音，但層面不同。一個移人，一個泣鬼，一個驚天。三人中，比較容易理解的是白居易，他的江上琵琶，足以移人，不僅移動青州司馬白居易的人（情），令其傷感落泪，而且古今讀者都受到感動；所謂老嫗能解，説明完全是在人間。這是清人所作判斷。三人以外，李白和杜甫，我覺得，他們的創作，一個在天上，一個在人間，同樣有層面之分。而詞中的蘇軾和辛棄疾，也是一個在天上，一個在人間。大體上講，唐詩中能作形上之思的作家並不多見；

宋詞中則更少。這一些我就不細講。至於相關研究者，二十世紀兩位大學問家，王國維思考得較多，胡適則未也。胡適是歷史學家，而非哲學家。但兩人都是開天闢地的大學問家。接下來，民國四大詞人，夏承燾、詹安泰，較多思考。目前，只饒宗頤一人。以作學問的方法填詞，作形上之思。這是有關研究者的狀況。而我們對於相關研究者的研究，同樣也有層面的劃分。這個也不細講。這就是對於研究對象的思考。

現在講第三個問題，方法論問題，這是我自己在研究和思考過程所得的啓示。研討會正題：從詩歌到哲學的提升；副題：古典詩歌研究與人文精神思考。重點在思考二字，以思考來推動研究。今天學生來的太少，要不然，我和他們將會有一些互動。比如説，在什麽情況下思考？在廟堂？在小園香徑？或者在馬上？情況多種多樣。首先，要有一個終極的表述，爲其規限。既令得思考更加有憑有據，亦將方法途徑清晰展現。這就是思考處所的終極表述。爲此，我讓學生回答：我在哪裏？現在我們在哪裏？要求提供一個終極的表述。不僅放諸四海而皆準，而且千古不變。既與李白、杜甫同在，與蘇軾、辛棄疾同在，也與日本、美國朋友同在。既没有古今界限，也没有地域界限。只是一種表述，再没有其他表述可替代。我給三次機會，看看能不能提供這麽一種表述方法。如回答三次，三次全答錯，就我來講。我的學生都跑掉了，還是我來回答。我在哪裏？現在我們在哪裏？就在一定的時空當中。一定時空，既有一定限制，又跨越限制。這就是我所說終極的表述。明確這一點，相關方法問題，也就有了頭緒。就時間而言，有過去、現在和未來；而空間則有前、後、左、右、上、下，還有呢？就是中間。時間、空間的表述，都有一個度量。可以測量得出，也可以科學的語言來表述。依據於此，有關方法問題也就迎刃而解。比如，由時間所引申出來的方法，其中一個就是以古證今，或者以今驗古。此類事例暫勿論，著重說空間的提供。相關事例，可歸納爲三種。一種是遠和近。時間、空間的差距，有遠和近。聯繫到文學，運用於文學，就是言近旨遠。言近旨遠，孟子講，胡適也講。孟子說：「言近而指遠者，善言也。」（《孟子·盡心下》）胡適說：「（詩歌創作）一明白清楚，言近旨遠；二有剪裁，有組織；三意境平實。」言近旨遠，這是個目標。當然，也有言近旨也近的情況出現。先講言近旨也近，然後再講言近旨遠。言近旨也近，就是說，你用文字所記載、所表述的事情是近的，你要表達的意思也不太遠。這裏有一首詩，題稱《寂寞》。這首詩是學生交給我的一篇功課。你們看看寫得好不好。詩篇寫道：

家中無一人，只剩我一人。天色漸已黑，惜無人回來。望窗外景色，聽鄰家鬧聲。
徘徊在門前，不曾有人來。

這個就叫言近旨近。説的近,意思也近。就是没人來,只有我一個。不過寫得還算不錯。你看,「望窗外景色,聽鄰家鬧聲」。剛好是種點綴。言近旨近,古人亦有這方面的事例。如:「蓮子擘開須見薏,楸枰著盡更無棋。破衫却有重縫處,一飯何曾忘却匙。」這裏就不多講。那今人有没有言近旨遠的作品呢?現在我讀一首解放軍小戰士所寫的詩。我以前在解放軍農場(軍墾農場)。有一回到連隊去幫助他們總結工作,撰寫報告。有一名戰士,大概在十八到二十這麼一個年齡段,他寫了一首詩。我念給你們聽聽,這個是言近旨遠,還是言近旨近?詩篇寫道:「當兵本應練刀槍,爲何當兵來種田?」這兩句好像在責問他的首長。應當是很近的啦,是不是?但是後面兩句,就厲害了。「早知當兵來種田,父親來幹比我强」(笑聲)。父親來幹,力氣大,又有經驗,比我强多了,還要我來幹什么呢?是不是?(笑聲)我很佩服,很想見這名小戰士,但没能見到他。現在,可能已經退伍了,或者當上將軍,都不一定。由自己聯想到父親,由當兵、種田,聯想到當兵、種田背後的事情,這個應當就是言近旨遠了吧。言近旨遠,古詩的例子就很多。比如,蘇東坡的《琴詩》:「若言琴上有琴聲,放在匣中何不鳴。若言聲在指頭上,何不於君指上聽。」還有他寫廬山的詩,《題西林壁》:「横看成嶺側成峰,遠近高低各不同。不識廬山真面目,只緣身在此山中。」所寫爲眼前所見物件和物景,説的却是非常高遠的道理。這是第一條,近和遠的問題。

第二條就是上和下的問題。上和下，體現社會學和文化學的區別。現在好多號稱什麽什麽學的著作，包括詞學文化學，其實都在社會學層面。比如柳永，將他的幾位女朋友——英英、瑶卿、瓊娥，還有心娘、佳娘、蟲娘、酥娘，一一請將出來，加以「文化」一番。既責問其交往之方式、内容、性質、作用，又責問其交往之複雜心態、情感與精神追求以及所獲創作動力。這道工序，論者稱之爲全面考察。以爲「揭示了這一現象的文化意義和文學價值」。這應是文化闡釋之一典型事例。這就是社會學層面的研究。那麽，社會學和文化學，二者的差别在哪裏呢？簡單地説，社會學在形下層面，文化學在形上層面。形下、形上，思考問題的兩個不同層面。以下兩個例子，通過上和下的對比，可能爲之提供參考。

第一個例子：

女心傷悲，殆及公子同歸。

這是《詩經·豳風·七月》中的句子，袁梅《詩經譯注》作如下翻譯：

姑娘心中無限悲，怕跟公子一路回。指女子被公子劫持同歸於家，任其蹂躪。

謂采桑女到了傍晚，太陽下山了，害怕被公子領回家去。現在的《詩經》讀本，大多采用這一解釋。我查核一下，發現所有讀本，都將這個「殆」字解釋成恐怕、害怕，和袁梅的解釋一樣。大陸學者中，只有一個人解釋不一樣，就是程俊英，華東師範大學教授。臺灣的學者説這是哭嫁，是一種民間習俗。謂姑娘因爲要離開自己的兄弟姐妹，内心傷悲，不是怕嫁給一個公子。兩種不同的解釋，在層面上，上和下的區别非常明顯。

第二個例子：

采采卷耳，不盈頃筐。嗟我懷人，置彼周行。

這是《詩經·周南·卷耳》的第一章。四句話，已經把所有事情都講完了。但這裏一個我，和底下一個我，兩個我怎麽分辨？這裏頭，不同的解釋，就有層面的區分。一種解釋，把這兩個我合在一起。説，主人公采卷耳，説明她是一個勞動婦女，但是她所使用的這些酒器，諸如金罍、兕觥，都是很高貴的祭祀禮器。怎麽這麽不相稱？説明這是愛情的咒語。論者從人類學的角度來解釋這篇詩歌，看似很形上，實際上仍然是一種社會學的解釋。其實呢，這首詩歌他没讀懂。因爲詩篇中的兩個我，不是一個人。嗟我懷人的我，是采卷耳的女主人公。另一個我，是她的丈夫，出征在外的男主人公。兩個我，兩名主人公。除了我方，還有對方。是一種從對面設想的寫作方法。論者把他們合二爲一，忽略了詩篇所創造的詩藝。兩種解釋，一種説詩藝，藝術的藝；一種用人類學將詩藝毁滅。兩種解釋，兩個不同的層面。一個形上，一種形下。形上層面的解釋，從詩學的角度看他的藝術表現，屬於文化學的範疇；形下層面的解釋，體現勞動婦女和貴族之間的矛盾、衝突，是一種階級分析，屬於社會學的範疇。這是第二個，是上和下的區分。

第三條是内和外的問題。内和外，其層面劃分並非簡單的内和外，而是看其能否入乎其内與出乎其外。入乎其内，看其能否深入其中，把握其内在意涵；出乎其外，看其能否由其内在意涵，把握外在意旨。這裏有個例子，就是王國維的境界説。對於境界二字，究竟應當如何理解？一種意見以爲，境界是泛指詩詞之内容意境而言之辭，兼指詩與詞的一般衡量準則而言之辭，專指評詞之一種特殊標準而言之詞（辭）。那就是説，境界就是三種不同的「而言之辭」，有泛指、兼指和專指三種不同的運用範圍。但這作爲境界的「而言之辭」，究竟是什麽，並未説明。也就是説，這個「而言之辭」就是「而言之辭」。因此，對於境界這一概念的意涵，相信尚未能知。另一種意見以爲，境界具有三層意涵。第一，境界就是疆界。是一個具有長、寬、高三個維度的空間。也可以説，境界就是一種容器，或者説一種載體。這是王國維創立新説之本。第二，境界就是意境。表示將意裝到疆界裏面，成爲意境。意從哪裏來？從叔本華那裏來。叔本華的意就是欲，但他的欲，和中國人所講的欲不同。叔本華的欲表現爲兩個方面：世界是我的表象和世界是我的意志。中國人的欲，只是七情和六欲。王國維將叔本華的欲拿過來，裝到他的疆界裏面去，將其中國化，令其成爲意境。第三，境界就是境外之境。是通過聯想、貫通，所創造的境外之境。這是新説的示範。對於境界二字三個層面意涵的解釋，由入乎其内到出乎其外的全過程。這是思考和研究的一個重要步驟。以下有具體事例，可加印證。

由空間轉移和變換所引申出來的近和遠、上和下以及内和外三種創作意境的方法，都是個人思考和研究的心得體會，書本上不一定有現成的言論或者事證可供徵引。一得之見，聊供參考。

三　實證

有關實證，就簡單講一講李白和杜甫。剛剛講李白是天上人，杜甫是地上人。李白在廟堂，在宮廷，可以思考問題。杜甫不思考。杜甫是左拾遺，皇帝怎么説，他就趕快記録下來，丢掉了的，也趕快撿起來。他不用思考，也没有功夫思考。到什麼時候才思考呢？到没官做了才思考。思考些什麽問題呢？他的《旅夜書懷》有云：

細草微風岸，危檣獨夜舟。星垂平野闊，月湧大江流。名豈文章著，官應老病休。飄飄何所似，天地一沙鷗。

微風、獨夜，思考、寫作，著實太心細了。一字一句，慢慢推敲。詩篇的前解布景，細草、危檣，平野、大江，以及岸、舟和星、月，既細微，又闊大，十分周密。後解説情，發牢騷，思考問題。謂你那麽大的名氣並不是因爲文章寫得好，現在皇帝不讓你做官了也是活該。並謂天地那麽寬廣，自己不過是其中的一隻小沙鷗。我弄不清楚，他的牢騷究竟針對著誰。老了，病了，不能再做官，而文章呢就不一定。杜甫很可憐，到了山野，才懂得思考。知道文章寫得好不一定能出名，而且也找到自己的位置，寫了這首詩。大概再過兩三年他也就死了。李白却不一樣。既要喝酒，又要思考。在宫廷裏，讓他出來捧一下場，亦不忘思考。他的《清平調》三首，即爲一例。其云：

雲想衣裳花想容，春風拂檻露華濃。若非群玉山頭見，會向瑶臺月下逢。

歌咏名花，寫得好不好呢？哪一句寫的是名花？都是都不是。不要緊，無論你怎麽寫，都不會被砍頭。所以，這一首也就過去了。接下來是傾國，看看怎麽個寫法。其云：

一枝紅艷露凝香，雲雨巫山枉斷腸。借問漢宫誰得似，可憐飛燕倚新妝。

直接以花比人，謂人就像花一樣，一枝紅艷，令人枉爲腸斷。天下美女，有誰能够相比？只有漢宫飛燕。但必須洗好澡，换好衣服，那一刻才能相比。這一捧，當然不會不高興。那麽，名花、傾國，兩個搞定，而後就看，君王怎麽辦？其云：

名花傾國兩相歡，長得君王帶笑看。解釋春風無限恨，沉香亭北倚闌干。

這首歌詞，關鍵的地方在哪裏呢？我們一起思考一下，看看你們的思考和我的思考，有没有什麽區别？如果是一樣的話，没有區别，那就説明，我上面所講的都是白講。如果不一樣，有所區别，那就説明，我上面所講的還有一點道理。好啦，現在跟大家就這一問題進行個測試。儘管大家都是這方面的行家，同行嘛就太冒失了，這一問題，如和我的學生，對他們講，可能會合適一些，不過，既然是開題，也就只好講一講，顧不得那麼許多。以下將一步步，將謎底揭開。請先看這裏的一個「得」字，這個字用得太巧妙了。要是換了個「使」，成爲「長使君王帶笑看」，那就了不得，有可能被砍頭。那個時候，李白雖然宿酲未醒，但他還是想保住小命，不敢亂講話。他知道，如果没有君王的寵愛，名花没人欣賞，傾國也是徒勞。用一個「得」字，正合君王心意。接下來，「解釋春風無限恨，沉香亭北倚闌干」，這是三首歌詞關鍵之所在。爲此，我想和大家探討一下，這個恨到底是怎麼樣的一種恨？對這個恨的理解，有形上層面和形下層面的區别。形下層面的理解，以爲這個恨就是壽王的恨，或者是李白的恨。有一部電視劇《楊貴妃》，就指這個恨是李白的恨。謂李白原來就和楊貴妃有一點什麼關係，現在進了宫了，如何如何。説得有聲有色。但清人説，這是壽王的恨。這就是形下層面的理解。那我現在將怎麼來講呢？我以爲，這個恨是名花的恨，傾國的恨，也是帝王的恨；同時，這個恨是李白的恨，也是我們大家的恨。我所説這個恨，其内在意涵能不能説出來，説得出來就是形上的了。而説不出來，可能仍在形下層面。那我怎麼來講這個恨呢？這裏的「解釋春風無限恨」是一個關鍵。這個恨不是春風的恨，而是春風所釋放出來的恨。乃「春風解釋無限恨」，由於調平仄，才將詞序調整了一下。那麼，春風所釋放出來的恨是什麼恨呢？這個恨，就是放諸四海皆準，千古不變的恨。這就是形上層面的恨。如果説是壽王的恨，就不可能是千古不變的恨，是李白的恨，也不可能是千古不變的恨。但這個恨，既是李白的恨，也是現在我們大家的恨。那這個恨是什麽呢？學生不在，我就説謎底了。這個恨就是「花不常開，月不常圓，人不長好」。這個恨也就是説李白在沉香亭北思考而得的恨。李白在沉香亭北，看著名花、看著傾國、看著君王，正在冷笑，你們不要太過於得意忘形。名花也好，傾國也好，君王也好，總有一天，你們都會化爲灰燼，不要高興得太早。那時候，李白就這麽清醒。不過，如果没有後面這一首，没有春風對於恨的釋放，那麽，李白就是一個「擦鞋仔」（廣東話），就是一個馬屁精。可以將名花、傾國、君王三者的關係擺平，給他們拍馬屁，拍得舒舒服服的。名花没意見，傾國很高興，君王也很滿意。但李白終究還是李白。他還是將千古以來所有人的心思都講了出來。所以，這歌詞才能够千古流傳，引起我們的共鳴。用這樣的方法來解讀，我曾經講給上海古籍出版社的總編趙昌平先生聽，他説還得思考思考。他是李白專家，還不能一下子接受我的這種解釋。

這是李白和杜甫。好像還有點時間，我再講個例子，是蘇軾的《定風波》。其曰：

莫聽穿林打葉聲。何妨吟嘯且徐行。竹杖芒鞋輕勝馬。誰怕？一蓑烟雨任平生。

料峭春風吹酒醒。微冷。山頭斜照却相迎。回首向來蕭瑟處。歸去。也無風雨也無晴。

對於這首歌詞，我們的解讀都只是到社會學層面。謂只要心中無風雨，就不怕社會上的風和雨，不怕人生的風和雨。這樣的解釋，還算到位，可能蘇軾自己也只是到達這一步。説明仍在形下層面。這一首就到此爲止，這樣的解釋没錯。

那麽，蘇軾有没有形上層面的歌詞呢？他的《永遇樂》，可能就是一首體現形上之思的歌詞。其曰：

明月如霜，好風如水，清景無限。曲港跳魚，圓荷瀉露，寂寞無人見。紞如三鼓，鏗然一葉，黯黯夢雲驚斷。夜茫茫、重尋無處，覺來小園行遍。天涯倦客，山中歸路，望斷故園心眼。燕子樓空，佳人何在，空鎖樓中燕。古今如夢。何曾夢覺，但有舊歡新怨。異時對、黄樓夜景，爲余浩嘆。

歌詞副標題是：「彭城夜宿燕子樓，夢盼盼，因作此詞。」謂於燕子樓，睡了一個晚上，做了一個好夢。醒來以後，很是捨不得，趕快尋找，看能不能把盼盼找回來。在小園裏四處尋找，還是找不到，就填寫了這首歌詞。燕子樓有關盼盼和張建封的故事。形上的東西究竟體現在哪裏呢？這就是説，怎麽進行提升，到達形上的層面。這當中，有個關鍵句子，就是「古今如夢」。在這之前，謂「燕子樓空，佳人何在，空鎖樓中燕」，這個還是在形下層面，普通人的層面。以爲只是懷舊而已。這是古往今來，普通人的狀況。之後説舊歡新怨，何曾夢覺。謂舊的去了，新的來了，就這麽患得患失，斤斤計較。人生好多時候是處在這麽一個翻來覆去的過程當中，没完没了。這是而今眼下普通人的狀況。但是，蘇軾則不同，他能够超越古今。既從現在聯想到過去，又從過去聯想到未來。謂今天我爲一千年前的張建封和關盼盼浩嘆，那麽，一千年以後，或許有人也會對著黄樓夜景爲我浩嘆。爲什麽説這就是一種形上之思呢？因爲這是一種超越古今的聯想與貫通，憑藉這一聯想與貫通，可望達致司馬遷「究天人之際，通古今之變，成一家之言」的層面。這就是一種形上層面。

以上實證説明，人文與人本，層面有别；研究與思考，亦有層面區分。人文精神思考，目的在於促進古典詩歌研究，實現從詩歌到哲學的提升，令古典詩歌研究提高一個層面，從形下層面提高到形上層面。由時間與空間所引申出來的方法與途徑，有助於進行形上之思，創造境外之境。希望我們的研討會能爲包括古典詩歌研究在内的人文科學研究打開更加廣闊的天地。

四　答問環節

問： 詩歌通過單詞，或者語彙，進行書寫。在日本，這種單詞，或者語彙，也被稱作詞語。研究詩歌，最終還是要回到詞語當中來。從詞語再到形而上的思考。有個問題想請教，您剛才説的那個「恨」，就是「花不常開，月不常圓，人不長好」的「恨」，除了這三項，還有没有其他選擇？

答： 這是形而上的提升，是相對的絶對，除此以外，應該没有其他。這是我的估計。如果還有其他，説明還不够形而上。

問： 李白受到道教影響比較深，是不是還有一種可能性，他的思考是從道教的層面向形而上層面的提升？

答： 應當有此可能。只是這種提升要有個過程，這個過程還得仔細地進行探研。

問： 您剛才提到，上海古籍出版社的趙昌平先生，他没有及時地回答您的問題，也許他會想，這個「恨」，李白以外，在他之前，還有没有其他作者，也有同樣的「恨」，同樣的思考。一般以爲，詩有詩眼，即詩的眼睛，您認爲，「得」字和「恨」字，哪一個是詩之眼？

答： 李白以外，其他作者作形而上思考的事例，應不少見，但須善於發掘，方才領略得到。至於《清平調》的詩眼，毫無疑問，應當是「恨」字。古人論詩説詩眼，今人説符號。其實，經過提升，到達終極，就是一種符號。

問：這就是剛才所説的詞語？

答：是詞語，也是符號。放諸四海而皆準、千古不變的定律，同樣要有符號來表達。

二〇一〇年九月二十一日於澳門大學演講。據李婷婷記録整理。載超星學術視頻http://video.ycwh.chaoxing.com/serie_400004781.shtml。

文學與神明

——從詩歌到哲學的提升

一　奇迹與異數

非常感謝各位冒著雨前來參加我們的讀書會。香港大學圖書館讀書會主辦《城西書話》學術講座。

香港大學是國際一流的大學，饒宗頤教授的學術也是國際一流的學問。由我來講這個題目，感到非常榮幸。宣傳海報上講了這麼兩句話：一句是，饒宗頤，當今世界一大文化奇迹；再一句是，饒宗頤在中國，學術上是個異數，他的際遇，也是個異數。

奇迹與異數，兩個關鍵詞。奇和異，表示不一樣，很特別。究竟有何不一樣，特別在哪裏呢？這裏，不講經濟，也不講政治，而是講文化，講文化奇迹。那麼，饒宗頤先生在文化上的奇迹又表現在哪裏呢？依我看，其迹之所謂奇者，就在於他是世界第一。大家知道，做學問，一般能够博古通今，貫穿中西，就算了不起。我的朋友劉再復，有一回，我請他到澳門講演。他說，他心中有一個十字架。十字架，由一横一豎所組成。横（一），表示中西；豎（丨），表示古今。這一個十字架，擺在胸前，立著放，有横、有豎，有空間、有時間，很了不起。但是，如果放平了，就是一個平面圖。具前後左右，就是没有上和下。而饒宗頤的特别之處，就在於他，既有前後左右，又有上和下。他的知識面寬廣而深厚，他能够做到太史公所講的「究天人之際，通古今之變，成一家之言」。天人之際，就是將天地打通，不單單在人間。通古今之變，古與今打通，並非食古不化，也許很多人能做到，但天人之際，就不是一般人能够追究得到的。饒宗頤的奇就奇在這個地方。而怎樣才能够做到這一點呢？他就靠「神明」這兩個字。這問題等一下細講。這是一個關鍵詞，奇迹。第二個關鍵詞，異數。饒宗頤的出現，在中國學術史上爲什麽是個異數呢？中國學術是個什麽概念？就是一個讀書人的世界。讀書人的世界，自古以來就有這樣一個危機，容易被邊緣化，特别是現在商業大潮，讀書人被邊緣化，文化也被邊緣化。異數的異，和奇迹的奇，没什麽太大的區别，關鍵在於這個「數」。「數」是一種遭遇，或者境遇，也就是一種命運，或者運數。意思是説，讀書人大多很高明，如果没有好的運氣、運數，也没有用，也是白搭。所以，中國的讀書人，一輩子所做的學問須藏之名山，幾百年之後人家才會記起他。但饒公就不一樣，他是位智者，老天爺不僅給他聰明才智，可以做大學問，而且老天爺還給他高壽。饒公今年虚齡九十四，敦煌給他做九十五歲生日，現在身體還很健康。這是老天爺給他的恩賜。不單單是老天爺給他優待，我們這個社會也給他優待，把他當國寶。在北京，温家寶總理親自接見他。這個很不簡單的。讀書人做學問而藏之名山，可能也是一件不得已的事情。不藏之名山，在現實世界，或者能够得到富貴，而不榮華；或者可以得到榮華，而不富貴。饒宗頤先生榮華有了，富貴就不知道。但總理講了「你有没有什麽困難，可以告訴我」（大意）。所以，富貴也不用擔心啦（笑聲）。可見，他的運數相當好。這裏，爲什麽我們要講異數呢？因爲我們中國有這麽一個傳統，叫賤近貴遠。近的不值錢，遠的才珍貴。學問做得好，往往是外國人的發現。奥巴馬還是誰給發現了，就趕快重視。饒宗頤不一樣，先是北錢南饒，再是北季南饒，從上世紀九十年代中，一直到今日，一二十年過去，仍然受到重視。香港回歸之際，話説北錢南饒，北邊的錢，一位錢鍾書，一位錢仲聯，南饒就是饒宗頤。兩個錢先後去世，剩下一個饒。新舊世紀之交，再找一個季羨林，就是北季南饒，都是國寶級的人物。温家寶總理親自到三〇一醫院看望季羨林老先生。據説，季老先生的病房真空殺菌，一般人不能隨便進去。他不到一百歲就去世了。現在剩下一個饒宗頤，就更加寶貝了。記得電視臺曾經播放過這麽一個小片段，國家領導人來香港探望饒宗頤先生，親自對他説：「你是我們的大熊貓（國寶）。」（笑聲）一般推尊饒宗頤先生爲國學大師，但他説：「説我是大師，這不對，我不是和尚，不能當大師。和尚才是大師。」不過，饒宗頤先生自己却找到了出處。你們看我派發的材料。他爲什麼叫饒宗頤？宗頤，這兩個字是他父親給的，要他崇尚周敦頤。周敦頤，宋朝的一位理學家。要他學習周敦頤，成爲理學家，這是父親的一個願望。長大以後，他發現宋真定府十方洪濟禪院住持、傳法慈覺大師叫宗頤。這是中國宋朝的一位住持。那在日本呢，日本大德寺住持養叟也叫宗頤。饒先生説：「這奇怪不奇怪呢？他們的名字和我一樣，會不會我的前生就是這樣的呢。」所以，我説文化奇迹，指的是能够將天地人打通，將古今打通，還不算（怎麼了不起），能够將前世今生打通，才真正了不起。記得有一回和饒公交談，我曾説，你是「真人」，遊戲人間，可以到處掛單。一會兒在香港大學，一會兒在香港中文大學。掛單，廣東話叫埋單。和尚不叫埋單，叫掛單。饒宗頤先生不同意説掛單。爲什麼不同意呢？因爲他前世可能就是住持。住持、方丈一類的人物，屬於領導人物，不需要掛單。他叫我改一改，不要説掛單。那麼，現在是不是須要掛單呢？我們要掛單，因爲我們是小和尚，小和尚只會念經，教授都是小和尚。成爲大師，要先當住持。比如我們的館長，差不多可以當大師了。他在圖書館已經住持了十年，原來在臺灣。這一級的人物，不用掛單，有手下幫你買單。饒宗頤先生很嚴謹，稱他大師以爲不合適，而且也不同意説國學。他創辦的刊物叫《華學》，中華的「華」。他不稱國學，稱華學。同時，也不稱漢學。這到底是什麼道理呢？你們可以自己去想一想。但現在全國都講國學，他也没意見。我在文章裏稱他爲國學大師，在這本書裏也這麼稱呼他。他很寬容，大師就大師，國學就國學，都無所謂。他不大在乎這一名銜。二〇〇九年，饒宗頤先生晉京主持一個書畫展，前往看望另一位國學大師季羡林老先生。他講了一句話：「你是我們國家的第一位老師。」也就是國師。季羡林老先生去世之後，鳳凰電視臺稱饒宗頤先生爲「超級國學大師」。中央電視臺則比較謹慎。八月六日，温家寶總理接見饒崇頤，相關媒體報導稱：「温家寶在文史研究館接見來自香港的著名學者饒宗頤先生，饒宗頤先生是歷史學家、考古學家、文學家、翻譯學家。」没稱他爲國學大師。四個「家」，代表四個方面的成就。我看還是比較恰切的。

有關頭銜問題，一九九六年八月，潮州舉辦「饒宗頤學術研討會」。會上，我曾提議：講一講饒學這一話題。當時已有錢學和金學，我以爲仍須來個饒學，比較一下，看看哪個是真正的「學」。而所提交論文，則稱饒公爲百科全書式的學者。其後，爲著此事也曾多次向饒先生討教。饒公未置可否，但在我的筆記本上寫下二十世紀學術幾個字。一爲修飾語，一爲中心詞，意思已經十分明確。即所謂饒學，也就是饒宗頤的學術。所以，饒公於二〇〇三年在臺北新文豐出版股份有限公司所刊行十四卷二十册巨著，題稱：「饒宗頤二十世紀學術文集」。應當説，這就是饒學。而説得直接一點，就是饒公之學。

我在《文學與神明——饒宗頤訪談録》的代序中曾説：

> 先生所做學問，跨越東西，縱横古今，學域異常廣博。舉凡甲骨、簡帛、敦煌、古文字、上古史、中外交通史、近東古史、藝術史、音樂、詞學，等等，均有大量論著。而於藝術方面，諸如書法、繪畫，造詣則尤爲精深。以往所説「業精六藝、才備九能」，看起來並非完全做不到。

總之，饒宗頤的學術，包涵廣闊，當今學科，門類雖已極其繁複，但無論如何，都不能用某一學科加以概括。那麽，今晚該怎麽向大家介紹呢？準備説一條，因爲我學文學、教授詩詞科目，就説跟饒宗頤先生交往這麽多年，他的學問，他的思想、方法，對於我研究詩詞有什麽啓發。

二　詩歌與哲學

我所説正題是「文學與神明」，副題是「從詩歌到哲學的提升」。詩歌與哲學，這是兩個不同門類（範疇）的學科。從《詩經》、楚辭、古詩十九首，到唐詩、宋詞、元曲，這麽一路下來，都是通常所説的詩歌，但哲學却難以用一句話將其羅列於面前。二者質性、功能，皆有相異之處。就其與客觀世界的關係看，詩歌的對象是物象與事相，哲學則爲物理及事理。簡單講，在方法上，詩歌的物象主要通過感覺和印象加以呈現，而哲學的理，已在認識層面。雖然感覺、印象也要通過認識，不能够有違於理，但主要還是以感覺、印象爲基礎。所以，二者顯然不同。我説從詩歌到哲學的提升，主要指詩歌研究，並不是詩歌本身。詩歌本身變成哲學也不需要，那樣詩歌就没了。説詩歌研究，看看對於詩歌，怎麽樣上升到哲學層面來理解。就其推演過程看，著重講五個字：情、景、言、事、理。籠統地講，詩歌研究二千年、三千年，或者五千年，概括起來，只有兩個字：情和景。情景交融是最高境界。許多教科書、期刊論文，都只是講到這一步。如果從世界觀和方法論看，就是主體和客體。情是主體，景是客體。情景交融就是主體和客體的統一。現在老師上課，可能還是這麽講。比如，説柳永詞，大多以情景交融四個字加以描述。然後，就没有下文。幾千年來都這樣。這樣到底好不好呢？也不是説不好，就是過於籠統。但大家都這樣講也不會錯。到了一九〇八年，王國維出現，他在情和景之間加多一個言字，變成需要講三樣東西，情、景、言。原來情景交融就好了，因爲詩無達詁，或者説只可意會，不可言傳，不用講那麽多。老師教書，「關關雎鳩，在河之洲」，能够背下來就行，不必作任何解釋。王國維給加了這個言字，就是言傳的言，則要求講得出來。究竟是如何言傳的呢？現在麻煩你們讀一讀李煜的《虞美人》：

春花秋月何時了。往事知多少。小樓昨夜又東風。故國不堪回首月明中。雕欄玉砌今猶在。只是朱顔改。問君能有幾多愁。恰似一江春水向東流。

這首詞，用一千年的方法來講，就是情景交融。再進一步，説其風格，就是豪放，或者婉約。大陸出了兩本書，一本《豪放詞》，一本《婉約詞》。兩本書屬於兩個不同編者，但都選録了這一首詞。主豪放者，謂其「悲壯剛健」；主婉約者，謂其「凄婉感愴」。對待同一首詞，理解不一樣。兩本書，説豪放可以，説婉約也可以。説了等於没説。不過，加個言字進去，用王國維的理論及方法來解釋，情況就大不一樣。因爲這一個言字，不是單純的言詞的言，或者言語的言，而是一種容器，一個載體。這個言，承載著情和景。有了言的承載，情和景二者合而爲意，三個字就變成兩個字，言和意，也就是王國維所説意境。這一意思，中國式的表述是，「言有盡而意無窮」。王國維倡導境界説，就借助於這一個言字。爲著説明這一個言字，李煜的這首詞等一會講，現在先將王國維的境界説作個闡釋。上世紀五六十年代，王國維的境界説，被看作是主觀和客觀的統一。於是，所謂境界，也就被當成意境來理解。意是主觀的，境是客觀的。當時，學界皆這般認爲，李澤厚也這般認爲。到了七八十年代，葉嘉瑩演繹境界説，指這一概念包含三層義界。其一，泛指詩詞之内容意境而言之辭；其二，兼指詩與詞的一般衡量準則而言之辭；其三，專指評詞之一種特殊標準而言之詞（辭）。由泛指、兼指到專指，範圍逐漸縮小，意思逐漸明確，但只是交代這一概念有什麽用途，是幹什麽的，而這一概念究竟是什麽，似乎並未曾説明，亦即境界就是境界而已。長期以來，學界對於王國維境界説的理解，均未超出五六十年代的規範。這其中的一個原因，可能是對於言字缺少認識。我以爲，如將言看作是一種容器，一個載體，王國維的境界説，他的理論創造，就可以下列三個層面加以表述。其一，王國維所拈出境界乃疆界，或者説一個空間範圍，其長、寬、高，皆可以測量得出。其二，王國維所拈出境界乃意境，即於疆界這一容器（載體），將意放進去，這就是意境。其三，王國維所拈出境界不在境之内，而在境之外，乃境外之境。第一層意思指疆界，古今中外都一樣，没什麽特别之處，但却是新説創立之本。第二層意思，意與境並列，却是西方哲思中國化的一大關鍵。而其所謂特别之處，正在於意，意欲的意。這是從叔本華那裏引進的。有關這一問題，大家都這麽説，但究竟引進些什麽，却只是一句空話。既講不出具體内容，又好像不需要講，大家跟著説引進西方理論就行了。其實，王國維引進叔本華的理論是有據可查、有案可稽的。叔本華説，「世界是我的表象」；又説，「世界是我的意志」。以爲人之作爲一個表象者，「他不認識什麼太陽，什麼地球，而永遠只是眼睛，是眼睛看見太陽；永遠只是手，是手感觸著地球」。這也就是説，他所看到的太陽才是太陽，他所摸到的地球才是地球，他所没看到、没摸到的就都不存在。但是，叔本華又以爲，作爲表象的世界是通過表象者的意志所表現出來的。意志是單獨構成世界另外那一面的東西。基於這一認識，叔本華提出欲這一概念，即欲求，或者欲望，並且將其和痛苦聯繫在一起。曾説：一切欲求皆出於需要，所以也就是出於缺乏，所以也就是出於痛苦。並説：如果我們還是欲求的主體，那麼，我們就永遠得不到持久的幸福，也得不到安寧（此段參見叔本華《作爲意志和表象的世界》，石沖白譯，商務印書館，一九八二年版）。這是叔本華的論斷。意思是説，有了這個欲，就很痛苦。王國維很能理解叔本華所講的欲，他將這個欲拿來之後，思慮很多，也很痛苦，最終無法解脱，自投昆明湖。這是境界説的第二層意思。於疆界這一容器加上個意，使之變成意境。至於第三層意思，境外之境，乃經過聯想與貫通，於境外造境。三層意思，三個步驟，展現出一個過程。現在，回過頭來，看看李煜這首詞，如采用王國維的理論和方法，應當怎麼樣解讀。這是境界説三層義界所提供的理論和方法。詞作開篇有云：「春花秋月何時了。往事知多少。」課堂上我問諸生：往事是什麼呢？一般教科書都以爲，往事就是故國，就是故國的雕欄玉砌，表示以前的帝王生活現在没有了。那麼，往事究竟是不是這麼一回事呢？非也。這些事仍然在境内，不在境外。而且，歌詞主人公所追尋的，如果只是故國，只是故國的雕欄玉砌，那就不值得同情。一名小王朝的君主，没什麼了不起。何況只是李姓王朝的半壁江山。那麼，他所追尋的往事究竟是什麼呢？春花秋月。是的。不過應當説，如春花秋月一樣美好的人和事。在我們心目中有没有像春花秋月一樣美好的人和事呢？有。那好，我再問諸生，世界上最美好的東西是什麼？有學生回答説情人。那也未必。因爲是你的情人，又不是我的情人。最美好的東西是大家所共有的。世界上爲大家所共有的最美好的東西就兩樣，一樣在天上，一樣地上。天上是秋月，地上是春花。秋天的月亮爲什麼最美好呢？天高雲淡，没有遮掩。所以，八月十五大家才那麼喜歡過中秋夜。而一年四季，大家都知道，春天的花最鮮艷。像春花秋月一樣美好的人和事，也就是全世界最美好的人和事。最美好的人和事，在境外，並非那麼容易被追尋得到。這麼解讀，是不是我的杜撰呢？也不是。我的解讀，完全根據王國維的理論和方法。王國維以爲：李煜和趙佶（宋徽宗）不一樣。趙佶（宋徽宗）被金人俘虜，他所填的詞《宴山亭》確實是在懷念他的帝王生活。但李煜不同，他爲人類擔荷罪惡，像釋迦牟尼、像基督一樣，擔荷人類的罪惡。擔荷就是承擔，和人類一起承擔罪惡，承擔痛苦。王國維給李煜如此崇高的評價。同理，能一起承擔痛苦，也能一起承擔幸福。因此，他懷念春花秋月一樣美好的人和事，才會引起共鳴。到現在爲止，大家是不是仍然喜歡春花秋月呢？這是王國維的貢獻，通過境外之境，追尋詩人境界。在一定意義上講，言之作爲一種容器，或者載體，和境界說三層義界的創造及演繹，即從疆界，到意境，到境外之境的創造及演繹，都密切相關。這就是王國維之所添加。

以下是我爲李煜《虞美人》所作圖解。

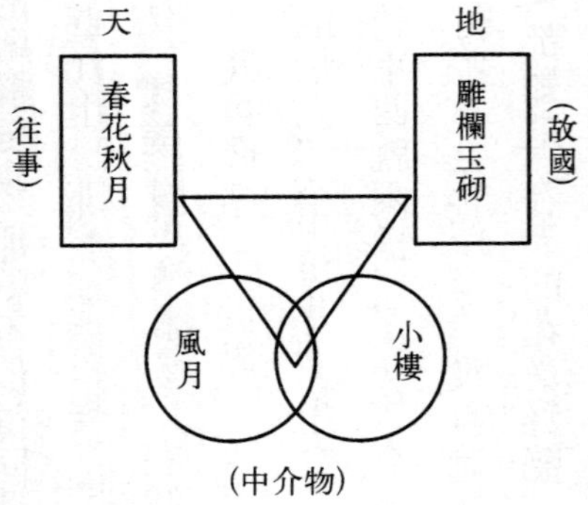

圖中，春花秋月和雕欄玉砌，加上小樓和風月，構成兩個互相對立而又互相依賴的單元。主人公借助中介物，小樓和風月，通過興發與聯想，將兩個單元和天地聯繫在一起。就歌詞所構建境界看，圖中所出現的兩個單元，春花秋月爲往事，雕欄玉砌爲今事。一個是春花秋月一樣美好的人和事，一個是改换朱顏，歸爲臣虜的人和事。一個在天上，一個在人間。這是兩個不同的層面，形上層面和形下層面。就形下層面看，一般所理解的往事，其實乃今事，在境内；而真正的往事，屬於形上層面的人和事，乃在境外。這就需要借助於王國維的理論和方法才理解得到。

好啦，加上一個字，到三個字，情、景、言，但還没講到饒宗頤。至於第四個字——事，事情的事，故事的事，這是吴世昌所添加的。吴先生是我的一位導師。我有兩位詞學導師，第一位是夏承燾教授，第二位是吴世昌教授。夏承燾爲一代詞宗，全國一流。二十世紀詞學，列居第一，爲民國四大詞人之首。吴世昌以紅學著名，詞學也很高明。吴世昌所添加的這一個事字，究竟有何效用？現在就以周邦彦《少年游》爲例，略加説明。周詞云：

朝雲漠漠散輕絲。樓閣淡春姿。柳泣花啼。九街泥重，門外燕飛遲。　而今麗日明金屋，春色在桃枝。不似當時。小樓（橋）沖雨，幽恨兩人知。

歌詞開篇，謂大清早雲霧密布，散發著絲絲微雨。雲和雨（輕絲），樓閣所展現春姿。地面上亦然。故柳泣花啼。滿街道都是泥濘，走起路來，步伐沉重。門外燕子也飛得十分緩慢。這是布景。「而今麗日明金屋，春色在桃枝」。以下爲説情。謂天氣變好，反而不像當時，兩個的心，都貼得那麼緊。不小心的讀者讀不出他到底講些什麼。因爲周邦彦是大晟府的提舉，朝廷的命官，不像柳永，乃白衣卿相。柳永天不怕地不怕，有什麼就寫什麼，什麼故事都寫出來，連女朋友的名字也都在詞裏出現，不怕給人抓到把柄做不了官。而周邦彦不一樣。他會寫得很隱蔽，就像這首詞，我的老師吴世昌先生就説裏面講兩個故事，多數讀者都没發現。吴先生説：而今，麗日、金屋，講現在的故事；當時，小樓、沖雨，講以前的故事。謂現在天色晴朗，麗日金屋，春色桃枝，春光明媚，兩人既已公開同居，金屋藏嬌，反倒不如以前冒著雨偷偷地幽會，那麼有意思，那麼有趣味。小樓，别本作小橋。小樓沖雨，就像你們晚上冒著雨趕來一般。兩個故事相比較，説明周邦彦「以小詞説故事」（吴世昌語），他的創作並非那麼簡單，只是情景交融而已。

這是吴世昌所添加的第四個字——事。加上個事字，才能發現其中奥秘，才能真正讀懂説故事的歌詞。但這一切，包括以前的情、景、言，就今天的講題看都是鋪墊。接下來，説饒宗頤。他在前面所説四個字的基礎之上，再添加個理字。這是道理的理。加上之後，就講大道理，令其提升到哲學層面。這是文學與神明的一個重大關節問題，也是饒宗頤的高明之處。

這裏，我想借用饒宗頤的三首詞，説明這一問題。因爲這三首詞，我和饒公交談，撰寫成一萬五千字的評論文章。一首詞平均寫了五千字，饒公很滿意。説：「你寫的比我自己寫的還要好。」當然，這是對我的一種鼓勵。但是他却並不騙我，他把這篇文章轉載到很多地方。既輯入曾憲通主編《饒宗頤學術研討會論文集》（翰墨軒出版有限公司，一九九七年十一月香港第一版）及郭偉川編《饒宗頤的文學與藝術》（天地圖書有限公司，二〇〇二年香港再版），又輯入饒公手訂《清暉集》（海天出版社，一九九九年十二月深圳第一版）。二〇〇三年十月，編輯出版《饒宗頤二十世紀學術文集》，饒公將另一篇與這篇相關的文章——《爲二十一世紀開拓新詞境，創造新詞體——饒宗頤形上詞訪談録》，輯爲卷十二「詞學論集」附録。爲這三首詞所寫評論文章，是當時我做訪談的第一篇。第一篇寫出來，他滿意了，接下來開始全盤布局，才有這本書（《文學與神明》）的出現。所以，今天的講題，就從這篇文章所闡釋的饒公的三首詞説起。

饒公三首詞表現了他的思考，很不一般。而最大的特點是，將天地人的界限打通。他提出，人生的三種境界。第一種境界，詩人的境界；第二種境界，學人的境界；第三種境界，真人的境界。王國維講三種境界是做學問的境界，饒公所講的是做人的境界。通過這三首詞的學習，也許可探知饒學的奧秘，也就是饒公做學問的奧秘。爲什麽他能做這麽大的學問？他是個有神論者，這個神究竟在哪裏，是如何表現的？ 通過三首詞，也許能獲得啓示。

第一首《六醜》，咏睡； 第二首《蕙蘭芳引》，咏影； 第三首《玉燭新》，咏神。 饒公三首歌詞，形式上和清真，内容效法陶淵明。 陶咏形、影、神，饒咏睡、影、神。

其一《六醜》，序云：

濟慈云：祛睡使其不來，思之又思之，以養我慧焰（見Sleep and Poetry）。 夫詩人瑋篇，每成於無眠之際，人類文明，消耗美睡者，殆居其半，而心心不易相印，亦因睡有以間隔之； 惟詩人補其缺而通其意焉。

詞曰：

漸宵深夢穩，恨過隙、年光拋擲。 夢難再留，春風回燕翼。 往返無迹。 依樣心頭占，闌珊情緒，似絮飄燕國。 蘭襟沁處餘香澤。 繫馬金狨，停車綺陌。 玲瓏更誰堪惜。 但鵑啼意亂，方寸仍隔。 閑庭人寂。 接天芳草碧。 燈火綢繆際，如瞬息。 都門冷落詞客。漫芳菲獨賞，覓歡何極。思重整、霧巾烟幘。凝望裏、自製離愁宛轉，酒邊花側。琴心俏、付與流汐。只睡鄉兩地懸心遠，如何換得。

歌詞副題：睡。睡和形，其意涵都在形下層面。形，形骸，指人的軀體。莊子以之與神對舉。《莊子·天地》云：「汝方將忘汝神氣，墮汝形骸，而庶幾乎？」形，人存在的依托，沒有形就沒有人。但也是個負累，生與死皆累於形骸。人活著，因爲有了形，生老病死，每天都要爲其奔波。而當其辛苦一世，奄然歸去，誰也記不得他。這應是陶淵明所說的形。饒宗頤不說形，他用睡替代形。謂人生大半時間用於睡覺，人類的文明大概有一半消耗在睡覺上。他所說的睡，相當於陶淵明的酒。喝了酒睡覺，忘記人與人之間的功利與爭奪。睡亦如此。睡得越甜越是什麼都不知道。但是，饒公以爲，睡眠消耗我們的大好時光，須要用夢來彌補。夜裏睡覺，睡不著也好，最好是做夢。睡不著半夜醒來可以思考問題。詩就出在做夢之中。有了夢，人類文明就不會在睡眠之中給消耗掉。有了夢，才能進入詩人的境界。如果單單睡覺，就是常人的境界。這是歌詞序文所表達的意思。但歌詞雖題稱「睡」，却只是在開頭及結尾處簡單地提一提睡覺這事情，而將主要篇幅用於說夢。如果是撰寫論文，題下小序就已足够。出之以歌詞，將自己的思考用藝術的形象加以表現，就得聯想，以彼物比此物，進行與發聯想。這一手段，古人稱之爲比，饒公説設色，也就是比喻。比如説夢很快就跑掉了，像燕子飛過去一樣。這就是設色。所謂形上詞，也就是這樣一個特點。以下看歌詞正文。「漸宵深夢穩」，既説夢，亦説睡。一個穩字，説明乃由睡入夢。謂於宵深之時，做了一個好夢。但這個夢留不住。就好像春天一樣，要回去就回去，一點辦法也没有。這是上片，説尋夢、追夢。下片説，夢追不上，很寂寞。但這時，自己（都門詞客）也在夢境當中。一個人在庭院裏芳菲獨賞。歌詞通過尋夢、追夢來表現他做學問、思考的過程。他反對睡，主張夢。於晚間尋夢，白天則關起門來芳菲獨賞。他知道，做學問須耐得住寂寞。這麽一來，一坐七十多年，才做成現在這樣的奇迹。

其二《蕙蘭芳引》，序云：

尼采論避紛之義，謂此際人正如影，日愈西下，則其影愈大，惟其謙下如日之食，而能守黑，蓋懼光之擾之也（The Genealogy of Morals Ⅷ）。與莊子葆光之説略近，兹演其意。

詞曰：

清吹峭烟，拂明鏡、耻隨鷄鶩。看夕陽西斜，林隙照人更緑。水平雁散，又鎮日相隨金屋。自憩陰別後，消倚無言修竹。火日相乇，陰宵互代莊子寓言，可異涼燠。況露電飛花，難寫暫乖款曲。江山寥落，白雲滿目。但永秋遥夜，伴余幽獨。

歌詞歌咏對象是影，包括形影和影響，一個是與形連在一起的影，一個是因形所出現的景。就現代意義上看，就是處世態度和名譽。所謂形影，乃形與影。通常以爲形之不存，影亦消失。而所謂景，乃形之影。比如「正日景以求地中」（《周禮・大司徒》）及「吾日悠悠慚於影」（《淮南子・修務訓》），所指皆與太陽照射所出現的陰影有關。陶淵明、饒宗頤咏影，皆側重於此。陶詩云：「身没名亦盡，念之五情熱。」饒公所咏，序文及歌詞，有一定分工。序文説影之有無問題，歌詞説影之長短。影之有無，牽涉到處世態度問題。饒宗頤認爲，應當把持得住自己，不讓自身的光芒外露。在他看來，人好比太陽，都有一個影子。影子有長有短，什麼時候影子最長？日快落的時候最長，正午時候就没有影子。到底有影子好還是没影子好？没影子好。没影子的話，什麼狀態最好？日食最好，全都被擋住了。這一狀態，尼采稱守黑，莊子稱葆光。二者皆以爲，應當保存能量，到時再爆發。就饒公其人而言，他善於守黑，也就是葆光，所以，活到九十五還那麼生猛。這是他的處世態度。而歌詞序文所表達的意思，也正如此。歌詞説影之長短，先是布景，謂清吹之峭烟，直上雲天，不願意隨著鷄鶩飄飛。夕陽西斜，林隙照人，顯得更緑，更好看。正如李商隱所云：「夕陽無限好，只是近黄昏。」此時，大雁散離隊伍，雙雙相隨金屋；美人別過林陰，悄悄地依偎著無言修竹。這是歌詞上片所創造的景象。下片造理，表明觀感，表明自己的抉擇。謂有火日則影留，值陰夜則影隱（借用鍾泰《莊子發微》語），這是一種自然現象，雖無可回避，却有所選擇。比如，怎樣對待自己的影子問題以及白天與黑夜問題。他説，不怕光芒被擋住，有人來把他擋住更好，不怕別人不知道，人家不知道没關係，没有光的干擾更好。他喜歡日食，喜歡黑夜。表示自己與其在藍天白雲下，面對著寥落江山，不如獨自與漫長而幽暗的秋夜相伴。所以，我也是趁這個没人干擾他的時候，去跟他訪談。足足做了十年，每一次造訪，因爲我帶了録影機去，他都結好領帶在那裏相候，然後開講。他願意跟大家分享，不需要那麽多探照燈都照射過來，不需要那個影子。他以爲，影子收起來，能量就不滅。這就是饒公所説第二種境界，學人的境界。

其三《玉燭新》，序云：

陶公神釋之作，暫遣悲悦，但涉眼前，斗酒消憂，行權而已。夫能量永存，塞乎天地，腐草爲螢，事僅暫化。故神之去形，將復有托，非猶光之在燭，燭盡而光窮也；光離此燭，復燃彼燭。（此《北齊書》杜弼語。）神爲形帥，而與物相刃相劘於無窮，如是行盡如馳，而人莫之能悟，不亦哀乎！ 以詞喻之。

詞曰：

中宵人醒後。似幾點梅花，嫩苞新就。一時悟徹，靈明處、渾把春心催漏。紅蔫尚佇。有浩蕩光風相候。紺縷在、香送閬風，餘芬滿攜羅袖。 從知大塊無私，盡幻化同歸，惟神知否。好花似舊。應只惜、玉蕊未諳人瘦。瓊枝乍秀。又轉眼、飛蓬盈首。信理亂道無憑，春簫又奏。

神不滅與神滅，兩種不同的神學觀點。六朝時期爭論非常激烈。兩種觀點，兩種不同意見。一種意見主張，形盡神不滅。其曰：「火之傳於薪，猶神之傳於形。火之傳異薪，猶神之傳異形。前薪非後薪，則知指窮之術妙。前形非後形，則悟情數之感深。惑者見形朽於一生，便以爲神情俱喪，猶睹火窮於一木，謂終期都盡耳。」（慧遠《形盡神不滅》）另一種意見主張形盡神滅，其曰：「神即形也，形即神也，是以形存則神存，形謝則神滅也。」（范縝《神滅論》）饒宗頤反對神滅論，以爲神是能量的永存。他借助杜弼的論斷，以光與燭作比，提倡神不滅論，但他不用光與燭，也不用火與薪作比，而用花，用花與花香，花與花的精神，進行論斷。饒公的這一意思，主要通過歌詞自身加以呈現。起拍將花和人結合在一起進行歌咏，謂於中宵夢醒，正像「嫩苞新就」之梅花一樣，晶瑩透澈，最具靈性。此時此刻，人和花同樣懷抱著一片春心，催促天明。「紅蕤尚佇」，表示若有所待，其形體美尚未充分顯現出來。到了天明之時，「有浩蕩光風相候」，天青色的花蕊便顯得更加美好。這是上片，爲布景。下片説情。謂大塊（造化）無私，幻化同歸。既爲萬物包括人之繁茂卓立創造條件，即令其生，又促進其變幻、轉化，即令其滅。但是，只有神，乃永存不亡。猶如花以及花香與花的精神一般，儘管姿采秀麗之瓊枝玉蕊，轉眼間可能化作飛蓬，撲向人面，即形體將消亡，但花香及花的精神乃並未消亡。因爲冬天過去，「春簫又奏」，花的季節又將來到。歌詞咏花以及花香與花的精神，與序文之説燭與光同一用意，二者都爲説明能量永存即神亦永存這一道理。這就是饒宗頤的神不滅論。而就其具體論證看，所謂神不滅，也就是能量不滅。那麽，饒宗頤所説的神究竟在哪裏呢？他所説的神，並非西方的上帝。他所説的神，一個是我心中的神，一個在天上。饒公説：印度的神有五十幾個，個個都有名字；中國的神向來没有名字，最多是用皇帝的名字加以代替。馬王堆出土一批文獻，經過考察之後，饒公説，我們的神名字叫太乙。這是個星宿的名稱。中國的神，既在天上，也在我們心中。這就是饒公的神學觀。我問饒公，你的學問做得這麽好，是不是有個神在那裏幫助你？他説這個不好講，但也不能否定。如果没有神來幫助我，那怎麽好多東西都能聯繫在一起呢？饒公説，應當是「若有神助」，好像有神在那裏相助。我的這部訪談録（《文學與神明——饒宗頤訪談録》），歷十度寒暑，又披閲四載，始畢其功。二〇〇六年，恰逢饒公九十華誕。十二月間，由香港九所大學合辦「學藝兼修・漢學大師——饒宗頤教授九十華誕國際學術研討會」於香港大學舉行。這份訪談記録，準備趕付出版，爲先生祝壽。饒公亦十分欣喜。獲知消息，即爲題簽。並問：甚麽時候可以發表？我説快啦，您生日的時候就可以拿出來。隨後，呈上全稿，厚厚一大叠，饒公頗爲驚訝，説：「你這不是若有神助嗎？」由於書稿分量較大，牽涉面寬廣，有些問題，可能需要時間再加權量，饒公説，暫且未宜公布。而清芬則説：等九十五歲時再出。這就是處於第三種境界——真人境界的饒宗頤先生。各位，饒公今年九十五，敦煌正給他做九十五生日。我帶這本書來，正好和大家一起分享。

《文學與神明——饒宗頤訪談録》這本書正文七章，另有《代序》、《緒論》、《附編》以及《饒宗頤學術年表》。第一章，《文字與文學》。闡釋文字與文學的關係問題。包括符號學、字母學，範圍非常廣，很難懂。如果乾巴巴地只是説文字，可能引不起興趣，我儘量從文學的角度說文字。記得訪談過程中，我問饒宗頤先生，文學起源於什麽？他不假思索，很乾脆地回答：「文學起源於文字。」以爲文學就在文字裏面。這一章很重要。第二章《近取諸身，遠取諸物》。探尋符號、初文與字母，在世界各地産生及傳播的形迹，闡釋漢字樹的形成，以及由文字之文，到由形文、聲文所構成的文章之文的演進過程。主要説文字怎麽來的。圍繞著文學，考察中西兩個系列的文字究竟是怎麽形成的。很多考古資料，亦牽涉到史前文字學問題。第三章，《四方之人與四方之學》。論説宇宙觀問題，也就是位置問題。一種跨文化的思考。很了不起，饒公心中，裝滿了整個宇宙。第四章，《文學與神明》。全書的中心命題。通過貞卜以斷志，集中回答究竟文學起源於什麽。饒宗頤説：講文學，必須講神明。這是無法回避的事實。但並非將文學當神學看待。這是饒宗頤的神學觀，也是饒宗頤的文學觀。第五章，《藝術與生命》。論説書畫藝術和音樂。饒宗頤提出：漢字從三文到三美，是一個偉大的創造過程。其間，既可以書法透入於畫，亦可以畫法滲入於書。而書畫之與詩、與樂，同樣可以互相參透。並以爲外界宇宙的客觀形象，只是畫材而已。如何支配畫材，表現得活潑生動，出奇制勝，以至驚心動魄，全靠主觀醖釀出來的不同手法。這是個人的宇宙，包括畫家的個性、學養、心靈活動等等的總和。所以，饒宗頤曾説：藝術是我的生命。第六章，《頓悟與漸悟》。有關禪學問題。饒宗頤説：中國的讀書人，許多喜歡禪，將禪看作是一種人生哲學，靈魂歸宿。就詩歌以及藝術創造看，其與禪的關係，亦十分密切。第七章，《形上詞問題》。這一章才説到詞的問題。饒宗頤創造形上詞，是一次有意識的嘗試。而且，正因爲是一次嘗試，所以在我的推介文章發表之前，學界並不知道有形上詞這麽一回事。這是需要特别加以説明的。

訪談録全编，對於饒宗頤的學藝大世界，儘管已於多個方面進行描述，但由於個人學域所限，仍未能盡其萬一。至於今晚所説，相信亦有未妥之處，敬請各位多加批評指正。

三　答問環節

問： 施議對教授，您跟饒宗頤教授這麽多年的交往，您認爲，饒宗頤教授作爲中國的一名頂級學者，他的問學之路究竟是怎樣走出來的？他的成功，奥秘在哪裏？您能否作個介紹？

答： 饒宗頤是一位奇才。他是潮州人，與李嘉誠同鄉。父輩是潮州的首富。他不想當老闆，想讀書、做學問。如若當老闆，也許不一定比李嘉誠差。饒宗頤没讀過大學，這是可以肯定的，他讀過初中，數學上過幾堂課。六七歲開始學習畫畫，人很聰明。饒宗頤的父親也是一名學者、詩人，有藏書樓。他的家學非常雄厚。之後呢，就靠自己的鑽研。大概十七歲時，父親去世，他就開始修纂《潮州藝文志》。有位學界前輩，介紹饒宗頤到師範學校代課，這就是韓山師範學院。師範學校後來搬遷到廣西。饒宗頤隨著大隊人馬搬遷，途經香港，生了一場病，跟不上隊伍，就留了下來。今天看，當時如果没留香港，此後也許和那位前輩一樣，被劃成右派。饒宗頤説，他也曾到過新加坡，但他不願意在那裏居留，香港可以，也就在香港住下來。天天讀好多書。那麼，爲什麼别人看書，他也看書，别人不一定有成就，他有成就呢？依我看，最重要的原因是，别人不一定思考，他思考。天天想問題，自然另有一番光景出現。饒宗頤説，他寫文章，喜歡引用原典。平時講話，也有來歷。不容易得到理解。有一回，接受電視臺訪問。主持人問：饒公，您學問做得這麼大，這麼高深，那不很辛苦嗎？饒公答曰：没什麼呀，我是在「玩學問」。一個「玩」字，令主持人高興得飛起。以爲學問也可以玩，正像娱樂圈之玩大衆一般。一個玩大衆，一個玩學問，大家没有區别。其實，饒公的「玩學問」，乃「游於藝」。與娱樂圈的「玩」，相距十萬八千里。所謂「志於道，據於德，依於仁，游於藝」，這是孔老夫子的話，見《論語·述而篇》。由於「道不同，不相爲謀」（《論語·衛靈公篇》），「費事嘥咁多口水」（廣東話，免得多費口舌），索性將「游」改作「玩」，並無教壞「細路」（小朋友）之意。饒宗頤知道，如果把孔夫子的話，原原本本拿將出來，就可能是對牛彈琴。又有一回，辛巳（二〇〇一年）立秋後六日，饒公八十五華誕。香港作家聯會同仁爲之賀壽。

提及做學問，饒公不說「玩」，而說「拖泥帶水」。謂其學問，就是這般拖帶出來者也。雖極其淺顯，在座諸公，恐其語帶機鋒，仍然未敢輕易接招。席間，我悄悄地問饒公，拖泥帶水是什麼意思？他說，上帝造人不就是從泥和水當中拖帶出來的嗎？有一位朋友提出，他要用潮州話爲先生祝壽。曰：「福如東海，壽比南山。」但饒公聽了，突然不高興，不知怎麼回事。而另一位朋友說：饒公您身體這麼好，活到九十歲沒問題。饒公聽了，却並無不高興，而且自己過招，說：臺灣一位老先生身體非常好，一天晚上，在一個場合出現，大家都說，您這位老先生，活到一百歲沒問題。這位老先生回答說，我都一百〇三啦。饒公一番話，逗得一片歡笑。但是，就是「福如東海、壽比南山」這祝詞他不願接受。是不是南山太矮、東海太小了呢？剛才那位朋友就自己修正了一下，改用莊子的「挾泰山以超北海」以贊美饒公，但饒公不予理睬。饒公很有智慧，很幽默，時時刻刻都在思考問題。饒公的成功，奥秘就在這裏。

問：施教授，我真的非常好奇，想再問一個問題。講座開始前您講饒公的學問是一個立體的十字，打通古今與中西，打通天與地，按照我的想像，他的家學應該都是中國的學問，他是通過怎樣的一個渠道，進入到西方的學問中去的？

答：歷史上，中西文化交流，很早就已展開。敦煌出土的材料，有許多這方面的記載。據記載，當時所稱胡人，已在邊疆留下踪迹，有的已經到大唐帝國任職。像我們館長一樣，從那麼遠的地方過來。如在當時，也會被當胡人看待。這些文獻，饒公都相當熟悉。此外，饒公在法國十幾年，先後去了好多趟，親自看過儲藏在那裏的文獻，還交了一位法國朋友。在印度，饒公也住過很長時間，也交了一位朋友。印度這位朋友與饒公相約，饒公教他中文，他教饒公梵文。就這樣，饒公也就多掌握一門外語。饒公非常善於學習，會聯想。他重視考古發掘，重視各種田野報告，儘管不一定具備豐富的田野經驗，但他善於學習，會聯想，有些材料別人不一定看得出名堂，他看得出。作爲一位考古學家，這就是他的優勢。王國維講究二重證據法，地下的文物和地上的文獻互相印證。饒公將他邦的材料與本土的材料結合起來，講究五重考據法。他的思考和做學問的方法，都很高明，所以有如此獨特的貢獻。

問：饒公做了一輩子學問，真正是著作等身。近期，他的研究興趣不知有無改變？

答：饒宗頤的興趣，可用兩個字來概況：一個是學，學術的學；一個是藝，藝術的藝。學藝雙修，這是饒公之學的特點。總而言之，就是志於學而游於藝。孔夫子説：「古之學者爲己，今之學者爲人。」(《論語・憲問》)爲己、爲人，或者在於修養自己的學問道德，或者在於裝飾自己給別人看(楊伯峻語)。古今有別。一般講，古代的學者做學問不需要像我們這麽辛苦、這麽賣命。我們做學問，要發表論文，評職稱、拿學位。古之學者的學可以變成家學。

二○○三年，饒公在臺北所出版的著作，題稱《饒宗頤二十世紀學術文集》，説明二十世紀過去了，他的學術已經告一段落。在八大山人的一個畫展上，他跟我説，我現在要爲自己了。他的意思是，之後不再寫學術文章了，最多就做做書畫。所以，近些年來，饒公舉辦一系列書畫展。他的書畫是小時候學的，屬於藝，但是長大後就要學。作爲大學教授，没有做學問不行。做了教授，就不要這一套了。高興起來就寫寫字、畫畫圖，就是這個樣子。

問：施教授您好，我想問一下文學與神明的關係問題。您覺得，哪種文學形式跟神明的關係較爲密切？我知道，您之前有過《詞與音樂關係研究》行世，您是不是覺得詩詞與神明的關係也很密切？

答：文學與神明的關係問題，怎樣落實到具體的文學作品當中去，確實需要一番思索。如追溯到本源上去，可以説，因占卜、祭祀所記録下來的文字就是文學。這是人與神溝通的直接産品。而就此後的文學作品看，比如言志之詩，乃至説情之詞，其於神明的體現，可能就轉换爲現在所説的情思，或者物理。探討這一問題，仍須有個中間環節，那就是今天講題的中心思想——從詩歌到哲學的提升。這一問題的討論，既牽涉到詩歌和哲學兩個不同領域的問題，也牽涉到文學家思維層次問題。例如，白居易、韓愈及李賀，三人皆擅長於摹寫聲音，但三人的思想境界不一樣，其所創造藝術形象，在層次上也就有一定區分。

方扶南《李長吉詩集批注》卷一云：

白香山江上琵琶，韓退之穎師琴，李長吉李憑箜篌，皆摹寫聲音至文。韓足以驚天，李足以泣鬼，白足以移人。

以爲白居易、韓愈及李賀，摹寫聲音的篇章，皆堪稱天下至文。這是其共通之處。但三人於藝術形象創造所達至層面，移人、泣鬼、驚天，顯然有所不同。移人的層面，在人間，大弦小弦，嘈嘈切切；泣鬼的層面，在人天之際，夢入坤山，魚跳蛟舞；驚天的層面，在天上，躋攀分寸，孤鳳引領。一句話，三人的區分，就看其能否將天、地、人的界限打通。

又如，李白與杜甫，其所創造，同樣也有人天區分。其天人之别，十分明顯。就李白而言，因爲能思考，他於詩壇出現，就是一名謫居人間的仙人。但杜甫不同，他一生憂國、憂時，忙個不停，没有時間思考問題。直到死前三年，才懂得思考問題。那時，他滯留夔州，等候朝廷任命新職，但不獲起用。所謂「致君堯舜上，再使風俗淳」（《奉贈韋左丞丈二十二韻》），希望完全破滅。大曆三年（七六八）正月，五十七歲。杜甫離開夔州。舟出三峽，順著大江，進入江漢平原的江陵一帶。一路行走，一路思考問題，寫下《旅夜書懷》一詩，曰：

細草微風岸，危檣獨夜舟。星垂平野闊，月湧大江流。名豈文章著，官應老病休。
飄飄何所似，天地一沙鷗。

細草，危檣，微風，獨夜。此刻，孤舟泊岸，天地間似乎只剩下詩人一個。星星懸掛，就像快墜落一般，使得原野顯得無比寬闊；月光照射，和湧起的大江水一起流動。詩人此刻，和天、和地，似乎更加貼近。因此，他發現，在天地之間，一個人的出名並不是因爲他文章寫得好；做官做到老、做到病，應當退休，但也不一定，自己不老、不病，却没有官做。他還發現，自己漂泊一生，在天地之間，不過是一隻小小的沙鷗。兩個問題，一個是我與社會，一個是我與天地。至此，方才懂得自己的位置。這是杜甫於不得志時所進行的思考。

饒宗頤喜歡思考，倡導形上詞創作。他推崇杜甫出峽之後所作篇章，以爲有形上之思。善於思考，才能溝通神明，得神明之助。這就是從詩歌到哲學的提升。饒宗頤自身，亦有一段經歷可稱述。八十歲之前，没有人請他當政協委員，八十五歲、九十歲，仍然没有，直到九十五歲，方才有人請他當文史研究館館員。在很長一段時間裏，不用進京開會，不用相應的社交及應酬，能够獨立思考。所以，他在香港做出個饒學來。而我的「訪談録」，也正是乘他空間的機會，在他八十歲到九十歲這一時間段所進行訪談的。希望這份「訪談録」，對於文學學科的思考與提升，有所助益。

二〇一〇年九月三十日，於香港大學演講。據施志詠記録整理。載超星學術視頻http：//video. chaoxing. com/serie_400004794. shtml。

形下之思與形上之思

施議對(以下簡稱「施」)：研討會結束，言猶未盡。今天，我們二人要講的，就是根據自己的講題進一步加以探討。我的講題《從詩歌到哲學的提升》，這是吳宓先生講的話。從詩歌到哲學的提升，並不是將詩歌和哲學等同在一起，等一下我再具體地探討。先請戴建業教授講講。

戴建業(以下簡稱「戴」)：這次到澳門大學開會，施教授設定的題目是「古典詩歌研究與人文精神思考」，這個大會的主題我特別感興趣。而且有這個機會和施教授對談，有機會向他請教，我感到很榮幸。施教授設定的大主題之下還有一個很重要的論題，就是「從詩歌到哲學的提升」。對於這個論題，我有不敢苟同的地方。儘管我對吳宓先生非常尊敬，我對施教授也非常尊敬，但是我覺得，「吾愛吾師，更愛真理」。今天，我將就這個問題和施教授進行一些討論，以向他請教。

施：好，這個詩歌和哲學呢，是兩個不同的學科。記得前幾年有一位不是非常著名的教授在雜誌上發表了一篇文章，講到「詩歌與哲學」。他是怎麼講的呢？他說：詩歌是將具體的物象用形象語言表現出來的一種藝術品種；哲學是將物象抽象表現爲物理。大概就是這個意思了。一個把物理變成物象，一個把物象變成物理。這一段話呢，季老先生（季羨林）竟然引到他的《新日知録》裏面去了——新日知録的意思是説他每天都有新的學問的增長。——這兩個表述方式，一個是物象，一個是物理，這是没問題的。就因這兩個關鍵詞，季老先生把這個引用到他的書裏去了。物象有很多很多，物理很少。從多到一的提升，這就是哲學。從一到多的演繹，就是詩歌。基本上就是這個意思，跟我説的有點相同。這裏還有次要的關鍵詞，古典詩歌的研究和哲學思考中的思考。思考是爲了提升研究，不會損害到詩歌，不是説哲學要替代詩歌。不知道這樣講行不行，呵呵。

戴：詩歌和哲學這是兩個層面的概念。由於詩歌表現的是人對自然、人生、社會，包括生死的一些體驗；哲學，往往是對這些問題的思考。儘管有所謂哲理詩，但詩歌主要不是理性思維的藝術形式，它涉及的是感受和體驗的層面。吴宓先生所謂「從詩歌到哲學的提升」，從這句話不難看到，他把詩歌説成是哲學的下位概念，哲學是詩歌的上位概念。海德格爾——德國的存在主義哲學家，從才智上講，甚至可以説，他是人類最偉大的哲學家之一，但是因爲二戰時期他附從納粹，所以人生有一些污點——他晚年提出一個重要的命題，就是「詩與思的對話」。他説人類的本質，人類終極目的，在没有上帝的時候，諸神隱去的以後，人類的終極目的，不是科學，也不是思考，而是詩意的棲居。他認爲詩和思是同一個層面。再一個，説到一與多的問題，哲學顯然是要進行抽象。抽象有兩種，一種是歸納，一種是演繹。這的確是一與多的問題。這一點我同意施教授的觀點。九九歸一，從這一點抽象到最終極的東西，就是一。古人説太一。老子説一生二，二生三，三生萬物。但是很難説詩歌就是一到多，不是説就是我有一個理念，然後再把這些理念化爲形象，它還不是這樣。往往詩歌就是我們對人生某種深刻的體驗，包括生死，包括自然，那種瞬間的體驗。不是要進行抽象，仍然包含在他用的意象裏面。前幾天，美國的艾朗諾教授到我們華中師範大學作講座，艾朗諾教授有一本書，叫做《蘇軾人生中的語詞、意象和行爲》（又譯作《蘇軾的言、象、行》，*Word, Image, and Deed in the Life of Su Shi*，哈佛大學出版社，一九九四年），可見是不抽象的，在這一點上，我和施教授的看法有很大的不一樣。

施： 對，這裏頭要分清詩歌和哲學這兩個領域。一和多，多和一，是哲學範疇。詩歌範疇呢，就是兩個方法的表述，一個是表現，一個是呈現。表現呢，主體和客體的關係，有主體論和反映論的區分；呈現即主體和客體，處於一種對等的位置，無主客之分，文學理論家稱之爲主體間性。文學作品應當是現實的呈現，而非表現。兩種表述，都並非抽象。這樣來説，哲學和詩歌是完全不同的。不能説，詩歌是從一到多的演繹。在這一點上，我和戴教授並無不同。但是，詩歌從一到多的情況有没有呢？是有的。比如饒宗頤教授，有一回在國外，遇到復活節，很熱鬧，有很多儀式，就填了一首詞。詞裏説上帝造人，現在的人這麽個樣子，爲什麽不重新造一個呢？這就是哲學的思考。他稱這樣的歌詞爲形上詞。形上詞和一般的藝術創造不一樣。比如李清照，就没有什麽思考。「人比黄花瘦」，就不是思考，而是一種呈現。但陶淵明的「此中有真意」，與李清照又有所不同。陶淵明的「真意」，究竟是怎麽一回事，請戴教授再講一講。

戴：剛才施教授説有表現和呈現兩個層面，我是同意的。在文學創作上，我認爲有一部分人，是主題先行。先有個一，然後演示成一種意象。這種創作，是不成功的。但是饒先生在寫詩之前有一個哲理的思考，他的這一類哲理詩，有些是比較成功的。又比如蘇軾的《琴詩》：「若言琴上有琴聲，放在匣中何不鳴。若言聲在指頭上，何不於君指上聽。」如果琴聲是在琴上，爲什麽放在匣中它不響？如果琴聲在指頭上，那爲什麽不只在指頭上聽呢？還要琴幹什麽呢？這涉及很深刻的理性思考。再比如《廬山》：「横看成嶺側成峰，遠近高低各不同。不識廬山真面目，只緣身在此山中。」這就是一和多的問題了。他把對人生的思考化爲具體的形象和文字了。但是，我個人覺得，這些詩並不是人類最偉大的詩。還有一點，我也承認剛才施教授説的，任何一個詩人，若有哲學思考的深度，往往對人類的體驗就達到了一定高度。李清照是詩人詞人，却不是哲學家；而陶淵明的人生哲學思考就比較多。這一點上，我和施教授的觀點達到統一。

我這裏再談一下剛才施教授提到的「此中有真意，欲辨已忘言」這兩句詩。我覺得大部分學者都没有把這兩句解釋清楚。「此中有真意」的「此中」，是説「（陶淵明）在此時此地之中」，相當於海德格爾哲學概念中説的「此在」，德文原文是一個定冠詞在前面，定冠詞是什麽意思呢？是説存在於具體的時間和空間之中，既包括時間，又包括空間。熊偉先生翻譯成「親在」，後來他的學生陳嘉映他們把這個德文翻譯成「此在」。我覺得「此在」比「親在」要好，他的學生青出於藍。「此在」，就是個人具體的存在——在此時此地的存在。那麽「此中有真意」的「真意」，又是什麽意思？這個「真意」有三個層面的含义。

第一種「真」是認識論上的真。——這不是我的説法，這是西方的語言學家專門探討某一個詞的内涵和外延時所進行的嚴格的界定。我覺得這個方面我們中國的學者要認真地向這些西方語言哲學家學習。他對每一個詞、每一個關鍵的範疇，都分析得非常細，把内涵和外延搞得很清楚。——他説這個「真意」有三個層面，第一種「真」是認識論上的真。這是指個人的主觀判斷和客觀對象一致。比方我現在來判斷一下自己：「我叫戴建業，是華中師範大學的教授。」我的這個判斷如果和我這個對象相符，那麽，我這個判斷就是真的。這就是「真」判斷，是

「真」的。再比如，這是一塊手錶，那麽，我這個判斷就是真。這叫認識論上的「真」。如果我説這個手錶是一個美女，那就不是「真」的。主觀判斷和客觀對象一致，這就是認識論上的「真」。

第二層真，是邏輯學上的「真」。你的邏輯結論是「真」的，即英語中的 The logical conclusion，就是結論和你的邏輯推理過程完全一致，你的結論符合你的邏輯推理過程。我昨天舉了個例子，作了個演繹推理，説大前提「所有的人都是動物」，小前提「孔夫子是人」，結論「所以孔夫子是個動物」，顯然，在這個演繹邏輯推理過程中，孔夫子就是個動物，這個命題就是個真命題。但是我如果對著大家説，「孔夫子是個動物」，大家一定認爲我戴建業瘋了。爲什麽會這樣？因爲我在做這個推理時，我是在社會上説孔夫子是個動物，因爲前面有個大前提「所有的人都是動物」。「所有的人都是動物」是在哪個意義上才能説，大家都知道，是在生理學的意思上講的。所以説，邏輯學上的真，就是指你的邏輯結論符合你的邏輯過程。

第三層真，就是人的生命存在狀態上的真，哲學上説，是「存在論上的真」。陶淵明「此中有真意」的「真」，就是指人的生命存在狀態上的真。我講過，人在百分之九十九點九的情況下，是不「真」的。實際上，我在這個地方講話，也可能有很多地方不真，施教授也可能不真。一個人進入實際的社會之後，很難做到全「真」。比如説，男的和女的結了婚之後，能够呈現出肉體上的裸體。但是人在任何情況下，在進入文明社會後，就很難呈現精神上的裸體——

我就是這樣的一個人。這一點是很難做到的。做一個「真人」是很難的。陶淵明就想做一個「真人」——作爲一個人生命存在上的真，或哲學存在論上的真。我舉個例子。我在我太太面前就都做不到「真」。我在戀愛階段，在結婚之前，我總是吹嘘，我多能幹，總想表現得很優秀，我的不優秀的一面，都掩蓋起來了。等我們一結婚之後，我的太太就發現，那個鬼戴建業，完全不是他原來那麽優秀，但是她也没有辦法了，她嫁給我成爲我的老婆了。還有結了婚之後，我爲了表現自己的優秀，我説了很多假話，有的是善意的，有的也是「惡意」的。比如説啊，有個女孩子給我打個電話。她問誰打來的。我説這是我那幾個鐵哥們兒打來的，這是個善意的「謊言」。爲什麽？本來我和那個女孩子就不是朋友，如果我説是女孩子打來的，我太太就又要睡不著覺，疑神疑鬼的。好，陶淵明説，此中有真意，就是説，在此時此地之中，他回到了真實、本來的陶淵明。

施：好。這樣的解釋，非常嚴密。既有哲學方面的論證，又有邏輯學上的論證。這方面的訓練，我還是比較缺乏的，常常只是個人的想法。现在，我想用一個方法來回应戴教授的這個結論。這一方法，就是二元對立定律，或二元對立關係，原爲二十世紀六十年代西方結構主義(Structuralism)宣導者所提出的。下面看陶淵明的《飲酒》詩(其五)。課堂上我曾講過這首詩，戴教授所説，也是這一首。詩篇一共十句：

結廬在人境，而無車馬喧。
問君何能爾，心遠地自偏。
采菊東籬下，悠然見南山。
山氣日夕佳，飛鳥相與還。

此中有真意，欲辨已忘言。

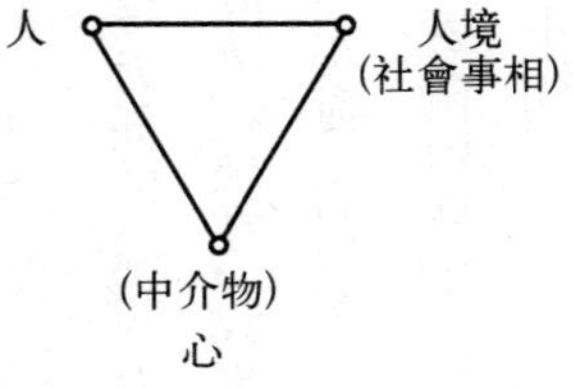

人變成鳥(真意)

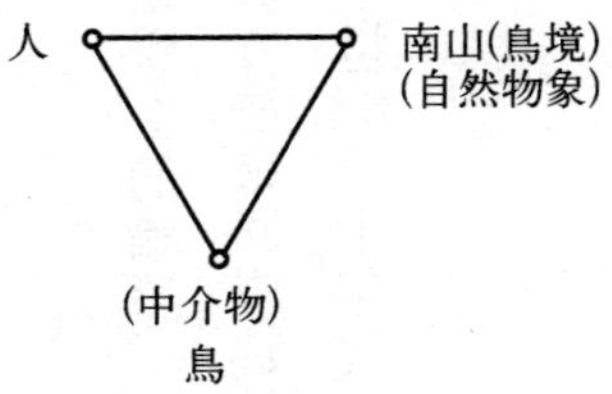

這首詩，如采用我所説的方法進行解讀，可於「此中」句前劃一條綫。綫上八句，每四句分别組成兩個二元對立單位；綫下二句，即爲真意之所在。兩個單位，包括互相對立的二元，及二元之間的一個中介物。如上圖所標示：第一個二元單位，人和人境，既相互對立而又相互依存的兩個單元；中介物是心，爲催化劑，居中産生分解或者化合作用。既謂結廬人境，爲何没有車馬的喧鬧聲呢？因爲有個中介物在，這個中介物就是心，以心來調控人和人境。人在人境，本來就是喧鬧的環境，但心遠地偏，只要心中不喧鬧，環境也就不喧鬧。這是中介物的調節作用。這四句爲一個單位。另外一個二元單位，是人和南山，以及人和南山之間的中介物——飛鳥。在這一組合中，南山爲鳥境。那麽，人和南山，人和鳥境，又怎麽得以調和呢？因爲有「相與還」的鳥作爲其中介物。人進入鳥境，也就構成另一個二元單位。兩個二元對立單位，人與人境以及人與南山（鳥境），與各自當中的中介物——心和鳥，分别構成一種三角關係。前一個三角關係，人在人境。明明很喧鬧，却説不喧鬧。此中之所謂真，其實是假的「真」。後一個三角關係，其中的人，跟隨飛鳥，在南山之間，與美好的山氣日夕融合在一起。此中之所謂真，才是真的真。兩個三角關係，互相比對，此中真意，由假的「真」，轉化爲真的真，於是，人，也就變成鳥。這是兩個單元與兩個中介物構成三角關係所顯示的意義。

人變成鳥，就是人的物化。這一意思，陶淵明《形影神》組詩「神釋」的結尾也曾説及。意即物化才能與天地共久長。

戴：「神釋」最後説：「縱浪大化中，不喜亦不懼。應盡便須盡，無復獨多慮。」

施：是，是的。戴教授所説的「真」是對的。我把這個「真」落到實處，謂人變成了鳥。大家可能不太願意，就這麽給説穿了。大概一説穿，就没有意思。還是用「真」來闡述，會更美一些。那麽，陶淵明到底真不真呢？我覺得，陶淵明也有不真的地方。我們可以檢驗看看。

他有五個兒子，但五個兒子都很不争氣。他在《責子》詩中説：

白髮被兩鬢，肌膚不復實。雖有五男兒，總不好紙筆。阿舒已二八，懶惰故無匹。阿宣行志學，而不愛文術。雍端年十三，不識六與七。通子垂九齡，但覓梨與栗。天運苟如此，且進杯中物。

這五個兒子，老大叫阿舒，十六歲，非常懶；老二叫阿宣，差不多十五歲了，又不讀書；阿雍、阿端都是十三歲——可能是年頭年尾生的，也可能是另一個老婆生的。

戴： 是雙胞胎。

施： 是，是的，雙胞胎。這是老三、老四。最後一個是通仔，已經九歲了，還不懂得讓梨，跟孔融差遠了。五個兒子都不争氣，怎麽辦？自己變成鳥，「縱浪大化中」，又只是喝酒；五個兒子能不能也這麽過日子呢？面對南山，講真話，説自己要變成鳥；面對五個兒子，還能講真話嗎？能不能也讓自己的兒子變成鳥？他的五個兒子，没有自己這麽大的本事，這也是個麻煩。是要五個兒子變成鳥，還是要五個兒子喜好紙筆，求取功名富貴呢？他對他的兒子講的真話是什麽呢？通過這麽一番檢驗，我們的觀點，是不是又回到一處了呢？

戴：我覺得剛才施教授用結構主義來分析這兩首詩，尤其是前面幾句，我覺得很有新意。有很多我是很贊成他的。施教授很謙虛，他説他没有像我這樣經過哲學訓練。其實我也没經過什麽哲學訓練。我特别佩服施教授，他年長我十幾歲，却與時俱進，一直在吸收新的東西。而且他用結構主義的二元對立定律把這些詩句分析得特别好，在這中間抽象出一些結構模式來。我感覺講得特别好。陶淵明到底真不真，這個問題，我們還可以討論。我覺得陶淵明這個人，本身是想做個「真人」，他生命體驗的重心，就是想「本真的存在」。他老是痛苦，他説「真風告逝，大僞斯興」，他爲什麽要隱居？他説「養真衡茅下」。他爲什麽回到老家去？他説要「養真」。還有，他爲什麽要歸園田，他説「開荒南野際，守拙歸園田」。他爲什麽要守拙呢？因爲人一開始乖巧，就不真了，所以他要守拙。人是容易變巧的。我的學生常常和我談一些人生哲理，我就跟他們講，過了十八歲或者到了二十歲之後，第一步就是談個女朋友或者談個男朋友，我覺得這樣最好。如果不談朋友，我覺得一個人會有病，要出問題。我剛才跟一個從前的學生講，我説你談了朋友没有，他説没有，我説你趕快談，時不我待。我覺得人首先要做一個真人。是不是陶淵明就全真了？我也同意施教授的話，他有的時候也不真，比如説《責子》詩，他自己想「采菊東籬下，悠然見南山」，他兒子再采菊東籬下，就没有飯吃了，因爲他的兒子們没有他的聲望，没有他的地位。那他這五個男兒，都總不好紙筆，那他怎麽辨呢？他最後兩句説：「天命苟如此，且進杯中物。」老天給了我這五個寶貝兒子（都不争氣），我有什麽辨法呢？還是喝酒吧！可見他也是比較痛苦。這一點我非常同意施教授的看法，他的確是比較痛苦的。一個人即使很想做個真人，也有很難做到真的一面。

施：看來我們對陶淵明詩的剖析應該是有一點道理的。我本來想寫一篇文章，叫《陶淵明詩中的鳥與酒》。他要變成鳥，「縱浪大化中」，變不成，那就喝酒吧。「且進杯中物」，自己麻醉自己。這個也是不得已的。這首詩的兩個二元對立單位組合在一起，前面的人和人境，展現社會事相，講的是社會的衆生相；後面的人和南山（鳥境）呢，就是自然物象。二者相對應，構成新境界。

這是因陶淵明詩中的真意所引發的思考。包括形上與形下，兩個不同層面的思考。陶淵明以外，蘇東坡的詩詞，也有關於形上與形下的問題。例如：「小舟從此逝，江海寄餘生。」蘇東坡這首詞所表達的意思，是形上還是形下？我和戴教授的理解，都比較傾向於形上。但我的老師夏承燾先生，以爲還不够形上。到底怎麽様才是形上，怎麽様才是形下？我想把自己的意見提出來，讓大家看看，確當不確當。我以爲，對於形上和形下，向來就有一個檢驗標準。這一檢驗標準，就是太史公的一句話：「究天人之際，通古今之變，成一家之言。」這句話包括兩個方面的意思。天人之際，就是將天、地、人之間的界限打通，將天文、地文、人文打通；而通古今之變，即是將古今的界限打通。歷史學家可以把古今打通，但不一定能將天人界限打通。有没有可以將天人以及古今這兩個方面的界限都打通的學者呢？如果有，應該就非常了不起。從古到今，數數看，有没有這樣的學者。

戴：剛才施教授談到劃分形上和形下的標準。我們今天討論的大題目就是古典詩歌研究和人文精神思考，這是我們在討論形上和形下這個題目中的應有之義。我認爲即使是形而上，也可以劃分爲很多細的層面。比如説有的詩寫得非常非常抽象，它思考的是一些終極的問題；有的詩寫的雖也是形而上的問題，但是它只是把一些具體的問題進行了一些抽象。所以我説抽象也可以分爲一些層次。夏承燾先生認爲蘇軾的「小舟從此逝，江海寄餘生」這首詞還不够形上，他可能是想追問一個終極的問題。我們中國詩人，百分之九十九的，都是「社會詩人」，很少達到那種很高的純哲學的境界。在這一點上，因爲我雖然是搞古典文學的，但也比較喜歡外文，我也看了一些英詩，也看了一些古希臘的詩和哲學，所以我也知道一些。在這個層面上講，我們中國古代的詩人，很少追問世界的終極意義，這個世界的終極本質是什麽東西，我們的孔夫子很少提這些。亞里士多德的《形而上學》裏把世界抽象到極點，一直把社會抽象到一些基本的原子，實事求是地講，這麽抽象的東西，我們中國還没有。但是有的人，有的詩人，體驗得很有深度。那麽在這首詞中間，在東坡「夜飲東坡醒復醉」這首詞中間，我和施教授達到了一致的理解，我們都認爲這首詞還是比較形上的。至於説這首詞打通天人之際，我覺得這首詞没有達到這個水準。天人之際，還没有達到。

施：現在看來，就是兩個範疇的問題容易混淆。一個是社會學和文化學，另外一個是詩學和詩教。社會學和文化學是不是混淆，就要用哲學的方法來檢驗，看看是不是在一與多的層面上展開話題。詩學和詩教，如用哲學的方法來檢驗，就有形上與形下的區分。剛剛戴教授説，形而上的抽象，有程度上的區別，可以分爲一些層次，我很贊同。比如蘇東坡的《臨江仙》，我和戴教授覺得很形上，夏先生以爲還不够，應當就是程度上的區別。

蘇東坡《臨江仙》云：

> 夜飲東坡醒復醉，歸來彷佛三更。家童鼻息已雷鳴。敲門都不應，倚杖聽江聲。
> 長恨此身非我有，何時忘却營營。夜闌風静縠紋平。小舟從此逝，江海寄餘生。

怎麼理解這首詞？形上？還是形下？我畫了兩個倒立的等邊三角形，嘗試探討這一問題。兩個等邊三角形，兩個相互對立而又相互依賴的單位。分别表示社會人生及宇宙空間。其中，醒、醉與進、退，這是現實生活中不可回避的矛盾與衝突；而此身與江海，則包括内宇宙與外宇宙，亦隱含著短暫與長久的矛盾與衝突。兩個單位，分別借助於中介物——杖以及舟，將内與外以及上與下的界限打通。於是，心聲應合江聲，人境（世俗社會）融入物境（大自然），營營此身，隨著輕快的小舟，漂流江海，瞬間轉化爲永恒。兩個單位，經過重新組合，構造出另一境界。

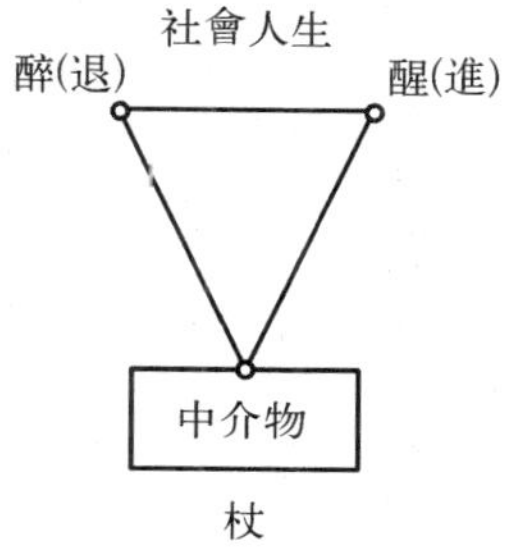

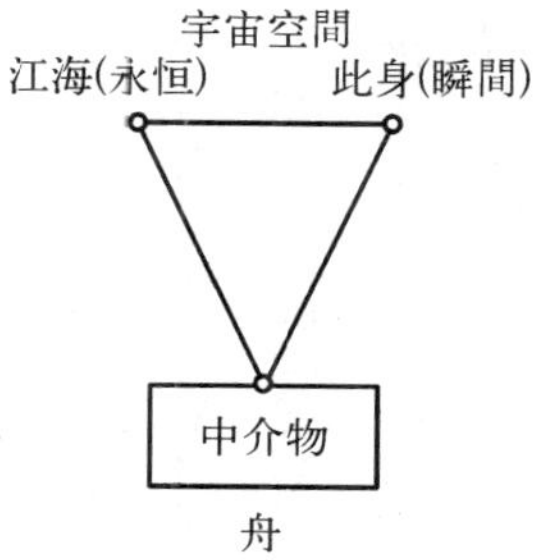

圖中可見，詞人的思考，乃因兩個中介物所引發。思考的層次，先是由醒到醉，從此身到江海；再是由杖到舟，從現實世界到超現實世界。層次遞升，層面變換，一直到終極。那就是瞬間與永恒。

戴教授所説追問終極，似可從東坡這裏找到例證。

戴：追問終極這個問題，我也比較困惑。西方人總有一種一直追問到底的興趣。比如説，牛頓晚年相信上帝，他爲什麽相信上帝呢？因爲三大引力定律之後，他一直追問：世界總在動，地球總在動，天體也總在動。那他想不清楚，誰是第一次讓這些動起來的，他怎麽也想不清楚。那麽他認爲，除了上帝，再没有人作爲第一推動者了。他一直追根究底。西方的一直抽象，就是這樣，這個我估計就是最終極的了。

施：我也贊成這麽一種説法。戴教授稱之爲追問終極。哲學的抽象，離不開這一話題。做學問，或者做其他什麽事情，往往亦涉及這一話題。比如饒宗頤先生研究精神史，就特别强調原始要終。既追問終極，亦探尋其由來。但是，有些事情，其來龍去脉，總是説不清楚。既不知道什麽時候開始，也没有辦法追問其終極。簡直就是無始無終。記得二〇〇六年，爲大學籌劃一個學術研討會，討論中國文學現代化進程問題，就遇到許多困惑。對於中國文學的現代化，什麽時候開始，什麽時候結束，什麽時候進入後現代，誰也説不清楚。文學以外，有些事情，似是而非，也不一定能説清楚。比如我們講建築，一九七二年七月十五日下午三點三十二分，美國密蘇里州聖路易城兩座大廈——不是後來的世貿大廈，雅致的十四層板式構造，正宗的現代建築，用炸藥炸掉了。這一事件，宣告現代建築的死亡，宣告人類建築史從此進入後現代。但是，前幾年到北京，看到馬路兩旁的建築物，全是像一個個火柴盒，或者檔案櫃那個樣子，能不能説，中國的現代化，現在才開始呢？這裏頭就牽涉到對於現代化的理解問題。什麽是現代化？這是現代人的共同話題。在中國文學現代化進程的研討會上，我和與會學者討論這個問題。我説，什麽是現代化呢？現代化就是整齊劃一。不是嗎？比如現代工業生産，以機器替代人工，不整齊劃一行嗎？所以，在這一意義上講，中國並非開放、改革以後，才開始現代化。那麽，中國歷史上，是誰率先在社會制度，在政治、經濟、文化上，推行現代化的呢？是秦始皇。他在中央集權體制下所推行的單一郡縣制以及對於車同軌、書同文的規範，不都是整齊劃一的偉大創舉嗎？這是對於歷史發展的理解。至於文學，究竟是誰最先推行現代化，我不知道。但對於詞學，究竟是誰最先推行現代化，我以爲，可能就是柳永。他所推行的宋初體結構模式，上片布景、下片説情，亦即上片A、下片B的模式，可以輸入電腦。因此，我以爲，中國倚聲填詞的數碼時代，柳永時候就已經開始。那麽，什麽時候進入後数碼時代呢？我和我的學生曾探討這一問題。數碼時代，還需要登入、登出，在綫、離綫，到後數碼時代，就不用電腦全用人腦。我想怎麽樣就怎麽樣。這一狀態，孔夫子稱從心所欲，所謂追問終極，應當亦有同感。

戴：施教授出了這樣一個好題目，來討論人文精神。很多年前，我看過一本意大利人寫的《義大利文藝復興》。這本書，後來三聯書店翻譯過來了。還有一本《義大利人文主義》。英國人佩特的《文藝復興》，詩人瓦爾特説文字盡善盡美。那麽我覺得人文精神，它是個現代的概念，它强調人的個性，人的責任，强調人的很多很多。剛才施教授談到社會的現代化，就是整齊劃一，我完全同意。雖然我不知道這是從哪裏來的觀點，也可能是他自己想的創造的，也可能有什麽根據。

進入到今天這個現代化社會之中，我們人類的很多個人化的感覺，完全趨同化了。比如説我的太太買一件衣服，她覺得很好很漂亮。她爲什麽覺得漂亮，因爲電視上廣告説的，四五十歲的女人穿了這樣的衣服非常合適非常漂亮非常自信，那她買回來穿上就特别自信。關鍵在哪個地方？不是她自己覺得自信，而是電視上説四五十歲的女人穿上之後會自信。那她個人是怎麽體驗的？那已經没有個人的體驗了。今天在座的女士，三十歲以下的，你們穿得都很現代化，爲什麽你們穿得這個樣子？因爲電視廣告告訴你們的，你們在街上看到很多的女孩子，她們就是這樣穿的，你穿得像這樣才自信。如果現在誰還像七十年代那樣，打兩個麻花辮，穿個布鞋走在街上，你就不自信。爲什麽不自信？人家都不是這樣穿的。過去的教育是完善自我，把我搞成像我。現在的教育，就是把我搞成社會需要的人。現在有人才市場，有個成語，叫做「你要什麽，我就是什麽」。每個人都在不斷地適應社會，所以説，人類在不断地趨同，再趨同。後現代是不是要恢復人類的個性，那我就拭目以待了。

施：整齊和不整齊，是一組相對的概念。由不整齊到整齊，再從整齊到不整齊。所謂現代、後現代，不知道是不是就這麽回事。一時間無法説清楚，還是請戴教授説説他的論題——《人生的三個境界》，看看剛剛所講的屬於哪個境界。

戴：我昨天講的人生的三種境界，一種是功利的，一種是道德的，一種是天地的。我剛才所講的，是典型的功利的人生境界。老實説，我也是個很功利的人。這不是謙虚，我的境界也只是停留在功利上。如果我不功利，就没辦法生存。如果我像陶淵明那樣的，把個縣長辭掉回家去種糧，那樣的話，我老婆就要和我離婚了！所以我也比較功利，很多時候我要從現實的利益出發。第二種，昨天和施教授討論，就是道德的境界。杜甫，在很大的程度上，是道德境界。「大庇天下寒士俱歡顔」，以及昨天講的《又呈吴郎》，都是停留在一個道德境界。對人的關懷，對社會苦難的憐憫。我看的羅素的自傳中間啊，他有一段話，他説左右我一生的，是三種最强烈的激情：第一，對知識的渴望；第二，對愛的追求；第三，對人類苦難的憐憫。杜甫就是對人類苦難的憐憫。那麽，陶淵明，他就是第三境界，天地境界，回到天地之中。

施：三種境界，是不是可以劃分爲兩類。前兩種——功利境界和道德境界，在形下層面，後一種——天地境界，在形上層面。這就很清楚。剛才講人文精神，古代似乎没有這一概念。傳統漢語語境中没有人文精神，只有人文。現代爲什麽會有這一概念呢？是因爲商品世界，滚滚潮流，有一些讀書人害怕自己被邊緣化，才提出這一概念。我們的研討會説人文精神，只是一種思考。對於人文精神的理解，可以寬一點，有朋友説人文關懷，亦未嘗不可，但主要在於對天地的理解，對大自然的理解。

接下來，我們來互動一下。看看其他朋友有無問題提出討論。

大興教授，是不是有問題要説？

曾大興： 功利、道德、自然，三種境界，可否合併爲兩種境界——功利境界和審美境界？

戴： 大興教授這個提法有新意。

今天我們的對談是不是時間太長了？我講話的時候不喜歡聽别人講話。所以别人講話的時候我也不會講話。將心比心嘛，講人文精神，也是對别人的尊重。如果我發現别人講得實在是太臭了，那麽我有一個辦法，我一般不講話，一般是出去走一走，等這個人講完，我再回來。如果别人講得我能忍受下去，我一般都會忍受下去。我認爲活在這個世界上，一個人講話，首先是要有趣味，使得别人聽起來舒服。如果他講得令我很痛苦，我就不願意，他發現我很痛苦的時候，一般我覺得他就也會發火，這個時候我就出去走一走，等他火消了，我就重新回來。我們繼續討論剛才的問題。

關於道德境界和功利境界，不能截然分開，在這個問題（層面）上，我還是承認的。一個功利（境界）的人，有的時候也是有道德（境界）的。道德（境界）的人，偶爾也是比較功利（境界)的。不能説有道德的人一點都不功利,這是不可能的。一個功利的人,很多情況下是可以做好事的。但是,我們講這個人是不是功利的,不是看他是不是做了好事,而是看他一生所做的這些事情,他是不是有明確的自我目的。這就是康德的倫理學裏的以動機來論人,他的動機是爲了别人好,還是動機爲了自己好。動機爲了自己好,他也可能很道德。西方人在這個倫理學方面,有個重要的概念,叫「健康的利己主義」。他們認爲利他主義這樣的道德觀,全部爲人的這種道德觀,會造成社會上的虚僞和墮落。健康的利己主義,就是我有飯吃,我也讓你有飯吃。我有飯吃的前提下,也讓你有飯吃。這既是功利的,也是道德的。我們要看一個人是道德的還是功利的,要從他的動機出發。比如説,杜甫,他就是倫理的、道德的。而有的人的動機,顯然是爲己的,爲己的時候又爲了别人。他是功利的,他也可能是道德的。至於説第三種,天地境界是不是審美的,我認爲,天地境界高於審美境界。這個問題涉及很深的哲學層面。

施: 這一問題的討論,涉及怎麽分類的問題。馮友蘭講的是四類,四重境界。戴教授給合併了,成爲三類,三種境界。大興教授講的呢,功利和審美,這是另一種劃分方法。嚴格説,是一種批評標準。兩種不同的分類法,似不方便放在一起進行討論。現在,還是回到形上、形下的問題上面來,看看詩歌創作如何從形下層面向形上層面提升?用什麽途徑來提升?對於這一問題,在開幕式上,我所作的開題報告,講的是三種方法:一爲從近到遠的延伸,一爲從下到上的提升,一爲從内到外的貫通。概而括之,三種方法所要達致的就是言近而旨遠,或者「言有盡而意無窮」這一目標。

二十世紀七十年代末、八十年代初,我在北京攻讀碩、博課程,時屬中國社會科學院研究生院。因爲是第一屆,人稱「黄埔一期」。當時住在北京東直門外西八間房。原爲生產大隊舊物,現在這個地方蓋了許多高樓。這就是望京路,很重要的位置。當時,我的通訊地址是:北京東直門外西八間房一百三十一號中國社會科學院研究生院。記住我這句話啊,等下我會將這一地址變成一首詞。這就是《沁園春》。其曰:

亮馬橋邊,六公墳畔,西八間房。有一三一號,社科社研,書生課讀,牧女窺窗。土豆易燒,牛根難熟,夜半青燈鼠跳梁。弦歌地,道延安精神,今日發揚。風霜。春播冬藏。歷數載耕耘學士忙。喜論文答辯,通過全票,前程期待,老少同堂。金榜題名,峨冠高戴,不負辛勤拚此場。人才衆,願無須媚外,土亦如洋。

這是效法南宋二劉(劉克莊、劉辰翁)所填制的一首打油詞。上片説書生課讀,下片説論文答辯。相關情事皆近在眼前，比如窺窗牧女及夜半青燈，而所要叙説的旨，也就是中心思想，比如延安精神，則遠。所謂近與遠，就是這麽個意思。而其所謂旨，則在於發發牢騷。雖甚淺白，却仍有一些趣味。所以，有朋友稱，乃大俗大雅，微型《離騷》。本作者既未敢當，却還是自賣自誇。見笑見笑。

有關近與遠，這是層面提升的一種重要手段。除此以外，拓展時空容量以及保持永久意義，也是層面提升的一種重要手段。開幕式的報告未及將話題展開，現作些補充説明。例如，作品容量問題。岳飛的「三十功名塵與土，八千里路雲和月」，時間及空間，清楚劃分。白居易的「日出江花紅勝火，春來江水緑如藍」，既是時間，也是空間。時間與空間，不能清楚劃分，乃空間時間化及時間空間化。二者相比較，作品的容量，哪個大，哪個小，不難分辨。又例如，詩歌意象問題。余光中的《鄉愁》，一枚小小的郵票，將我和母親分隔兩頭；一灣淺淺的海峽，將我和大陸分隔兩頭。在那些年份，真有點風靡一時。但現在還愁不愁呢？由此我想，詩歌的意象有些是會過時的。意象過時，其意義也就自動消失了。那麽，怎麽樣的意象不會過時呢？天上的白雲。不是嗎？「白雲千載空悠悠」（崔灝）以及「我是天空裏的一片雲」（徐志摩）。至今，有誰能將它忘記？

戴：剛才施教授用自己的詞作來現身説法，説明詩歌創作由形而下的層面向形而上層面的提升。我覺得由近及遠，對我很有啓示。這是創作的層面。從研究這個層面來講，怎樣從一個層次到上一個層次的提升，我感覺到這是一個非常重要的命題。我原來也想當個爛詩人，寫了很多爛詩，也發表很多，後來我就發現，我的詩完全是浪費人類的紙張。連我老婆，我都没給她看過。其實我原來數學學得特别好，我是七七級的，那年我們湖北考大學時，文科和理科同卷，我的數學分數比語文高多了。我高中的時候——我這裏順便説一下人生的命運有很大的偶然性。文化大革命的時候，農業學大寨，要寫大字報，我不知從哪裏抄了三首詩，我覺得特别好，就把它們寄給武漢一家報紙，没想到這家報紙的編輯竟然給我發表出來了。因爲我是個鄉下孩子，從來没見過詩歌發表出來，這一發表出來，我在鄉下就一夜成名了，大家都認爲我是個詩人，我從此下定決心，要想當詩人，原來當詩人非常美妙。那個時候我數學其實特别的好，可是因爲這件事情，走上了這個「詩人」的道路，最後做了學者，在中文系教書。楊義先生可能知道，那個時候湖北有個工人詩人，叫黄聲笑。我把他的所有詩都讀了，我在文化大革命時候，發瘋地讀詩，讀戲劇，讀小説，我在上大學時不到二十二歲，已經發表了數個獨幕劇，有個獨幕劇，還在舞臺演出過。我發表了好多篇小説，發表了很多很多詩。從此，我就走上了這條道路。所以，施教授剛才講的，他從文學創作的層面講，由近及遠，從形下到形上的提升，使我受益匪淺。創作中間，要不斷地思考，向上提升。那麼，文學研究之中，如何提升？ 在這個問題上，尤其是人文精神，我是説，我們今天的人文精神，已經失落得够可以了。 那麽，我們精神層面，除了詩歌創作和研究之外，我們如何地提升這個問題，我覺得我們人如何保存我們身上僅存的一點人性最爲重要。 我們研究也好，做人也好，我們古典詩歌中間，經典中間，那種濃厚的人文氣息不应丢失。 也可能我是搞古典文學的緣故，我覺得我和這個時代，有很多格格不入的地方。

施： 這個，呵呵，不要緊。 我覺得我們這裏只是一種思考，思考不單單指研究。 從我個人的經驗來談談吧，原來我跟楊義教授同時進北京，又同時在社科院文學研究所工作了好多年。 當時我們都覺得，文學研究所當時簡直不是人待的地方，如果一直待下去就會没命的。 但是當時是没命也都要待下去。 我離開得很早。 那個時候，工資一個月一百四十元。 我那個時候已經是副研究員，也就是副教授。 中國社會科學院那個時候的副研究員很值錢，其他大學哪裏能和我們比。 我竟然什麽都不要，就離開那裏了。 哈哈，那個時候太傻了，不知道深淺怎麽樣，就闖蕩到香港來了。 到香港，然後又到澳門，一切都從頭開始啊。 從助理教授做起，助理教授做了十年，然後，副教授做了七年半，今年剛剛提升教授。 所以，感覺都没有臉面了，懂嗎？ 呵呵。 年紀最大，職務最低。 那我悲觀嗎？ 一點都不悲觀。 我對自己充滿自信。 我自己是一個什麽樣的人，我自己完全知道。 我曾經給前任校長説，我一個助理教授不挺好的嘛，出去開會，人家肯定説施議對是教授，不會説是助理教授或者副教授。施議對在外面發表文章，發表高論，人家看到了，都説澳門大學助理教授水準就已經這麼高了，何況教授呢。所以，不用再建設什麼一流大學啦。現在，不就已經是一流了嗎，是不是？——超級一流的啦。哈哈。懂嗎？我給校長這麼説，校長説，那教授又怎麼樣呢？人家會不會説，教授就這個水準，可見澳門大學也不怎麼樣？我們的教授也不少。大家心中有數。不過，我將謹記杜甫詩中的兩句話：「飄飄何所似，天地一沙鷗。」我知道，自己只是荷葉底下的一只小沙鷗。我在大學的宿舍裏面，這片荷葉，爲我遮風擋雨。我在山頭上，這裏的風水特別好。今天，能够和戴教授一起探討形上之思，也覺得很快活。現在，我們再請戴教授説幾句話，作爲這個討論也是這次研討會的小結。

戴：這次和施教授對話，我深感榮幸。臺下還有楊義教授。我讀研究生期間，一直到工作期間，一直反覆地研讀、認真地學習楊義教授和施教授的專著和論文，不斷地成長起來。昨天我還和楊教授講，我早年就細讀過他的《魯迅小説綜論》，我記得是陝西人民出版社出的吧？是陝西吧？我記得很清楚。我早年就認真讀過。後來再讀他的《中國現代小説史》。我早年研究生畢業時，就讀施教授的博士論文《詞與音樂關係研究》，這本書讓我受益匪淺，是中國社會科學出版社出版的，對吧？我覺得一個人外在的職務和他的實際水準，在全世界都是不相符的。德國有一個現象主義學説的創始人，胡塞爾，他到很晚很晚才是講師，等他評上教授的時候，已經快要退休了，但没有哪個不説他在自己專業方向内的學問是世界一流的。我們現在在評教授這個問題上，爲什麽大家已經没有尊嚴、没有骨氣，主要一個是政策的層面，一個是我們自身對自身還不太自信。今天有這個機會，向施教授請教，而且向在座的每位聽衆學習，我真的是感到非常的快樂。謝謝大家。

二〇一〇年九月二十三日，於澳门大學舉辦「古典詩歌研究與人文精神思考」國際學術研討會講演。據胡善兵記録整理。載超星學術視頻 http://video.chaoxing.com/play_400004800_65096.shtml。

第三輯

用中國話語做中國學問

——施議對先生談詞學研究

一百年詞學，一言以蔽之：三個時期、兩次過渡、五代傳人。怎樣給詞做個界定？兩個方面，聲學與艷科。從樂句、樂音，到樂段，如何以文詞與樂曲相配搭，體現倚聲填詞的三個階段，三個里程標誌。詞學真傳，八字要訣：「音理失傳，字格俱在。」二〇一二年十一月十四日晚，一代詞宗夏承燾的關門弟子施議對教授做客桂子山人文論壇，爲作「詞與音樂」講演。以李清照所舉「別是一家」、與聲詩並稱的樂府歌詞爲詞正名。提倡以中國話語，研究中國學問。認清生、住、異、滅四種相狀。以否定之否定的立場和方法，推進詞學的重生。本文依據講演現場録音整理成篇，並經審訂；奇文、疑義，相與分析、欣賞。今征得同意，謹爲公布，以佚同好。

戴建業（華中師範大學文學院教授）：

今天非常榮幸，邀請到澳門大學教授施議對先生，來到我們桂子山人文論壇，爲我們作一場學術講演。施先生是我們國家著名的詞學專家，也是我和張三夕老師的好朋友。我們有非常好的學術關係。難得這次機會，感到非常榮幸。現在由張三夕教授來主持這場講演。

張三夕（華中師範大學文學院教授）：

施議對先生的經歷，我補充兩句。施先生在「文革」以前，已經是杭州大學的研究生，師從夏承燾教授；「文革」以後，重新報考研究生，入讀中國社會科學院研究生院，師從吴世昌教授。中國社會科學院研究生院院長周揚，爲當年魯迅藝術文學院副院長。因爲是研究生院招考的第一届研究生，當時被稱爲「黄埔一期」。畢業後，在中國社會科學院《文學評論》雜誌社工作兩年。之後，攻讀博士課程，成爲中國首批文學博士。在社科院文學所工作多年。隨後，又到香港、澳門。在澳門大學原中文學院擔任副院長、教授。一北、一南，在當今還健在的詞學家中，屬於前輩級的。而且施先生對於詞學，有他獨到的見解；他的文章，在古代文學界，也獨樹一幟。

現在，我們熱烈地歡迎施先生爲我們做「詞與音樂」的學術講演。

二〇〇三年八月，在武漢大學，參加劉永濟先生的一個詞學研討會。二〇〇九年十一月，來貴校華中師範大學，主持博士研究生學位論文答辯。今天，算是第三次來到武漢。很高興再次到華中師大來。今天的講題，是戴老師給出的。可能是因爲我的博士論文叫《詞與音樂關係研究》的緣故。講這個題目，今天是第二次。第一次是二〇〇九年八月，在中山大學的詩詞研習班。由超星學術視頻現場攝録並已掛上互聯網。文字稿於二〇一〇年十二月在上海《詞學》（第二十四輯）發表。變成文字稿，重新包裝，如果不太熟悉這方面的内容，不容易看得明白。現場講演，拆除包裝，會明白一些。今天主要講三個問題：第一個問題，詞界的現狀，講題的背景；第二個問題，詞與音樂，今天的本題；第三個問題，詞的創作問題，包括學詞與詞學應從哪裏入手等問題。

一　詞界現狀

第一個問題，詞界現狀問題。有關一百年的詞學，以一九〇八年王國維發表《人間詞話》爲分界綫。此前爲古詞學，此後爲今詞學。這是展開話題的背景及依據。

（一）開拓、創造、蜕變三個時期與生、住、異、滅四種相狀

我曾將一百年以來的詞學劃分爲三個時期。第一個時期（一九〇八——一九一八），詞學的開拓期；第二個時期（一九一九——一九四八），詞學的創造期；第三個時期（一九四九——一九九五），詞學的蜕變期。一九九五年以後，新舊世紀之交，進入新的開拓期。所用這些名詞，有褒有貶。開拓，屬中性；創造，帶有褒義，屬正面；蜕變，帶有貶的意思。一百年詞學，三個時期的劃分，乃套用梁啓超用以劃分清代學術史的方法。在《中國近三百年學術史》中，

梁啓超以佛教中生、住、異、滅四相，演説清代學術史；我亦以生、住、異、滅，對應著來看中國百年詞學發生、發展乃至於滅亡的全過程。非常湊巧，其所謂生，正好是百年詞學的開拓期；其所謂住，正好是百年詞學的創造期；至其異，百年詞學正好轉入蜕變期；緊接著就是滅，在滅的當中重生。現在正處於重生的階段。滅而重生，並不可怕。怎麽重生，需要否定之否定。而這三個時期，當中還有兩次過渡。第一次過渡，代表人物是王國維和吴梅。從一九〇八年開始，是從古到今的過渡。這一年，《人間詞話》發表，標誌著中國詞學現代化進程的開始，也是中國文學現代化進程的開始。大約十年時間，中國詞學由開拓期進入創造期。第二次過渡，代表人物，第四代傳人。由正到變的過渡。一九四九年，中華人民共和國成立，這一代傳人已三十有餘。其後將近五十年，中國詞學處在蜕變當中。從詞體自身的立場看，第一次過渡，乃由生到住的推進；第二次過渡，則爲由住到異的轉化。異就是異化，也就是蜕變。第一次過渡，促進詞體自身的演變與發展，是一種肯定；第二次過渡，促進詞體自身的滅亡與重生，是對於肯定的否定。

以上是對於一百年詞學的整體描述。三個時期、兩次過渡、五代傳人，概括全部。直到一九九五年，蜕變期終結，進入新的開拓期。二十一世紀第一代、第二代傳人目前已登場。就詞體自身的發展看，其所謂重生，就是對於否定的否定。對於學術，由民國到共和，確實起了一定變異作用。究其根源，在於没有很好的學習詞與音樂的問題。故此，到了新世紀，就是否定之否定。

（二）形下之思與形上之思

有關詞學現狀問題，這幾年，寫了一系列文章，詞界同行也許不一定認同。只能寄希望於各位年輕朋友。在座的戴建業、張三夕二位教授研究文獻，對於詞學頗有鑽研，願共同探研，非常樂意。戴建業教授在最近出版的一部著作中説：老祖宗的秘方，不能忘記，指的就是大中華的文化傳統，中國人自己的話語。對此，我亦有同感。戴、張二位教授研究中國古代文獻、典籍，有根底，有理論，能入能出，均善於作形上之思。二〇一〇年九月，澳門大學舉辦「古典詩歌研究與人文精神思考」國際學術研討會。與會者有的不是很清楚這一議題的用意，不是很清楚當今世界，處處講以人爲本，爲何却討論人文精神？其實，同樣題目的研討會，二〇〇三年已經開過一次。研討會的宗旨，還是不容易弄明白。戴、張二位教授專門爲研討這一問題撰寫論文，揭示要義，切中肯綮。戴建業教授還跟我以「形下之思與形上之思」爲題，聯合做了一場學術演講，以爲這場研討會的總結發言。新世紀的詞學研究，所謂否定之否定，同樣也當注重研究與思考。

二 詞與音樂

接下來，就講第二個問題，詞與音樂問題。詞與音樂問題，其實質内容體現在哪裏？解決相關問題，應當從正名開始。比如，唐詩、宋詞、元曲，其名稱到底是怎麼來的呢？唐朝的人不會説自己的作品就叫唐詩，宋朝的人不會説自己的作品就叫宋詞，元曲也如此。那麽，我們今天所説的這個詞，又是誰講的呢？我們研究詞學的人，好像還没有人去追究這一問題。任二北創建一門新學科：唐藝研究。學界稱之爲唐藝學。他説唐朝的人叫詞爲曲，到宋才是詞。現在對於唐朝所出現的這所謂詞，應叫唐曲，不能叫唐詞。學術界似乎並不認可。他的學生仍堅持這一觀點。在碩士班上，曾與諸生探討這一問題。這裏，我仍然想追究一下，現在我們所説的詞，其正名是什麽？

（一）詞的正名問題

這裏所説正名，既與别名相對應，亦有訂正名稱的意思。爲詞正名？目的在於識别其真實身份，給予恰當的命名。這一問題，要從哪裏去考察？用什麽方法考察呢？很簡單，就是要知道宋朝人是怎麽稱呼詞的。比如，柳永叫樂章，歐陽修叫樂府，也叫琴趣，蘇軾叫樂府，辛棄疾是長短句。而周邦彦則叫清真，或者片玉。這就是説，詞集叫什麽名字，就怎麽稱呼。想知道多一些，你們可以將他們的別集一本本查過。看看他們如何爲自己的集子命名。《全宋詞》五册，一查便知。不過，就没有人願意做這個事。研究文獻，就是要一本一本翻過，細心地查考。現在，我想爲詞正名。我認爲，我們現在所説的詞，别名很多，但其正名，只有一個，就是樂府。這是根據李清照《詞論》所作的判斷。李清照《詞論》開篇有云：「樂府、聲詩，最盛於唐。」樂府、聲詩，都是配樂歌唱的樂歌。樂府，是配樂的歌詞；聲詩，是配樂的律詩和絕句。兩個不同樂歌樣式。從詞與音樂的關係看，樂府乃先有樂，而後倚其聲而填詞；聲詩則先有詩，而後依其詞而配樂。不容混淆。李清照倡「别是一家」説，明顯爲著劃清樂府與聲詩之間的界綫，防止以作詩的態度和方法作詞的現象出現，以尊詞體。這是我所做的决斷。此外，有關聲詩這一概念，亦非二十世紀之首創。其與樂府並稱，李清照《詞論》已交代得十分明白，不能忽略其出處。這是有關詞的正名問題。

至於詞調，每一篇歌詞的樂曲，或者腔調（也稱歌腔），到底有多少？看起來好像也很簡單，實際却不然。三十多年前，我手工算過一遍，得一千零四。當時正準備撰寫碩士學位論文。之後，攻讀博士學位課程，發表博士論文，就將統計的結果公布出來。一千零四，到底準確不準確呢？我不願重新再算一遍，我的研究生也不願意。至今還是一千零四。但仍心有不安，萬一多一個，或者少一個，又怎麽樣呢？没辦法，這是人腦的勞作。而電腦呢？我有一篇文章，叫《倚聲與倚聲之學》，提及宋人亦有稱詞爲倚聲者。對於倚聲二字，有年輕學者感興趣，就到互聯網去考一考。結果，追查到了《詩三百》。這似乎亦遠了一些。對於我們做詞學研究，電腦的統計，好像仍發揮不了什麽實際效用。這是因正名而牽涉到的考訂問題。説明人腦、電腦，各有其特異的功能，亦都有各自的局限。

（二）聲學與艷科

接下來説，詞到底是個什麽東西？誰能回答這一問題。我這裏先下個斷語，而後再作論證。我以爲：詞，就是兩句話。一句是，詞爲聲學；另一句是，詞爲艷科。聲學與艷科，一個問題的兩個方面，這是爲填詞所確立義界。課堂上，我宣稱自己所講，皆「無一字無來處」（黄庭堅評杜詩語）。這兩句話，出自《舊唐書·温庭筠傳》。其曰：「（温庭筠）能逐弦吹之音，爲側艷之詞。」兩句話，包括聲學與艷科兩個方面的内容，用來界定我們今天所説詞的意涵，十分合適。所以，如回答詞到底是個什麽東西這一問題，就可以理直氣壯地説，詞爲聲學，亦爲艷科。聲學與艷科，這就是我們今天所説的詞。《舊唐書》爲五代人所修，代表宋人的觀念。此後皆承襲這一觀念。

既然如此，我們的研究爲什麽會出現蜕變呢？究其原因，大致有以下兩個方面。一方面，只是把詞當成艷科來研究；另一方面，對於艷科，在理解上也出現歧義。所謂側艷者，與正相對，説明另有正艷。只是當邪艷理解，易於產生偏見。於是，大家都來批判艷科，也就令其變成顯學。而聲學呢，整個蜕變期，少有問津者，無人爲繼，也就淪爲絶學。

大致説來，第三代詞學傳人，一八九五年以後出生，仍然堅守五代人的觀念，聲學與艷科並重；第四代詞學傳人，一九一五年以後出生，偏重艷科而忽視聲學。在第四代傳人的眼中，艷科就是思想内容。持這一立場和觀點者，應占百分之九十以上。但是，其中也有研究聲學的，如四十年代劉堯民有《詞與音樂》問世。當然，所謂聲學，也不是單單講音樂；而音樂也不等於就是聲學。因爲你研究音樂，再怎麼專精，都超不過音樂學院的專業人士。有些學者在音樂方面做得太專了，詞界跟不上。

我講詞與音樂，並非專講音樂，五音不全不要緊。詞與音樂要怎樣講呢？範圍那麼大，問題那麼繁複。我把複雜的問題簡單化，簡單到只有兩個字，就是聲與音。從聲與音入手，就能知道詞究竟是怎麼産生的，詞究竟是個什麼東西。

《詩大序》云：「聲成文，謂之音。」一般的聲響是没有規則的，當其有了規則，有了紋理，形成了文，也就構成爲音。這是一個藝術創造過程。那麼，聲與音的來源在哪裏呢？在自然界裏，凡是有洞穴的地方，風吹過去，就會發出聲響。這是自然界的聲音，也就是天籟之音。天籟與人籟，怎麼進行藝術創造呢？這要依靠地籟，就是樂器（絲竹），於二者之間，産生連接作用。亦即依靠地籟，將人體五首，唇、齒、喉、舌、鼻，和樂器的宫、商、角、徵、羽，一一對應，一一配搭上，令人籟與天籟聯繫在一起。這是從人籟到天籟的過度，也是天籟轉變成人籟的過程。

聲與音二者，相對來講，掌握音的難度大，聲較容易。但也未必。普通話的聲好掌握。陰平、陽平、上聲、去聲。廣東話九聲：陰平、陽平，陰上、陽上，陰去、陽去，陰入、中入、陽入。這就不易掌握。比如：詩、時、史、試，這麼念下來，當中還得跳過兩個聲：市和事，才到入聲，而入聲又分陰入、中入和陽入。不過，分得越細緻，越能產生美聽的效果。音，就是樂曲的音節，或者旋律。其變化像是很固定，又不怎麼固定，不易掌握。

中國古代，最早利用「聲成文，謂之音」原理所創造的樂曲是什麼呢？或者說中國最古老的樂曲是哪一支？是《高山流水》。没錯。這是古老的傳説。史上將其當作樂歌創造的最高典範。

大體上講，「聲成文，謂之音」原理的運用過程，除了利用樂器將樂曲的樂音量化，還得想辦法，用文詞的字聲將樂曲的樂音固定下來。這一工序，直到永明四聲的發現，方才完成。永明四聲的發現，爲唐宋時代倚聲填詞的發生、發展，創造了條件。

（三）樂句、樂音與樂段，倚聲填詞發生、發展的三個階段

唐宋時代倚聲填詞，在與音樂的相互配搭過程，經歷了以下三個階段。

第一階段，依曲拍填詞。以劉、白爲代表。

劉禹錫《憶江南》二首，於題下自注：「和樂天春詞，依《憶江南》曲拍爲句。」爲最典型。其詞云：

春去也，多謝洛城人。弱柳從風疑舉袂，叢蘭裛露似沾巾。獨坐亦含顰。

春過也，共惜艷陽年。猶有桃花流水上，無辭竹葉醉樽前。惟待見青天。

歌詞配合樂曲，依照節拍填製。以文句應合樂句。具體做法是：解散五七言律絶的整齊句式，運用其平仄安排，變化其韻位，令文字上的音樂性和音樂曲調上的節奏緊密結合（參見龍榆生《詞曲概論》）。這就是説，以文句應合樂句，樂句的長和短，因樂曲的節拍而定，文句的配搭，就現成的律絶詩句加以調和。長配長，短配短。而其聲調，即運用原有詩句的平仄安排。例如《憶江南》的三言句、五言句、七言句，全都取自原有的律絶句式，全都是律式句。仄仄平平仄仄，或者平平仄仄仄平平。在格式上，由歌詩（五七言律絶）轉换爲歌詞，句法變化，由整齊變不整齊，但句式未曾變，仍爲律式句，只是韻位變化而已。這是第一階段的狀況。這段歷史，大約經歷了一百年時間。

第二階段，依字聲填詞。自温庭筠起。用聲來填詞。温庭筠以文詞的字聲追逐樂曲的樂音（弦吹之音），是一個字一個字來配樂的。文詞的字聲，平或者仄，其組合於創作過程，已形成規則。如上文所説五七言律絶的句式。温庭筠以字聲追逐樂音，基本上仍以律式句入詞，但於歌詞的某一關鍵部位用拗。他所作《菩薩蠻》的上下兩結句，「弄妝梳洗遲」（去平平去平）及「雙雙金鷓鴣」（平平平去平），都是拗句。温庭筠《菩薩蠻》十五首，據盛配所標識，上下兩結中，六十五個用去聲處，二十四處爲去聲，包括通變，二十四加二十七，得百分之八十五（參見《詞調詞律大典》），説明乃有意而爲之。

從句式上看，温庭筠於《菩薩蠻》的上下兩結句用拗，就是將一般五言句，平平仄仄平句式，换爲去平平去平句式。一、四二字都爲去聲，並且已初步形成規則。百分之八十五達標，後來者學步，成爲潛規則。上列二句「弄妝梳洗遲」及「雙雙金鷓鴣」尚未完全做到。以下《菩薩蠻》乃較爲嚴格遵循這一平仄規則的事例。其曰：

牡丹花謝鶯聲歇。緑楊滿院中庭月。相憶夢難成。背窗燈半明。　翠鈿金壓臉。寂寞香閨掩。人遠泪闌干。燕飛春又殘。

歌詞的上下兩結句「背窗燈半明」及「燕飛春又殘」都是拗句，采用「去平平去平」句式。而且，第一、四字必用去聲。與上文所説潛規則相合。温庭筠所作大半合乎這一規則，應當已是一個追求目標。

歌詞用拗句，乃以講究字聲的辨法，從格式上將詩和詞分開。即詞用非律式句，詩不能用。「兩個黄鸝鳴翠柳」和「對、瀟瀟暮雨灑江天」，一爲律式句，另一爲非律式句。這是詩與詞在格式上的一個重要區别。温庭筠的出現，詞之所謂填者，由此開始。而拗句的運用，則表示詩與詞的分途。夏承燾將其當作詩與詞從同科到不同科的標誌。這是温詞《菩薩蠻》於兩結用拗句所具特别意味。

與劉禹錫、白居易時段相比，劉、白依曲拍爲句，以文句應合樂句，乃采用詩中現成的律式句，用其現成的平仄安排；而温庭筠則不同，其於歌詞的關鍵部位（上下兩結處）用拗，以顯示其特别之處。宜細加辨析。

大體上講，文詞字聲對於樂曲樂音的追逐，亦即聲與音的配搭，其相關規則，到温庭筠已基本確立。一個字一個字用以配樂，他的理論依據，就是永明四聲。所謂「前有浮聲，後須切響」，八個字爲文詞字聲之配合樂曲樂音打開無數法門。永明四聲一出，歌詩可以脱離音樂而獨立；温庭筠一出，歌詞可以脱離音樂而獨立。這就是歷史所給予的一種機遇。

第三階段，依樂段填詞。代表人物柳永。

和第一、第二兩個階段不同，柳永填詞，不是一句、一字地填，而是一段一段地填，一段一段地進行布局。我所説宋初體，上片布景，下片抒情，就是一段、一段進行布局的。這裏所説段，既代表上片與下片，亦代表樂段。詞史上，宋初體雖並非柳永之首創，却因柳永的反覆實踐，得以確立。柳永將宋初體加以程式化，令得宋初體建構成爲宋詞的基本結構模式。上片布景，下片抒情。或者上片A，下片B。有宋一代，凡是倚聲家，都以之作爲典範。

上面的意思，簡單地説，就是兩句話。第一句，上片布景，下片説情，這就是宋初體；第二句，宋初體是宋詞的基本結構模式。這是進一步加以抽象，推廣到整個宋詞。好啦，也許有人將提出疑問：上片寫昨天，下片寫今天，行不行？我説也行。例如：「少年不識愁滋味」以及「而今識盡愁滋味」，不就是昨天和今天嗎？進入數碼時代，上片的A和下片的B，已經能夠包括所有。孔夫子論教育，曾標榜：「志於道，據於德，依於仁，游於藝。」（《論語·述而》）構成一整套語彙及語彙系統。我這裏説填詞，謂上片布景，下片叙事、説情，或者造理。同樣也已構成一整套語彙及語彙系統。這是從孔夫子那裏學來的。要不，都説寫景、寫情、寫事、寫理，詞彙不就太過貧乏了嗎？到達這一步，學詞與填詞的相關建設已基本完成。附帶説一説，所謂宋初體，乃從體制上立論，不涉及作家的群體，或者流派。有學者認爲，宋初體是宋初一百年以來，十七名作者，四十五首詞所組成的一個團體。大概是句子長了點的緣故，說到句末，詞體竟變作團體。應當是一種錯解。

今天的講題，通過「聲成文，謂之音」的原理，闡發詞與音樂的關係。當中，對於倚聲填詞如何以文句應合樂句，以字聲應合樂音，一直到以片段應合樂段，這麽三個階段的歷史發展，作了概括性的描述。倚聲填詞的這一歷史發展進程，既展現詞與音樂關係在不同時段的不同做法，亦展現倚聲家所積累的創作經驗。這是拆除包裝的描述，相信亦不難操作。

三　入門途徑

第三個問題，入門途徑問題。這是關於學詞、填詞將如何入手的問題。這裏，同樣不要包裝，就是一個詞調一個詞調來講。

例如《西江月》，龍榆生在《唐宋詞格律》有這麽一段說明：「五十字，上下片各兩平韻，結句各叶一仄韻。沈義父《樂府指迷》：《西江月》起頭押平聲韻，第二、第四句就平聲切去，押側聲韻。如平韻押東字，側聲須押董字、凍字方可。」這段說明怎麽樣？是否說到點子上？討論學詞與填詞問題，從這裏入手，最能看出水準。至少看看，對於詞爲聲學這一問題掌握到什麽程度，在行不在行。曾經以此爲題於博士研究生資格考試進行測試。問：龍榆生所說，你認爲妥當不妥當？怎麽回答這一問題呢？從來都没見過。但這確實是一塊試金石。這段話説，「五十字，上下片各兩平韻，結句各叶一仄韻」。並不錯。所引沈義父語，應當也不錯。那麽，錯在哪裏呢？錯在以柳永詞爲準。以下試加以辨析。

柳永《西江月》云：

鳳額綉簾高卷，獸環朱户頻摇。兩竿紅日上花梢。春睡厭厭難覺。好夢狂隨飛絮，閑愁濃勝香醪。不成雨暮與雲朝。又是韶光過了。

上下片，各兩個平聲韻。「摇」、「梢」及「醪」、「朝」。没錯。那又錯在哪裏呢？錯在「覺」和「了」。這兩個字，「覺」入聲（三覺），「了」上聲（十七篠），皆不盡妥當。沈義父説，「如平韻押『東』字，側聲須押『董』字、『凍』字方可」。「董」（上聲）、「凍」（去聲），兩種選擇，柳選擇前者，故有未妥。但這裏有個問題，製詞與定律，到底應當聽誰的？製詞與定律，有先有後，自然應當以作品爲依據，聽從製作者。但不一定以柳詞爲準。因柳之後，尚有蘇軾、辛棄疾，亦可作爲依據。

以下是辛棄疾的《西江月》：

明月別枝驚鵲，清風半夜鳴蟬。稻花香裏說豐年。聽取蛙聲一片。七八個星天外，兩三點雨山前。舊時茅店社林邊。路轉溪橋忽見。

此詞兩結處以「片」、「見」歸韻，皆去聲。其所作同調詞，於上下兩結歸韻處，多數亦選擇去聲，而少用上聲。

《西江月》這一詞調的兩結歸韻，宜用去聲，而不宜上聲。這既是通過相關數據分析所得結論，在理論上亦有相關論述可作爲辨識的依據。釋真空《玉鑰匙歌訣》有云：「平聲平道莫低昂，上聲高呼猛烈强。去聲分明哀遠道，入聲短促急收藏。」四句話對於四聲自身高低、長短、强弱等聲音特點以及發音方法各個方面的描述頗能見其特色。有助對於四聲的辨識。萬樹《詞律·凡例》的兩句話，亦有助於辨識。其一云：「上去之分，判若黑白。」意即仄聲當中，上聲與入聲均可作平，唯獨去聲與其餘各聲判若黑白，不易互相混淆。其二云：「元人周德清論曲有煞句定格。夢窗論詞亦云某調用何音煞。雖其言未詳，而其理可悟。」意即如用上聲，經拉長可作平，上口吟唱，常易走了聲調，未能突顯本調平仄錯叶的特點，不宜以之爲定格。去聲比較穩當，站在哪裏都不會動搖，所以一定要用去聲。

我的這番論證，三十年前，在《詞與音樂關係研究》及其他文章中，均有記録。這是當初在夏承燾、吴世昌二位導師門下學詞的心得體會，應當是真傳之所在。有關《西江月》這一詞調，説到這一步就已到位。學習填詞到達這一步好不好呢？上文所説試金石，應當可從此得到驗證。這就是説，對於《西江月》這一詞調，掌握得好不好？所填出來的詞，當行不當行，出色不出色，於此關鍵部位，一看便知。

再看另一個詞調《賀新郎》，這也是最能體現專業、看其本色不本色、當行不當行的詞調。周采泉説，嘗試填詞，可從這一詞調開始。乃其經驗之談，可備參考。種種奥秘，須領略得到其中甘苦，方才能知。以下想用梁啓超的一句話，説説辛棄疾的《賀新郎》，看其如何體現這一詞調的聲情特點，如何運用這一詞調進行叙事與説情。其詞曰：

緑樹聽鵜鴂。更那堪、鷓鴣聲住，杜鵑聲切。啼到春歸無尋處，苦恨芳菲都歇。算未抵，人間離别。馬上琵琶關塞黑，更長門翠輦辭金闕。看燕燕，送歸妾。將軍百戰身名裂。向河梁、回頭萬里，故人長絶。易水蕭蕭西風冷，滿座衣冠似雪。正壯士，悲歌未徹。啼鳥還知如許恨，料不啼清淚長啼血。誰共我，醉明月。

這首歌詞，叙事、説情，並通過叙事、説情以寄恨。兩種恨，人間的恨和啼鳥的恨。從題材上看，仍然屬於傷春悲秋這一類別，而作法卻很不一般。乍一看，毫無章法，不知如何入手。但用梁啓超的話一剖析，也就豁然開朗。梁啓超説：「《賀新郎》詞，以第四韻之單句爲全篇筋結，如此句最可學。」（《藝蘅館詞選》丙卷）第四韻，指的是「算未抵，人間離别」和「正壯士，悲歌未徹」。二句在歌詞的上下片，處於居中位置。上片「算未抵，人間離别」，前三韻説啼鳥的恨，後三韻説人間的恨。前後並列，作個對比，即計算一下，馬上得出結論。謂啼鳥的恨，抵不上人間的恨。下片「正壯士，悲歌未徹」，再將人間的恨和啼鳥的恨連接在一起，並加以對比，謂人間的恨，固然令人悲戚，而啼鳥能知，應一樣悲戚。上下兩片，一説啼鳥與人間，一説人間與啼鳥。兩兩相關聯，兩兩相對照。令得人間的恨，更加具體，更加能够打動人心。這就是第四韻的筋結作用。辛棄疾《賀新郎》二十三首，哪幾首成功，哪幾首不成功，就看第四韻做得好不好。所謂好，就是能够承上，又能够啓下。如「算未抵，人間離别」，既承接啼鳥，謂其抵未過，又爲人間的離别開了話頭。上與下都兼顧得到，是個成功的事例。「正壯士，悲歌未徹」，承上做得好，未啓下。以最後兩韻回到啼鳥，加以呼應，整首歌詞才籠得起來，也算做得成功。這個秘訣是夏承燾先生教我的。而他的根據是梁啓超評辛棄疾詞的這一句話。這是題材的剖析。現在回過頭來，看看章法。上片説啼鳥的恨和人間的恨，下片説人間的恨和啼鳥的恨，好像已將上下片的界限打通，實際上卻仍有區分。因上片所説是三個女人的故事，下片所説是三個男人的故事，就文學材料分配與組合的角度看，上片與下片，A與B的布局，乃明顯可見。説明辛棄疾的變化，仍然未脱離上片布景、下片説情這一宋詞基本結構模式。也説明，辛棄疾是宋詞中的一位當行作家。

學詞，填詞，注重詞與音樂的關係，由詞調入手，才能覓得途徑，得到真傳。而真傳問題，也不是隨便可以講的。有位年輕學子，突然問道，你跟隨夏先生多年，夏先生的真傳在哪裏？我是通過全國統一招生，於夏先生門下正式入讀研究生課程的詞弟子。不知道夏先生的真傳行嗎？我説，夏先生的真傳就八個字：「音理失傳，字格俱在。」這八個字出自吳梅的《詞學通論》，又見萬樹《詞律》，怎麼説是夏先生的真傳？但是，不管怎麼説，夏先生就傳這八個字，我也學這八個字。這就叫詞學的真傳，也就是夏先生的真傳。我學會了這八個字，真傳就在我這裏。

四　討論環節

張三夕：在這個地方舉辦過多次講座。某些有身份的人也曾來過，有没有什麼真的東西呢？有時候我們也不敢恭維。施先生講的全是真貨、剛貨，又講得非常精彩。他説，寫文章需要包裝，講演是拆除包裝。講到一百年詞學，他對於蜕變期持有否定態度。施先生重視文獻，認爲應從文本出發，説得很到位。施先生并且告訴我們夏先生的真傳是什麽以及研究詞學應當怎麽入門等問題，爲我們指示正路，給我們很好的啓發。下面是互動時間，請各位發表意見。

問： 施先生有關聲學方面的問題，給我的啓發還是很大的。施先生將詞正名爲樂府，但唐以來叫曲子詞，我覺得樂府不適用。古今樂府在音樂史上有所變化，所用的樂曲不一樣，樂器伴奏也不一樣。在唐五代、北宋之時，稱作曲子詞是不是更好一些？

施議對： 曲子詞，好多人都這麽稱呼。我用樂府，爲著將樂府歌詞與聲詩歌詞對舉，表示樂府歌詞是有别於樂府聲詩的另一樂歌品種，亦表示聲詩這一概念並非二十世紀才出現。作爲歌詞的樂府跟以前的樂府不一樣。曲子詞，開頭的時候用得多，入宋以後，好像較少見此名稱。不過，並不是説，詞的這個名，我正了之後就是這個名。還要再討論。

戴建業：《東坡樂府》，他的集子是他自己起的名字，還是别人給他取的？這個要考一考。

施議對： 是的，這就當作這次講座所留下的一份作業。

問： 在宋代，創調的詞家，諸如周邦彦等都懂得音樂。到了南宋，詞調逐步確定，懂音樂的却很少了。但不能説詞調創造，就單單是聲律問題，還有很多音樂的因素。請問您怎麽看?

戴建業:我插一句,我們所説的填詞,一般就是根據樂章的多少,來決定詞章的片;根據樂句的長短,才決定歌詞句子的長短; 根據樂曲聲調高低,來決定詞字的平仄。那麽,從這三個方面來看,就是要依據樂章、樂句、樂音來填詞,至少在南宋以前是這樣,説明詞是受音樂約束的。是不是可以這樣理解?

施議對:是的。我剛剛所講三個階段,都與音樂相應合。可以説,也是受到音樂的約束。不過,到温庭筠時代,已經可以脱離音樂,但也可以不脱離。到了南宋,還是可以依據音樂來創作。

張三夕:詞的形成過程有三步,三個階段,並不否定詞與音樂的密切關係。詞學研究講艷科,也應當講聲學。通過聲學理論,回到文本。其實,我對於詞學,没有太多的研究,就是讀我導師夫人沈祖棻先生的《宋詞賞析》,有了一些感想。他們那一代人,一定要填詞。没有填詞的個人感受,只講美學理論、講風格,不僅難落到實處,而且還有一定負面影響。

施議對:沈祖棻是傳統本色詞的傳人,當代十大詞人之一。

戴建業:空談美學理論、風格論,可用以賞析詞,也可用以賞析詩。不够專業。李清照《詞論》裏面講的詞「别是一家」,以爲填詞不能只知道平仄,還要知道仄聲又分上、去、入。例如《西江月》的上下兩結處，剛剛您説，此處的仄聲韻宜用去聲，我就發現蘇東坡有很多押了上聲。這個，您又怎樣看？

施議對：《西江月》上下片各兩平韻，結句各叶一仄韻。這一仄聲韻，爲上下兩片的歸韻處，須特别講究。這一仄聲韻，宜用去聲。蘇東坡有《西江月》十五首，十首於這一關鍵部位都用去聲，其餘用上聲，説明還是很當行的。其實，押上聲也不錯，没有違反規則。蘇東坡在音律方面有時候不是跟得很好，但聲律没問題。不是説蘇東坡不懂，他還是懂的。蘇東坡以詩爲詞，就是改拗爲順，變非律式句爲律式句。二〇〇九年十一月，我在這裏講了個題目就是《蘇軾以詩爲詞辨》。以《八聲甘州》爲例，證實東坡的這一做法。他將柳永的一、七句式（「對、瀟瀟暮雨灑江天」）换作三、五句式（「有情風、萬里卷潮來」），變成一般律式句。所謂以律詩手爲之，就是用作詩的方法作詞，也就是以詩爲詞。

問：《西江月》那個最關鍵的地方要用去聲，蘇軾用上聲。所以，就是只知道平仄還不行，還要知道仄聲中的上、去、入還有一些區别。但是，很多詞就是押了上聲。這是不是就如李清照説蘇東坡那樣，不協音律？

施議對：是的，《西江月》這一詞調，在這一關鍵部位，很多也押了上聲。柳永如此，柳永之前，歐陽炯《西江月》二首及敦煌曲中的《西江月》三首亦如此。就是説一開始，上、去二聲還分得不清楚。所以没那麽明確。押了上聲，也不要緊。不過大多數是押去聲，也就形成規則（我稱之爲潛規則）。李清照批評蘇東坡，主要是音律方面的問題，而非聲律。

問：您説的宋初體，上片A，下片B，中、長調可以，小令就不是分得那麽清楚。提出這一概念，是不是應該有個限制。

施議對：上片布景、下片説情，中、長調如此，小令亦如此。A與B，包括一切。這是我自己預設的防綫，打不倒。無論慢詞，還是小令，没有例外。例如辛棄疾的《丑奴兒》：

少年不識愁滋味，愛上層樓。愛上層樓。爲賦新詞强説愁。　而今識盡愁滋味，欲説還休。欲説還休。却道天涼好個秋。

上片「少年」，下片「而今」；A和B形成明顯的對比。

又如歐陽修的《生查子》：

去年元夜時，花市燈如晝。月上柳梢頭，人約黄昏後。　今年元夜時，月與燈依舊。不見去年人，泪濕春衫袖。

上片「去年」，下片「今年」；A和B亦形成明顯的對比。

至於長調，那就更加不成問題。即使是辛棄疾，如剛剛所説的《賀新郎》，上下兩片界限被打破，也仍然注意上下片的不同布局。這是宋初體的進一步推廣。

戴建業：這是個廣義的概括，包羅萬象，所有的詞皆如此。A，就是上片説一個事情；B，就是下片説一個事情。「去年元夜」是A，「今年元夜」是B。A是一個事，B是一個事。兩個都分得清楚。至於辛棄疾個别詞作，也大致在這個範圍内。

問：您之前有個視頻講演《新宋四家詞説》，提及歌詞的吟唱問題。您研究詞與音樂，是否會唱詞，能否爲我們唱一個？

施議對：我跟隨夏承燾先生讀詞，每一回，夏先生都是先唱後講，唱個痛快，而後開講。天天唱，這就留存在記憶裏。這就是辛棄疾的《水龍吟·登建康賞心亭》：

楚天千里清秋，水隨天去秋無際。遥岑遠目，獻愁供恨，玉簪螺髻。落日樓頭，斷鴻聲裏，江南遊子。把吴鈎看了，闌干拍遍，無人會，登臨意。　休説鱸魚堪膾。儘西風季鷹歸未。求田問舍，怕應羞見，劉郎才氣。可惜流年，憂愁風雨，樹猶如此。倩何人喚取，紅巾翠袖，揾英雄淚。

問： 您所説中國詞學學，是如何建構？又當如何看待？我翻閲明代的别集，八百多部；清代别集，一千一百多部。明人的别集，詞很少；清代多了很多。這在詞學學上，有無意義？您講的詞學學，是如何建構的？

施議對： 我所説詞學學，就是研究詞學的存在、存在的形式及形式的體現。這個是定義。一個一個來，給包裝起來。詞學存在哪裏？借用趙尊嶽的話，存在在詞學六藝當中。龍榆生詞學八事，唐圭璋加二事成十事。我給歸納起來，就是三個方面：詞的創作、詞的考訂、詞的論述。詞學就存在於這三個方面。存在的形式，三種批評模式：傳統詞學本色論、現代詞學境界説、新變詞學結構論。形式體現，就是三種批評模式的言傳方式。具體説來就是：似與非似、有與無有及生與無生。傳統的本色論，不要求言傳，只憑感悟。主觀上以爲似，就本色；以爲非似，就不本色。現代詞學境界説，因爲有個境界在，其長、寬、高都可以測量，可以用現代的科學語言加以表述。新變詞體結構論，就是看有無聯繫。看上片布景、下片説情，其景與情能否聯繫在一起。這就是詞學學的基本要點。已發布兩篇文章：《詞學的自覺與自覺的詞學——建造中國詞學學的設想》、《傳統文化的現代化以及現代文化的傳統化——建造中國詞學學的再設想》。有破有立，用心良苦。

問： 關於風格論，文學史課也講，文本的話語不知道是怎樣來的。我很困擾。這種學術話語很陳舊，基本上就是十九世紀的東西。爲什麼打破不了？

張三夕：主要是兩個來源。一個是「五四」時期西學的湧入，另一個是建國以來照搬前蘇聯的話語。兩個方面，可能都與風格論有關。

戴建業：一般地講，當大部分人不知道如何解讀一首詞作創作的關鍵之處，不知道哪裏該用什麼聲，去聲，或者上聲？自己根本没有「讀進去」，便用什麼「意境優美、情景交融、語言生動」這一套來糊弄人。具體問題，例如拗怒，則「無可奉告」。説來説去都是「情景交融」。學生聽多了，不煩才怪。聽説國内有一個講宋詞的老師，學生在課堂上對他説：「你别講了，我知道，這首詞也是情景交融。」

問：以風格論賞析文學作品，分析方法似乎都是一樣的。講唐詩，説風格如何如何優美；講宋詞，也説風格怎麼怎麼優美。研究方法單一，唐詩、宋詞，都一樣。這也是我們的困惑。

戴建業：我講李白，嘗試講句式。要回到古人的語境，了解古人的話語，才能讀懂作品。宋詞也一樣，小令、中調、長調，抒情方式不同。比如，施先生剛剛講的「對、瀟瀟暮雨灑江天」，是一、七句式，這就是詞的句式。與唐詩的句式，完全不同。因爲不懂詞，没有細緻地去分辨詩、詞的句式，就用婉約、豪放的風格論來分析。風格論比較好講，但也掩蓋了真正的詞意。

張三夕：本來今天是程式化的來做講座，但施先生拆除包裝，講得比較實，比如詞學真傳，能引起大家的興趣，這就變成一場學術論辯。剛剛說風格論的美學話語是怎樣來的，確實需要檢討。從鴉片戰爭到現在，中國的學術，大多用西方的話語，用西方理論來做我們的學問。現在的知識分子，很多不用西方理論，就不會思考。換句話說，就是你不用西方的話語，就無法來做我們自己的學問。這是一百七十多年來，學術界做學問的大致情形。

中國的學人，應有自己的學術話語。今天，施先生所講，就是回歸我們自己的學術話語，用自己的一套東西來做自己的學問。用中國的話語，用我們自己的，有別於西方的，有差異性的東西來做我們自己的學問。長期以來，許多人也是由於不懂詞，就只能是用風格論來解釋作品。這樣，我們文學的特色，文學的傳統就没有了。我們應該向施先生學習。施先生得到夏先生的詞學的真傳，這是漢語言文學的魅力所在。

施議對：補充一個問題，就是風格論的來龍去脉。詞學界風格論的出現，須追溯自王國維與胡適，而後才是胡雲翼。一九〇八年，王國維發表《人間詞話》，創建境界説。其有關意和境的闡釋，重意，重思想内容，已有點向左傾斜。二十年代，胡適倡導文學革命，再給以加碼，令境界説進一步向左傾斜。三十年代，胡雲翼把詞分成男性、女性呀，再分成豪放、婉約呀，風格論基本形成。但那時，没人講，没人跟。當然，形成之後，没有馬上就那麽講。到了一九四九年以後，豪放、婉約就開始那麽講了。二分法，把宋詞作家分爲兩派。什麽風格、流派，一直講到現在。我呢，一直在破解，想從根本上進行顛覆。我發現，風格論的依據只有三條材料。第一條，俞文豹《吹劍録》中所載東坡與幕士對話，謂柳郎中詞，只合十七八女郎，執紅牙板，歌楊柳岸，曉風殘月；學士詞，須關西大漢，銅琵琶，鐵綽板，唱大江東去。第二條，張綖《詩餘圖譜》凡例所云，詞體大略有二：一體婉約，一體豪放。第三條，日本神田喜一郎《日本填詞史話》，講了元好問的一首詩《贈答張教授仲文》。詩裏面講到蘇、辛詞與姜、張詞的區别。這條材料是我引進的。我有《關於〈日本填詞史話〉》一文，説及此詩，於中國社會科學院《文學研究動態》(一九八二年第一八期)公布。就憑這三條，寫出一部又一部很厚很厚的著作。但一般風格論者，還不知有第三條。除了在文獻依據上給以顛覆，還從語彙系統上進行破解。二〇〇九年十一月，應戴老師邀請，在貴校所作題爲《文學研究中的語彙與語彙系統》的講演，就是在語彙與語彙系統層面對於風格論進行破解。想用上片布景、下片説情的語彙及語彙系統，取代風格論的話語體系。

戴建業：過去我認爲，胡雲翼的《宋詞選》還不錯。今天則有了新的看法。

施議對： 胡雲翼的風格論，最少影響了兩代人。第四代傳人及第五代傳人。許多人宣稱，自己是讀了胡雲翼的書，方才學詞並進行詞學研究的。

問： 美國的大學講堂，兩個老師上課。可以討論，如説相聲。有互動，有討論。所以，很多東西激發出來。研究生課，是不是應該改革一下這個上課的模式。

戴建業： 上次在澳門大學所舉辦的研討會，就是和施先生兩個人聯合講演。隨便出個題目，就上去講。現場攝録。掛上網的視頻，題稱《形下之思與形上之思》。還有點意思。今天講了很多東西，也非常重要。之前，確實不知道。比如《西江月》那個關鍵的地方，一定要用去聲，這就是個秘訣。再有，我們上課總説情景交融，很籠統。對於詩詞分析，常説情景交融。很多時候，情、景如何形成，怎樣交融，都很籠統。施先生的上片A，下片B，給了我們很多啓發。對於情景交融的探究，可能也得由此入手。剛剛我們分析的一、七句式（「對、瀟瀟暮雨灑江天」），是詞的句式。這樣的上一、下七句式，就是區别詩與詞的句式。以往我們讀詞，都是豪放、婉約，快樂、哀傷，這些都是比較籠統的。施先生給我們的啓示，讓我們很好地認識了詞體，也會在今後更好地讀詞。

張三夕： 今天施先生爲我們講授的，讓我們都很受啓發。以往讀詩詞，都是風格論，當下很多知識分子，還是用西方的理論話語，來做研究。我們應用中國話語來分析我們的文學文本，用我們自己的話語，來做好我們自己的學問。
謝謝施先生，也謝謝參加今天晚上這個論壇的老師和同學。

甲午處暑前三日於濠上之赤豹書屋

二〇一二年十一月十四日，於華中師範大學文學院演講。據金春媛記録整理

詞與詞學以及詞學與詞學學

今天跟我的師兄弟劉揚忠先生同臺演講，這應是我們的第一次。我們是同門，同於一九七八年考上中國社會科學院，在吴世昌先生門下當研究生。那個時候，和我們同時考上的一届研究生，被稱爲「黄埔一期」。據説，現在還這麽稱呼。因爲文化大革命，積壓了很多人才。國家恢復高考及招收研究生，當時報考中國社會科學院古典文學專業的考生，計三百二十人。其中，十六人參加復試。相當於以前的殿試。這十六名，真有點了不起。晉京復試，住在北京師範大學的一個大教室，打大通鋪，就像以往趕科舉，擠在一個破廟裏那樣。各人講述自己的經歷和故事，或者展示詩詞作品，以供同好。十六名考生，吴世昌先生收録四名，余冠英先生收録四名，計八名，還有八名未被録取。八名未被録取，非常可惜。北京師範大學説，你們不要我們要。又從中録取二名，作爲代培生。一名寄讀在吴世昌先生門下，另一名寄讀在余冠英先生門下。在這一意義上講，吴門弟子應當是五名。如代培生不算，才是四名。當下號稱吴門四大弟子，我是老大，陶文鵬老二，老三董乃斌，老四就是這位小兄弟劉揚忠先生。有的説，我們是吴門四大金剛。就中國社會科學院文學研究所的現狀看，應當説，吴門最爲鼎盛。

一　隻眼觀天下，獨脚跳龍門

我們的導師吴世昌先生出身貧寒。七八歲時失去父母。哥哥吴其昌比他大四歲，也是很了不起的一位學者，可惜英年早逝。吴世昌先生小時候，弄壞了一隻眼睛。他當過學徒。考到清華，住在燕京大學的宿舍裏。室友翁獨健，少掉一條腿。他們的另外一位朋友鄧嗣禹。三位是三俠客，非常要好的朋友。當時，鄧嗣禹爲他們撰寫一副對聯：「隻眼觀天下，獨脚跳龍門。」横批「盲跛相助」。上下聯都仄起，不太好做。但鄧嗣禹的這副對聯做得很工整。横批出自《左傳》，也恰到好處。鄧嗣禹這麽有學問，還不是學文學，而是學理工科的。結果是應了這兩句話，吴、翁兩人都曾名聞天下。

這裏，先説一段小故事。一九八二年，村上哲見先生到北京拜訪吴世昌教授。吴先生在北京飯店設私宴招待，命我和揚忠作陪。席間，這位日本友人可能想考考我和揚忠這兩名小門生，提出了這麽一個問題：《欽定詞譜》爲甚麽附上一些明明不是詞的作品在裏面？問題似乎很簡單，但都不是太留意，吴先生可能擔心我們答錯問題，馬上搶著説：這是編者故意附上的。因爲是欽定的麽，故意附上去，好讓皇帝發現，以顯示皇上英明。吴先生很愛護學生，爲我們擋駕。但兩人的交手，有無機鋒，則未可知。

眼下，解説詞與詞學，仍然需要眼觀天下。不僅看我邦，還有彼邦。换一個角度講，亦然。就目前狀況看，我邦、彼邦，相互間的交手，似乎仍未多見。不過，棋逢敵手，自古以來，彼此之間，早已展開陣容。

神田喜一郎稱：日本填詞開山祖師嵯峨天皇於弘仁十四年（八二三）所作《漁歌子》五闋，乃張志和於大曆九年（七七四）所作《漁歌子》五闋的仿效之作，前後相距不過四十九年（《日本における中國文學》）。倚聲填詞在日本及其發祥地中國，同樣都有千年以上的歷史。

二〇〇四年，日本出了本書，叫《宋代の詞論》（日本福岡中國書店，二〇〇四年三月發行）。乃張炎《詞源》的一種注譯讀本，三百七十八頁。友人寄給我一册。打開一看，有村上哲見先生所寫的序，聲稱：這部著作不僅「遠遠超出以前研究成果」，而且「足以令彼邦專家爲之瞠目」。在詞界，村上先生算得上是一名中國通。除了在我邦出版《宋詞研究》的中文譯本（楊鐵嬰譯），也常於兩岸學術研討會出現，和我邦相關人士有許多接觸，完全知道底細。反而是我們自己不太清楚自己。看了序文，頗有點驚訝。我就是他所説「彼邦專家」，但我不能退，我是夏承燾和吴世昌先生的學生。於是，我就寫了一篇文章，説一説我邦的倚聲與倚聲之學，也順便提及對於這部大著的觀感，然後寄去給日本的朋友。文章題稱《倚聲與倚聲之學》。已發表。

我邦、彼邦，在詞學方面，有許多共通的話題。上文所説村上哲見的故事，值得留意。此外，另有一位朋友石海青，也不能忽視。石海青，日本長崎純心大學比較文化學科準教授。原名：いしるのぞむ。於詞界，也是名中國通。二〇〇七年，在臺灣淡江大學舉辦的一次研討會上相遇。當時，他提交一篇論文，題稱《詞曲定調》。講的是，笛子的幾個孔，如何依不同的距離，爲詞曲定調。主辦方接到這篇論文，交由我來講評，實在不敢當。究竟怎麼個評法，現在已記不太清楚。二〇〇九年十二月，澳門大學舉辦第二届中華詞學國際學術研討會，特邀赴會，方才進一步領略其才華。這位朋友會講普通話、廣東話，還會講蘇州話，演唱昆曲。詞學研討會上，介紹認識，在座諸位都頗爲驚訝。他精通樂曲的音理，亦精通文詞的聲律。當下的專門家，可能只著重於分辨平仄，他却能分辨四聲、分辨陰陽。

兩位日本友人的故事，今録以備案。撰寫詞學大事記，不知會不會將其采入編中，但作爲今天這一講題的開場白，仍須提醒諸位，未可等閑視之。

二　詞與詞學

今天的講題，名爲《詞與詞學以及詞學與詞學學》。內容包括兩個部分。第一部分，詞與詞學；第二部分，詞學與詞學學。演繹這個題目，著眼點在哪裏？在詞、詞學、詞學學。這是講題的關鍵詞。籠統地講，詞在哪裏，詞學在哪裏？可以這麽回答：在書本上，也在人身上。所以，既要讀書，又要閱人。但需要有個界限，將其圈定在一定的時空範圍内。由近而遠，由我邦到彼邦，並且限定在二十世紀。這是展開話題的方法問題。至其目的，就是想讓大家明白，我的這一講題，並非無的放矢。比如，第一部分，叙説詞界狀況。所羅列的諸般現象，包括有詞而無學、有學而無詞以及没有詞也没有學，都並非子虚烏有。而且，據説現在撰寫詞學文章的人，已有千人以上。新世紀十年所發表詞學研究文章的數量，抵得上二十世紀半個世紀五十年的數量。所謂新人、新作湧現，前所未有，但是否有學有詞，仍然需要重新加以檢驗。非常明顯，今天的話題，具有一定針對性。希望能够從中悟出點道道來。

（一）詞與詞人

詞，或稱曲、曲子、曲子詞，通俗一點講，就是歌詞，乃配合樂曲的文辭。在以往的一段歷史，尤其是大唐帝國，歌詞、唱曲既已成爲社會生活的一個重要組成部分，同時也被看作是國力强盛、民族興旺的一個標誌。

張鷟《朝野僉載》卷五載：

> 太宗時，西國進一胡，善彈琵琶。作一曲，琵琶絃撥倍粗。上每不欲番人勝中國，乃置酒高會，使羅黑黑隔帷聽之，一遍而得。謂胡人曰：此曲吾宮人能之。取大琵琶，遂於帷下令黑黑彈之，不遺一字。

羅黑黑，大唐宮中樂人。原先是一位琵琶師。其音樂天分及技藝，足以令大唐天子引爲驕傲，番人瞠目。不過，有關歌詞創作問題，相對於樂曲的創作，仍然占居重要位置。以下幾名作者，在樂曲、歌詞發展史上，於各個不同時段，均有不同的表現，爲倚聲填詞的發展、演進，均作出特殊的貢獻。

1 温庭筠

温庭筠，晚唐時期的作者，歌詩與李商隱齊名，歌詞被奉爲百代之祖。二十世紀學界，謂之爲中國文學史上第一位專業詞人。《舊唐書·温庭筠傳》稱其「士行塵雜，不修邊幅。能逐弦吹之音，爲側艷之詞」。他的貢獻是：以文辭（詞）之字聲，追逐樂曲之樂音。於中國倚聲填詞史上，建造第二座里程碑。即由劉禹錫、白居易之依曲拍爲句，進入以字聲與樂音相配合的階段。此外，所謂詩詞同源，詩詞一科，至此亦顯示出其間的區別來（分科問題，下文另叙）。這是「詞」之所謂「填」的開始。

2 柳永

吴世昌先生説，柳永並非奉聖旨填詞，而是奉芳旨填詞。他的作品，大多應歌伎之命而製作。在《新宋四家詞説》的視頻講演中，我提倡由柳永屯田家法和李清照「别是一家」入門，經過蘇軾、辛棄疾的變化，以還詞之似詞。在這一意義上講，就是問途柳永。在倚聲填詞史上，柳永的貢獻是宋初體的構建與確立。上片布景，下片説情，爲宋詞創造提供基本模式。就歌詞創作而言，柳永堪稱宋詞的奠基人。

3 蘇軾

蘇軾秉承聖人遺訓，「有餘力，則學文」（《弟子規》），並於學文之餘，作小歌詞。將填詞當作餘事之餘事。但是，他對於合樂小歌詞，進行變化，令之出現多種姿態。所謂「高處出神入天，平處尚臨鏡笑春，不顧儕輩」（王灼《碧鸡漫志》卷二），他的歌詞創作，有的也許可與修身、齊家、治國、平天下拉上關係，有的則已從人間提升到天上。在一定程度上，歌詞的疆界及表現能力，得以極大拓展。在柳永之後，成爲開拓疆界的一大功臣。宋詞之能够發展、演變爲一代之勝，與之密切相關。

（二）詞與詞學

倚聲填詞作爲一種文學創作，包括各種樂歌活動，所產生的作品，謂之詞。對其解釋、説明，稱詞學。所謂詞學，是關於填詞的學問，包括常識、方法，等等。在很長一個歷史階段，填詞和詞學，二者從未分開。其間，詞話、詞論出現，却未見專門的詞學家出現。

1 李清照

李清照著詞論，創導「別是一家」説，目標明確，主要在於糾偏，糾正樂府與聲詩混淆的偏向。詞論開篇所云「樂府、聲詩並著，最盛於唐」，謂有唐之世，歌壇上，樂府、聲詩，兩家並著。所謂倚聲填詞，乃有別於聲詩的另外一家，這就是樂府。詞論明確爲歌詞正名。一個別字，區別的別，爲本色論的創立，提供依據。簡單地講，所謂「別是一家，知之者少」，這就是李清照論詞的八字要訣。八個字，遂將陳師道「似與非似」的四字定律進一步加以落實。即謂懂得區別，才能把握一個「似」字。

2 張炎

張炎《詞源》二卷，上卷論樂曲，下卷論歌詞，乃有宋一代倚聲填詞經驗的總歸納。除轉載楊守齋論詞五要之外，曾提出兩條原則，「音律所當參究，詞章先要精思」（《詞源・雜論》），爲本色詞的創造加以規範。中國倚聲填詞,從陳師道、李清照,一直到沈義父與張炎,對於歌詞的認識,由似與非似的四字定律,知與不知的八字要訣,到論詞的四個標準以及兩條原則,以本色論詞,即其作爲一種批評模式,已逐步具備確定性的準則。

3　王國維

一九〇八年,王國維發表《人間詞話》,提出「詞以境界爲最上」。以有無境界作爲判斷歌詞高下優劣的標準,成爲中國詞學史上舊與新、古與今的轉折,爲世紀詞學的一項重大理論建樹。中華詞學之由古典向現代推進,這是重要的一個里程標誌。研究二十世紀中華詞學,不能忽視王國維這一重要年份。

(三)近世的抉擇:詞與詞學的合與分

自從詞體的産生,出現詞與詞學,歌壇、詞壇,有倚聲家,或者聲家,有專業詞人,似未見專業詞學家。詞學家的概念,應當到二十世紀方才出現。而今,不僅有詞學家,還有未見填詞,或者不能填詞的詞學家。詞與詞學的合與分,至於近世,與以往已有許多不同。照理説,詞與詞學是不應該分開的,向來都不分開,但是現在就分開了。比如,不懂得詞,不一定能够填詞,却能够成爲詞學家。這一情況的産生,可追溯到二十世紀的三十年代。

1 胡雲翼

二十世紀三十年代，胡雲翼在《詞學ABC》中説：

我這本書是「詞學」，而不是「學詞」，所以也不會告訴讀者怎樣去學習填詞。如果讀者抱了一種熱心於學習填詞的目標，來讀這本書，那便糟了！因爲我不但不會告訴他一些填詞的方法，而且極端反對現在的我們，還去填詞。爲甚麼我們不應該再去填詞？讀者不要疑心我是看不起詞體才説這種話。我們對於曾經有過偉大的光榮的詞體，是異常尊重的。可是，這種光榮已經過去很久了，詞體在五百年前便死了！

將學詞與詞學分開，以爲詞體在五百年前便死了，現在不應該再去填詞。當時詞界，不會有人相信。可是，過了三十年，就有人相信。這是近世詞與詞學分離的一個重要根源。胡雲翼也是了不起的一位學者。他研究唐詩，研究宋詞，很早就有專著出版，可謂開山功臣。胡雲翼跟胡適一樣，把詞分成豪放、婉約兩派，用豪放、婉約「二分法」來研究宋詞。一九四九年以後，大學裏説詩詞，都采用胡適、胡雲翼的學説。所以，才出現學詞與詞學分離的現象。

2 龍榆生

作爲尊體派祖師爺朱祖謀的傳硯弟子，龍榆生早已著文，對於填詞與詞學作出明確的界定。其於《詞學季刊》第一卷第四號（一九三四年四月出版）所發表《研究詞學之商榷》一文云：

取唐、宋以來之燕樂雜曲，依其節拍而實之以文字，謂之「填詞」。推求各曲調表情之緩急悲歡，與詞體之淵源流變，乃至各作者利病得失之所由，謂之「詞學」。

對於填詞與詞學，前者謂依其節拍，實之以文字，後者稱推求各曲調所以產生表情上變化的緣由，將曲調與詞體，乃至歌詞作者，聯繫在一起進行考察。填詞與詞學，二者均兼顧得到，並無偏廢。

又於《詞學季刊》第二卷第二號（一九三五年一月出版）所發表《今日學詞應取之途徑》一文云：

學詞者將取前人名製，爲吾揣摩研練之資。陶鑄銷融，以發我胸中之情趣。使作者個性充分表現於繁絃促柱間，藉以引起讀者之同情，而無背於詩人興觀群怨之旨。中貴有我，而義在感人。應時代之要求，以決定應取之途徑。此在詞學日就衰微之際，所應別出手眼，一明旨歸者也。

有關途徑問題，强調揣摩前人名製，説明不能脱離文本。在適應時代要求上，龍榆生的思想亦曾有過於激進的那一套，但他畢竟是一位當行作者，不至於不讀詞而發表空論。這是他和胡雲翼最大的不同之處。

3 萬雲駿

萬雲駿與繆鉞、吴世昌，以及黄墨谷，由民國進入共和，直面詞學蜕變的現實，以推尊詞體爲己任，敢於發人之所未能發，言人之所未敢言，爲世紀詞學的發展，另闢康莊。四員飛將，既是倚聲填詞的當行作家，又擅長論述，成爲詞學蜕變期的中流砥柱。尤其是吴世昌和萬雲駿，對於豪放、婉約「二分法」誤人、誤世的各種表現，都曾加以揭露及批判。對於蜕變期詞學之諸多迷惑，發揮一定廓清作用。

小結：胡雲翼和龍榆生，對於詞和詞學各持不同立場，一個主張分，一個主張合。胡雲翼的分，其影響不在三十年代，而在五十年代以後的蜕變期，算是一種隔世相傳。他提倡詞學，不提倡學詞，已成爲詞體蜕變的口實。大家都説，自己是看了胡雲翼的書，才從事詞學研究的。至龍榆生的合，則較少有人討論。詞與詞學，亦即學詞與填詞，究竟哪個重要？應當説，有了詞，爲之提供文本，詞學才有依據。否則，有學而無詞，並非真正的詞學。那麽，從現在開始，提倡寫詩填詞好不好呢？這應是另外的一回事。不過，我以爲，就當前看，對於詞界而言，似乎無此必要。至於有朋友問：不會寫詩填詞怎麽辦？我説：不會寫，就不寫，誰也不敢説你不會寫。看得懂，能够意會，在你的詞學裏也許就有了詞。

三　詞學與詞學學

詞學與詞學學，今天講題的第二部分。主要在於説明自覺與不自覺問題。自覺或者不自覺，涉及兩個方面的問題。就詞學自身而言，自覺或者不自覺，體現在是否獨立成科的問題上。一般講，自從有了詞，也就有了詞學。詞與詞學，基本上同步産生與發展。但其所謂詞學，並非一開始就是自覺的詞學。詞與詞學相比較，詞與詩分途，獨立成科，要比詞學的獨立成科來得早。自覺的詞學，直到二十世紀三十年代龍榆生的出現，方才出現。這一問題，我在《百年詞學通論》等一系列文章中已曾提出。再就我與研究對象關係而言，自覺或者不自覺，則體現在是否具備自覺的學科意識上。這就是説，作爲研究對象的詞學，已經自覺並已形成獨立的學科。但研究詞學的人，至今可能仍未自覺，仍未能知道自己到底想做些什麽，正在做些什麽。因此，講題的這一部分，就想講清楚這一問題。

（一）詞與詩的分途及獨立成科問題

1 詩詞同源與詩詞分途

同源與分途，説的是科目的劃分和設置問題。歷史上，最早進行這項工作的是孔夫子。他廣收門徒，有教無類，率先將所教授的内容劃分爲德行、政事、言語、文學四門學科。自此而後，科目劃分越來越細緻。至唐代，元稹《樂府古題序》所列文體，自《詩三百》之後，就有二十四名。而歌、曲、詞、調，則包括在由操而下的八名之内。此所謂歌、曲、詞、調者，是否即爲後來所説的歌詞，應未必盡然，但其作爲配合音樂，用以歌唱的樂歌品種，却已具備後來所説歌詞合樂應歌的特徵。那就是，「因聲以度詞，審調以節唱。句度短長之數，聲韻平上之差，莫不由之準度」。不過，這個時候，此所謂歌、曲、詞、調者，均尚未獨立成科，這是可以肯定的。亦即詩與詞，或者聲詩與樂府，此時尚未走上獨立發展的道路。詞爲艷科，即其獨立成科，應是温庭筠時候的事情。這就是從同科到不同科的轉換。至五代，和凝追悔少作，其對於詞，與用以載道、言志的詩文相比，已是另眼看待。即詩與詞分途，已是一種現實的存在。

2 獨立成科的標誌

詞與詩，歌詞與聲詩，其同科與不同科，所進行的轉換，經歷了一定過程。夏承燾於《唐宋詞字聲之演變》一文，對此曾作描述。其曰：

詞之初起，若劉、白之《竹枝》《望江南》，王建之《三台》《調笑》，本蜕自唐绝，與詩同科。至飛卿以側艷之體，逐弦吹之音，始多爲拗句，嚴於依聲。往往有同調數首，字字從同；凡在詩句中可不拘平仄者，温詞皆一律謹守不渝。

這段話的意思是：初起之詞，由唐代流行的五、七言绝句蜕變而成。此時，仍看不出詞與詩的區别。直至温庭筠，以側艷之體，逐弦吹之音，用文辭的聲律以應和樂曲的音律，開始采用拗句，並且嚴於依聲，這才獨立成科。這段話，包括三層意思，三層意思表明歌詞獨立成科的三個步驟。在《倚聲與倚聲之詞》一文，我曾將其推尊爲夏氏三段。即：從樂律到聲律，由不定聲到定聲；從律式句到非律式句，由一般到個别；從無邪到邪（側艷），由同科到不同科。這就是説，温庭筠之前的歌詞，尚未定型，或者尚未完全定型，於外在型格及内在特質，均尚未與唐绝劃清界限；到了温庭筠，以文辭的字聲將其固定下來，倚聲填詞的科目概念，方才確立。夏氏三段，將這一轉變過程具體化，謂其已自成型格，自成一科。除了内涵，並從外部型格特徵，説明觀感。謂之皆一律謹守不渝，並非個别事例。乃從格式到模式，初步加以規範化、程式化。而其標誌，則爲拗句的運用，非只是四聲的運用而已。夏氏三段，既精確地展現倚聲填詞自身在型格上推移轉换的過程，又明白揭示其科目創置的事實。説明温庭筠之用文辭的聲律以應和樂曲的音律，是中國倚聲填詞史上的一項重大變革，具有劃時代的意義。

3 宋人以詞爲艷科

詞爲艷科，科目的創置，這是倚聲史上一件大事。入宋後，因社會思想文化背景所限制，宋代文士，多數具雙重人格，未敢直面作爲艷科的小歌詞。我在《詞與音樂關係研究》中曾指出：宋代文士戴上面具，作載道之文、言志之詩；卸下面具，作言情之詞，處於一種矛盾狀態。據查，宋人以詞爲艷科，這句話並非出自宋人，而是出自胡雲翼。宋人自己没説，但實際乃如此看待。而且，終宋一代，倚聲填詞儘管亦曾被看作詩之裔，却還是以「别是一家」的身份出現，未曾與傳統詩文合爲一科。這是倚聲填詞處於鼎盛時期的狀況。

（二）學科分與合的現代操作

二十世紀科學創新，文明進步，學科意識比以往任何一個時代都更加自覺，因而也更加明確。對於倚聲填詞這一學科的開闢與提升，研究者的貢獻，主要是方法論意義上的提供。

1 分期與分類

在相關講演中，我曾多次提出，二十世紀只有兩位大學問家懂得分期與分類。一位王國維，一位胡適。王國維將詞劃分爲二類：一類是有境界的詞，一類是無境界的詞。有境界是好詞，無境界是不好的詞。他所説境界，是一個空間範圍。其大小、深淺、厚薄，都量得出來。尤其現代科技，更加無所限量。胡適也很了不起。他把唐宋以來的詞劃分爲三個大時期，三段歷史。第一時期，自晚唐到元初，詞的自然演變期，爲詞本身的歷史；第二時期，自元到明清之際，曲子時期，詞替身的歷史；第三時期，自清初到今日（一九〇〇年），爲模仿填詞的時期，是詞鬼的歷史。劃分的標準是，生命形體的形成及變異。謂其經歷過，從自然的人，到人的替身，或者投胎轉世，一直到鬼，這三段歷史。這一劃分標準，別人沒有。這是對於詞學的劃分。對於文學，胡適則有活文學與死文學的劃分。所用標準，是文學工具。看其用何種工具書寫，是文言文，還是白話文。並非從政治家、歷史學家那裏搬將過來的標準，如以政治事件劃分，還是用朝代的更替劃分。胡適憑藉自己的歷史見解，進行判斷，所得結論，乃爲其見解尋找事實依據。具體地説，就是爲著證實，詞和詩一樣，已經死亡。到今天，只有讓新體白話詩登場。這是王國維和胡適之所提供。

2 從多到一的歸納

一與多的關係問題，學科自覺的一種體現。這一問題，在哲學層面上講，牽涉抽象與具象以及一般與個别等對應關係問題。而在詞學學科的建設上，這種自覺性，則主要體現在對於詞學本體的把握上。這就是説，面對各種各樣的詞學問題，你要多，還是要一？多，芸芸衆生；一，涵蓋萬有。多，即使花費幾輩子的功夫，也不可能將事情做完；一，可以當十、當百、當千，甚至當萬，可能達至相對的完整。就當前看，詞學研究領域究竟有没有一的存在呢？也就是説，二十世紀詞界，有没有所謂一的呈現？三十年代，龍榆生的詞學八事，即將千百年來，詞界所做，歸納爲五事，而後添加三事，爲八事。於是，詞學史上千千萬萬的多，也就變成一。這就是自覺的學科意識。六十年代，趙尊嶽説詞中六藝，將其減而爲六。八十年代，唐圭璋添加二事，又將其變成十事。一減一加，可能還在一的範圍裏面。現在，有學者將其添至二十幾，似有點向多推演。究竟加多容易，還是減少容易呢？應當説，加多容易。那麼，減少又如何呢？我曾將其減少爲三事：詞的創作，詞學考訂，詞學論述。三事中，創作問題可另當别論，主要説考訂與論述問題。考訂是多，要想到一，就有一定難度。比如，一般的考訂和由考訂所創立的文獻學，這就是從多到一的提升。至於論述，其所謂一，就是從詞學到詞學學的提升。二十世紀詞學，在方法上，所謂由多到一的歸納，似已到哲學層面，而思想、觀點則未也。詞學科學之作爲一門獨立學科，仍須進一步加以開創。

3　目前狀況

二十世紀詞學，經歷開拓期、創造期、蛻變期，隨著新世紀的到來，其歷史使命已經完成。一九九五年，新的開拓期開始。新世紀的詞學，在新的制高點上，統觀全局，既須爲新的開拓進行全盤的把握和規範，對於過去一個世紀的詞學，也須有個合適的評價。比如，二十世紀詞學，五代傳人，各自究竟都做了些什麽呢？我有詞學傳承圖，曾分別加以列述。我以爲，五代傳人中的第三代，出生於一八九五年以後，生當世紀詞學的創造期，爲世紀詞學的中堅力量，曾爲中華詞學創造一代輝煌。於第三代的稍前及稍後，世紀詞學出現兩次過渡。第一次，以王國維、胡適以及吴梅爲代表，由古到今的過渡；第二次，以邱世友、葉嘉瑩爲代表，由正到變的過渡。中華詞學的現代化進程，從第二代開始；世紀詞學的蛻變，從第四代開始。第二代傳人，由晚清而民國，爲民國四大詞人的出現作準備；第四代傳人，由民國而新中國，爲蛻變期詞學誤區的出現開了先河。五代傳人，兩次過渡。世紀詞學發展、演變脉絡，大致可見。而本人則屬於第五代。這一代，傳承圖中暫未列名。由於第四代的誤導，對於詞學的蛻變，這一代也曾起了推波助瀾的作用。

（三）詞學學科的創立問題

自覺的詞學，指的就是一種學科意識的確立。比如龍榆生，二十世紀三十年代，曾爲中國的填詞與詞學作出界定，並將詞學研究的對象，由先前的五事增添至八事。此所謂詞學八事，就是龍榆生建造詞學學科的總構想，一種學科意識的體現。故此，我撰《民國四大詞人》，即將龍榆生推尊爲中國詞學學的奠基人。中國詞學學，作爲研究詞學的學科，就是龍榆生所開創的一門新的學科。步入新世紀，我曾發表《詞學的自覺與自覺的詞學——關於建造中國詞學學的設想》及《傳統文化的現代化與現代化的傳統文化——關於建造中國詞學學的再設想》二文，所謂設想與再設想，就是爲著推進中國詞學學這門新學科的建造。經過多番思考，我以爲，建造中國詞學學的要點，大致包括以下三個方面：一、學科的界定及表述；二、學科的對象；三、學科的方法及運用。以下試逐一加以列述。

1　學科的界定及表述

中國詞學學，於學之上再加上個學，拆除包裝，就是有關詞學的研究學科，也就是詞學研究的研究。但包裝起來，可以說，這是一門研究詞學自身的存在及其形式體現的專門學科。自身的存在，表示有明確所指，具明確内涵，而非爲詞學而詞學，爲研究而研究；形式的體現，表示存在的方式。存在及其形式體現，均可通過一定的工具，或者手段，加以説明。作爲詞學研究之研究，中國詞學學的宗旨，就在於回答，詞學究竟爲何物？以什麼方式存在？應如何把握詞學研究的大局面，爲新世紀、新的開拓，多做有益的事情。而非盲目從事，繼續在誤區中打轉。

2 學科的對象

中國詞學學的學科對象，也就是詞學的存在。籠統地説，就是六藝與三碑。六藝，詞中六藝，包括詞集、詞譜、詞韻、詞樂、詞評、詞史六個方面。三碑，指中國詞學史上的三座里程碑。詞學就存在於此。

詞中六藝，二十世紀六十年代趙尊嶽所提出。其加或者減，雖因人而異，但作爲一種存在，無論龍榆生的八事，或者唐圭璋的十事，都同在一個範圍之内。這是詞學研究的内容，也就是詞學的確實存在。在這範圍之内所作一切，都是詞學研究。

三座里程碑，三段里程，其標誌就是中國詞學史上三大批評模式——傳統詞學本色論、現代詞學境界説以及新變詞體結構論。這是中國詞學史上的三個理論建樹。如果問，詞學究竟在哪裏？可以這麼回答，詞學就在批評模式上。三個批評模式，既是一種存在，又是存在的一種形式。

我將六藝、三碑並舉，看作是中國詞學學的學科對象。但二者的功用似略有不同。六藝著重在對於學科範圍的規範，而三碑則爲六藝的一種存在形式。詞學學的學科建造，須以此爲基礎。

3 學科的方法及運用

這裏所説學科的方法及運用，指的是言傳方式，是存在的一種形式體現。這是由存在及存在的形式所引申出來的問題。即三個批評模式，代表三種存在形式，具備三種不同的形式體現。三種不同的形式體現，就是三種不同的言傳方式。具體地講，傳統詞學本色論，以本色説詞，講究似與非似，並不注重言傳，一切取決於主觀意志上的「悟」，想怎麽説，就怎麽説；現代詞學境界説，以境界論詞，講究有與無有，其於言傳的策略及方式，主要體現在「言」，所追求的是，「言有盡而意無窮」；新變詞體結構論，以結構分析法解讀歌詞，講究生與無生，看其有無聯繫，有聯繫即生，否則無生。三種批評模式，三種不同的言傳方式，多角度、多方位的審視，總的目標在於達至詞之似詞的境地。

小結：這一部分，關於詞學與詞學學的闡述，在於强調自覺與不自覺問題。思考問題，請記住我所講的三句話。第一句，有詞無學與有學無詞；第二句，分期與分類以及從多到一的提升；第三句，中國詞學學的學科要點及建造問題。這是這一部分内容的總歸納。

四　真傳與門徑

(一) 讀書與閱人

1 四大詞人,四位導師

民國四大詞人,代表二十世紀詞學的最高成就。四大詞人之首夏承燾,十四歲就能填詞,於詞學三事——詞的創作、詞學考訂、詞學論述,皆有所創立,堪稱一代詞宗與一代詞的綜合。不過,你們都學不了。他是蘇東坡再世。知道就行了,真的學不了。我倒是學了一點。第二位是唐圭璋,中國詞學文獻學的奠基人。他就比較容易學。但要考慮從多到一的提升問題,方才能將一般詞學考訂,提升至文獻學層面。第三位是龍榆生,中國詞學學的奠基人。他的詞學八事以及有關詞學義界的確立,同樣也是從多到一的提升問題。第四位是詹安泰,中國詞學文化學的奠基人。他在四大詞人中,最富形上之思。相對於一般社會學,他的述作已達至不同層面的提升。社會學與文化學,就學與思的角度看,其區分關鍵仍在於是否達至由多到一的提升。四大詞人,四位導師。各人可依據各自興趣,選擇入門途徑。其中,唐圭璋、龍榆生、詹安泰各自把持一個領域,各有建樹,其奠基人作用,至今仍未能忽視。而夏承燾則統而領之,乃一個時代的宗主,他的功業,有待進一步歸納、總結,加以理論說明。

2 照著講，接著講

馮友蘭《新理學》開頭説：「本書是『接著』宋明以來理學講底，而不是『照著』講底。」饒宗頤不同意這一説法，以爲先秦各家，接著講和照著講二者都有之，很不容易分别得清楚。莊子自稱「重言十七」，許多是照著講的。《淮南子》也説「世俗之人多尊古」（《修務訓》）。尊古以自重，可能有些問題，但照著講並無不妥。我同意饒宗頤的説法。做學問包括詞學研究，要能達至自覺的程度，並不那麽容易，一般得先模仿。所謂依遵古訓，就是發明師説，繼續前輩的未竟之業。孔夫子稱之爲「述而不作」，在很大程度上講，也就是照著做的意思。比如胡適，我曾跟吴世昌談起，他不是很喜歡。因爲他反對以豪放、婉約「二分法」説詞。但吴世昌的哥哥吴其昌是胡適的入門弟子，非常佩服胡適。胡適也很欣賞吴其昌與吴世昌兩兄弟。在《我們今日還不配讀經》一文中，胡適曾説：「《詩》、《書》裏常用的『誕』字，古訓做『大』，固是荒謬；世俗用作『誕生』解，固是更荒謬；然而王引之《經傳釋詞》裏解做『發語詞』，也還不能叫人明白這個字的文法作用。燕京大學的吴世昌先生釋『誕』爲『當』，然後我們懂得『誕彌厥月』就是當懷胎足月之時；『誕置之陋巷』，『誕置之平林』就是當把他放在陋巷平林之時。這樣説去，才可以算是認得這個字了。」當時，吴世昌還只是大學英文系二年級的學生。我在閲讀胡適的過程中，逐漸了解胡適，自己的某些想法，包括思想、觀點，乃至思考問題的方法，有的也來自胡適。比如，胡適將中國千年詞學劃分爲三個大時期，並將第一個大時期劃分爲三個階段。我用他的這把開山斧，將千年詞學給劈成兩半：一九〇八年之前一半爲古詞學；一九〇八年之後一半爲今詞學。我不用一九一九年爲分界綫，而以一九〇八年爲分界綫，因爲這一年有個大事件，王國維的《人間詞話》發表。在這基礎上，我將今詞學的一百年，劃分爲三個時期：一九〇八年至一九一八年是開拓期，一九一九年至一九四九年是創造期，一九五〇年至一九九五年是蜕變期。並將蜕變期劃分爲三個階段：批判繼承階段、再評價階段、反思探索階段。我的劃分，既是照著講，又是接著講。既從胡適那裏來，又能夠體現自己的見解。這當也是照著講的收益。

3　走出誤區，返歸本位

詞學誤區問題，十幾年前，我在《吴世昌與詞體結構論》一文就已提出。今天的講題，再次説及，主要針對兩種偏向。一種偏向是，有「學」而無詞；另一種偏向是，有「詞」而無學。在通常情況下，個個都以爲，自己所做的就是詞學。那麽，實際上又如何呢？我見過某些著作，厚厚一大本，裏面許多「學」，諸如社會學、文化學、哲學、美學，等等，應有盡有，可是當中偏偏就是没有詞學。因所有關於詞的事情，包括作家、作品，都被用作「學」的例證去了。這一種偏向，就叫有「學」而無詞。而另一種偏向，則執著於數據，主要看出現次數，不斷地以數字進行類比，只是在字面（詞語）上用工夫。這叫做有「詞」而無學。而其所謂「詞」，乃詞語的「詞」，而非歌詞。兩種偏向，兩種極端，兩種結果。或者以一層層的玄學包裝，令詞學變成爲顯學；或者將韻文當作語文，令詞學走向旁門左道。這就是我所説誤區問題，因觀念失落所造成的誤區問題。至其返歸本位，指的就是回到詞體自身的問題上面來，而非只是在詞體外部的感發聯想。

（二）音理失傳，字格俱在

1 詞學的真傳

我曾先後在夏承燾先生和吴世昌先生門下當研究生。兩位導師既一樣，又不太一樣。夏先生喜歡蘇軾、辛棄疾，喜歡到自己就像是蘇、辛的化身一般；吴先生喜歡辛棄疾，喜歡到將自己的意志和心血完全融入於《辛棄疾》（傳記）的形象當中。但是，他們也有所區別。夏先生一生都是在中國大陸生活。吴先生却是位「天外來客」。他於一九四七年前往英國執教，一九六二年歸國。

我的兩位導師在爲人、爲學方面，所樹立風範，讓人高山仰止。而就詞學而言，我的兩位導師，其真傳是這麼八個字：音理失傳，字格俱在。意即體現樂曲變化的音理雖已不傳，但文辭的字格俱在，仍可通過字格，尋求音理。但這八個字並不在兩位導師那裏，而在吴梅那裏。吴梅《詞學通論》有云：

五季兩宋，創造各調，定具深心。蓋宫調管色之高下，雖立定程，而字音之開齊撮合，别有妙用。倘宜平而仄，或宜仄而平，非特不協於歌喉，抑且不成爲句讀。昔人製腔造譜，八音克諧。今雖音理失傳，而字格俱在。學者但宜依仿舊作，字字恪遵，庶不失此中矩矱。

這段話提出：前人製腔造譜，别具匠心，儘管音理已經失傳，仍然可以依仿舊作，掌握其規則。如用現在的話講就是，倚聲填詞發展至今日，什麽都没有，譜没有，唱法也没有，只剩下文辭，但作爲音樂文學的歌詞，音理仍然存在於文辭的字格當中。依靠文字的聲音，一樣不會喪失其規矩與法度。

不過，應當指出的是，這八個字並非吴梅所始創。如向上追尋，萬樹《詞律》以及戈載《宋七家詞選》，其中就有相關資料。而且，由萬樹、戈載，再向上追尋，李清照的「别是一家」説，也曾論及這一問題。而李清照再上去還有誰呢？孔夫子。司馬遷《史記·孔子世家》有云：「三百五篇，孔子皆弦歌之，以求合《韶》、《武》、《雅》、《頌》之音。」這也是由字格追尋音理的一個例證。所以，我這裏説真傳，不能看作僅僅是某某人的真傳，而是詞學的真傳。在多次講演、多篇文章中，我曾反覆説明這一意思。

2 事例的驗證

上文所説返歸本位，回到詞體自身的問題，落到實處，其中一個重要問題就是詞調問題。比如《西江月》這一詞調，其格式特點，究竟如何把握？是從作家創作實踐出發進行分析、綜合，還是依循前人成説舉例加以説明？是否真傳，往往可於此得到驗證。民國四大詞人之一龍榆生所撰《唐宋詞格律》，將其列歸平仄韻通叶格。謂：「五十字，上下片各兩平韻，結句各叶一仄韻。」以柳永詞爲準。而後，並以沈義父《樂府指迷》所述，對其格式特點加以説明。曰：「《西江月》起頭押平聲韻，第二、第四句就平聲切去，押側聲韻。如平聲押東字，側聲須押董字、凍字方可。」對於龍榆生的闡釋，我在《建國以來新刊詞籍匯評》（北京《文學遺産》一九八四年第三期）一文，曾作評述。指出：龍榆生所説《西江月》格式，謂此調多少字，上下片各多少韻，只是倚聲填詞的一般規則，未能説明此調的特別之處。其所徵引沈義父語，以爲結句（第四句）就平聲切去，所押側（仄）聲韻，可以董（上聲）、凍（去聲）取叶，亦未能體現此調作爲平仄韻通叶格的特點。例如，龍榆生用以爲準的柳詞《西江月》云：

鳳額綉簾高捲，獸鐶朱户頻摇。兩竿紅日上花梢。春睡厭厭難覺。　好夢狂隨風絮，閑愁濃勝香醪。不成雨暮與雲朝。又是韶光過了。

此詞第一句不用韻，第二句押平聲韻（摇）。爲起頭之韻。第三句叶平韻（梢）。第四句就平聲切去，押側（仄）聲韻（覺）。上下片同。平聲韻没問題。結句（第四句）的側（仄）聲韻，就不甚妥當。因「覺」與「了」，一入聲，一上聲，皆可作平，上口吟唱，常易走了聲調，以與同部平聲韻字（摇、梢）取叶，未能突出此調平仄韻通叶格的特點。縱觀宋人所作《西江月》詞，其第四句所叶之仄聲韻字，如起頭平聲押「東」字，則此仄聲韻，多數都押「凍」字（去聲），而少押「董」字（上聲）。亦即，上下兩仄韻，當押去聲爲宜。這是我在《建國以來新刊詞籍匯評》文章中所總結的一條經驗。以蘇軾、辛棄疾所作進行驗證，情況相符。例如，辛棄疾《西江月》：

明月别枝驚鵲，清風半夜鳴蟬。稻花香裏説豐年。聽取蛙聲一片。　七八個星天外，兩三點雨山前。舊時茅店社林邊。路轉溪頭忽見。

此詞上下兩結韻「片」、「見」皆去聲。蘇軾《西江月》十三首，兩結韻全押去聲的有十首；

辛棄疾《西江月》十七首，兩結韻全押去聲的有十二首，皆占多數。

龍榆生《唐宋詞格律》介紹這個詞調，取沈義父成説，以爲上下兩結韻可以上聲（董）取叶，也可以去聲（東）取叶。這就不一定是宋人的真傳。

3 可與言詩的條件

《論語·學而篇》載：

> 子貢曰：「貧而無諂，富而無驕，何如？」子曰：「可也。未若貧而樂，富而好禮者也。」子貢曰：「《詩》云：『如切如磋，如琢如磨。』其斯之謂與？」子曰：「賜也，始可與言《詩》已矣，告諸往而知來者。」

孔夫子考察子貢，看其可不可與言《詩》，有無資格與言《詩》，其中有個條件就是，告諸往能否知來者。説明必須懂得聯想。兩個方向，諸往與來者以及此物與彼物。一個縱向的聯想，表示時間；一個横向的聯想，表示空間。真傳也一樣。八個字：音理失傳，字格俱在。須要舉一反三，自己加以體驗。體驗得到，真傳得到。否則，真傳還是拿不去。

小結：在傳承問題上，迷途知返，才能打開新的發展局面。新世紀的第一代傳人，出生於一九五五年以後；第二代傳人，出生於一九七五年以後。步入新世紀，新一代的王（鵬運）、鄭（文焯）、朱（祖謀）、況（周頤），已經登場。承接二十世紀的詞學蜕變，但願新的開拓，新的一次由變到正的過渡迅速展開，以迎接新的第三代的到來。如果歷史能够重演，這將是另一個出大師的年代。

二〇一〇年十月二十六日於陝西師範大學文學院講演。據金春媛記録整理。原載超星學術視頻http：//video. chaoxing. com/play_400004798_106831. shtml。又載上海《詞學》第二十八輯，上海：華東師範大學出版社，二〇一二年十二月第一版。

詞與音樂

——以柳、蘇《八聲甘州》爲例

劉熙載説，詞爲聲學，用現在的話講，就是音樂文學。學詞（倚聲填詞）與詞學（詞學論述），不能將詞與音樂分開。詞與音樂問題，須要懂得什麽是聲音。但聲與音，二者乃有所區分。「聲成文，謂之音」，明白説出二者關係。由於漢字具備特異功能，本身已有聲音的紋理，因此，詞與外在音樂脱離關係之後，音理仍然存在於字格當中，字格構成其内在音樂。今日學詞或詞學，借聲律而追尋音律，透過聲與音，仍然有機會得窺門徑。這一課，以柳、蘇《八聲甘州》爲例，闡述詞與音樂關係問題，目的在於通過具體的字格個案，展示「詞之似詞」的全過程，爲今之學詞者提供借鏡。

一　聲成文，謂之音

「詞與音樂」，這是詩詞班給我出的題目。這四個字，原本是一部著作的名字。二十世紀四十年代，劉堯民先生的一部著作，叫《詞與音樂》。我讀研究生的時候，偶然在圖書館看到這本書。看過之後，覺得自己也要有所發揮，説説個人的觀感。於是，就添了三個字，成爲碩士學位論文的題目，《詞與音樂之關係》。寫了整整七萬字。現存放於中國社會科學院圖書館。

這是我第二次當研究生時候的事情。一九七八年，我重新報考（因爲以前已考過一次），進入中國社會科學院再次當研究生，導師爲吴世昌先生。當時覺得，選題太難。當然，現在選題，將更加困難。特别是還没進入學術領域，難度就更大了。我第一次當研究生，大學剛剛畢業，在杭州大學語言文學研究室，導師爲夏承燾先生。夏先生是一位非常隨和的老者，大我四十歲，對我很寬待。他替我想好了一個碩士論文題目。當時没碩士，是研究生論文題目。之後，碰到文化大革命，停了下來。題目是什麽，我自己也忘記了。現保存在他的日記《天風閣學詞日記》（一九六五年二月二日）裏。到吴世昌先生那裏，三年時間，最少有一年想不到題目。後來，找到劉堯民，才算解決問題。碩士研究生畢業，工作兩年，在《文學評論》當編輯。之後，繼續當吴先生的博士研究生。那個時候，也還是不知道寫什麽題目。因此，就用「詞與音樂」這個老題目，在碩士學位論文的基礎上，多添一個字，變成八個字，曰《詞與音樂關係研究》。這就成爲我博士學位論文的題目。

我的這篇博士學位論文，出來得比較早。因爲我是中國首批文學博士。這篇論文，一寫就三十萬字。這也就苦了後來者，非得趕上我這個數，才能交卷。三十萬，你看怎麼辦？這就是我的博士論文。這篇論文出來以後，到現在爲止，我没有第二部專門著作問世。但是，畢業以後，我也比較自信。我覺得，這個問題，到我這裏，應該是告一個段落了。有朋友跟我談起詞與音樂關係問題，我説，這個問題，不要再做了。我自己也停下來。這部著作於一九八五年出版，已經二十五年。那麼，這二十五年，我都做些什麼呢？有關這個課題，我才寫了一篇半文章。一篇叫《倚聲與倚聲之學》，真真正正是扣緊這個題目。另一篇是《柳永變舊聲作新聲考》，這篇才寫一半。那就是説，這二十五年，有關詞與音樂問題，我才寫一篇半文章。那麼，詞與音樂這一話題，現在還講不講？還要不要研究？我也没想到，詩詞班專門爲此開設講題，並且指定由本人負責宣講。實在有點爲難。到底要怎麼講呢？從大一點的範圍看，中國詩歌發展史上，詩歌與音樂，亦即樂歌與樂曲三個階段合與分的各種情狀，有關教科書及學術論著，均已有了描述。倚聲填詞亦然。應是很難另有新的講法。怎麼辦呢？我想將複雜的問題給簡單化。簡單到什麼程度呢？簡單到只剩下一個字或者兩個字。要有這麼樣的概括。這樣的概括，你容易記，也容易展開話題。所以，今天這個題目，我是想從兩個字入手，來展開這個話題。就題目看，以柳、蘇《八聲甘州》爲例，這是講題的内容，那兩個什麼字呢？就是「聲」和「音」。從這兩個字入手，來闡發這一題目。

正如剛才所説，我們現在所説的詞是一種音樂文學。那麽，詞之作爲一種音樂文學到底是怎麽回事呢？二十世紀有兩位詞學家，給我們下定義。下了定義以後，我們都要跟著他走。一位是龍榆生，三十年代寫了一篇文章，叫《研究詞學之商榷》。裏面提出兩個概念，一個是填詞，一個是詞學。填詞和詞學，他做了界定。另外一位詞學家叫胡雲翼，他也提出兩個概念，一個叫學詞，一個叫詞學。龍榆生對詞的把握比較完整。既要詞學，又要填詞。胡雲翼就有點偏廢。他説：我是要詞學，而不要學詞。他説：詞已經死了五百多年。你們不要填詞了。現在，我看你們是聽龍榆生的，要詞學，也要填詞。我覺得這是一個了不起的轉變。這個轉變非常好。我對於二十世紀的詞學研究，非常不看好。曾經在《倚聲與倚聲之學》這篇文章裏，口出狂言。我説：二十世紀五十年代以後的詞學，處於蜕變期的詞學。這個時期的詞學，處在誤區當中。也就是説，這五十年代所寫的論文，到底有没有用，都很難説。膽敢出此言論。這是在上海《詞學》發表出來的。今天，就想在這個方面來談談自己的意見。

上文所説有關詞與音樂的問題，必須從聲音講起。但「聲」和「音」，二者乃有所區分。《詩大序》云：

詩者，志之所之也。在心爲志，發言爲詩。情動於中而形於言。言之不足，故嗟嘆之。嗟嘆之不足，故永歌之。永歌之不足，不知手之舞之，足之蹈之也。情發於聲，聲成文，謂之音。治世之音安以樂，其政和。亂世之音怨以怒，其政乖。亡國之音哀以思，其民困。故正得失，動天地，感鬼神，莫近於詩。

「聲成文，謂之音」。這句話，明白説出二者關係。但也指出，聲和音，須分開表述，二者並非一回事。

「聲」和「音」，你們分得清楚麽？咚、咚咚、咚咚、咚……這是聲？還是音？咚咚、咚咚、咚咚、咚咚。這是聲？還是音？前者爲聲，後者爲音。有什麽區別呢？看它是否成文。成文，就是有了文理，或者文章、文采，有了一定的規律，這就是音。説明聲經過一番藝術創造後成爲音，就不是原來的聲。這個音呢，可是一個很了不起的東西。聲是雜亂無章的，變成音，是一種藝術創造過程。

那麽，「聲」和「音」是怎麽來的呢？聲音出自天籟。籟，竅，一種洞或者穴。聲，就是從洞穴裏發出的聲音。嘴巴也是洞穴，能够發聲。自然界好多東西都有洞穴，風吹過去，就發出聲來。其所發聲音，包括風聲、水聲、鳥聲，等等。這都是自然界所發出的聲與音。如構成文理（紋理），就是天籟之音。天籟、地籟、人籟，《莊子·齊物論》曾有過描述。與地籟、人籟相比，天籟之音是聲音的一種最高境界。上古時代，詩、樂、舞三位一體。自然天成，講究的就是一種天籟之音。明白這一道理，對於詞與音樂的關係問題，也就不難理解。

「聲」和「音」的問題，原屬於音樂的基本原理。説詞與音樂問題，從這裏開始，相信比較容易一點。接下來，回顧一下，整個詩、樂、舞的發展歷史。你們覺得，在中國樂歌發生、發展的歷史當中，最偉大的樂曲，應該是哪一支？哪一支樂曲是最偉大的？知道麽？比如，是不是《東方紅》啊，還是《義勇軍進行曲》啊？這就是樂曲。那麽，中華人民共和國最偉大的樂曲是什麽呢？《義勇軍進行曲》。没錯。中華民族最偉大的樂曲是什麽呢？《高山流水》。也没錯。而最偉大的音樂家是誰啊？俞伯牙和鍾子期。是的。但應當説明的是，所謂最偉大，也就是最古老、最原始的意思。因此，也可以説，最偉大的音樂家是大自然。

這裏，還得强調一點，就是探討問題，做事情或者做學問，都要懂得分類。分得越簡單、越徹底越好。比如，中樂器有哪幾種？兩種。一種打擊樂，一種管弦樂（絲和竹）。這兩種樂器將自然界的聲音模仿下來，並確定它的調和律。當然，這還在音樂階段，是音樂家的事情。填詞的人仍須將音樂的音變成填詞的聲音。這是一個重要的轉換，也是論説詞與音樂問題的一個關節之處。

大體上講，自然界和人所有「聲」和「音」的現象，各有不同。中國傳統音樂，將樂理上的五音——宫、商、角、徵、羽,和人體器官的五音——唇、齒、喉、舌、鼻,聯繫起來,令兩種五音,各有對應部位。如:重唇——宫,輕唇——次宫。齒——商,鼻——角。舌頭——徵,舌上——次商。喉——羽。半舌音——半徵商,半齒音——半商徵。這一對應關係,看起來很複雜,實際也簡單。現在仍須謹記。這一對應關係,爲音樂的聲音轉變成語言文字的聲音創造條件。掌握這一對應關係,先以絲竹與歌喉,由天籟過渡到人籟,再通過文字的中介,由音到聲,將音樂的元素,轉換到語言文字上。這就由音樂創作階段,進入文學創作階段。屬於填詞人的事。

但是,這一轉換,或者過渡,只有到了南朝的沈約,方才真正完成。沈約《宋書·謝靈運傳後論》有云:

> 夫五色相宣,八音協暢。由乎玄黄律吕,各適物宜。欲使宫羽相變,低昂舛(互)節,若前有浮聲,後有切響。一簡之内,音韻盡殊;兩句之中,輕重悉異。妙達此旨,始可言文。

這段話提出:要將(欲使)樂音上的宫羽相變,低昂互節,轉換爲語言文字上的輕重徐急，所依靠的是浮聲與切響的組合。如用現在所通行的話講，那就是平聲與仄聲的配搭。這是依據樂理上五音和人體器官五音構成對應關係所總結出來的一套法則。這套法則，從無形到有形，從不定到定，令無形的樂音，不定的樂音，通過字聲固定下來。

永明時期，盛爲文章。沈約及王融、謝朓諸文士，始用四聲，以爲新變。即將平、上、去、入四聲，用以製韻（《梁書·庾肩吾傳》）。平、上、去、入四聲，儘管並非沈約諸文士所創立，但四聲的運用，却由沈約諸文士爲之先導。

永明四聲，從音律到聲律，從現象到法則，用語言文字上的四聲，描繪樂曲的樂音流動。一簡之内，兩句之中，其字聲搭配，爲音樂語言向文學語言的過渡打開無數法門。詩歌脱離音樂因此得以實現。這是永明四聲的一大貢獻。即自此刻起，文學家依靠人體器官及相關樂器，體認音理，就能進入創作過程。比如，我們現在講詩詞格律，實際只能講聲律，不可能講音律。那麽，只是講聲律，不講音律，行得通行不通呢？行得通。因爲我們的漢字，其自身已有一種聲音的紋理，漢字的聲律與音樂的音律相通，完全可由語言文字的聲音，追尋得到樂音流動的軌迹。這是漢字的一種特異功能。

中國詩歌發展史上出現這樣一個轉換，或者過渡，究竟好還是不好呢？也就説，詩歌脱離音樂，好還是不好？當然，這裏所指，主要是外在音樂。如果説，脱離好，那麽，不脱離又將如何呢？能不能獨立發展？我想，不脱離，就像現在的流行歌曲，很好聽，但歌詞大多不像樣。原來的唐宋歌詞，也是這個樣子。這是一個方面的問題。反過來，如果跟音樂没有任何關係，又將如何？那就不是音樂文學，因而也就没有吸引力。這是問題的另一方面。這種事，説起來很矛盾。只是就發展歷史看，詩歌與音樂，有合有分，當中確實經歷過脱離音樂的階段。

詩歌脱離音樂，永明四聲爲之創造條件。歌詞之脱離音樂，情況又如何呢？歌詞與音樂，其相互關係，同樣可以通過從音到聲這麽一個轉變過程來掌握。一句話：詩歌脱離音樂，從沈約開始；歌詞脱離音樂，從温庭筠開始。

《舊唐書・温庭筠傳》有這麽一段記載：

（温庭筠）士行塵雜，不修邊幅。能逐弦吹之音，爲側艷之詞。公卿家無賴子弟裴諴、令狐縞之徒，相與蒱飲，酣醉終日，由是累年不第。

弦吹與側艷相對，樂音與文詞並舉。對於合樂歌詞，既揭示其本質特徵，又概括其創作方法。説明文辭的詞，能够追逐樂曲的音。

倚聲填詞，可以文辭的詞，追逐樂曲的音。文辭的詞，就是語言文字的字，或者詞彙。温庭筠以之追逐弦吹之音，即將音樂轉移到語言文字。令聲律與音律聯繫在一起。這是倚聲填詞史上的一個重大轉變。温庭筠之前，依曲拍爲句，白居易、劉禹錫皆然。曲拍，也是樂句，樂曲的句拍。相對於樂曲的音，其輕重徐急，比較難以規範。温庭筠之所追逐，關鍵問題是將樂曲的音，轉換爲語言文字的聲。從歌詞創作的角度看，將其追逐結果，落實到文詞(字)上，四聲就派上用場。因而，詞之所以填者，應自此時開始。

這就是説，自温庭筠出現，樂曲的音律可轉換爲文詞的聲律，樂歌創作由音樂向文學過渡，一般情況下，非音樂家亦可填詞。同時，這一轉換也説明，倚聲填詞至温庭筠，詞之與外部音樂脱離，已準備好條件。

對於這一問題，如果你們感興趣，可進一步加以探討。這方面的資料少，可做小題目。看看温庭筠以前這段歷史，詞與音樂的關係。我的《詞與音樂關係研究》描述詞與音樂整個合與分的過程，以及在這個過程中歌詞特性方面所發生的一些變化。研究這一問題，乃詞與音樂的關係問題。有人給我這本書歸類，歸到詞樂去，我覺得不大合適。

在詞與音樂關係發展、變化過程中，温庭筠是位關鍵人物。《舊唐書》這段記載非常重要。所謂「能逐弦吹之音，爲側艷之詞」，已經把什麽叫詞給界定好了。《舊唐書》是五代時代修的，那個時候，什麼叫詞，填詞是怎麽回事，等等，已經形成觀念，有了看法。現在論詞，好多人講詞學思想，其實並不知道什麼叫思想。詞學哪有思想啊？比如，「宋代詞學思想」，坊間出版物，已有這一名目。宋代究竟有沒有詞學思想呢？應當説，詞學觀念，那會合適一些。就這段話看，詞究竟是什麼東西，實際已有明確界定。詞就兩樣東西。一樣是，詞爲聲學。劉熙載講的。另一是，詞爲艷科。我們對於詞的觀念是片面的。只把它當艷科看待，而忽視聲學。所以，我説二十世紀的詞學研究是殘缺的詞學。至多只是詞學的一半，因爲缺少聲學。而且，只就艷科而言，也有偏差。艷科是不是這裏講的側艷呢？這是温庭筠的側艷。除此以外，還有沒有其他什麼艷呢？這裏所講側艷，好像都要批評，不大願意接受。但另外一個艷，我們却把它擱置一旁。這個艷就是《花間集叙》所講的艷。《花間集叙》第一句話：「鏤玉雕瓊，擬化工而迥巧。裁花剪葉，奪春艷以争鮮。」明白告訴我們，這個艷是春艷，是春天的艷。所以，我提出：一部《花間集》，用一個「艷」字來概括就行了。沒有第二個字。這就是我對於詞爲艷科的理解。

有一位學者，研究《花間集》，皇皇三十萬言，説了好多問題，就是沒有接觸到這個「艷」字。其實，填詞與論述填詞的人，觀念都很明確。一部《花間集》，就是一部艷詞。當然，這個「艷」字，並不是我們現在所講的艷，妖艷的艷，或者邪艷的艷，也不完全是側艷的艷，而是春艷的艷，像春天一樣的鮮艷。這是世界上最美好的東西。爲什麽不好呢？所以，這個觀念要改過來。是春艷的艷。側艷的艷，是温庭筠的作品。側，就是偏，不是正。孔夫子當然不會同意側艷，我們也不敢要寫出側艷的歌詞來。但對於側艷，也不能一棍子打死。當然，講得好聽一點，就是春艷。這才是詞的本色。這是因《舊唐書》記載所引發的聯想。

二 音理失傳，字格俱在

以上説明，倚聲填詞到了温庭筠已具備脱離音樂的條件，不要音樂了（一般以爲，詞到南宋才脱離音樂）。指的是，詞作家和詞論家可以文學的立場進行創作和相關的研究，不必過多地考慮外在音樂等因素。比如，柳永「變舊聲，作新聲」（李清照語），其所運用，已經是語言文字的聲律，而不是樂曲的音律。語言文字的聲律是文學家的事情，可以文學的立場思考問題，解決問題。這是温庭筠以文辭的詞（字），追逐樂曲的音所提供的方便。

接下來，説一説詞學真傳問題。剛才彭玉平教授爲我作了介紹，説我是夏承燾先生的弟子，大家都覺得挺不容易的。真的是夏承燾先生的弟子。記得某年，在北京，一位年輕學者問我，夏承燾先生的真傳在哪裏呢？他這一問，讓我震了一下。夏承燾先生的真傳？我能説不知道嗎？説不出夏先生的真傳，我還敢説我是他的弟子嗎？但又不能隨便説，臨時找一個充數。真傳就是真傳，必須非常明確，而且獨一無二。這一問題，先時已曾有過考慮，但不是很清晰。經過瞬間思索，我説，夏承燾先生的真傳，只八個字——音理失傳，字格俱在。不過，這八個字，不在夏先生那裏，而在吴梅先生那裏。

吴梅《詞學通論》有云：

> 五季兩宋，創造各調，定具深心。蓋宮調管色之高下，雖立定程，而字音之開齊撮合，別有妙用。倘宜平而仄，或宜仄而平，非特不協於歌喉，抑且不成爲句讀。昔人製腔造譜，八音克諧。今雖音理失傳，而字格俱在。學者但宜依仿舊作，字字恪遵，庶不失此中矩矱。

吴梅這段話提出：前人製腔造譜，別具匠心，儘管音理已經失傳，仍然可以依仿舊作，掌握其規則。亦即通過字格，尋求音理。如用現在的話講就是，倚聲填詞發展至今日，什麼都没有，譜没有，唱法也没有，只剩下文詞，但作爲音樂文學的歌詞，音理仍然存在於文詞的字格當中。字格構成内在音樂。依靠文字的聲音（字格），一樣不會喪失其規矩與法度。這就是真傳之所在。

吴梅這段話還説明，我們對於音樂，不一定很内行，不會唱歌也不要緊。因爲五音都在自己的嘴巴裏，而且漢字自身也很完備，可以體現音理。外在音樂丢掉了，詞的唱法找不到了，我們仍可於字格追尋其踪迹。史書上記載：「三百五篇，孔子皆弦歌之，以求合《韶》、《武》、《雅》、《頌》之音。」（《史記・孔子世家》）孔夫子當時所進行的也正是這麼一道追尋工序。

我將這八個字——音理失傳，字格俱在，特别標舉出來，以爲今日學詞以及從事詞學研究，都應當牢牢記取。那麼，這八個字，是不是吴梅的真傳呢？是吴梅的真傳，但不是他的始創。如向上追尋，必須到萬樹、戈載。應查一查萬樹、戈載這方面的言論。萬樹《詞律》以及戈載《宋七家詞選》，其中有一些相關資料。那麼，萬樹、戈載，再上去又是誰呢？是李清照。她的「别是一家」説，論及這一問題。而李清照再上去還有誰呢？孔夫子。這就看你對於所謂真傳，是怎麽樣來詮釋的。我現在在這裏説真傳，不能看作僅僅是施議對的真傳，也不能看作僅僅是夏承燾先生的真傳。我所説的是詞學的真傳。你們所需要的，也就是詞學的真傳。在這一意義上，所謂登堂入室，就是登詞學的堂，入詞學的室。這是非常明確的。

如果將吴梅所説這八個字看作學詞與詞學的八字要訣，那麼，掌握此要訣，關鍵在哪裏呢？關鍵在「聲」和「音」二字。也就是説，要將詞當聲學看待，而非僅僅是艷科。我在前文説過，二十世紀五十年代以後的詞學，處在誤區當中。其所謂誤者，一個重要標誌就是觀念之誤。大家都爭著去研究艷科問題，簡單地對唐宋詞及唐宋詞作家作政治鑒定。以爲思想内容不健康，不關心勞動人民。或者贊揚其愛國主義精神。這是詞學蜕變期所出現的一種大趨勢。到了八九十年代，又有什麽文化闡釋及美學闡釋。大多吊在半空中。你可以一首詞都不讀，或者不一定讀懂，但厚厚的著作，一本一本，照出不誤。我相信，這麽多文章和著作，不一定留得下來。所以，我給我的研究生説：我將教會你一個本領，眼高手低的本領。先教你會看，用眼去看，去辨别。哪一個是正確的，哪一個不正確。手低不要緊。到第二年，第三年，手才高都來得及。我們現在最多帶三名博士研究生。畢業一個，再帶一個。不能超過三個。眼高手低，這一條非常重要。不用眼睛去看，不能辨别高下優劣；選題亦如此。有的題目人家早就做過了。你還去做，盡是無用功。

以「聲」和「音」二字，探尋詞與音樂關係問題，必須落實到詞調上來。到底有多少詞調，你們知道麽？有没有人統計過？我統計過一次。二三十年前統計過。曰：一千〇四。非常肯定。但數目一公布，我後悔啦。因爲只是一次，未經複核。如果有人説一千〇三，或者一千〇五，我的統計也就報廢。不能説得那麽绝對，應該説一千餘調。留有餘地，那就不會被推翻。不過，説得肯定一些也好，不由你不信。所以，大家都跟著我説，一千〇四。到現在爲止，我自己不願意算第二遍，也没發現有人願意重算一遍。不知道你們有没有這種耐性。我的統計，應當不够精密，當時也没有電腦等輔助工具。一千〇四，在我的著作裏公布出來。後來者爲文，也懶得統計，都説一千〇四。這是施議對算的。錯了，施議對負責。那麽，詞調一千〇四，詞名又有多少呢？詞調是樂歌的曲調。每支樂歌，各一曲調。詞名往往一個或一個以上，有好幾個。詞調和詞名不一樣。詞名數目，二十世紀五十年代，據吴藕汀統計，有一千八百之數（據《詞名索引》）。嗣後，經過五十年，吴藕汀和他的兒子吴小汀，再次統計，已增加至二千七百一十二（據《詞調名辭典》）。

不知道你們掌握多少詞調。這是個非常重要的指標。講究詞學真傳，以爲音理找不到，到字格中去找，就得熟悉詞調。學習填詞，也當從詞調開始。一個詞調、一個詞調，反覆練習。比如：《鷓鴣天》一調，辛棄疾填了六十八首；《金縷曲》一調，他填了二十三首。辛棄疾統共填詞六百二十九首。我也曾依詞調，逐一練習。我填製《金縷曲》，一爲基本功的訓練；二爲朋友，詞界老前輩中，我有許多朋友，曾以《金縷曲》譜寫不少壽詞及挽詞。網上有一條材料，稱：施議對説，填詞要從《金縷曲》開始。不知道是相信好還是不相信好。但因爲他的導師，有一位叫夏承燾的，所以也就相信了。這位網友，應當是在我的一次演講中獲知此信息的。我曾説過這一意見。這位網友記了下來，並在他的網志上公布，替我做了宣傳，非常感謝。但這一奧秘，並非我第一個發現，是一位老先生告訴我的。杭州大學（現在的浙江大學）圖書館一位老先生告訴我的，叫周采泉。在他生前，我曾拜訪過他。他跟我説，填詞要從《金縷曲》開始。用這詞調，填出來的詞，就像詞。他填了一百首，題爲《金縷百咏》，交由我在澳門出版。他説，七十歲才填詞，體會到這一點，也就是他的經驗。我把這句話記下了。我是一九八二年到杭州拜訪他的。回北京的時候，嘗試填第一首。到現在爲止，已經填製五十多首。

將詞學當聲學看待，並非一句空話。平時上課，我告諸生，讀詞，首先要讀形式。讀懂形式，才能讀內容。曾與諸生探討過這樣的問題：形式重要，還是內容重要？爲什麽形式更加重要？出席研討會，也曾發表過自己的意見。我覺得，大陸的學者，思想已經很解放。在外面的學者，有的反而不解放。二〇〇一年，武夷山召開柳永國際學術研討會。我在會上説形式問題，就曾遭到批判。批判我的，不是大陸學者，而是來自加拿大的學者。他們用馬列主義批判我犯了形式主義錯誤。當時，我並不反駁。他們於五十年代出國，生活在桃花源裏。他們没經歷文化大革命，没經歷改革開放；不知有漢，遑論魏晉。但是，被批判了之後，我却更加堅持自己的看法。我在相關文章裏，將自己的觀點寫下來。説一部中國詩歌史，就是一部詩歌形式的變革史。辨別不同的詩歌樣式，依靠的是形式，而非內容。內容有什麽好講的呢？ 不就是思想感情？ 就其實質看，並無多少區別。 而形式可是多種多樣。 從《詩經》、楚辭、樂府，一直到唐詩中的絶句、律詩，以及宋詞、元曲，在格式上，有哪些是相同的呢？ 認識它們，辨别它們，不靠形式，靠什麽呢？ 比如歌詞，上片、下片外，不就是起拍、結拍、换拍（或者重拍）和煞拍。 如不將這些名目弄清楚，怎麽深入一步加以探討呢？

讀詞讀形式，落到實處，就是讀詞調，弄清楚各詞調的聲情特點。 大致説來，應留意五個方面的問題： 詞調與詞名，篇法與片法，句式與句法，韻部與韻法以及字聲與字法。 五個方面的問題，從大到小這麽講下來，千餘詞調，不一定每一個都很熟悉，但比較常見的，最少是幾十到一百，其聲情特點，包括詞（辭）之情與調之情，都應當有較爲確實的把握。 僅僅知道《十六字令》十六個字，《百字令》一百個字，或者「大江東去」就是《念奴嬌》，那是很不够的。僅僅知道哪一詞調曾被使用過多少人次，也很難説明問題。 更加重要的應當是，掌握字格，借助字格探尋音理，把握聲情特點。 不過，適當的時候，以之爲題，做個小遊戲，似亦無傷大雅。 記得在課堂上，我曾問學生，柳永《八聲甘州》有什麽特點？ 想了半天，没人回答。 我説，很簡單，就是掛一個招牌，曰：《八聲甘州》。 學生突然醒悟，想不到這麽簡單。 可是既簡單，又不簡單。 因爲詞之所以爲詞，這是一個重要標誌。 掛上招牌，人家才曉得，你在做些什麽。 當然，説字格，還得看其篇法、句法、韻法，以及各個部位的字聲安排，各有什麽講究，並且留意不同作者或者同一作者在不同情況下，如何因詞選調，依譜填詞，從而以文辭的詞（字），追逐樂曲的音。

弄清楚以上問題，現返回柳永《八聲甘州》：

> 對、瀟瀟暮雨灑江天，一番洗清秋。漸霜風淒慘，關河冷落，殘照當樓。是處紅衰翠減，苒苒物華休。惟有長江水，無語東流。　不忍登高臨遠，望故鄉渺邈，歸思難收。嘆年來踪迹，何事苦淹留。想佳人、妝樓顒望，誤幾回、天際識歸舟。爭知我、倚闌干處，正恁凝愁。

柳永善於駕馭詞調，體現聲情特點。就《八聲甘州》而言，以下三項，頗具特色。其一，上片、下片，布景，説情，花面相映，模式固定；其二，律式句、非律式句，安排停當，順、拗有序；其三，領格字勾勒提掇，意脉貫通。第一項，確立宋初體，爲宋詞創造提供基本結構模式。下文將另敘。這裏著重説二、三兩項，句式句法以及字聲字法問題。句式跟句法一樣不一樣？不一樣。句式只二種，句法多種。二種句式，包括律式句和非律式句。符合近體詩格律的句式，稱律式句。其句式組合，五言爲：二二一（仄仄平平仄），或者二一二（仄仄仄平平）；七言爲：二三二二一（仄仄平平仄仄平），或者二三二一二（平平仄仄仄平平）。非律式句的組合，有一七（對、瀟瀟暮雨灑江天）及一四（漸、霜風淒緊）等方式。一般以爲：詩要順，不能拗。絶對不能用非律式句。詞可拗，能用非律式句。詞是用來歌唱的，非律式句安插在某些關鍵部位，即音律吃緊之處，有利於歌詞與樂曲的配合。這是歌詞合樂所留下的印記。至於字聲字法，除了關鍵部位，或發端，或結尾，或换頭，另有特别安排之外，領格字，或空頭句，在詞中的地位，亦十分重要。諸如「對」、「漸」、「望」、「嘆」、「想」，五個字於句首領起，發揮提示、提醒作用，並將整篇歌詞貫穿起來，開闔之間，頗見聲勢。尤其是「對」字，不僅管領以下十二個字（瀟瀟暮雨灑江天，一番洗清秋），貫穿到上結之「無語東流」，而且透過江水，貫穿到結尾的「愁」（正恁凝愁），則更加所向披靡。

因此，填製《八聲甘州》，於「對」、「漸」、「望」、「嘆」、「想」這五個關鍵部位，切須特别留意。這是訣竅之所在。依樣填製，成功的機率較高。那麽，這五個字又有什麽講究呢？從柳永及後來者的經驗看，此等領格字，一般采用去聲、虚字。去聲，斬釘截鐵，不容置疑。用以領起，堅定有力。虚字，相對於實字，雖無意義可詮，但有聲氣可尋。用於呼唤，可化板滯爲流動，令句語自活。柳詞所用，除「想」（上聲）字外，都是去聲。「對」，實字，動詞；「漸」，虚字，副詞；「望」和「嘆」都是實字，動詞。並非全用虚字，要緊不要緊呢？問題不大，因去聲字，已爲奠定基礎。當然，最好都用虛字。這一些，應當牢牢記取。在一定意義上講，懂得《八聲甘州》的第一個字，去聲、虛字，就有希望將全篇做好。如果認識不到這一點，你就不要輕易地去製作《八聲甘州》。而當有人遞上《八聲甘州》說：我填了一首詞，你給我指教一下怎麽樣。那你就得注意，第一個字怎麽樣。第一個字不是去聲、虛字，你心中有數；第一個字是去聲、虛字，説明乃同道中人，你就要客氣一些。這應當也是一個小小的秘密，有志於此道者不能不知。

三　始創與守舊：柳、蘇倚聲填詞的不同取向

蘇軾登上詞壇，將柳永當作競爭對象。在許多情況下，都想比一比，兩人的作品是否有個優劣之分和高下之别。以下看他的一首《八聲甘州》：

有情風萬里卷潮來，無情送潮歸。問錢塘江上，西興浦口，幾度斜暉。不用思量今古，俯仰昔人非。誰似東坡老，白首忘機。

記取西湖西畔，正春山好處，空翠烟霏。算詩人相得，如我與君稀。約他年、東還海道，願謝公、雅志莫相違。西州路，不應回首，爲我沾衣。

和柳詞相比，蘇軾此詞，在格式上是有些變化的。例如開頭一句跟最後一句，他就作了改變。柳詞開篇，「對、瀟瀟暮雨灑江天」，一七句式，他改作「有情風、萬里卷潮來」，三五句式；最後一句，「倚闌干處」，一二一句式，闌干爲聯語詞，他改作「不應回首」，二二句式。一頭、一尾，兩個部位非常重要，他都給改變了。由非律式句，改爲律式句。但中間另外三個領格字——「問」、「正」、「算」，則都是去聲，與柳詞同。其中，「問」，實字；「正」，虚字；「算」，實字。「正」用得最好。這是蘇詞所出現的變化。

蘇軾填詞，爲什麼作這樣的改動呢？改動之後，結果又如何？我們常説，蘇軾以詩爲詞，但至今仍拿不出具體的事證來。説他不懂音律，更是缺少依據。實際上，他的《八聲甘州》，於首尾兩個關鍵部位，把拗句（非律式句）改成順句（律式句），就是以詩爲詞。這是個典型例子。請注意，改拗爲順，才真正是以詩爲詞。但這個秘密，一直没被發現。爲什麼蘇軾要這麼改呢？知道麼？蘇軾很保守。政治上很保守，填詞也很保守。《東坡樂府》中，所用的詞調，大都是舊的詞調，唐、五代流傳下來的那些老詞調。比如《浣溪沙》，他就填了幾十首。不像柳永，敢於繁弦脆管，競奏新聲（《木蘭花慢》句），其《樂章集》所用，許多是新的詞調，宋人始創調，當時的流行歌曲。你將蘇軾推舉爲豪放派領袖，同樣缺少依據。真正講豪放，柳永豪放過蘇軾。而且，蘇軾改動之後，還是一首詞，其基本字格仍在。他不敢，也不能違反填詞的規則。要不，就不是《八聲甘州》，也不叫填詞。你們可以這一事例，試作一篇文章，説蘇軾的以詩爲詞。不過，版權是屬於我的。這當事先講清楚。

了解字格之後，可以進一步分析，柳永、蘇軾《八聲甘州》，到底想讓人們掌握些什麽？各有什麽示範意義？

柳永《八聲甘州》，上片布景，下片説情。開篇第一句，「對、瀟瀟暮雨灑江天，一番洗清秋」，所布置的是什麽物景呢？是不是暮雨？不是。是江天。有暮雨，不一定有江天；有江天，就可將暮雨包括在内。接著三句，「霜風淒緊，關河冷落，殘照當樓」，又是什麽物景呢？是關河，而非霜風及殘照。「是處」二句，紅衰翠減，無語東流，又是什麽物景呢？物華和江水。這是上片。布置四樣物景：江天、關河、物華、江水。與之相對應，下片所敘説，也是四樣的情思：歸思與思歸以及佳人念我和我念佳人。登高臨遠，故鄉渺邈，是歸思；年來踪迹，何事淹留，是思歸。歸思與思歸，二者一樣不一樣呢？一樣。但是，就要鋪排，要反覆。一種情思，不斷地説，反覆地説，説得讓人留有印象。比如《詩經·鄭風·將仲子》的「仲可懷也」（相當於I love you），就説了三遍。至佳人念我和我念佳人，對方與我方，這個時候又處於何種狀態呢？一個是妝樓顒望，誤識歸舟；一個闌干獨倚，正恁凝愁。不同的狀態，一樣的情思，都圍繞著一個字：「念」或者「思」。究竟是「念」，還是「思」？你們須有一個選擇。看看是「佳人念我」好，還是「佳人思我」好？這裏就有個感覺問題。爲什麽？是「念」好，「思」不好。思，容易起雞皮疙瘩；念，像是好一點。感覺不一樣，講不出道理。你覺得這樣好，就這樣好；大家都覺得這樣好，也就有道理。這是下片，回環往復，叙説情思。上下合在一起看，所謂鋪叙展衍，就顯得更加細密而妥溜。

蘇軾《八聲甘州》，除了格式上的變動，題材亦有所區别。他説思想，不同於柳永，只是説感情。思想和感情，顯然不一樣。故此，開篇第一句，「有情風、萬里卷潮來，無情送潮歸」。是以爲江風把江潮給卷了過來，又不把江潮送回去。江潮還没回去，江風自己却不見踪影。是有情？抑或無情？即讓你不知道講些什麽。有人評議：江風跟江潮都無情，只有蘇軾跟他這位和尚朋友才有情。正像現在的地震一樣：天地無情，人間有情。其實，這裏的「有」跟「無」並不能指實。有情也就是無情，無情也就是有情。作者並未偏袒哪一方。好了，説過江風和江潮，再説斜陽。這是錢塘江上、西興浦口的斜陽。就篇章結構看，斜陽跟潮水，都屬於布景。爲什麽布這個景呢？爲著用之作爲天地變化的見證。到這裏，思想就要出來了。「不用思量今古，俯仰昔人非。誰似東坡老，白首忘機」。請注意，白首忘機，頭髮白了，才知道不要那麽多心計；頭髮不白（黑首）不忘機，年輕時候出來求取功名，忘不掉勾心鬥角的事。只有到老來，方才能够覺醒。你不要去説古人的不是，我蘇軾不也是到了白首才忘機嗎？古往今來，莫不如此。有的或許到老還忘不了機。比如陶潛，我們説他淡泊功名，信不信呢？我是不相信的。他有一首詩，叫《責子》，就爲自己五個兒子「总不好纸笔」而作。五個兒子，阿舒年二八（十六），懶惰无匹；阿宣行志學（十五），不爱文術；阿雍和阿端（同一年生，一個年頭，一個年尾），年十三，不知道六和七。通子九龄，只懂得梨和栗。五個兒子不讀書，不求功名，都那麼不争氣，行嗎？那就要餓死。所以，即使「白髮被兩鬢，肌膚不復實」，也绝對不能淡泊功名。可見，到了白首，也還不容易忘機。這是上片。説的是什麼？説的是現在的情事。下片呢，説將來怎麼樣，也就是自己的願望（雅志）。「記取西湖西畔。正春山好處，空翠烟霏。算詩人相得，如我與君稀」。扣緊題面，説我和那名和尚。以爲只有我們兩個才互相了解。「約他年」，謂今後將如何？説我和謝安。這裏頭用了個典故。謝安出仕前，曾在会稽隱居多年。出仕後，跟蘇軾一樣，都曾在朝中當官，蘇軾翰林院學士，謝安吏部尚書、中書令。蘇軾爲逃避政治鬥争，請求外任，到杭州當太守；謝安不失東山之志，準備辭官，從水路重返會稽樂土。只可惜，願望尚未實現，就患病了。謝安不得不請求回京治病。但當他的車輦緩緩駛進建康西州門的時候，車中謝安，感到自己的病恐怕是好不了啦，因即刻上疏辭官。幾天後，果然病卒於京師。東還海道，不做官了。這既是謝公的意願，也是坡公的意願。雅志莫相違。希望自己的這個願望，不要再度落空。至末尾，話題又回到我和和尚這邊來。

接下來，就柳永、蘇軾的《八聲甘州》在題材處理及表現手法上的不同，做個比較。

柳永、蘇軾二詞，一抒發感情，説情思；一表達思想，説心志。思想跟感情不一樣。柳永江天、物華，是感情的依托。蘇軾江風、江潮，思想依托。有意、無意，緊跟目前。有江水在，就有感情在。就色相看，終歸於有。有情、無情，並無差别。就色相看，終歸於無。二氏所叙説，哪一個是真的？哪一個是假的呢？柳永很多情，很真摯，感情隨著江水奔流遠去，無有窮盡。蘇軾是假（空）的，像風潮漂渺遠去，無有踪迹。看起來，在題材處理上，柳、蘇二氏相差甚巨。但掌握這一點，你們就可以自加判斷：所謂填詞，究竟是説感情，還是説思想？説感情就像柳永，説思想就是蘇軾。兩樣到底哪一樣好呢？應當學習哪一樣？兩樣應該都好，都需要學習。不過要有自己的判斷，知道究竟是怎麽一回事。

至於表現手法，柳永的「對、瀟瀟暮雨灑江天，一番洗清秋」，感情隨著江水流動，儘管不及蘇軾「有情風、萬里送潮來，無情送潮歸」，那麽既雄且傑（鄭文焯語），但他善用提携句，也叫空頭句，將一顆顆珍珠用絲綫給貫穿起來，所謂錦腸花骨（或曰：錦爲耆卿之腸，花爲耆卿之骨），則更加顯得「慧光崇兀」（借用王重陽《解佩令》語）。以下看開篇第一句，十三顆珍珠，是怎麽樣貫穿起來的。一個「秋」字，是韻脚。押了韻，猶如在絲綫底下打個結，令整串珍珠不致跌落地下。八聲、八韻，八串珍珠，這一串最長。提將起來，領頭一字，亦特别講究。正如上文所説，這一領格字，一定要用去聲。去聲，斬釘截鐵，穩如泰山，才有足够力氣將整串珍珠提起。上聲及平聲皆不宜，因其「高呼」及「平道」，往往令得聲音飄了起來，使不上力氣。此外，「倚闌干處」這一句式，「一二一」組合，本身既已有點拗怒，加上「正恁凝愁」，則非常不平。置之歌詞特殊部位（煞拍），則如鄭文焯所説，「如畫龍點睛，其神觀飛躍，只在此一二筆，便爾破壁飛去也」（《大鶴山人詞論》）。這是柳永所傳家法。但蘇軾對此皆有所忽視，所以他將句式改了。

十分明顯，柳永和蘇軾都並非凡輩。他們的《八聲甘州》，於詞史皆堪稱典型。但其示範意義，則各有側重。大體上説來，一個在體裁，一個在題材。一個教會你怎麼填詞，爲創造新詞體，提供樣板；一個幫助你端正觀念和立場，爲填詞指出向上一路。今日學詞和詞學（研究），仍然可於二氏之變與不變的過程中獲取經驗。

四　倚聲填詞史上的三座里程碑

倚聲填詞，可稱填詞，亦可稱倚聲，就詞與音樂的關係看，都是以詩從樂的意思。以詩從樂，以音樂爲準度，進行歌詞創作。詞與音樂的關係，也在這一過程中不斷發生變化。這一變化，主要體現在兩個方面的轉變。一爲詞與音樂，由外在因素的配合，轉向内在因素的配合；二爲詞與音樂，其配合模式，由不定（不固定）轉向於定（固定）。隨著這一轉變，詞與音樂的關係，亦由緊密轉向鬆懈。大體上講，中國倚聲填詞的發生與發展，已經歷三個階段：依曲拍爲句階段，以文辭（詞）追逐樂音階段，程式規範階段。三個階段，三個里程標誌。這是詞與音樂兩個不同藝術品種發展、變化的總趨勢。

第一座里程碑，依曲拍爲句，劉、白時段。

倚聲填詞，由樂以定辭，表示歌詞作者必須依據樂曲的旋律、節拍及聲情而譜寫歌辭。一般講，音長則聲長，音短則聲短，必須因應樂曲的歌腔，確定歌詞的體制。爲適應樂壇所需，在相當長的一段時間内，多以聲詩入樂。即以齊整的五、七言律、绝配樂歌唱。以聲詩入樂，樂曲與歌詞，樂句與文句，兩相配搭，往往産生某些不協調問題，諸如字少音多或者字多音少等問題。本來是五個字、七個字的位置，配以五、七言律、绝，還比較合適，須填上九個字，怎麽辦？或者説，本來是九個字的位置，須填上七個字，又當怎麽辦？類似問題，往往采取沈括和朱熹所講的辦法，將樂音拉長，雜和聲（泛聲）而歌之，並且於所添加的和聲（泛聲），逐一聲添個實字。這是劉禹錫、白居易當時或之前一段時間的狀況。

劉禹錫、白居易，作爲詩人而填詞，數量雖極爲有限，但其《憶江南》於詞史却占有特殊位置。

白居易《憶江南》三詞曰：

江南好，風景舊曾諳。日出江花紅勝火，春來江水緑如藍。能不憶江南。

江南憶，最憶是杭州。山寺月中尋桂子，郡亭枕上看潮頭。何日更重遊。

江南憶，其次憶吴宫。吴酒一杯春竹葉，吴娃雙舞醉芙蓉。早晚復相逢。

劉禹錫《憶江南》一詞曰：

春去也，多謝洛城人。弱柳從風疑舉袂，叢蘭裛露似沾巾。獨坐亦含顰。

劉氏自注：「和樂天春詞，依《憶江南》曲拍爲句。」曲拍，或者節拍，是歌曲的一個重要單元。「歌詞的一句就是曲子的一拍」（施蟄存《詞學名詞釋義》）。劉禹錫依曲拍爲句，就是以歌詞的文句，應合樂曲的樂句。

文句與樂句，是不是可以配合得好呢？是不是本來就可以配合得好呢？一拍，一句；或者一句，一拍。有時候，樂句長一點，文句短；有時候，樂句不够長。怎麼辨？劉禹錫和樂天春詞，以文句應合樂句，除了講究句數，以五句、五拍，應合樂曲以拍爲句之外，更重要的是變换句式，「以長短參差之句，入抑揚抗墜之曲」（龍榆生《詞體之演進》）。他所謂「依《憶江南》曲拍爲句」，實際上就是將文句與樂句的配合辨法，由句數轉移到句式。他的具體做法是：將五、七言律、绝的整齊句式解散，變爲「三五七七五」組合；變化其韻位，於二、四二句用韻外，並於第五句單獨用韻；但平仄組合規則不變。第二句爲仄起平收之五字句，上二下三句式。第三句爲仄起仄收之七字句，第四句爲平起平收之七字句。二句句法與平起七言律詩中之頷聯無異，多用對仗。這一具體做法，龍榆生稱其「爲後來『倚聲填詞』家打開了無數法門，把文字上的音樂性和音樂曲調上的節奏緊密結合起來，促進了長短句歌詞的發展」（《唐代民間詞和詩人的嘗試寫作》）。

劉禹錫、白居易的創造，標誌著倚聲填詞可以不必依賴於聲詩，長短句歌詞創作已進入獨立發展階段。這是劉、白二氏對於詞史的貢獻。

第二座里程碑，以文辭（詞）追逐樂音，温庭筠時段。

上文所説，温庭筠以文辭的詞，追逐樂曲的音，將文句與樂句的配合，落實到字與音上。

追逐過程及結果，乃將歌詞格律化，使之形成一定體制。倚聲填詞因此進入另一階段。業師夏承燾教授於《唐宋詞字聲之演變》一文，對於這段歷史曾有過描述，並曾揭示温庭筠於其間所出現的變化。其曰：

> 詞之初起，若劉、白之《竹枝》《望江南》，王建之《三台》《調笑》，本蜕自唐绝，與詩同科。至飛卿以側艷之體，逐弦吹之音，始多爲拗句，嚴於依聲。往往有同調數首，字字從同；凡在詩句中可不拘平仄者，温詞皆一律謹守不渝。

從詞之初起，到温庭筠的追逐，所出現變化，夏先生將它歸結爲嚴於依聲及多爲拗句二事。嚴於依聲，説明他所依循的是字聲，以字聲應合樂音，而非直接探尋樂音，温庭筠創作歌詞，已完成由音律到聲律的過渡。多爲拗句，屬於句式上的變化。劉、白創作歌詞，依曲拍爲句，所用爲一般五、七言律、绝句式，皆律式句，温多拗句，則非一般律式句。比如《菩薩蠻》的上下二結句，温詞十五首，多采「去平平去平」句式。基本已達四聲一律的標準（盛配語）。温詞句式，與一般律式句「平平仄仄平」，已有明顯區别。這就是温庭筠歌詞創作所出現的變化。倚聲填詞發展至此，已形成固定字格，並已獨立成科。所謂詞爲艷科，以及詞爲聲學，地位已確立。此時填詞，不必依賴外在音樂。永明四聲，派上用場。

在倚聲填詞史上，作爲第一位專業詞人，温庭筠特别喜歡《菩薩蠻》。「小山重叠金明滅。鬢雲欲度香腮雪。」這一詞調，他一口氣就可以給你填十四首，還是十五首。他的經驗，值得借鑒。

第三座里程碑，程式規範階段，柳永時段。

柳永《八聲甘州》，上片布景，下片説情，爲宋詞創造提供基本結構模式。這句話大致包括兩層意思。一爲方法問題，一爲體制問題。梁啓超説：「飛卿詞：照花前後鏡，花面交相映。此詞境頗似之。」許昂霄評《玉蝴蝶》，稱其與《雪梅香》《八聲甘州》數首，蹊徑仿佛。二氏所指，皆屬方法問題，而非柳永所創立的體。這裏所説上片、下片，布景、説情，指的是一種體制的建造。比起一般表現方法，或手法，這是更高層面的問題。

上片布景，下片説情。這一結構模式，雖並非柳永所始創，非爲柳永一人所獨有，但這一結構模式，經柳永不斷地做，反覆地做，給做成公式，已形成固定模式。由此模式所構成的體，既掛上柳永的招牌，稱屯田體，又是宋初詞人共同建造的一個新詞體。這一新詞體，就是宋初體。

宋初體的創造，一種經典的確立。這是柳永歌詞創作程式化、規範化的必然結果。有了宋初體，還要不要音樂呢？以上説過，温庭筠那個時侯，就已經不要音樂了，到了柳永，更加不要音樂了。因爲你知道：上片布景，下片説情。只要有一根拐杖，知道哪裏高、哪裏低，閉著眼睛，也可以走路。所以，自此以後，凡填詞者，都依據這一模式做去。

宋初體上片、下片，物景和情思，這種分配與組合，是一種高層面的建造。一般講，上片布景是一定的，下片可以説情，也可以敘事，可以造理。有人提出，上片説昨天、下片説明天，可以不可以呢？可以。而且，如果進一步再加以抽象，也可以説：上片A，下片B。一個A，一個B就行了。兩個符號。A，隨便你怎麼A；B，隨便你怎麼B。即使地老天荒，也能自成一統。只要兩個不要混在一起。這是宋初體的簡單公式。

宋初體的創造，有了個定數，究竟好或者不好呢？我們説，文學作品反對公式化、概念化。以前的電影、電視，一看就知道哪個好人，哪個壞人。黨支部書記肯定是好人，大隊長是壞人。公安局也是這樣。通常比較容易分辨。這就叫公式化、概念化。填詞又如何呢？公式化、概念化，好或者不好？這就要看，是怎麼樣的公式，怎麼樣的概念。柳永將上片與下片，景物與情思的分配與組合，做得明白而妥怗，並且使之程式化。後來者因之，有了學習的樣板。這有何不好呢？所以，你們填詞，不要一上場就説情。那很難弄得好。要先布景，然後才説情。這是柳永告訴我們的一個訣竅。當然，也有一上來就説情的。唐圭璋論詞的作法，就有這方面的實例。不知道你們是否注意到這一問題。

柳永確立宋初體，奠定宋詞的基礎。這一問題，已經提出好久。一九九三年夏，我到臺北參加詞學研討會，提交論文題爲《論屯田家法》。文章没在大陸發表。在臺灣，依據這一論斷，已產生了好幾篇博士論文。大陸好像還没有，未見有人跟著説宋初體。不知你們感不感興趣？

中國倚聲填詞史上三座里程碑，標誌一種現代化的進程。什麽是現代化？我曾與友人探討過這一問題。我以爲，整齊劃一，可以現代語言加以表述，用科學方法加以測量，就是現代化。秦始皇時候，車同軌，量同衡，書同文，就已經是一種現代化。中國文學有個現代化進程，歌詞也應當有個現代化進程。什麽時候開始這一進程？整體中國文學，不一定把握得了；歌詞應當比較易於把握，那就是柳永時候。柳永講究的程式，就是現代化的一種體現。上片布景，下片説情。上片A，下片B。可以輸入電腦。而且，許多年以前，已經有一種軟件，可用以填詞。當今世界，號稱數碼時代。其實，在柳永時候，宋詞已進入數碼時代。

當然，三座里程碑的標舉，並非我個人之所杜撰。三個階段，三個里程標誌，所有意念，皆各有來歷。第一座里程碑，依曲拍爲句，如何解散律、绝句式，以應合樂曲節拍，得自於龍榆生先生的詞體演變論；第二座里程碑，如何由音律過渡到聲律，得自於夏承燾先生的字聲演變說；第三座里程碑，程式與規範，得自於吴世昌先生的結構分析法。三段里程歸納與概括，都與具體的人和事相關，都可以落到實處。在一定意義上，可以說，這也是自己與學界前輩多年來交流、切磋的成果積累。記得嗎？在《新宋四家詞說》的視頻演講中，我曾說及施蟄存。他是一位充滿睿智的老人。二〇〇三年十一月十七日，華東師範大學爲其慶祝百歲生日，我到上海探望他，跟他筆談。他躺在病床上。我用這麽大張的紙（一般打印紙）寫字給他看。寫了兩條。一條稱：二十世紀詞學傳人，夏承燾與施蟄存。另一條稱：詞學上等於兩個龍榆生，文學上等於兩個魯迅。網上朋友將此事給貼了出來。他「樓下」一位朋友說：吹捧太過。其實呢，有時候就要極端一點。極端一點，才會引起注意嘛。而且，認真算起來，我也有道理。我知道，在政治上，一百個施蟄存也抵不上一個魯迅。但是，魯迅才活到五十六歲，施蟄存九十九。五十六扣掉二十，剩下三十。魯迅寫作時間是不是只有三十年？施蟄存九十九，扣掉二十，還有七十幾。是不是一個等於兩個？再說龍榆生，他活到六十六歲。施蟄存多了三十幾歲。龍榆生辦《詞學季刊》；施蟄存辦《詞學》，早年還辦《現代》。是不是一個頂兩個？一輩子等於兩輩子？我說這一事例，到底爲著說明什麽問題呢？說明我們做研究，或者創作，都要落到實處，落到具體的人和事的上面去。學習詩詞，研究詩詞，不但要讀書，而且要閱人。方才能够把握事物發展的規律。

五　師生問答

問：以詩爲詞、以文爲詞，各有什麼特點？

答：你想知道，何謂以詩爲詞，何謂以文爲詞，必先弄清，什麼是詩，什麼是文。詩和文，相對於詞，明顯的區別，在內容，或者在形式？在形式。所以，對於詩、詞、文的判斷及區分，必須從形式入手，才能看清楚。比如詩和詞，就句式上看，就是順和拗的問題。詩用律式句，不用非律式句；詞用律式句，亦用非律式句。這是詩與詞最大的區別。掌握順和拗，你就可以進行判斷。那文呢？文又有什麼特點呢，知道嗎？一般講，文就是散文。散文的特點：不押韻。還可以用一些虛詞。比如：呢、的、了、嗎。但詞不用，或者少用。最典型的文，應當就是八股文。這是明朝考試制度所規定的一種特殊文體。分爲破題、承題、起講、入手、起股、中股、後股、束股八個部分。其實八股只是四股：起、承、轉、合。填詞要不要起、承、轉、合呢？要。不過，没那麼複雜。上片、下片，雖有一定規限，但還比較簡單。以詩爲詞，改拗爲順；以文爲詞，往往將原有格局打散。詞史上，蘇軾號稱以詩爲詞，辛棄疾以文爲詞，以論爲詞，以筆記爲詞，已是無所不用其極，可細加品賞。

問：一首詩，或者一首詞，格律完成之後，會不會成爲一首詩，或者一首詞？

答：判斷一首詩，或者一首詞的標準是什麽呢？除了格律，還要看看，是否言之有物。要有個意思在裏面，不能無病呻吟。而對於所言之物，亦另有要求。即須要二物，此物與彼物。而且，此二物，亦須互相關聯，可以引發聯想。比如《雪花》一詩：

一片兩片三四片，三片四片五六片。六片七片八九片，飛入梨花都不見。

這首詩，電視劇《還珠格格》出現過，應出自紀昀的《閱微草堂筆記》。首二句，一片兩片三四片，三片四片五六片。寫得好不好呢？挺好的嘛。把過程都寫了出來，似乎也能够想像其情狀。怎麽不好呢？好是好，但不是詩。接下來，六片七片八九片，即使數到一百片、一千片、一萬片，也不是詩。因爲只有一物——雪花，構成不了詩。那另一物是什麽物呢？是梨花。非得加上第四句，飛入梨花都不見，有梨花對照，可供聯想，方才成詩。具二物，可以聯想，判斷詩與非詩的兩個標準。聯想如此，推理行嗎？推理也可以。蘇軾有一首《琴詩》：「若言琴上有琴聲，放在盒中何不鳴。若言聲在指頭上，何不於君指上聽。」這是聯想，還是推理？是推理。這是宋詩，也是詩。事情就這麽簡單。

我在澳門大學教古代韻文，指導學生作詩填詞。在一個學期内，要求最少寫成一首绝句，填製一首《浣溪沙》。有位學生交來一首七言绝句，題爲《榴花》：

昨夜榴花初著雨，輕盈一朵嬌無語。天涯可有解花人，莫負芳心千萬縷。

你們覺得怎麼樣？這裏頭有没有二物？能不能聯想？二物是什麼呢？一個是榴花，一個是心花。不錯。另一物出現不出現？不出現。就是少女的芳心。這是一首古绝，押仄聲韻。我念給北京一位朋友聽，他説很好，就在《華夏吟友》給刊登了出來。這首詩好，究竟好在哪裏呢？好在「少女情懷總是詩」。這位學生叫鄭嫦娥。詩篇刊行，寄給她的信件就像雪片一樣飛來。有的要出她的詩集，有的要寫她的傳記。但她只有這首詩，怎麼辦？我打電話給這位學生，問她還有没有新的作品。她在中學教書，整天忙得暈頭轉向。她説，已經没有那種感覺了。據查證，她的這首詩，源自瓊瑶小説《一顆紅豆》當中的《問斜陽》。瓊瑶詩云：

昨夜榴花初著雨，一朵輕盈嬌欲語。但願天涯解花人，莫負柔情千萬縷。

瓊瑶的這首詩，首二句取自唐寅《妒花歌》的開頭二句。唐寅歌曰：「昨夜海棠初著雨，数朵轻盈娇欲雨。」瓊瑤將海棠改作榴花，數朵改爲一朵。合成四句，句式整齊，又合韻叶，但每句都仄起，還算不上一首古典格律詩。鄭嫦娥依據五、七言律、绝的平仄組合規則，對它作了調整。將「一朵輕盈」改成「輕盈一朵」，「欲」改成「無」，並將「但願天涯」改成「天涯可有」，令其成爲一首合格的古體绝句。兩相比較，應當如何給這位學生打分數呢？從體裁上看，這一作品，由現代新體詩改而成爲古典格律詩，所作調整是成功的。但從原創角度看，這位學生的作品，還只能算是改某某之作。有關知識版權問題，仍須清楚交待。

這是以花爲歌咏對象的作品，目的在於説明，作詩填詞，須具二物，可以聯想。另一以草爲歌咏對象，題爲《春草》，是一位工商管理學院的學生林遠茵所作。我讓作小花和小草，不要概念，也盡量不要抽象的術語。詩云：

春來小草作先鋒，好向人間著翠濃。雨打風吹都不怕，碧雲深處認無踪。

第一句，太一般了。第二句，稍微文一點。但都十分平常。第三句呢？是口號，而不是詩。第四句難度很大。能不能變成一首很好的詩，就看這一句。「碧雲深處認無踪」，這一句究竟好在哪裏呢？這一句提供了另一參照物——白雲。白雲與春草，一個在天上，一個在地上，已分不清彼此。這樣的配搭好不好呢？上課時問學生：雲在天上，還是在地上？草在天上，還是在地上？學生當然分得很清楚。但他們的回答，都並非針對著這一首詩。我說，非也。雲在地上，草在天上。不是嗎？碧雲深處認無踪。草一直長，長到碧雲深處，不是在天上嗎？到處緑油油的一片，是雲，是草，不能分辨，不是都在地上嗎？雲在地上，草在天上。確實是瘋話。但瘋子與天才就只隔這麼一綫。出不了瘋話，你就成不了天才的詩人。是不是這個樣子？這句話出自柳永，是我幫這位學生添上去的。用之以引發聯想，竟產生這樣的效果，真有點料想不到。

「奇文共欣賞，疑義相與析」。怎麽做詩，怎麽填詞？剛剛這位同學的提問，讓我有機會，講了以上一番話，應該感謝。我以學生的兩首絶句爲例，作了回答。希望對於今後的課業，能有所推進。

問： 魯迅先生説：任何一個活生生在民間，但是我硬把它來絞死了。意思是走入現代化，其實就是逐步走入定格，逐步絞死的一個過程。那麽詞的現代化是不是也是這樣？

答： 文學史上，一種文體的興與衰，生與死，對於這種事情，其實我們也不要那麽執著。

如果真像魯迅講的那樣，死就讓它死吧。尤其是舊體格律詩，我也不願意多説，不希望好多人都來寫詩填詞。在去年的《學術研究》上，大概第九期，我有一篇文章叫《詩運與時運》，副標題是：《二十一世紀詩壇預測》。膽量可真不小？二十一世紀詩壇，將會怎麼個樣子呢？當然，我所講的是舊體格律詩，是古詩壇，而非新詩壇。我以兩個六十年，試作推斷。第一個六十年，一九一六年至一九七六年。兩個重要時間標誌。古詩詞於一九一六年被胡適打倒，到一九七六年，死而復生。整整六十年。舊體格律詩之死而復生。一九七六年至二〇三六年，又是個六十年。舊體格律詩會不會生而復死呢？很可能是這樣的結局。這是我的一種預測。

現在的詩詞寫作，大致可分成三大門類，或者三大派。一爲臺閣派，歌功頌德，專門寫給當權派看。這是多數派。此外，就是學院派和山林派。你們願意當哪一派？你們自己選擇。再過兩天，你們的詩詞課業，要交卷了，又要評選。希望你們認清這三個派別。澳門有一位朋友，小學没讀完，以「山行」爲題，寫了三百多首五言绝句。與鳥獸草木共生息。不登大雅，不以詩設教，其間或許仍有詩在。這本書題名《山行》，在岳麓書社出版，我和劉再復爲之撰評。

自古以來，風、雅、頌，三種體裁，均未可或缺。臺閣體，應當也是頌的一種，現在還要不要呢? 當然不能廢除,只是要有個比例。三百〇五篇,風一百六十篇,大雅、小雅,一百〇五篇,三頌四十五篇。加起來,總數是不是三百〇五? 心中有數嗎? 不一定。你們講一講,十五國風是哪十五個國家或地區? 心中有數。這個數非常重要。這一問題説明,無論哪一派,哪種體裁,都要符合孔夫子所確立的這個數,要有一定比例。

問:可不可以請老師念一遍自己的作品?

答:有一首《八聲甘州》,擬屯田。也算是一篇「少作」吧,請大家指教。詞曰:

> 正蒼茫夜色雨無聲,匆匆到車時。問何由教我,這般一往,如此情癡。道是人人應有,泪血鑄相思。除却雲端月,肝膽誰知。最惜籬邊芍藥,記晶瑩玲瀲,亦我亦伊。念今番别去,甚處卜歸期。拚春蠶、都來此事,算幾回、燕字約新詞。《金縷》唱,望三山路,不了長絲。

不須要作什麽解釋。聽一聽,有點感受就可以。先時拜訪滬上詞人沈軼劉,他特别提起這首詞,説是另一位老前輩向他推薦的。他説:柳永詞頗能極盡鋪叙展衍之能事,但於氣格二字似稍嫌不足。説我的這首詞，不單單是有點柳永的樣子，説不定還超過他。勉勵我繼續在氣格二字上下功夫。敬請各位批評指正。

二〇〇九年七月三十日，廣州中山大學暑期詩詞班講演。據金春媛記録整理。原載超星學術視頻http://video.chaoxing.com/serie_400000761.shtml。又載上海《詞學》第二十四輯，上海：華東師範大學出版社，二〇一〇年十二月第一版。

一　思想不能複製，經驗可以複製

第一句話很重要：思想不能複製，經驗可以複製。

你們看，有没有這方面的體驗。現在可以複製的東西可不少。動物已經有好多品種可以複製，人類也差不多了。科學技術已經到達那個程度。但是，思想能不能複製呢？這個意念，是施蟄存給我的提示。施蟄存，他姓施，我也姓施。兩個施是不是有點關係呢？我問他，你們施家是從哪裏來的？我的祖家是河南固始，中州那邊下來的。施蟄存也從河南來，但他們停在崇明。我們一直南下，來到錢江，以後到臺灣。跟他通信幾年，乾脆就認了同宗。我稱他「舍翁大宗伯」，他稱我宗侄。每年都去看他。九十三歲時候，他比我高。到九十九歲，就比我矮。我讓他唱兩首詞，帶回澳門，放給學生聽。操作得不好，給抹掉了。怎麽辦？我再去找他，請另外唱個給我。我帶了兩個録音機去。我説，一個送給你，一個我帶回去。

他聽不見了，跟我筆談。說：「不作老牛吼。」我不敢再勉强。怎麽過意得去呢？留了個録音機給他。他很風趣，說：「你留下這個，我就更不敢講話了。」並說：「現在什麽東西都有，録音機、録影機，什麽都有。就是一樣東西没有，録想機没有。」没有録想機，思想録不下來。我的意念，就是從這裏來的。

另外，還有一位老先生，當代的國學大師，「北季南饒」的饒宗頤，香港大學教授。交往過程，也頗多獲益。記得以前，拜訪老先生，總是空著手去。空著手，也空著腦袋。很盲目，以爲見了就好。而老先生都太好了，他會找話題跟你講。一坐下來，話匣子馬上打開。到饒宗頤那裏，我想，現在有這麽多經驗了，也要跟他有點對話。有一次，我準備了一個問題，文學起源問題。這是個大題目。我們讀過文藝理論，文學起源有幾種幾種説法。有勞動説，遊戲説，還有什麽宗教説。好多説，好多説。心中有了個數，就這麽去了。我問：「饒先生，文學起源於什麽呢？」他非常快地回答：「文學起源於文字嘛。」文學起源於文字，文學就在文字裏面，你還問什麽呢？我準備的一套全報廢了。没有想到他會這樣回答。他這句話可真厲害。到底文學在哪裏？文學就在文字那裏嘛。一點餘地都不留。但是，你空談文學，說文學在勞動那裏，魯迅講的「杭喲、杭喲」，就變成文學了。這就很難落到實處。魯迅講的是哪裏來的呢？蘇聯那裏搬來的。我們所有教科書全部用魯迅的觀念。到現在爲止，還是這樣講。我想推翻這個觀念，所以請教一下饒宗頤。他跟我説，文學起源於文字，那就没辦法再追他。現在，我將這個經驗複製給你們。看看你們怎麽利用這一經驗，來個舉一反三。比如，文學起源於文字，那麽，詞起源於什麽？能用饒宗頤的公式套過來，説詞起源於詞調？這就是經驗可以複製，你們試試看，能不能複製。這是我複製給你們的一套小經驗。這套經驗是誰的呢？是饒宗頤告訴我的。説明經驗是可以複製的。

現在，我想複製一套大一點的經驗給你們。是關於怎樣學詞的經驗。周濟《宋四家詞選目録・序論》説：「問途碧山，歷夢窗、稼軒以還清真之渾化。」他論宋詞四家，王沂孫、吴文英、辛棄疾、周邦彦，對於入門途徑，進行一番描述。這是一千年學詞經驗的總結，我稱它舊宋四家詞説。我的導師吴世昌（子臧）先生不信周濟這一套，在他督導下，我把它倒過來，變爲：「由屯田之家法，易安之『别是一家』，歷東坡、稼軒之變化，以還詞之似詞。」周濟主張從王沂孫入手，經過吴文英、辛棄疾，而後到達周邦彦。我先説柳永，後説「詞之似詞」。文章還没寫出來。這是我上課時給學生講的。究竟新的跟舊的有什麽不一樣？説明這一問題，還得借用吴宓的經驗。吴宓説：爲師者的個人貢獻，是「以我一生之所長給與學生」。他所指是，從詩歌到哲學的提升（《文學與人生》）。他的這一經驗，如用哲學語言表述，就是從多到一的提升。比如，中國古典詩歌研究，一千年當中，究竟做了些什麽呢？從多到一的提升，就看你能不能用簡單的幾個字，將它概括出來。依我之見，一千年的研究，只是注重兩個字。哪兩個字，你們知道嗎？古人有云：「作詩不過情、景二端。」（胡應麟《詩藪》）兩個字，就是情與景。最高境界是情景交融。不會超過這兩個字。到王國維，加上一個字，變爲三個字。即加上言，語言的言。王國維爲什麽加上這個言呢？原來講情與景，是不言傳的。詩無達詁。不言傳，情景交融就好。王國維加上這個言字，那就要講了。看看是否「言有盡而意無窮」。言加進去，成三個字：情、景、言。但情與景，相對於言，變成爲一個字——意，意思的意。這麽一來，言跟意就變爲兩個東西，新的兩個東西。這是王國維。能不能再加，那就是吴世昌，再加一個字，事情的事。吴世昌説，柳永填詞，都是情與景，就像平面的畫幅，没有立體感。到周邦彦，加故事進去，才將情與景勾勒起來。四個字，到饒宗頤，創造形上詞，再給加一個，道理的理，成爲五個字。情、景、言、事、理。一千年的研究，就這麽五個字。你掌握了這五個字，就所向無敵。用以説詩論詞，也就到位。周濟舊宋四家，也説了幾百年。我們的老前輩很推崇，都學這條經驗。而其中哪一位學得最好呢？詹安泰最好，他學到第一步。問途碧山。他聽了周濟的話，真正讀懂碧山，而且寫了一篇論文，叫《論寄托》。這一步，詹安泰做到了。論寄托，就是碧山的經驗。一種文學表現方法，以爲有寄托，才有言外之意。這個是第一步。現在一般人都只是學到這一步。到了第二步，歷夢窗、稼軒，再到第三步，「以還清真之渾化」，那就一塌糊塗了。爲什麽一塌糊塗呢？因爲對於周濟的話，理解有問題。不知道什麽是渾化。對於這一概念，周濟以後曾加補充，説「清真渾厚，正於勾勒處見」。要用勾勒才能達到渾厚。他兩個概念悄悄變動一下，將渾化改成渾厚。其實兩個是一樣，他那句話還是不好理解。有一位學者研究宋代詞學理論，曾説到周濟的這句話。但他没理解好。第一章自問自答。謂：什麽叫渾厚，渾厚就是勾勒。到第四章，忘了自己已經講過的話，渾厚就是勾勒，即翻過來講，勾勒就是渾厚。講了等於没講。這是現代學者的理解。而前輩學者又如何呢？周濟之後，況周頤説：「詞中之意，唯恐人不知，於是乎勾勒。夫其人必待吾勾勒而後能知吾詞之意，即亦何妨任其不知矣。」這個勾勒就變成一種技法，讓人能知的技法，但渾厚爲何還是没講。夏敬觀説：「勾勒者，於詞中轉接提頓處，用虚字以顯明之也。」類似張炎所説，以虚字呼唤。也是一種技法。二氏所説，都不盡符合周濟的原意，也到不了清真。只是到中途，在勾勒講不清楚。那麽，有没有人講得清楚呢？我的老師吴世昌講得清楚。你們看看他的文章。他的文章你找不到，你就上網找我的《吴世昌與詞體結構論》。《文學遺産》登出。因此，可以這麽説，對於舊宋四家詞説，詹安泰起了個頭，吴世昌給它串到底。但是，他最後一篇文章，自己已經寫不動，是我給他整理的，發表後，他自己都看不到。最後這篇文章，就講勾勒問題。他一輩子不願意假人之手，不讓秘書代勞。他是人大常委會教科文衛副主任委員，可以配秘書，完全可以給組織上提個要求，讓施議對當他秘書，他不願意。他跟我的師母講，施議對有自己的研究題目。他捨不得用我的勞動力。到最後一篇才讓我給他整理。他去世的早了一點，不可能把這個問題講得非常清楚。所以舊宋四家詞説，到現在還不是弄得非常清楚。大家只是把這段話引出來，懂不懂都不理睬。這種做法叫從詞話到詞話，從本本到本本。二十世紀後五十年的詞學研究，基本上是這個樣子。只要有一部唐圭璋的《詞話叢編》，就可以成爲詞學專家。以前是半部《論語》平天下，現在是一部《詞話叢編》，你就可以縱横詞壇。這也是一條經驗，你們願意不願意複製回去？有一位學者，寫了一本詞學論著，三十萬字。在前言、後記，講了這條經驗。他説，考上碩士研究生，一入學就把唐圭璋的《詞話叢編》給抄下來，抄了幾千條。他的導師，對此非常肯定。在序言裏把這個事情給推廣出來。你們願意不願意走他的這條路？只要讀詞話就行，不要讀作品。當然，詞話以外，還讀好多書。什麽音樂的呀，西方的呀。他想解決一個幽字，幽暗的幽。他以爲，一部《花間集》，就是一個幽字。他説幽，這倒不要緊，關鍵是能不能説出，幽是個什麽東西。説不出，結果寫了這麽厚厚的一本大書。這是一個學風問題。今年第二期的《文學評論》，發表了我的一篇文章叫《百年詞學通論》，就對這一現象提出過批評。這篇文章寫得比較盡情。構思了好幾年，把自己的想法，全都給它掏出來。希望引起注視，展開討論。你們看看，裏面有什麽講得不對的，提出來商討。寫了《百年詞學通論》，敢不敢再寫《千年詞學通論》？不知道敢不敢。《千年詞學通論》誰來寫合適？只有一個人能寫，但這個人死掉了，他就是胡適。我只能寫《百年詞學通論》。《千年詞學通論》，就看你們，能不能擔起重任。從詞話到詞話，從本本到本本，以爲將周濟這段話引出來，就完成任務，這是一種不好的學風，不能那樣做。

二　程式與程式化

我的新宋四家詞説，也可説是詞論，或者詞傳，包括柳永、蘇軾、李清照、辛棄疾四家。舊四家與新四家，目標不同，取向也不一樣。舊四家從尾巴講上來，乃梁啓超之所謂「倒卷法」。新四家詞説，從頭到尾，順著走，最後的「詞之似詞」，並不歸結於哪一家。所謂似者，乃一綜合體，目標在於將各家長處鎔爲一爐。四家合爲一家。簡單地説就是：柳永立程式，創造屯田體，完善宋初體，奠定宋詞基本結構模式；蘇軾創新意，無意不可入，無事不可言，建造新型獨立抒情詩體；李清照主本色，謂別是一家，知之者少，明確劃分聲詩、樂府界限；辛棄疾變新法，令隨心所欲，而不逾矩，由必然王國到自由王國。

新宋四家詞説，爲什麽將柳永當作探尋入門途徑的開始？簡單地講，是因爲他給我們畫了好多框框，好多格子。正如初學舞蹈，在地板上畫空格一樣。在地板上畫格子，不會踩到人家的脚尖、脚後跟，就容易學得好。作詩填詞，爲什麼要有格律呢？也是這一道理。有格律容易一些，没有格律就比較困難。所以，我以爲，越束縛越好。那麼，我又怎樣對付種種約束呢？比如填詞，我是一個詞調、一個詞調來填的。爲什麼呢？因爲那樣才會順手。要不，今天填一個詞調，明天填另一個詞調，就會很生疏。從詞調入手，可以掌握它所包含的許多東西。

接下來，看看柳永，我們應當學些什麼？也就是説，柳永對於宋詞，有何特别貢獻。綜合歷來所説，柳永可學之處，大致有下列三個方面：

第一，題材的開拓及形式的變革。

一般説柳永，指其「演小令爲長調」，與李清照所説「變舊聲作新聲」，仍有不同。李説牽涉到體制變革問題，此則專指擴大容量，偏重於題材。有關題材開闢，柳永確實堪稱功臣。不僅在立意上成爲蘇詞之先導，而且於市井間興起柳永熱——「凡有井水處，即能歌柳詞」，也爲宋詞發展奠定廣泛的社會基礎。題材的拓展，促使形式變革。由於柳永的創導，樂府新聲，成爲當代流行曲；述志言情，創作中有所分工。餘事的餘事，終於發展爲一代之勝。這一條，相信大家都會講，我就不多講了。

第二，體制的變革及程式的確立。

内容變革，體制變革，兩個不一樣。内容變革容易，還是體制變革容易？現實社會，經濟改革與政治改革，並無太大難處，但體制改革不容易。經濟、政治，都可以改，體制不能改。詞中的柳永又如何呢？合樂歌詞，由唐、五代入宋，多數作者依循舊制，做花間式的小詞。這一現象，詞史稱：追步花間。當時的體制，情與景結合得很緊密。不容動摇。不方便將第三者安插進去。不方便説故事，不方便鋪叙。如想説故事，就得像孫光憲那樣，將幾首《浣溪沙》連接在一起。這一體制，方便觸景生情，合樂應歌，適合於伶工，不適合士大夫。柳永打破這一格局，變花間體爲宋初體，就是一種體制上的變革。

宋初體，上片布景，下片説情。於情與景之間，可安排故事。吴世昌稱之爲第三者。這在柳永自身，儘管還不能真正到達目標，柳詞只是情與景，没有事，吴世昌稱單面畫幅，但柳以上、下片分列，讓第三者有機可乘。此後蘇軾之叙事、造理以及周邦彦之説故事，無不受惠於柳永的變革。而且，柳永以歌詞説情，鋪叙展演，反覆實踐，上片布景、下片説情這一結構模式及組織方法，逐漸形成一定程式，一定之法，既爲宋詞奠定基本結構模式，亦爲後來者填詞提供入門梯航。這是柳永對於宋詞的特別貢獻。

宋初體這一結構模式，雖並非柳永一人所獨創，却是到柳永而確立。柳永在詞裏鬧革命，令歌詞創作進入程式，以「蹊徑仿佛」（許昂霄《詞綜偶評》評柳永《玉蝴蝶》語）的柳詞公式及屯田家法，展示一種現代化進程。三國維説，「詞至李後主，遂變伶工之詞爲士大夫之詞」（《人間詞話》）。所説只是內容，未及形式。真正實現這一轉變的，是柳永。我有一篇文章《論「屯田家法」》，説及柳永以一體對百體的情形。我以爲，詞中的造反派是柳永，而不是蘇軾。當然，所謂宋初體，其實很簡便，課堂上，將這首詞抄下來，中間畫一條綫，分別上片與下片，問題就解決了。這也是一條經驗。

第三，精神獨立，思想自由。

二〇〇一年四月，武夷山舉辦「中國首届柳永學術研討會」。閉幕式上，李鋭以「自我批評總過頭」説自己，而以「精神獨立，思想自由」説柳永。一種頗有創意的文化闡釋，令人欽佩。李鋭，毛澤東秘書，現在九十多歲了。他把我們的柳永推舉成這麽一位偉大人物，不知道你們體會得到，體會不到。一九七八年夏天，我第二次報考研究生，晉京復試。一位老師提出：你對柳永是怎麽評價的？那時候談論柳永，要有很大的膽量。因爲柳永還是被批判的對象。於是，我就變换個角度，説愛情題材，自古以來如何、如何，將問題給敷衍過去。想不到李鋭這位政治家給他這麽高的評價。不知道你們願意不願意給柳永戴上這麽一頂帽子？這是柳永。

下面是蘇軾。夏承燾先生説：蘇軾把詞變大，辛棄疾把詞變奇。一個使之大，一個使之奇。兩個字,直接將奥秘揭開。我們的老前輩就有這麽大的本領。在詞壇上,蘇軾將柳永看作自己的勁敵。創調比不上,創意較難説。他是怎麽樣把詞變大?變大的結果,又是怎麽個樣子呢?

蘇軾的變化,大致説來,主要體現在兩個方面:

第一,變市民意識,爲士大夫意識。

市民意識,卿卿我我,有如柳永一般。士大夫意識,修身、齊家、治國、平天下,多數讀書人皆如此。就歌詞創作而言,蘇軾之前,歌咏對象是歌兒舞女,蘇詞中與之相關的作品占四分之一;蘇軾之後,歌咏對象可以是作者自己。胡適説,蘇軾之前的詞是歌者的詞,之後,是詩人的詞。就是這一狀況。夏承燾先生説,蘇軾之前,歌詞爲妓女而作,蘇軾以詞歌咏自己的夫人,是一大改變。這就是意識的轉換。所謂使之大,至少是將題材範圍擴大。但擴大範圍之後,歌詞的性質有無改變?是不是變成詩,或者變成文?須進一步加以探究。

第二,改拗爲順,以詩爲詞。

劉熙載稱蘇詞「無意不可入,無事不可言」(《藝概》卷四),這是真實情形。蘇軾創作歌詞,部分轉化爲詩,成爲一種新型獨立詩體,這也是真實情形。在歌詞質性上,蘇軾以「自是一家」,表明自己與柳七的區别。在某種程度上看,蘇詞高雅,柳詞低俗,似乎也頗能代表論詞者的觀感。在一定意義上講，謂其以詩爲詞，應當説得過去。而除此以外，討論蘇軾以詩爲詞問題，大多拿不出確鑿的證據來。因爲只是著眼於題材，著眼於思想内容，很難説明白詩與詞的區别。以態度、方法，説其以詩爲詞，也顯得空泛。但是，如從句式入手，看其以詩爲詞，問題却很清楚。蘇軾政治上保守，歌詞創作，擇腔選調，也持保守態度。《東坡樂府》所采用詞調，多爲唐、五代舊制；對於宋人新創，譜寫時亦甚多保留。比如《八聲甘州》，柳永以一、七句式（「對、瀟瀟暮雨灑江天」）起調，蘇軾改作三、五句式（「有情風、萬里卷潮來」）；柳永以一、二、二（「倚闌干處」）畢曲，蘇軾改作二、二句式（「不應回首」）。一頭、一尾，皆以律詩手爲之，一一將非律式句，改爲律式句，並不完全跟進。改拗爲順，這是以詩爲詞的明證。類似例句，相信還找得到。所謂舉一反三，就看你們怎樣再行查勘。找到例子，可以寫一篇文章，論證蘇軾以詩爲詞。

二十世紀後五十年，以風格論説蘇軾，到底跟誰走呢？這是一個很有趣味的問題。據記載：蘇軾曾問他的幕僚，我詞何如柳七？幕僚答：柳郎中詞，只好十七八女郎，執紅牙板，歌「楊柳外，曉風殘月」。學士詞，須關西大漢，銅琵琶，鐵綽板，唱「大江東去」（《吹劍續録》）。謂蘇軾爲之绝倒，説明只是講講笑話，開個玩笑而已。但這段話，却變成風格論的最早依據，作爲一條經驗傳下來。五十年的蘇軾研究，全部跟蘇軾的幕僚走。當然，還得再找旁證。比如張綖《詩餘圖譜》《例言》稱「詞有婉約、豪放二體」，被引用的機會也特別高。這是風格論者最常用的法寶。除此以外，現在有第三條材料。元好問《贈答張教授仲文》詩，以天孫織錦比蘇、辛，以月中螯泣比姜、史，標榜南北之異。這是日本人找的證據。到現在爲止，就這三條材料。但三條中，最重要的一條是蘇軾幕僚所提供的。我不明白，你好好的一個碩士生，一個博士生，一個大學教授，怎麽跟一個幕僚走呢？五十年，大家都説，柳永婉約派，蘇軾豪放派。是不是這麽回事呀？我的老師吴世昌先生對此深惡痛疾。誰寫這樣的文章就批評誰。所以結交了好多敵人。我到澳門大學，不允許學生講豪放、婉約，講了不給分數。而且，不允許看有關學者寫的論詞文章。不允許看，爲什麽呢？因爲仍在誤區當中。

另外，五十年的研究，還有一個問題，就是不懂得分類、不懂得分期。做學問必須懂得分類、懂得分期。什麽是分類呢？把句式分成兩類，一類律式句，一類非律式句，這就是分類。什麽是分期呢？王國維以前的一千年，屬於舊詞學，或者古詞學；王國維以後的一百年，屬於新詞學，或者今詞學。這就是分期。不懂得分類、分期，那就没有觀念。觀念就是指導思想。寫文章，編纂文學史，要有觀念。没有觀念怎麽辦？那就跟著政治家走，跟著歷史學家走。用他們的觀念，進行分類、分期。比如，古代文學，近代文學，現代文學，當代文學，所用以劃分的標準是什麽呢？是政治事件，還是文學事件？第一個，鴉片戰争；第二個，五四運動；第三個，中華人民共和國成立。皆屬於政治事件，而非文學事件。乃政治鬥争模式，而非文學發展模式。是政治家、歷史學家的事，體現政治家、歷史學家的觀念，不是文學家的觀念。那麽，文學家有没有觀念呢？空白。一九九七年，我在黑龍江舉辦的一個古典文學研討會上説，研究文學的人，到現在還没觀念。在座一百多人，都是大學教授，也都没觀念。施議對有没有觀念呢？我説：有觀念。但我不敢説，對整個文學有觀念，只是對於詞學有觀念。我的詞學觀念是什麽呢？是將詞學劃分爲兩段：一段古詞學，一段今詞學。古今的區別，以一九〇八爲分界綫。我不用一九一九，用一九〇八。一九一九，政治事件；一九〇八，文學事件。一九〇八發生什麽事件呢？《人間詞話》發表。這是我在那個場合所講的話。到現在已經過十幾個年頭，人家跟不跟這樣劃分，認同不認同這一觀念呢？還不見相關文章發表。没人跟，没人認同，不等於白講嗎？没辦法。但我就喜歡到處講。不僅明確提出，觀念是個什麽東西，而且明白地説，你們没觀念，我有觀念。二〇〇五年，在首都師範大學講堂，我曾口出狂言，向文學界發出宣戰。今天也借助於這一機會，提出這一問題，供你們參考。

做學問，從事學術研究，須懂得分類、分期。但二十世紀只有兩個人懂得這麽做。一個王國維，一個胡適。王國維《人間詞話》第一句：「詞以境界爲最上。」將詞分成兩類：一類有境界，一類無境界。有境界爲最上，無境界最下。是分類，也是分期。重點在分類。而胡適呢？他更是一段一段，將全部詞的歷史切割爲三個大時期：自晚唐到元初，爲詞的自然演變時期，是詞的「本身」的歷史；自元到明清之際，爲曲子時期，是詞的「替身」的歷史；自清初到今日（一九〇〇年），爲模仿填詞時期，是詞的「鬼」的歷史。並且，還將第一個大時期，劃分爲三個階段：歌者的詞，詩人的詞，詞匠的詞。這是對於詞的劃分。對於全部文學史，他也作過劃分。他將漢以後的中國文學一刀劈成兩半，一爲僵化之死文學，一爲生動之活文學。胡適這麽做，是用政治來判斷還是用文學？他用語言，看看是白話文還是文言文。這是文學表達工具，並非從屬政治。這是二十世紀的狀況。只有兩人，其餘稱不上。爲此，這幾年我寫了好幾篇你們以爲具顛覆性的文章，想糾正文學界、詞學界一些不恰當的做法。其中，有一講題《文學研究中的觀念、方法與模式問題》，已在多所高校進行過多場演講。

以上這一話題，是從蘇軾研究引申出來的。新宋四家詞説，由柳永開始，到了這個時候，宋詞究竟變成怎麽個模樣？蘇軾改拗爲順，建造新型獨立詩體，李清照稱「句讀不葺之詩」，這就是蘇軾變化的結果。

三　别是一家，知之者少

「别是一家，知之者少」。八個字，出自李清照《詞論》。李清照於北宋當朝，自視甚高，目空一切。在歷數本朝倚聲家，包括柳屯田，張子野、宋子京兄弟，晏元憲、歐陽永叔、蘇子瞻，以及王介甫、曾子固諸輩，謂其不知詞之後，説：「乃知别是一家，知之者少。」現在，我想測試一下，看看你們讀書認真不認真。這裏，李清照所説，究竟有幾家？有「别是一家」，又有非「别是一家」。説明最少兩家。那麽，這裏的兩家究竟是哪兩家？兩家中的另一家又是哪一家？如果説，這裏的兩家，一家是詩，一家是詞，兩家中的另一家是詩，答案大致不差。但不準確。因爲這不是李清照的原話，不是她所使用的語彙。我想讓你們回答的是，《詞論》中所説兩家，分别是哪兩家？其實，《詞論》開篇即云：「樂府、聲詩並著，最盛於唐。開元、天寶間，有李八郎者，能歌擅天下。」第一句話，就已將兩家交待清楚。就是樂府與聲詩。大家讀書，不要忘記第一句。而且，不要自己去創造語彙。研究李清照，你當儘量用李清照的語彙來表述。這也是一條經驗。

知道有兩家，樂府與聲詩。那麽，詞是哪一家呢？詞是聲詩。非也。詞是樂府。《詞論》開篇，將樂府與聲詩擺在一起，説它們怎麽樣、怎麽樣，就是讓你辨别，看你知不知。就歌詞是樂府,用以歌唱的歌詞,如長短句歌詞。詞壇狀況看,聲詩,用以歌唱的詩篇,如唐人绝句;樂府,用以歌唱的歌詞,如長短句歌詞。詞是樂府,不是聲詩。你們的答案不準確,可見還是「知之者少」。李清照没講錯。李清照那時候,可能也像我一樣,就那麽狂妄,才敢這麽講。而「知之者少」,將出現什麽結果呢?比較常見的,大致以下兩種情形:一、由於不知,認不清樂府與聲詩的區别,誤將樂府當聲詩來做。比如《八聲甘州》,蘇軾改拗爲順,就是混淆界限。李清照的批評,尚未列舉實例,但作品俱在,皆可印證。二、由於不知,掌握不了樂府特殊性格及特殊表現方法,做得不像樂府。比如蘇軾,陳師道《後山詩話》云:「退之以文爲詩,子瞻以詩爲詞,如教坊雷大使之舞,雖極天下之工,要非本色。今代詞人唯秦七、黄九爾,唐諸人不迨也。」似與非似,就是像與不像。這是陳師道所提供的準則。看它像不像。像,本色;不像,非本色。誰來判斷?我來判斷。我説本色就本色,我説非本色就非本色。如此而已。李清照用一個「别」字,彰顯樂府與聲詩的區分,用一個「知」字,揭示本色與非本色的標準。以爲:能知之,做得像,就本色;不能知,做不像,就非本色。因此「别是一家,知之者少」,即成爲李清照確立本色論、捍衛樂府歌詞特質的八字真言。這是須要特别推尊的。

以下兩首《醉花陰》,一首李清照作,一首辛棄疾作。究竟哪一首像詞,哪一首不像詞?請嘗試加以辨别。

李清照《醉花陰》：

薄霧濃雲愁永晝。瑞腦消金獸。佳節又重陽，玉枕紗廚，半夜涼初透。

東籬把酒黄昏後。有暗香盈袖。莫道不消魂，簾捲西風，人比黄花瘦。

依據宋初體，在中間劃一條綫，上片與下片，就此分界。上片布景：薄霧、濃雲；玉枕、紗廚。合寫一個字，涼。下片叙事：把酒東籬，暗香盈袖。也寫一個字，瘦。表示於賞菊過程，感覺到涼，印象是瘦。處在感性認識階段。

辛棄疾《醉花陰》：

黄花漫説年年好。也趁秋光老。緑鬢不驚秋，若鬥尊前，人好花堪笑。

蟠桃結子知多少。家住三山島。何日跨歸鸞，滄海飛塵，人世因緣了。

同樣方法，中間劃一條綫。上片布景：黄花與人。寫一個字，老。誰老？花老，我不老。爲什麽？因爲黄花跟秋光一起老去，我却緑鬢依然，不爲秋去所驚動，花的精神没我的精神好。花比人老，不是人比花老。是印象，還是認識？是認識。當然，認識是通過印象得來的。下片説情；家住三山，跨鸞歸去。寫一個字，了。是感覺，還是認識？是認識。説明賞菊過程的一種體驗。體驗到老，認識到了。乃通過歸納、綜合而得，已提升到理性認識階段。

兩首詞，同一詞調，同一詞題，都説賞菊。排列一起，構成鮮明對照。一個感性，一個理性，兩個不同認識層面。人比黄花瘦，一種精神及姿態，可見因緣未了。何日跨歸鸞，一種設想及意願，可見因緣已了。二者權衡，孰輕孰重，已十分明顯。似乎幼安的思考比易安重要一些。而就實與虚、真與假的角度看，則未必盡然。李清照的涼和瘦，儘管不必爲之大驚小怪，似未及辛棄疾的老和了嚴重，但真切、可信，辛像是不活了，要到其他地方去，却不可信。辛「怕君恩未許，此意徘徊」(《沁園春》語)，不會就此善罷甘休，或跨鸞歸去，所説大多是假話。兩相對照，還是李清照的感覺及印象動人。

歷來論者，指李清照詞，無一首不工，對於辛棄疾，評價也很高。濟南二安，往往不相上下。但以似與非似，像詞與不像詞的標準加以衡量，二者却有所區别。比如《醉花陰》之所呈現，一個是感覺及印象，涼與瘦；一個則接近於概念，老與了。相比之下，本色與非本色，還是看得出來的。辛棄疾詞六百二十九首，當中也有很本色的，不能否定，但在事實面前，却不能不承認，辛比李有所遜色。

通過《醉花陰》，讀其詞，閱其人，對於李清照和辛棄疾，已有個粗略的了解。現在，可深入一步，探討辛棄疾其人及其詞的評價問題。二十世紀，辛棄疾被推到至高無上地位。兩頂桂冠戴在他頭上，一頂愛國主義，一頂豪放派領袖。凡寫論文，都要按這個調子來寫。我一篇文章論辛棄疾，提及這一問題。但我不是對這個問題説不。没否定辛棄疾。我只是説，辛棄疾愛兩個安樂窩。一個大的安樂窩，一個小的安樂窩。大的安樂窩是南宋小朝廷，小的安樂窩是他的莊園。大家説辛棄疾愛國，我説他更愛安樂窩。這是第一個問題。我喜歡辛棄疾，當官的時候，他很敢幹。爲什麽呢？爲了大安樂窩，替君王排憂解難。同時，也爲了小安樂窩，在江西蓋了兩座莊園，帶湖山莊和瓢泉。

一一八一年，四十二歲。歸順南宋小朝廷的第一個二十年。辛棄疾在上饒興建帶湖新居。近千畝水域，一百多楹房屋。朱熹悄悄地去看了一回，有「耳目所未曾睹」之慨。隨後，兩次卜築瓢泉，擬建瓢泉新居和莊園。一一八八年建成。這是辛棄疾閒居時歌酒作樂之處所。一二〇二年，六十三歲，辛棄疾再度被起用，派往紹興任知府。拜望陸游，時，七十九歲，已歸隱鄉里。辛棄疾欲爲修建新居,陸游不肯接受。有一布衣劉過,作詞與辛相像。賦詞寄之,辛大喜。邀去酬唱彌月,臨別賙之千緡。有人說,劉過就是辛棄疾作詞的槍手(吴藕汀《藥窗詩話》)。此事既死無對證,恐怕也很少有人敢於相信。不過,辛棄疾就有這麽一些事情。到底他愛國不愛國?是貪官,還是清官?你們自己判斷。這是大安樂窩和小安樂窩問題。

第二個問題,稼軒體與稼軒佳處。什麽叫稼軒體?什麽叫稼軒佳處呢?相關問題的討論,目的在於探尋門徑。由屯田開始,學習柳永,上片下片,主要是宋初體的構成及表現手法。由柳永入門,經過蘇軾和辛棄疾的變化,或者使之大,或者使之奇,應當學習些什麽呢?就辛棄疾而言,應當是兩個字,正與反。由於正與反的組合與變化,構成稼軒體,稼軒佳處也因此而得以展現。

應當説,辛棄疾歌詞創作之正反組合及變化,跟他的出身和經歷頗有關聯。辛棄疾出生於山東濟南。在金人管制之下,聚衆起事,拉了一支兩千人的隊伍,投奔耿京,擔任掌書記。紹興三十二年(一一六二),二十三歲。奉表南歸,投奔南宋小朝廷。從政治上講,辛棄疾是一位歸正軍民。南歸後,他的經歷可分爲前二十年和後二十年兩個不同階段。前二十年,由職位低微的地方官員,到封疆大臣。先是得不到重用,再是得到重用而得不到信任。不安樂的兩個十年，一切都處在極端矛盾當中。但此時的辛棄疾，畢竟都在一定位置之上。心裏頭的話，不論無所顧忌或者有所顧忌，亦不論正説或者反説，一個方向，都有明確的表述。後二十年，由置閑投散，歌酒作樂，到起廢進用，秋後風光。不在其位，又想謀其政。心裏頭的話，或者由反得正，或者由正得反，就並非只是一個方向。生活道路上，進與退的磨煉，令得辛棄疾爲人處世的思維方式，越來越多變化，作爲陶寫之具，他所作歌詞，也因之而産生變化。

大體上看，前二十年，有正有反，有反有正，一切仍以常規行事。例如，第一個十年，想恢復，就説恢復；想做官，就説做官。「大聲鞺鞳，小聲鏗鍧。横絶六合，掃空萬古。自有蒼生以來所無」。是爲正。第二個十年，欲説還休，或者「斂雄心，抗高調，變温婉，成悲涼」。是爲反。所謂正與反，也就是正與反。態度十分明朗。而後此之二十年，亦正亦反，亦反亦正，甚至於無正無反，完全不顧常規。此時，所謂正與反，就不能只看字面。

四　一正一反與無正無反

以下請看辛棄疾的兩首《水龍吟》。這兩首詞，是正話正説，還是正話反説？或者是反話正説？

第一首，《水龍吟·登建康賞心亭》：

楚天千里清秋，水隨天去秋無際。遥岑遠目，獻愁供恨，玉簪螺髻。落日樓頭，斷鴻聲裏，江南遊子。把吴鈎看了，闌干拍遍，無人會，登臨意。　休説鱸魚堪膾。儘西風季鷹歸未。求田問舍，怕應羞見，劉郎才氣。可惜流年，憂愁風雨，樹猶如此。倩何人喚取，紅巾翠袖，揾英雄泪。

把吴鈎看了，闌干拍遍，還是没人理會。英雄之泪，只能讓歌女，以紅巾翠袖，爲之殷勤揩拭。這就是辛棄疾。什麽時候的辛棄疾？南歸之初，正想幹一番事業時候的辛棄疾。是正話正説，還是正話反説？正話正説。自己想怎麽做，就怎麽説。做不到拉倒。所以，最後還得歌女出場。這既是詞人的本色，也是歌詞的本色。中國傳統就是這麽個樣子，英雄還要美人陪伴。

第二首，還是《水龍吟》，小序稱：「次年南澗用前韻爲僕壽，僕與公生日相去一日，再和以壽南澗。」。詞曰：

玉星殿閣微凉，看公重試薰風手。高門畫戟，桐陰閣道，青青如舊。蘭佩空芳，蛾眉誰妒，無言搔首。甚年年却有，呼韓塞上，人争問、公安否。　金印明年如斗。向中州錦衣行晝。依然盛事，貂蟬前後，鳳麟飛走。富貴浮雲，我評軒冕，不如杯酒。待從公痛飲，八千餘歲，伴莊椿壽。

在說這首詞之前，穿插點背景材料。講一下我的兩位詞學導師，夏承燾和吳世昌教授。兩位導師都喜歡辛棄疾。夏承燾先生於每回上課之前，必定先唱一遍「楚天千里清秋」。吳世昌先生對辛棄疾了解到骨髓裏面去。辛棄疾心裏想什麼，他能得知。他說：想做官，官做得越大越好。辛棄疾每一個血管裏面的白血球，每一個細胞，都在奔騰，鬧著要做官。那麼，做官幹什麼用呢？做了官，才可以去打金兵。做的官越大，權力越大，機會越多。辛棄疾就是這麼樣一個人。但是，我問吳世昌先生，想去當官，你看怎麼樣？他問，你幾歲啦？四十了没有？那時候，我剛剛過了四十。吳世昌先生說：古時男子三十未娶就不結婚，四十未仕就不做官。就這麼回答，肯定持反對立場。没錯。吳世昌是徐志摩的表弟，燕京大學高材生。二十一二歲，在圖書館寫作《辛棄疾傳》。他躲在一個角落用功，閉館時没被發現，給關在裏面過了一個晚上。

現在，回到上面所說第二首《水龍吟》。這首詞以祝壽爲名，說功名富貴。祝賀對象韓元吉（南澗），一位寓居上饒的老幹部（吏部尚書）。具大才幹、大本領，理應得到賞識，重試薰風手,盡享榮華富貴。既説對方,以表慶賀之意,也是説自己,希望得到重用。這一層意思,不難把握。但忽然之間,却「無言搔首」,以爲一切盡皆「不如杯酒」。他心中所想究竟又是甚麼? 即其内裏之奥秘,就不易探知。眼下富貴、浮雲、杯酒,排列一起。亦正亦反,亦反亦正,無正無反。這就是南歸後,第二個二十年的辛棄疾。

所謂神龍見首不見尾,見尾不見首,辛棄疾就是詞中的大龍。詞到辛棄疾手裏,已隨心所欲。願意怎麽寫就怎麽寫,你不能説他不像詞。但是,辛棄疾的變化,如與蘇軾相比,在形上與形下的層面上,還是有一定區别的。

時賢論蘇軾,一般以《定風波》爲例,贊揚他的達觀精神。以爲「也無風雨也無晴」,將現實社會中的風雨跟自然界的風雨聯繫在一起,認定自己,只要心中無風雨,也就不怕所有的風和雨。或以《臨江仙》爲例,揭示他的處世態度。以爲「小舟從此逝,江海寄餘生」,説他連夜駕船到江海裏去,是對於謫居生活的不滿。兩首詞所歌咏,也許果真有此意。但如此論蘇,其實並不到位。因其所論列,都在一個層面,形下層面,而尚未加以提升。形下層面,充滿人間烟火,人生得失,停留於這一層面,還不能真正認識蘇軾。

那麽,蘇軾的《東坡樂府》有没有體現形上之思的作品呢? 前賢稱蘇軾「指出向上一路」

（王灼語），我看就是一種提升。以下是他的一首《永遇樂》，請仔細閱讀，看看能不能體會得到提升究竟是怎麽一回事。

這首詞的小序稱：彭城夜宿燕子樓，夢盼盼，因作此詞。詞云：

> 明月如霜，好風如水，清景無限。曲港跳魚，圓荷瀉露，寂寞無人見。紞如三鼓，鏗然一葉，黯黯夢雲驚斷。夜茫茫、重尋無處，覺來小園行遍。　天涯倦客，山中歸路，望斷故園心眼。燕子樓空，佳人何在，空鎖樓中燕。古今如夢，何曾夢覺，但有舊歡新怨。異時對、黄樓夜景，爲余浩嘆。

蘇軾在燕子樓睡了一個晚上，夢見盼盼。盼盼原來是誰家的歌女呢？張建封。現在兩人都已經一去不復返，但燕子樓還在。三更時分，蘇軾在夢中，像是給落葉驚醒。之後，小園行遍，没有踪迹；望斷故園，引發浩嘆。浩嘆什麽呢？這就開始提升。第一個層次，燕子樓空，佳人何在。爲張建封和關盼盼浩嘆，説他們那個時候，儘管那麽美好，那麽充滿詩意，現在都不在了。第二個層次，古今如夢，何曾夢覺。由張建封和關盼盼推而廣之，爲古今人浩嘆。浩嘆什麽？浩嘆舊歡新怨，個個都不覺醒。第三個層次，黄樓夜景，爲余浩嘆。爲自己。此時此刻，蘇軾究竟想些什麽？是不是佳人？心境又如何？快樂？不快樂？或者豁達？但他和一般人不一樣，他想的是，我爲别人浩嘆，過幾年以後，人家可能就要爲我浩嘆。余字很重要，可借以進一步推廣，是衆人，也是包括你我在内的古今人。可見並非只是歌咏風花雪月，只在一個層面。而其層面的提升，則由上片的望斷到下片的浩嘆，經歷三個步驟，將古與今通而觀之。這就是從詩歌到哲學的提升。

另外，蘇軾的《洞仙歌》，「冰肌玉骨，自清涼無汗。水殿風來暗香滿」。歌咏蜀主和花蕊夫人故事。有關鑒賞詞典，將之列入愛情詞，似乎並不十分妥當。夏夜夜半，摩珂池上納涼。忽見疏星暗渡河漢，秋天就將來到，警覺流年暗中偷换。就這麽一個事情。實際上乃借故事，對於永恒與瞬間，有限與無限的思考。仍屬向上一路詞章。

大致説來，蘇軾、辛棄疾，似皆於歌詞表達思考，但層面不同。蘇軾思考的問題是在哲學層面上，辛棄疾思考的問題是在利害得失上，諸如當不當官的問題。蘇軾思想超越古今。既能使之大，又能够使之高，高到天上。辛棄疾的奇，始終在一個層面，高不了。如果説，蘇軾已經高到天上，辛棄疾則仍在地上。蘇軾是人，神仙中的人；辛棄疾是人間的人。辛棄疾想做官，到已經没機會，還很執著。那麽，蘇軾與辛棄疾，哪一位崇高一點呢？當然不一定就這樣給他們下斷語。

我的新宋四家詞說，由柳永、蘇軾、李清照、辛棄疾，一路講下來，構成新的四家，既爲把握方向，奠定基礎，亦希望於變化過程，覓得合適的落脚點和歸宿。因此，最終目標在哪裏呢？最終並非局限於任何一家，而是在詞之似詞的境界。

詞之似詞，其似與非似之準則與規範，並非個人之所杜撰，簡單地說，主要有兩個來源。一爲陳師道，他說，子瞻以詩爲詞，如雷大使之舞，雖極天下之功，要非本色。另一爲李漁，他說：「作詞之難，難於上不似詩，下不類曲，不淄不磷，立於二者之中。」（《窺詞管見》）我將這兩段話，看作兩條經驗，用作自己的立論根據。

有一位老先生告訴我，填詞要從《金縷曲》開始。爲什麽呢？因爲這個詞調很有特色，填製起來，容易像詞。這裏，有我一首《金縷曲》，麻煩你們讀一遍。

一棹西湖水。釀清愁、銀波倦溦，暖風慵起。不了晴絲飄柳岸，隊隊無言桃李。費多少，紅情緑意。烟雨畫船應依舊，甚當年、争渡今何地。橫翠蓋，舞雙袂。　重來合共佳人醉。對長堤、沙鷗笑問，鬢毛斑未。客裏光陰駒過隙，唯有此情難已。縱幾度，蟾宫折桂。華苑曉來聞鶯語，正沉沉、幃幕眠西子。凝皓腕，亂釵髻。

這位老先生有《金縷百咏》，他填了一百首。依據他的經驗，我也跟著填，到現在爲止，已有五十幾首。這是第一首。到底像不像，像誰的，有請各位批評指正。

最後，讓我嘗試一下，複製夏承燾先生的「楚天千里清秋」。只是前面一段，你們聽聽，究竟像不像（詞略）？吟誦這事情，關鍵是自成曲調。但要練好幾遍，第一遍不一定能複製得好。

二〇〇九年七月三十一日，於廣州中山大學暑期詩詞班講演。據肖士娟記録整理。原載超星學術視頻http：//video. chaoxing. com/serie_400000760. shtml。又載上海《詞學》第二十三輯，上海：華東師範大學出版社，二〇一〇年六月第一版。

蘇軾以詩爲詞辨

蘇軾以詩爲詞，這是千年詞學的一個重要話題。尤其是二十世紀，這一問題，和豪放、婉約一樣，已成爲詞學研究中，無法迴避而又經常被誤解的一個話題。就目前情況看，對於這一話題，學界相關述作，已不少見，但所持論，大都較爲空泛，並且有所偏廢。在常見述作中，論說題材、内容，頭頭是道，十分有把握；論說音律或者聲律，往往藏頭護尾，躲躲閃閃，或者乾脆就避而不談。或者說，只是提出問題，如「間有不入腔處」，但拿不出具體事證。有關問題，已成爲蘇軾以詩爲詞這一話題探索、研究中的一個盲點。

今天的講題，蘇軾以詩爲詞辨，說的是辨別的辨，而非分辯，或者辯解。準備從頭來過，將宋人的論斷與今人的論斷作一對照，並逐一加以辨析，從而爲命題正名。說明蘇軾所謂以詩爲詞，就是改拗爲順，以作詩的態度和方法作詞。並且說明，有關蘇軾以詩爲詞的評價問題，主要是對於歌詞這一樂歌品種自身發展的經驗總結。所謂「指出向上一路」，乃蘇軾的特別創造，亦以詩爲詞之一重要成果。

一　宋人的論斷：自是著腔子唱好詩

詞學史上，謂蘇軾以詩爲詞，其始作俑者，多數以爲陳師道。在今傳《後山詩話》中，有這麽兩段話。一曰：

> 退之以文爲詩，子瞻以詩爲詞，如教坊雷大使之舞，雖極天下之工，要非本色。今代詞人惟秦七、黄九爾，唐諸人不迨也。

二曰：

> 世語云：蘇明允不能詩，歐陽永叔不能賦。曾子固短於韻語，黄魯直短於散語。蘇子瞻詞如詩，秦少游詩如詞。

兩段話論説蘇軾，提出以詩爲詞這一命題。當中的關鍵詞，都是一個「如」字。如，從女，從口。本義遵從、依照，引申爲好像、如同，就是相似的意思。謂之如教坊雷大使之舞，或者如詩，而非如詞。這是陳師道就其觀感，對於蘇詞所提出的批評意見。

陳師道，相傳乃蘇門六學士之一。與黄庭堅、秦觀、晁補之、張耒、李廌諸輩並稱於世。所傳《後山詩話》一卷，或以爲他人之所僞托，今未經細考，暫且信其真，而不信其僞。因爲相關話題，在當時詞界，具有一定語境依據。亦即陳師道以外，其餘論者亦曾説及這一話題。例如，王直方《王直方詩話》（《苕溪漁隱叢話》前集卷四十二引）云：

> 東坡嘗以所作小歌詞示無咎、文潛曰：何如少游？二人皆對曰：少游詩似小詞，先生小詞似詩。

無咎，晁補之；文潛，張耒。亦蘇門學士。其所謂「似」者，也就是「如」，即二人皆以爲，蘇軾的詞不像是詞，而像是詩。二人觀察問題的角度和標準，即其著眼點，都在於似與非似，亦即像與不像，這一特定的觀感之上。二人之所作論斷，與陳師道大致相同。即皆謂之非本色之詞。

又如，胡仔《苕溪漁隱叢話》後集卷三十三引《復齋漫録》云：

> 晁無咎評本朝樂章云：世言柳耆卿之曲俗，非也。如《八聲甘州》云：「漸霜風淒

慘，關河冷落，殘照當樓。」此唐人語，不減高處矣。歐陽永叔《浣溪沙》云：「堤上遊人逐畫船。拍堤春水四垂天。緑楊樓外出秋千。」要皆絶妙。然只一出字，自是後人道不到處。蘇東坡詞，人謂多不諧音律，然居士詞横放傑出，自是曲中縛不住者。黄魯直間作小詞，固高妙，然不是當家語，自是著腔子唱好詩。晏元獻不蹈襲人語，而風調閑雅，如「舞低楊柳樓心月，歌盡桃花扇底風」，知此人不住三家村也。張子野與柳耆卿齊名，而時以子野不及耆卿。然子野韻高，是耆卿所乏處。近世以來作者皆不及秦少游，如「斜陽外，寒鴉數點，流水繞孤村」，雖不識字，亦知是天生好言語。苕溪漁隱曰：無己稱今代詞手，惟秦七、黄九耳。唐諸人不逮也。無咎稱魯直詞不是當家語，自是著腔子唱好詩。二公在當時品題不同如此。自今視之，魯直詞亦有佳者，第無多首耳。少游詞雖婉美，然格力失之弱。二公之言，殊過譽也。

這段話評論本朝樂章，涉及多名作家，包括柳永、張先、晏殊、歐陽修、黄庭堅、秦觀以及蘇軾。和陳師道（無己）相比，晁補之（無咎）對於相關作家的褒與貶，自有個人的一種説法。苕溪漁隱稱，品題不同。比如對於黄庭堅，陳師道稱之爲今代詞手，唐諸人所不能及；晁補之却謂其不是當家語，自是著腔子唱好詩。但二人對於詩與詞這兩種不同樂歌形式的體認以及對於以詩爲詞這一現象所作判斷，並無不同。尤其是判斷的標準，所謂本色與非本色以及當家語與不是當家語，則更加無有區别。陳師道指，蘇軾之詞如教坊雷大使之舞，並非本色；晁補之不説蘇軾，而説黄庭堅，謂其所作小詞，不是當家語，自是著腔子唱好詩。當家語，王若虚《滹南詩話》卷二引作當行家語，也就是本色語。晁補之的這一説法，和陳師道所説本色與非本色，同一用意。這就是説，晁補之與陳師道，都將以詩爲詞，看作是著腔子唱好詩。

以上所列舉，晁補之、張耒對於詩與詞的見解以及對於相關作家比如蘇軾、黄庭堅所作歌詞的評論，可以證實，陳師道所提出有關以詩爲詞的命題，於當時詞界具一定輿論基礎。但晁補之、張耒及陳師道諸家對於詩與詞的區分，似乎還没有較爲明晰的判斷標準和測量方法。因此，對於以詩爲詞這一命題的論斷，也就不甚明晰。

陳師道以及晁補之、張耒諸家以外，黄庭堅與李清照，對於詩與詞的區分以及與以詩爲詞這一命題相關的作者，亦曾提出自己的看法及批評。黄庭堅與李清照二人的論斷，較諸上列諸家，儘管並無太多新創之見，但其表述，均更爲明晰。

黄庭堅推舉晏幾道，贊賞其詞，所作《小山詞序》云：

> 晏叔原，臨淄公之暮子也。磊隗權奇，疏於顧忌。文章翰墨，自立規摹。常欲軒輊

人，而不受世之輕重。諸公雖稱愛之，而又以小謹望之，遂陸沉於下位。平生潛心六藝，玩思百家，持論甚高，未嘗以沽世。余嘗怪而問焉。曰：我槃跚勃窣，猶獲罪於諸公，憤而吐之，是唾人面也。乃獨嬉弄於樂府之餘，而寓以詩人之句法。清壯頓挫，足以動搖仁心。士大夫傳之，以爲有臨淄之風耳，罕能味其言也。

這段話對於晏幾道其人其詞，進行了全面評述。其中所說「寓以詩人之句法」，仍未作具體描述，但其所列舉事實以及所說自己與一般士大夫的不同見解，却已將「詩人之句法」的内涵明晰地加以呈現。説明他所説「寓以詩人之句法」，可當以詩爲詞理解。比如，就晏幾道而言，其爲人磊隗權奇，疏於顧忌，但因陸沉下位，却須謹小慎微；其爲文自立規摹，持論甚高，但因獲罪諸公，亦未嘗以沽世。即其爲人、爲文，皆不合時宜，不得其志，因此，晏之爲詞，則須另有寄寓。這是序文所列舉的事實。至於所寄寓者何，則有不同理解。據序文所揭示，主要是對於「風」與「言」的不同理解。一般士大夫以爲，晏之詞有臨淄之風，指的是乃父之風，諸如風骨，或者風格；而黄庭堅説「言」，不説「風」，指的是言傳以及言傳的方式與方法，即謂其以詩人言傳的方式與方法填詞，也就是以詩爲詞。

李清照倡「别是一家」説，嚴分疆界，所撰《詞論》云：

至晏元獻、歐陽永叔、蘇子瞻，學際天人，作爲小歌詞，直如酌蠡水於大海，然皆句讀不葺之詩爾，又往往不協音律者，何耶？蓋詩文分平側，而歌詞分五音，又分五聲，又分六律，又分清濁輕重。

又云：

王介甫、曾子固文章似西漢，若作一小歌詞，則人必绝倒，不可讀也。乃知别是一家，知之者少。後晏叔原、賀方回、秦少游、黄魯直出，始能知之。又晏苦無鋪叙，賀苦少典重。秦即專主情致，而少故實；譬如貧家美女，雖極妍麗豐逸，而終乏富貴態。黄即尚故實，而多疵病；譬如良玉有瑕，價自減半矣。

李清照的兩段話，説明作爲樂府的歌詞，有别於聲詩。蘇軾等人所作小歌詞，不像是詞，而像是詩，乃「句讀不葺之詩」。看法和陳師道一樣，皆謂其以詩爲詞。王安石（介甫）、曾鞏（子固）等人，若作小歌詞，則人必绝倒，不可讀也。亦指其所作不是詞。同樣謂之以詩爲詞。兩段話概括起來，大致兩個方面意思：

第一，詞爲聲學。作爲小歌詞，其合樂應歌，不僅須要講求文辭自身字聲的協調，而且須要講求文辭聲律與歌曲音律的協調。因爲歌詞與詩文不同。「詩文分平側，而歌詞分五音，又分五聲，又分六律，又分清濁輕重」。蘇詞之所謂不協律者，乃音律，而非聲律。

第二，詞爲艷科。作爲小歌詞，其本質屬性，不易把握。乃「别是一家，知之者少」。只有晏幾道、賀鑄、秦觀、黄庭堅，始能知之。但諸氏均有其不足之處。諸如晏苦無鋪叙，賀苦少重典，秦即專主情致而少故實。凡此種種，皆令得樂府歌詞這一良玉，出現瑕疵，而價自減半。

對於有别於聲詩的歌詞，李清照以知之者自居，從聲學與艷科兩個方面立論，果敢而又決絶。有關詩與詞的區分以及對於以詩爲詞的判斷，皆十分明晰。

綜合上文所徵引，可知宋人當時所討論問題，大致包含兩個層面的問題：有關以詩爲詞這一文學現象的判斷問題以及對於蘇軾以詩爲詞這一特定命題的理解問題。其中，所謂腔子、句讀以及詩人之句法，表示對於區分詩與詞這兩種不同樂歌品種的意見。而對於蘇軾之作爲小歌詞，李清照稱爲「句讀不葺之詩」，與晁補之批評黄庭堅「自是著腔子唱好詩」，乃同一用意。即均帶有貶義。二者以爲，其所作皆並非本色歌詞。二者用以論斷的標準，仍然是陳師道的標準：似與非似。似，本色；非似，非本色。李清照之後，宋人對於蘇軾以詩爲詞以及相關命題的論斷，大都沿用這一標準。

二　今人的論斷：只是用一種新的詩體來作他的「新詩體」

今人的論斷，指的是二十世紀對於蘇軾以詩爲詞及其相關命題的論斷。二十世紀中華詞學，我稱之爲今詞學，或者當代詞學。在其歷史演進過程中的三個時期，開拓期（一九〇八年—一九一八）、創造期（一九一九—一九四八）以及蛻變期（一九四九—一九九五），對於蘇軾以詩爲詞及其相關命題的討論，情況雖各不相同，但基本上仍依循著同一思路推進。

一九〇八年，王國維發表《人間詞話》，倡導境界説，二十世紀中華詞學進入開拓期。蘇軾以詩爲詞問題尚未展開討論，但王國維對於蘇軾的評價，已爲相關命題的探尋，作好輿論準備。其曰：「東坡之詞曠，稼軒之詞豪。無二人之胸襟而學其詞，猶東施之效捧心也。」又曰：「讀東坡、稼軒詞，須觀其雅量高致，有伯夷、柳下惠之風。白石雖似蟬蛻塵埃，然終不免局促轅下。」王國維强調胸襟及雅量，以「高致」爲目標，正是「詞以境界爲最上」的意思。

二十世紀中華詞學之進入創造期，胡適編撰《詞選》（一九二七），對於蘇軾與辛棄疾，以天才及浩氣進行評判。其所立論，與王國維之論蘇、辛，同出一轍。即皆偏向於詞人的個性及詞作的内容。至於蘇軾以詩爲詞，胡適之所立論，亦著眼於此。其於《詞選》序文有云：

到了十一世紀的晚年，蘇東坡一班人以絶頂天才，采用這新起的詞體，作他們的「新詩」。從此以後，詞便大變了。東坡作詞，並不希望拿給十五六歲的女郎在紅氍毹上裊裊婷婷地去歌唱。他只是用一種新的詩體來作他的「新體詩」。詞體到了他手裏，可以咏古，可以悼亡，可以談禪，可以説理，可以發議論。同時的王荆公也這樣做；蘇門的詞人黄山谷、秦少游、晁補之，也都這樣做。山谷、少游都還常常給妓人作小詞，不失第一時代的風格。稍後起的大詞人周美成也能作絶好的小詞。但風氣已開了，再關不住了的。用處推廣了，詞的内容變複雜了，詞人的個性也更顯出了。到了朱希真、辛稼軒，詞的應用的範圍，越推越廣大；詞人的個性的風格，越發表現出來。無論什麽題目，無論何種内容，都可以入詞。悲壯、蒼涼、哀艷、閒逸放浪、頽廢、譏彈、忠愛、遊戲、詼諧……這種種風格都呈現在各人的詞裏。

這段話，叙説蘇軾以詩爲詞，主要指題材的變革。以爲用途變化，並不希望拿給十五六歲的女郎在紅氍毹上裊裊婷婷地去歌唱，内容也就跟著變化。當其時，蘇軾及其門人都只是用一種新的詩體來作他們的「新體詩」。

序文以外，胡適於《詞選》第三編蘇軾小傳又云：

陳師道説：退之以文爲詩，子瞻以詩爲詞，如教坊雷大使之舞，雖極天下之工，要非本色。這本是不滿意於蘇詞的話。但在今日看來，這話很可以表出蘇詞的特色。詞起於樂歌，正和詩起於歌謡一樣。詩可以脱離音樂而獨立，詞也可以脱離音樂而獨立。蘇軾以前，詞的範圍很小，詞的限制很多；到蘇詞出來，不受詞的嚴格限制，只當詞是詩的一體；不必兒女離别，不必鴛衾雁字，凡是思想，凡是情感，都可以作詩，就都可以作詞。從此以後，詞可以咏史，可以吊古，可以説理，可以談禪，可以象徵幽緲之思，可以借音節述悲壯或怨抑之懷。這是詞的一大解放。

這段話，叙説蘇軾以詩爲詞，主要指形式的變革。以爲詞和詩一樣，都可以脱離音樂而獨立，不受嚴格限制。凡是思想，凡是情感，都可以作詩，就都可以作詞。這是詞的一大解放。

胡適兩段話，以内容、形式兩個方面立論，爲以詩爲詞作出明晰的界定。對於蘇軾以詩爲詞的内涵及其歷史評價，也作了明確規範。兩段話，一錘定音，基本上爲世紀論斷確立基調。

在世紀詞學的創造期，詞學史上三大理論建樹，傳統詞學本色論、現代詞學境界説以及新變詞體結構論，處於不同的生成、發展狀況。本色論和境界説，在不斷的改造、充實和充實、改造當中，詳情可參見拙作《百年詞學通論》（載北京《文學評論》二〇〇九年第二期）。而結構論，則開始以吴世昌結構分析法形式出現。其間，兩位學者——龍榆生和胡雲翼，論述蘇、辛，曾就蘇軾以詩爲詞及其相關命題發表意見。

龍榆生對於胡適的論斷，就可歌不可歌問題提出修正。其於《東坡樂府綜論》（一九三五年四月《詞學季刊》第二卷第三號）一文指出：「前人對東坡詞，頗以不諧音律相詬病。然其詞決非不可歌者，集中即席成篇，遽付歌喉者，蓋指不勝屈。」下面是可歌事例。接著，龍榆生並云：「據此，則坡詞之價值，雖不僅在音律方面，而被諸弦管，自有其清雄激壯之音，非與歌喉扞格不相入者。」以此之故，對於胡適所説「東坡作詞，並不希望拿給十五六歲的女郎在紅氍毹上裊裊婷婷地去歌唱」，龍榆生表示並不贊同。不過，龍氏論蘇，其基本立場，與胡適却無不同。在《蘇辛詞派之淵源流變》（一九三三年六月《文史叢刊》第一集）文中，龍氏有云：「東坡詞既以開拓心胸爲務，擺脱聲律束縛，遂於一代詞壇上，廣開方便法門；而仍不失其爲富有音樂性之新體詩，以視五、七言詩之格式平板者，爲易動人美感。」其目標，和胡適一樣，亦在於創造「新詩體」。

胡雲翼早年所編纂《宋詞研究》（一九二五），在胡適之前；於胡適稍後，並著《詞學ABC》（一九三〇）及《中國詞史略》（一九三三）。對於蘇軾以詩爲詞，明確持肯定態度。其曰：「因爲蘇軾的詞奔放不可拘束，所以人家都説他以詩爲詞，説是『曲子中縛不住者』。」（《詞學ABC》）又曰：「蘇軾寫詞是拿來表現自己的，不是寫給樂工歌伎們唱的，所以只求寫得好，不問合不合音律。於是一變音樂底詞爲文學底詞。許多人爲傳統觀念所蔽，以爲詞決不可以離音樂而獨立。因此否認蘇軾這一派的詞是正宗，説是别派，謂其『雖極天下之工，要非本色』。其實，詞失却音樂性的時候，不過没有音樂上的價值。只要寫得好，我們決不能否認其文學上的價值。」（《中國詞史略》）

進入蜕變期，胡適之作爲反動派，被趕出中國大陸，但其思想、觀念，於學界，尤其是詞界，却仍然占居主導地位。蜕變期的詞學，在其第一個階段——批判繼承階段（一九四九—一九六五），輿論一邊倒。對於蘇軾以詩爲詞，儘管有學者提出不同看法，謂「蘇軾雖然以詩爲詞，並以此比其前輩提供了新的東西，但決不掩蓋他在以詞爲詞那一方面所達到的造詣」（沈祖棻《關於蘇詞評價的幾個問題》，據《宋詞賞析》），這一階段的多數學者，仍堅持胡適原來的立場。其中，較具代表性的人物，仍然是龍榆生和胡雲翼。

龍榆生於《宋詞發展的幾個階段》（北京《新建設》一九五七年第八期）一文中有云：

為了打開另一局面，解除這特種詩歌形式上一些不必要的清規戒律，好來為英雄豪傑服務，那麼這個「深中人心」的「要非本色」的狹隘成見，就好像一塊阻礙前進的絆脚石，非把它首先搬掉不可。蘇軾立意要打開這條大路，憑著他那「橫放傑出」的天才，「雖嬉笑怒罵之辭，皆可書而誦之」（《宋史》卷三百三十八《蘇軾傳》）。因而「以文章餘事作詩，溢而作詞曲，高處出神入天，平處尚臨鏡笑春，不顧儕輩」（《碧雞漫志》卷二）。

並云：

他索性不顧一切的非議，只是「滿心而發，肆口而成」，做他的「句讀不葺」的新體律詩。說他「以詩為詞」也好，說他「小詞似詩」也好，他只管大張旗鼓來和擁有群衆的柳詞劃清界綫，終於獲得知識分子的擁護，跟著他所指引的道路向前努力。於是，這個所謂「詩人之詞」，不妨脱離音樂的母胎而卓然有以自樹。這個别開天地的英雄手段，也就只有蘇軾這個天才作家才能做得那麽好。

龍榆生這兩段話，著重説解除清規戒律，堅持做「句讀不葺」的新體律詩。意思與二十年前所説並無不同，但更加斬釘截鐵。以爲以詩爲詞，才是别開天地的英雄手段。

胡雲翼於《宋詞選》前言有云：

蘇軾「以詩爲詞」，不僅用詩的某些表現手法作詞，而且把詞看作和詩具有同樣的言志咏懷的作用，這樣，就解放了詞的内容和形式上的束縛，使它具有較前寬廣得多的社會功能，這意義是不可低估的。

這段話，叙説蘇軾以詩爲詞，主要指功能的變革。以爲詞和詩具有同樣的言志咏懷的作用，具有較前寬廣得多的社會功能。功能與用途，並無二致，乃接過胡適的話題，繼續往下講。

同時，胡雲翼於《宋詞選》蘇軾小傳又云：

在文學方面，蘇軾是革新的主將。他對於詞的發展上所作出的貢獻，超越了所有的前人。他摧毀了詞的狹隘的藩籬，替詞壇開闢了廣闊的園地。他以詩爲詞，擴展詞的内容到懷古、咏史、説理、談玄、感時傷事，以及對山水田園的描繪、身世友情的抒寫，達到「無意不可入，無事不可言」的境地。作者既然用詞來反映自己生活的各個方面，以充分地表達思想感情爲主，就必然在一定程度上突破了音律的束縛，而不是以協樂爲主。他的詞「間有不入腔處」，並不是不懂歌曲，而是「不喜剪裁以就聲律」，不願意讓作品的内容受到閹割。

這段話，叙説蘇軾以詩爲詞，主要指形式的變革。和胡適一樣，但説得具體一些。胡適説大解放，胡雲翼説突破了音律的束縛。即謂其所作「間有不入腔處」（苕溪漁隱語），但並不是不懂歌曲。説明乃有意的「突破」。

龍榆生與胡雲翼，對於蘇軾以詩爲詞這一做法，推尊至無以復加的崇高位置。其論斷，正與當時詞界所出現重思想、輕藝術，以政治鑒定替代藝術批評以及重豪放、輕婉約，用豪放、婉約「二分法」，替代詞體自身特質與個性的評賞及研究的傾向相應合。

蜕變期詞學進入第二個階段——再評價階段（一九七六——一九八四），所謂撥亂反正，對於蘇軾以詩爲詞及其相關命題的討論，出現不同意見。其間，萬雲駿發表《試論宋詞的豪放派與婉約派的評價問題——兼評胡雲翼的〈宋詞選〉》(上海《學術月刊》一九七九年第四期)一文,謂:「『以詩爲詞』、『以文爲詞』的表現手法,雖不能完全否定,但就其主要傾向來説,是不利於詞的藝術上的發展的。蘇、辛及其他豪放派詞人存在的較多的一味叫囂,形象乾癟的作品就是明證。」並謂:蘇、辛的成就在於「在藝術上能够運用並且善於運用形象思維,大量運用比、興手法,來表達它的豐富、複雜的思想内容,而不是依靠什麽『以詩爲詞』、『以文爲詞』」。但多數學者,仍以「打破詩詞界限,衝破音律的束縛」概括蘇詞的創作及成就。

蛻變期詞學進入第三個階段——反思探索階段(一九八五—一九九五),詞界豪放、婉約「二分法」,及某些左的傾向,初步得以糾正。對於蘇軾以詩爲詞及其相關命題的理解,仍然停留於胡適階段。相關論述,只是從詞話到詞話,從本本到本本,不斷徵引,並未解決一個、半個實際問題。尤其是有關聲律問題,一般只是提出問題,而不作指證。

一九九五年後,中華詞學進入新的開拓期。這是詞學蛻變期的終結。二十一世紀新一代詞學傳人,此時登上詞壇。新舊世紀之交,一部「面向二十一世紀課程教材」——《中國文學史》隆重推出。有關章節列論「蘇軾的詞」,説及以詩爲詞問題,乃今人論斷中較具創意的一段論述。其指以詩爲詞的手法,是蘇軾變革詞風的主要武器。提出「從本質上説,蘇軾『以詩爲詞』是要突破音樂對詞體的制約和束縛,把詞從音樂的附屬品變爲一種獨立的抒情詩體」。其立論與胡適頗相近似，著眼點都在創造「新詩體」上，也就是「獨立的抒情詩體」，但所作論證，則更加嚴謹，更加切合實際。比如，有關表現手法之如何由詩移植到詞，編撰者將其概括爲兩個方面：用題序和用典故。謂：「蘇軾之前的詞，大多是應歌而作的代言體，詞有調名表明其唱法即可，所以絶大多數詞作並無題序。」「有了詞題和詞序，既便於交代詞的寫作時地和創作緣起，也可以豐富和深化詞的審美内涵。」並謂：「在詞中大量使事用典，也始於蘇軾。詞中使事用典，既是一種替代性、濃縮性的叙事方式，也是一種曲折深婉的抒情方式。」編撰者以爲，「蘇詞大量運用題序和典故，豐富和發展了詞的表現手法，對後來詞的發展産生了重大影響」。並以爲，由於表現手法的移植，蘇軾也改變了詞體，將詞變爲緣事而發、因情而作的抒情言志之體。編撰者之所立論，論據確鑿，論辯透闢，比諸胡適論斷，是一種明顯的超越與提升。不過，對於詞之作爲聲學所出現問題的討論，文學史的編撰者和多數論者一樣，仍面臨著難以排除的困擾。

三　小結：改拗爲順，以作詩的態度和方法作詞

與宋人論斷相比，今人論斷，除了認識上的問題，主要是崇尚空論，而不重實證。比如，在處理合樂應歌的問題上，蘇軾以詩爲詞，究竟有何具體體現？謂其「打破詩詞界限，衝破

音律的束縛」云云，究竟有何具體事證？ 大多不作切實回答。 或者，顧左右而言他，有意將話題引到別的地方去。 這就是上文所説盲點以及因此盲點所造成的困擾。 有鑒於此，以下擬就三個問題進一步加以辨析。

（一）對於宋人論斷中相關概念的理解問題

古今對照，由於立場、觀點不同，今人對於宋人所使用概念，往往不能作正確解讀。 因此，對於蘇軾以詩爲詞這一命題的闡釋，難免出現偏差。

比如，黄庭堅之論晏幾道詞，所謂「寓以詩人之句法」，多數論者，只是從語文層面加以判斷，謂指句式與句法。 即謂其多采用唐五代常調，諸如《生查子》、《浣溪沙》、《鷓鴣天》、《玉樓春》等，體式皆較爲齊整，因證實其以詩爲詞。 但據黄庭堅所撰序，其於「詩人之句法」之後，緊接著稱，「士大夫傳之，以爲有臨淄之風耳，罕能味其言也」，乃將「風」和「言」與之並舉。 説明所謂「句法」，除了一般所説句式與句法，仍應包括由「言」所引申出來的「語」（淡語或淺語）以及「篇」（短篇或長篇）的法度。 這種「語」以及「篇」的法度，就是一種特定的言傳方式與方法。 這也就是説，晏幾道雖善「作五、七字語」（晏幾道語，據《小山詞自序》），但其所擅長，並非局限於「句法」，而乃顧及於「篇」。 其所作令詞，起承轉合，往往具備長調之法，謂之「苦無鋪叙」（李清照語），恐亦未必。 此事可由晏幾道《鷓鴣天》得以驗證。 其詞云：

彩袖殷勤捧玉鍾。當年拚却醉顔紅。舞低楊柳樓心月，歌盡桃花扇底風。從別後，憶相逢。幾回魂夢與君同。今宵剩把銀釭照，猶恐相逢是夢中。

歌詞上片叙説當年（情事），下片説今宵，皆實寫。過片兩個三字句，作一轉折，道出「幾回」，乃虚寫。這是中間的一段經歷，也可看作是想像中事，表示無數周折。於布景、説情之中，穿插故事。以長調作法做小詞。晏幾道其餘幾首《鷓鴣天》，亦同此技法。這種特定的言傳方式與方法，就是「寓以詩人之句法」。這是就韻文層面對於「詩人之句法」所進行的辨析。黄庭堅所説，應當就是這一意思。

又如，腔子和句讀，一指歌腔，即詞調，另一指長短句格式，包括句式與句法。晁補之論黄庭堅，謂「自是著腔子唱好詩」，指「不是當家語」，儘管掛上歌詞的招牌（腔子），但仍然是「詩」，而非詞。當家語，即爲本色語。既指語言特色，亦包括詞體特質。李清照對於蘇軾的批評，指疆界不分，儘管已具長短句形式（句讀不葺），但仍然是「詩」，而非詞。並非謂其不合聲律，而是不合音律，感覺上不像是詞。二者所説，一偏重於「語」，主要看其當行不當行；一偏重於聲與音，主要看其知與不知。而其共同點，就在本色與非本色。這是宋人的論斷。今之論者，大多將其解作不要音樂、不合格律的意思。所作論辯，基本上朝著兩個方向取證：

或以「不能唱曲」(陳正敏《遁齋閑覽》語),證實其「有」;或以「不喜剪裁以就聲律」(陸游語),證實其「無」。不過,大都開列不出具體事證。在蘇軾以詩爲詞的探研過程,所謂盲點及困擾,應皆出自於此。宜仔細加以辨析。

(二)有關蘇軾以詩爲詞命題的正名問題

何謂以詩爲詞?命題的正名,必先確認疆界。弄清其爲詩,或者爲詞,方才能够作出正確的判斷。陳師道論蘇軾詞,謂其「如教坊雷大使之舞,雖極天下之工,要非本色」;李清照論蘇軾詞,謂其「句讀不葺之詩爾,又往往不協音律」。其所謂似與非似以及知與不知,乃於詩與詞之間,從兩邊立論。對於疆界的確認,亦即,爲詩、爲詞,是否當行本色,二者的判斷,都可以通過不同的方式和方法,諸如感悟或者言傳等手段,加以把握。其對於蘇軾以詩爲詞的界定,雖並非十分明確,亦並非完全不明確。今人對之,大多持以批判態度。謂其所云,乃一種「狹隘成見」(龍榆生語)。今人立論,往往一邊倒。即只是於詩的一邊看問題。以爲詩寫過,詞也寫過,就是以詩爲詞。這麼一來,詩與詞之間,既然没有疆界可言,所謂以詩爲詞,也就無從正名。

那麽,詩與詞的疆界,究竟應當如何劃分?對於蘇軾以詩爲詞這一命題,又當如何正名?就蘇軾而言,我以爲,應當從兩個方面,觀念以及方式和方法,看其是否踩過界,也就是有無執錯位的表現，進行判斷。如果情況屬實，謂之超過界限，那就是以詩爲詞。否則，即未也。具體地講，觀念問題，屬於認識上的問題，也就是對於詞體的認識和態度。主要看其究竟將詞當何物看待。當詞看待，或者當詩看待？而方式、方法問題，則看其對於詩與詞中兩種基本句式，律式句和非律式句，究竟如何運用？是遵循其特定格式，見拗爲拗，見順爲順，還是改拗爲順，以律詩手爲之？兩個方面，觀念以及方式、方法問題，這是判斷其爲詩，或者爲詞的依據，也是爲蘇軾以詩爲詞這一命題正名的依據。以下試逐一加以辨析。

①觀念問題

蘇軾《祭張子野文》云：

> 清詩绝俗，甚典而麗。搜研物情，刮發幽翳。微詞宛轉，蓋詩之裔。坐此而窮，鹽米不繼。

祭文中，清詩與微詞，二者並舉，既贊頌其「龐然老成，又敏且藝」，亦表達自己對於清詩與微詞的見解。而所謂詞爲詩之裔，一般以爲，將詞當成詩的後代，也就是後世所説詩餘。這就是觀念問題。即將詞當詩看待，將詞當詩來作。文以載道，詩以言志，詞亦可以載道，可以言志。正如夏承壽先生所説，宋詞原來就是爲妓女立言。蘇軾三百多首歌詞，當中四分之一爲歌女而作。蘇軾以前的詞，就是這個樣子。但是到了蘇軾，他用以歌咏自己的夫人。「十年生死兩茫茫。不思量。自難忘」。這麽一來，就改變歌詞的性質和功用。從爲妓女立言，變成爲自己的夫人立言，爲自己立言。就題材、内容看，就是將士大夫意識放到詞裏面去。士大夫意識和市民意識，二者分得清楚麽？一個是柴、米、油、鹽，市井間所想像的東西。一般講，愛情方面的内容多一些。另一個是修身、齊家、治國、平天下（《禮記·大學》）。仕途上的事情，功名方面的内容多一些。説明：爲自己立言，就是於詞中言志。這是個很大的改變。對此，蘇軾的態度非常明確。所謂「無意不可入，無事不可言」（劉熙載《藝概·詞曲概》），就是以詩爲詞的緣故。

比如《沁園春》：

孤館燈青，野店鷄號，旅枕夢殘。漸月華收練，晨霜耿耿，雲山摛錦，朝露漙漙。世路無窮，勞生有限，似此區區長鮮歡。微吟罷，憑征鞍無語，往事千端。　當時共客長安。似二陸初來俱少年。有筆頭千字，胸中萬卷，致君堯舜，此事何難。用舍由時，行藏在我，袖手何妨閑處看。身長健，但優遊卒歲，且鬥尊前。

歌詞叙説兩兄弟，從四川那麽個交通很不方便的地方到京城趕考。那時兩人，一個二十，一個二十二，跟陸機、陸雲初到京城一般，都得到功名，都想幹一番事業。這就是爲自己立言。而在此之前的另一首《沁園春》（情若連環），則明顯是爲妓女立言。二十世紀八十年代，我曾爲文，將這首歌詞看作是蘇軾詞風轉變的一個標誌（文題：《蘇軾轉變詞風的幾個問題》，載北京《學習與思考》［中國社會科學院研究生院學報］一九八三年第一期）。

② 方式和方法問題

觀念改變，題材、内容隨之改變。這是毫無疑問的。而且，相關事實，在一定意義上講，亦可將其看作以詩爲詞的一種體現。但僅此一項，仍然難以作爲判斷是否以詩爲詞的依據。因爲題材並非決定體裁的惟一因素。把詩當中要表達的意思寫入詞中，無論怎麽寫都不會令詞變成詩。爲蘇軾以詩爲詞這一命題正名，不能只是看題材、内容，仍須著眼於形式、格律，即就拗與順的問題，看其如何取向，乃爲詩，或者爲詞。這就是方式、方法的運用問題。

先看柳永《八聲甘州》：

對、瀟瀟暮雨灑江天，一番洗清秋。漸霜風淒慘，關河冷落，殘照當樓。是處紅衰翠減，苒苒物華休。惟有長江水，無語東流。　不忍登高臨遠，望故鄉渺邈，歸思難收。

歎年來踪迹，何事苦淹留。想佳人、妝樓顒望，誤幾回、天際識歸舟。爭知我，倚闌干處，正恁凝愁。

歌詞上片布景，下片説情。這既是屯田體的典型模式，也是宋初體成立的標誌。上片、下片，八韻、八聲。江天、關河，物華、江水以及歸思、思歸；佳人念我，我念佳人，排列、組合，十分勻稱。在格式上，有關領格字的運用及關鍵部位的聲情搭配，均頗多講究。尤其是領格字的運用，包括單字領、二字領和三字領，更加精心安排。一般講，領格字在句中，有領起下文的作用。在語氣上稍作停頓，但不點斷句子。因此調多長句，有如一串串珍珠，須特別用力，才能提將起來。故其相關領格字，也就顯得更加重要。例如：起拍以一「對」字，領下二句十二個字；次以一「漸」字，領下三句十二個字；再次以「是處」二字，領下二句九個字。換拍的「望」字，領下二句八個字；接著以一「歎」字，領下二句九個字。其中的幾個單字領，乃以虛字爲多，並且通常都用去聲。用以虛字，誦讀或歌唱，比較流暢；用以去聲，顯得堅定不移，未可動搖。而領格字以外，另一特別部位，就是煞拍的「倚闌干處」。其中間二字，爲連語詞，構成一二一句式。凡此種種，皆詞調在格式上的特別之處，爲倚聲家之所獨創，也是歌詞與一般近體格律詩在形式上的一個顯著區別。

再看蘇軾《八聲甘州》：

有情風、萬里卷潮來，無情送潮歸。問錢塘江上，西興浦口，幾度斜暉。不用思量今古，俯仰昔人非。誰似東坡老，白首忘機。記取西湖西畔，正春山好處，空翠烟霏。算詩人相得，如我與君稀。約他年、東還海道，願謝公、雅志莫相違。西州路，不應回首，爲我沾衣。

蘇軾用詩的作法來作詞，就此詞而論，其突出表現，乃在於關鍵部位，改變句式。將非律式句，改爲律式句。一般講，「苒苒物華休」，屬於律式句，二三一句式，爲詩中所用句式，詞中亦用。「望故鄉渺邈」，一二二句式，非律式句，詞中專有，詩中不能有。蘇軾填製此詞，對於柳詞在格式上的特別之處，既並非完全依循，又並非完全不依循。他的改變，主要在於領格字的運用及關鍵部位的聲情搭配。例如，柳詞起拍「對、瀟瀟暮雨灑江天」，作一七句式。以一「對」字領起。蘇詞起拍「有情風、萬里卷潮來」，換成三五句式。「有情風」，二一句式，一般律式句；「萬里卷潮來」，二二一句式，亦一般律式句。這是蘇不依柳的事證。即將一七句式，變成三五句式，這就是改拗爲順。亦即一般所說，以律詩手爲之。此外，柳詞煞拍的「倚闌干處」，爲一二二句式，蘇變而成爲「不應回首」，二三句式，亦改拗爲順之明顯事證。但是，蘇軾的改變，亦頗能把握分寸。就整體上看，蘇詞中僅兩個地方不依柳永，起拍及煞拍。其餘，皆依足規矩。例如，幾個單字領——「問」、「正」、「算」，都與柳詞一樣講究詞性和聲調。要不，如全部改變，也就不成其爲「八聲甘州」。

由此可見，改拗爲順，這是蘇軾對於柳永的重大變革，也就是蘇軾以詩爲詞的主要依據。爲蘇軾以詩爲詞這一命題正名，應當著眼於此。亦即，由此可以推斷，所謂以詩爲詞，準確地講，就是：改拗爲順，以作詩的態度和方法作詞。這是對於詩與詞在内容、形式以及相關特質各方面，進行辨析後所得到的結論。當然，如從倚聲填詞的角度看，仍應特別提醒注意，改拗爲順，對蘇軾而言，乃以詩爲詞的突出表現，而對於其他人士，則未必然也。此中仍有知與不知、當行不當行的問題。後世之步趨者，似不宜輕輕放過。這是後話。

（三）對於蘇軾以詩爲詞的評價問題

從文學發展歷史看，以詩爲詞應是文體分與合過程中所出現的一種現象。對此，到底應當怎麽評判？如上所述，陳師道、李清照諸輩，多持批評態度，而今之論者則普遍加以贊頌。李清照倡「别是一家」説，將作爲樂府的歌詞與聲詩分别開來，謂之兩家，而非一家。今人説變革，提倡詩詞合流，一如胡適所言，所謂「新詩體」，兩家也就變成一家。但是，歌詞之作爲一種獨立樂歌品種，其體裁特徵及各種形式規範，始終並未消失。有關評價問題，主要應當是對於這一種文體自身發展的經驗總結。這是個有意義的過程，而不能只看結果。而且，作爲一種經驗，反過來，亦可檢驗以詩爲詞的效果。這應是對於蘇軾以詩爲詞的評價的出發點。爲此，仍須借助蘇軾以詩爲詞這一命題，進一步探研其對於歌詞這一樂歌品種的創作及研究，究竟有何啓示。

王灼《碧雞漫志》卷二云：

東坡先生非心醉於音律者，偶爾作歌，指出向上一路，新天下耳目，弄筆者始知自振。

指出向上一路，就是一種提升。用太史公的話講，就是「究天人之際，通古今之變，成一家之言」。就今日而言，就是一種形上之思。將自己的思考，寫入詞中。寫入詩，似較多例證。《古詩十九首》中的若干篇章，曹操的《龜雖壽》以及陶潛、謝靈運的歌詩，均有其例。至詞中則較爲少見。蘇軾之前，晏殊《浣溪沙》（一曲新詞酒一杯）的「小園香徑獨徘徊」，記録下當時的思考，尚未引起廣泛的注意。至蘇軾，其所作歌，写下自己天地人生的思考，方才令天下人一新耳目，而不能不爲之振起。

例如，《永遇樂》：

明月如霜，好風如水，清景無限。曲港跳魚，圓荷瀉露，寂寞無人見。紞如三鼓，鏗然一葉，黯黯夢雲驚斷。夜茫茫、重尋無處，覺來小園行遍。天涯倦客，山中歸路，望断故園心眼。燕子樓空，佳人何在，空鎖樓中燕。古今如夢，何曾夢覺，但有舊歡新怨。異時對、黄樓夜景，爲余浩嘆。

這首詞小序有云：「彭城夜宿燕子樓，夢盼盼，因作此詞。」上片布景：明月、清風、曲港，圓荷。下片説情：望斷故園，佳人何在。古今如夢，爲余浩嘆。就題面看，乃因夢而生發。那麽，此時此刻，也就是，醒來之時，作者正做些什麽？正想些什麽呢？正在尋找踪迹，思考古今的夢。從過去的「燕子樓空，佳人何在」，到現在的「古今如夢，何曾夢覺」，一直到「異時」，也就是將來，有人面對著黄樓夜景，爲余浩嘆。這就是超越古今的一種思考。

又如，《臨江仙》：

夜飲東坡醒復醉，歸來仿佛三更。家童鼻息已雷鳴。敲門都不應，倚杖聽江聲。長恨此身非我有，何時忘却營營。夜闌風静縠紋平。小舟從此逝，江海寄餘生。

歌詞題稱「夜歸臨皋」。説的是夜飲歸來的情事。謂敲門不應，只好於門外「倚杖聽江聲」。就這麼簡潔明瞭。但一個「聽」字，却帶出一系列問題，那就是當時的思考。我爲此繪製出兩個倒立的等邊三角形，以示其意。兩個等邊三角形，兩組相互對立而又相互依賴的單元，分别表示社會人生及宇宙空間。其中，醒、醉以及進、退，這是現實生活中不可回避的矛盾與衝突；而此身與江海，則包括内宇宙與外宇宙，亦隱含著短暫與長久的矛盾與衝突。兩組相互對立而又相互依賴的單元，借助於中介物——杖以及小舟，分别將内與外以及上與下的界限打通。於是，心聲應合江聲，人境（世俗社會）融入物境（大自然），營營此身，隨著輕快的小舟，漂流江海，瞬間轉化爲永恒。兩組相互對立而又相互依賴的單元，經過重新組合，構造出另一境界。這是一種超越時空的思考，也就是出位之思。

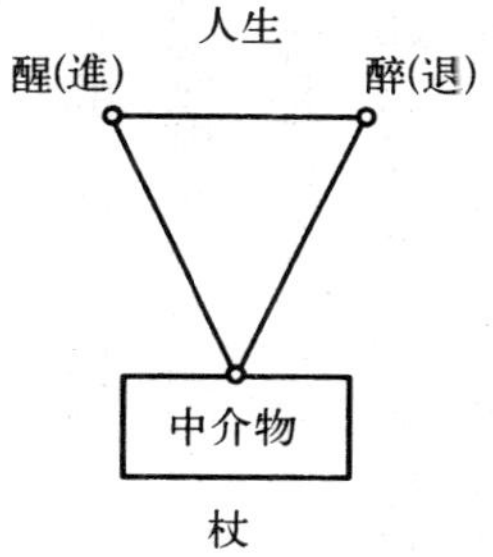

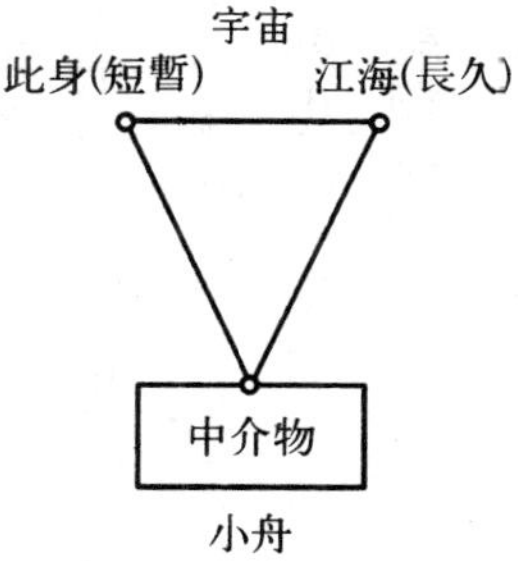

以上二例，乃因蘇軾之所謂「指出向上一路」，所引發聯想；也是辨析話題，爲蘇軾以詩爲詞這一命題正名，所獲經驗。爲蘇軾的特別創造，亦以詩爲詞之一重要成果。有關種種，對於歌詞這一樂歌品種的創作及研究，相信仍具一定參考價值。因特別加以揭示。

壬辰驚蟄後六日於濠上之赤豹書屋

二〇〇九年十月十七日，於武漢華中師範大學文學院演講。據金春媛記録整理。原載超星學術視頻http://video.chaoxing.com/serie_400001315.shtml。又載上海《詞學》第三十輯，上海：華東師範大學出版社，二〇一三年十二月第一版。

歷史的論定：二十世紀詞學傳人

歷史的論定，就是通常所説的蓋棺論定。一般講，棺未蓋，論是不大好定的。比如，一九三〇年，龍榆生論「清季四大詞人」，斷推王（鵬運）、文（廷式）、鄭（文焯）、況（周頤）四子，爲一代首領，而不包括朱祖謀，因朱祖謀當時仍健在，故不具於編。應當説，蓋棺而後論定，這是極平常的一件事。不過，除此以外，另有兩種情況亦曾出現。一種是，論定而不能蓋棺；另一種是，蓋棺而不能論定。論定而不能蓋棺。這一情況，大家知道嗎？十幾年前有個傳説，陳獨秀的墓，上面是敞開著的，一直没蓋上。他家鄉的老百姓，不願意把棺蓋上。老百姓對他另有論定。如果真的是這麽個樣子，那就是論定而不能蓋棺。我没親自去看過。這是一種情況。另一情況，蓋棺而不能論定，或者蓋棺而尚未論定。這一情況，可能較爲普遍。總之，無論哪種情況，都是後來者的責任。後來者拖欠歷史的一筆賬。當然，事情也並不那麽複雜。説得直接一些，無非就是對於以往的人和事，給個説法罷了。但包裝起來，就叫論定。那麽，究竟應當怎麽論定呢？最爲關鍵的問題是史識，就是歷史的見識。要有歷史的見識，才能有效把握對象，正確論定。

在座各位，正準備撰寫碩士、博士學位論文，須要學會論定。有關研究對象，研究題目，怎麼來選擇呢？籠統地看，茫無邊際。比如，唐、宋、元、明、清，這麼下來，許多文體，許多個案，似頗難入手。當中的文體和個案，有的已經有了定論，有的還没有。究竟應當如何面對？

今天，我所講的人和事，並不那麼遥遠，主要在二十世紀。而就詞學範圍講，就是對於二十世紀五代傳人的論定。看一看，五代詞學傳人在對待詞與詞學以及詞學與詞學學一系列問題上，各持怎樣的態度，有何業績，並且在詞學發展史上，給予合適的評價及位置。希望能爲大家的思考與寫作，提供有益的參考。

一　分期分類與史的識見

爲什麼將注意力特别放在二十世紀呢？這是一個比較麻煩的世紀。在這之前，唐、宋、元、明、清，一路下來，清清楚楚。進入二十世紀，發生許多變化。特别是文學領域，幾十年來，基本上没有自己的主意，也就是没有觀念。一九九七年，黑龍江大學和北京《文學遺産》編輯部聯合舉辦了一個學術研討會。主事者安排我在開幕式上發言。我曾經這麼説：我們的文學研究，到現在爲止，還没有自己的觀念。當時在座的一百多名代表，都是教授一級的專家學者。我這麽説，等同於直接提出，在座各位都没有觀念。那時也是够大膽的。事後，韓式鵬教授撰寫會議綜述，把我的這句話也寫了進去。

二十世紀的文學研究，爲什麽没有觀念呢？這是針對近代文學、現代文學、當代文學的劃分而提出的。我以爲：二十世紀的這一劃分，所依據的不是文學事件，而是政治事件；所采用的觀念，是政治學家的觀念、歷史學家的觀念。文學研究者自身，没有自己的主意，没有自己的觀念。比如，近代文學確立的時間，一八四〇年，這一年發生鴉片戰爭；現代文學，一九一九年，這一年，爆發「五四」新文化運動；當代文學，一九四九年，這一年，中華人民共和國誕生。三個年份所發生的事件，都是重大的政治歷史事件，而不是文學事件。所以説，文學研究自身没有主意，没有觀念。

一九九七年，已經過去十三年。現在，我們的文學研究有没有觀念呢？從兩岸四地相關著述以及所采用的文學教科書看，可以説，現在還是没有觀念。

文學研究没有觀念，詞學研究又如何呢？在當時的研討會上，我説，詞學研究有觀念。指的是，我用一九〇八年作爲分界綫，將中國詞學劃分爲二段。一九〇八年以前，爲舊詞學，古詞學；一九〇八年以後，爲新詞學，今詞學。這就是一種觀念，也可以説是一種看法。我的這一劃分以什麽爲依據呢？以王國維發表《人間詞話》爲依據。這是個什麽事件呢？是文學事件，不是政治事件。所以，詞學研究有觀念。這也就是説，有識見，是史識的一種表現。

爲了説明識見問題，須要將視野進一步展開，説一説，二十世紀世界的劃分問題。二十世紀世界，一百年當中，有幾個年份相當重要。比如，一九一四年至一九一八年，第一次世界大戰；一九三九年至一九四五年，第二次世界大戰。兩次世界大戰，是熱戰。第二次世界大戰以後，熱戰變爲冷戰。一九八九年，柏林墻被推倒；一九九一年，蘇聯解體。蘇聯解體，冷戰結束，進入另外一個時代。這是對於二十世紀世界的劃分及判斷。我講這些的目的，在於説明，所謂史識，實際上也很簡單，就是你要懂得分期、分類。戰爭分成兩個類别：冷戰、熱戰。分期呢？就是幾個關鍵年份的把握。做到這一步，就能夠體現史識。當然，對於世界的看法及劃分，這是政治學家的事情，歷史學家的事情。美國哈佛大學有位教授叫薩繆爾·亨廷頓(Samuel P. Huntington)，他的一部著作《文明的衝突》(*The Cahof Civizaio*)説及這一問題。我對於二十世紀世界的劃分和判斷，就是從他那裏學習得來的。

總而言之，文學的劃分和判斷，詞學的劃分和判斷，以及二十世紀世界的劃分和判斷，就是一種識見，一種歷史的論定。這種劃分和判斷，看起來，似乎有點複雜，不太容易把握，但拆開包裝，就只有四個字：分期、分類。

分期、分類，就像盤古一樣，開天闢地，是非常了不起的一件事。在各種學術研討會上，我曾多次説過，二十世紀只有兩位大學問家懂得分期、分類。一位王國維，一位胡適。王國維且不説，只説胡適。他將漢以後的中國文學劃分爲兩大類別：死文學和活文學。又將中國一千年詞的歷史，劃分爲三個大時期，三段歷史：詞的「本身」的歷史，詞的「替身」的歷史，詞的「鬼」的歷史。胡適的劃分，究竟采用什麽準則呢？是不是朝代？不完全是朝代。是人類的一種生存狀態。死的，還是活的。本身，還是替身。已經「投胎再世」，或者還是孤魂野鬼。就是這麽一些。這是我給他概括出來的，謂其爲人類的一種生存狀態。具體地説，自晚唐到元初，也就是趙宋王朝這一段歷史，爲詞的自然演變時期。這一時期的詞，是自然生成的詞，相當於現在所説自然人。自元到明清之際，也就是金元和明，爲曲子時期。這一時期的詞，已經不是詞的本身，而是替身，或者已另投胎。比如，已經變而爲牛爲羊，或者爲猪爲狗。但這不一定帶有貶義，只是説變而成爲另外一種物類。至有清一代，爲模仿填詞的時期。這時候，所謂詞的「鬼」的歷史，説明已經不是自然的人，不是自然生成的詞。這是胡適的劃分。他的準則，不是政治事件，也不是以帝王將相爲核心的朝代，而是生命生成的一種狀態。人活著仍爲其人，死後還有靈魂。有替身，亦可投胎再世。這是極普通的話題，大家都這麽講。胡適用以體現他的一種歷史的見解。極普通，變得不普通。這就是識見。

胡適的劃分和判斷，究竟有没有道理呢？有的人也許不以爲然。但無論有没有道理，到現在爲止，還是沒有人能够推翻他。所以，我就接著講。也講一千年，我講一百年。我將一九〇八年以後一百年詞學，劃分爲三個時期。第一個時期，一九〇八年至一九一八年，爲開拓期；第二個時期，一九一九年至一九四八年，爲創造期；第三個時期，一九四九年至一九九五年，爲蜕變期。我的劃分，儘管與現代文學的劃分有點交叉，但我的判斷，並不太一樣。就詞學的發展看，第一個時期，相對於以往的詞學，是一個新的開拓。第二個時期，包括二十年代、三十年代及四十年代，也就是民國年代，情況就大不一樣。這一時期，爲中華詞學創造了一代輝煌。而第三個時期，所謂龍蛻蛇變，説明已不是原來的樣子。這是我對於一九〇八年以後一百年詞學的總觀感。

接下來，説二十世紀詞學傳人。看看一百年當中的人和事，究竟應當怎麽進行規劃？也就是説，每一代的開始與終結，應當如何斷限？這也是一種分期與分類，同樣牽涉到識見問題。

最近二三十年，學界出現多種詞總集，不少僅依據作者姓氏筆畫，將各人作品輯録在一起。這樣的編排方法，和一般辭書並無兩樣。看不出編撰者有何特別的意思，也就是歷史的見解。有一部以二十世紀爲標榜的詞總集，未曾發凡立例，但因題目已明白揭示，也就從一九〇〇年開始，依次進行編排。但是，當中領銜作者，出生於清嘉慶二十五年（一八二〇），在二十世紀生活僅四年；壓卷作者，出生於一九八二年，到二十世紀終結，尚未滿二十歲。其起止的斷限，似與常規不合。而且，籠統地以二十世紀作爲一部總集的歸屬，也只是一個框架而已。在這個框架裏面，相關人和事只有先後的區別，看不出各自的歷史位置及職責，因而也就頗難體現編撰者個人的觀點。

我說一百年中的五代詞學傳人，不依時下做法，從一九〇〇年開始，依次往下排列，直到一九九九年。而依《當代詞綜》斷限進行規範，但其中略有變化。二十世紀七八十年代，編纂《當代詞綜》，我曾通過發凡立例，提出個大當代概念。謂：「本編題爲《當代詞綜》。名曰『當代』，雖已超出一般意義上所謂『當代』範圍，例如編中作者最早出生於清同治元年（一八六二），離清王朝滅亡還有整整半個世紀，似不宜以『當代』相概括，然以作者活動年代論，編中作者出生於清同治年間（一八六二年至一八七四年）者，部分進入二十世紀五十年代、六十年代，出生於清光緒年間（一八七五年至一九〇八年）者，許多人目前（一九八八年）仍健在。即編中作者絶大多數都在一般意義上所謂當代社會中生活，其創作活動及詞業建樹均屬於今天。因此名之爲《當代詞綜》，正是爲突出『今天』，體現其時代精神。」《當代詞綜》的編纂，以一八六二年（清同治元年）進行斷限。自此以後出生作者，屬於當代，此前則非當代。爲表示「新」與「舊」的區別，此前出生作者，例如王鵬運、文廷式、鄭文焯、朱祖謀、況周頤，他們的作品，概不闌入。參照《當代詞綜》的斷限，我將二十世紀詞學傳人劃分爲五代。所謂代，相當於輩分。非一生、一世，或者一個時代。

作者的出生年份，非以單個人計，而是以代計。因比，一百年約五代，不是從一八六二年（清同治元年）起，而是從一八五五年（清咸豐五年）起。清季五大詞人於這一年的稍前或者稍後出生。這是一代人的共同標誌。一代二十年，就從這一年開始。編纂《當代詞綜》，將五大詞人作爲舊時代的人物而排除在外；敘説二十世紀詞學傳人，五大詞人儘管仍然是舊時代的人物，却將其作爲第一代的代表而列居榜首。因爲二十世紀這一概念，與我所界定的大當代概念，並不完全相同。大當代的概念，著眼於「新」，二十世紀既是個「新」與「舊」互相交替的世紀，又是個「新」與「舊」並容的世紀。故此，敘説五代傳人，必須從舊的一代開始。

以下是我對於二十世紀五代詞學傳人所作劃分：

第一代，一八五五年（清咸豐五年）至一八七五年（清光緒元年）期間出生的作者。就單個作者而言，時間的起止，十分明確；就一代人而言，開始的年份則較難確定。比如，王鵬運、文廷式、鄭文焯、朱祖謀、況周頤諸輩，就並非都出生於一八五五年（清咸豐五年）。但以代計，却必須説個整齊劃一的年份。而後依次往下推算，這是須要特別説明的。因此，以下各代，亦當同樣看待。這是第一代。第二代，一八七五年（清光緒元年）至一八九五年（清光緒二十一年）期間出生的作者；第三代，一八九五年（清光緒二十一年）至一九一五年期間出生的作者；第四代，一九一五年至一九三五年期間出生的作者；第五代，一九三五年至一九五五年期間出生的作者。

經過五代劃分，明確時間斷限，而後將各代表人物列居其中，便構成《二十世紀詞學傳承圖》（見下圖）：

第一代	第二代	第三代		第四代		第五代
朱孝臧	王國維	夏承燾	施蟄存	邱世友	葉嘉瑩	
王鵬運	劉毓盤	顧　隨	宛敏灝	劉逸生	陶爾夫	
文廷式	冒廣生	趙尊嶽	胡雲翼	羅忼烈	錢鴻瑛	
鄭文焯	張爾田	張伯駒	吳世昌	陳邦炎	黃拔荊	
況周頤	夏敬觀	沈軼劉	錢仲聯	霍松林	邱燮友	
	吳眉孫	神田喜一郎	沈祖棻	顧易生	王水照	
	葉恭綽	馮沅君	盛　配	馬興榮	嚴迪昌	
	吳　梅	唐圭璋	萬雲駿	劉若愚	高友工	
	胡　適	龍榆生	吳則虞	徐培均	吳熊和	
	劉永濟	詹安泰	黃墨谷	村上哲見	（暫缺）	
	蔡嵩雲	繆　鉞	饒宗頤	劉乃昌	謝桃坊	

傳承圖所開列，計作者五十九名。包括中國大陸、香港、臺灣作者、旅居北美的華人作者以及日本兩位詞學家。第五代暫未具名。

二　歷史的位置與職責

以上説史識，如用四個字加以概括，就是分期、分類。這是第一個問題。第二個問題，説史迹。主要説二十世紀五代詞學傳人，看看他們在詞學發展史上，各自占居何等位置，承擔何種職責。具體地講，即看其於所處年代，對於二十世紀詞與詞學以及詞學與詞學學，究竟有何建樹。

詞與詞學以及詞學與詞學學。三個關鍵詞：詞、詞學、詞學學。這是我們的研究對象。這裏，著重説詞與詞學問題。詞學與詞學學，留待下文另行加以説明。

詞，就是填詞，指作品自身。而對於詞的觀念，包括認識與説明，則屬於詞學的範圍。詞學史上，最爲重要的問題，究竟是什麽呢？就是對於詞體的論定。看看我們現在所説的詞，究竟是個什麽物事。

中國填詞史上，第一位專業作家是温庭筠。《舊唐書・温庭筠傳》謂其「能逐弦吹之音，爲側艷之詞」。《舊唐書》是五代人修纂的，兩句話代表五代人及其後宋人的觀念。宋人對於詞究竟是怎麽看待的呢？很簡單，就是兩句話：既認同其爲聲學，亦認同其爲艷科。這是一個問題的兩個方面。非常明顯，側，就是不正，或者偏。比如，正門以外，還有側門和偏門。温庭筠的詞，被稱爲側艷，説明並非正艷。孔夫子主張「思無邪」，用他的觀點看，確實是偏了一點。是不是我們現在所説的邪艷、妖艷呢？有一點點這個意思，又不完全一樣。那麽，真正的艷又是怎麽個樣子呢？這就要返回「花間」，看看「花間」的時代，是怎麽表述的。「花間」十八名作者之一歐陽炯撰寫《花間集叙》，開篇二句即云：「鏤玉雕瓊，擬化工而迥巧；裁花剪葉，奪春艷以争鮮。」兩句話既概括《花間集》所有内容，也爲詞爲艷科之所謂「艷」正名。其曰「奪春艷以争鮮」，明白指出，他所説的「艷」是春天的艷。春天的艷有什麽特點呢？鮮艷。像春天一樣鮮艷好不好呢？好的。那就太好了，太美了。這就是花間詞。所以説，一部《花間集》，它所呈現的就是一「艷」字。這是在宋之前所提出的觀念。這是鮮艷的艷，既包括温庭筠的側艷，又不完全等同於側艷。這是問題的一個方面。另一方面，對於聲學，又當如何論定呢？《舊唐書》的兩句話，同樣爲此提供答案。即其所謂「逐」與「爲」者，已爲温庭筠之如何以文辭的詞，追逐樂曲的音，作了明確的表述。文辭的詞，就是語言文字的字，或者詞彙。温庭筠以之追逐弦吹之音，即將音樂轉移到語言文字。令聲律與音律聯繫在一起。或者説，由音律過渡到聲律。這就是詞爲聲學的全部内容。兩個方面合在一起，艷科和聲學，就是完整的詞學。這是對於詞與詞學的最初認識，也就是本來面目。

上述所提出觀念，詞爲聲學以及詞爲豔科，聲學與豔科並重。就今天的立場上看，這一觀念，既是立論的前提，也是判斷是否獲得真傳的重要依據。兩個方面，何者爲輕，何者爲重，表現在認識上以及具體的創作和研究的實踐過程中，向來存在著較大的差距，但這一問題，却是歷代倚聲家所共同關注的問題。進入二十世紀，亦復如此。

依據我對於詞體的把握以及有關千年詞史、百年詞學史的初步認識，對於二十世紀詞學傳人在詞學史上的位置及職責，且作描述如下：

第一代，出生於一八五五年（清咸豐五年）以後。代表人物，包括王鵬運、文廷式、鄭文焯、朱祖謀、況周頤。五位作者，合稱清季五大詞人。就「新」與「舊」的劃分講，仍屬於「舊」的那一邊。其中，朱祖謀乃核心人物。論者謂其「集清季詞學之大成」，「爲詞學之一大結穴」（葉恭綽《廣篋中詞》），可作定論，但未見相關論述。如從聲學與豔科的立場看，所謂集大成及結穴，應當就是重、拙、大三個字。這是五人治詞的共同目標。那麽，對於重、拙、大，究竟應當怎樣加以詮釋呢？我在《中國詞學文化學的奠基人——民國四大詞人之四：詹安泰（四）》一文，曾探討過這一問題。我以爲：重、拙、大，或者輕、巧、小，都是一個整體，不能將其分割開來，逐一進行評判。如追溯其淵源，可以這麽説，李清照所説典重與情致，是重、拙、大；張炎所說騷雅與清空，是重、拙、大；周濟所說渾化或渾厚，是重、拙、大。反之，就是輕、巧、小。這也就是說，重、拙、大三個字，其實只是講了一個意思。由此，亦可證實，五大詞人對於詞體的認識，尚未曾有所偏廢。其職責在於秉承復興詞業的宗旨，試圖將詞提高到與詩同等的位置之上，仍偏向於繼往。

第二代，出生於一八七五年（清光緒元年）以後。上述傳承圖列舉十一名，包括王國維、胡適以及吳梅、劉永濟諸輩。這是過渡的一代，由「舊」到「新」的過渡。說得時髦一點，就是由古典向現代化的推進。其間，王國維發表《人間詞話》，創導境界說，爲新詞學之一重大標誌。所謂「詞以境界爲最上」，既將詞劃分爲兩個類別，最上和最下，其對於聲學與艷科的理解，亦有所偏重。胡適提倡「詩人的詞」，主張用詞體作新詩（《詞選序》），更將聲學排在次要位置。王國維與胡適，偏重意境，偏重思想內容，即偏重艷科，在一定程度上，其對於詞體的認識，已向左傾斜。而吳梅仍堅持傳統詞學本色論。聲學與艷科並重。其於强調發意的同時，兼顧用字。既求其高，亦講究其協。他將沈義父《樂府指迷》中的四句話，即「音律欲其協，不協，則成長短之詩。下字欲其雅，不雅，則近乎纏令之體。用字不可太露，露，則直突而無深長之味。發意不可太高，高，則狂怪而失柔婉之意」，推尊爲詞學之指南（吳梅《詞學通論》）。總的看來，這一代，「新」與「舊」交匯在一起。所謂過渡，或者說，由古典向現代化的推進，雖已起步，但傳統的勢力仍然深深地植根於整個詞學園地。

第三代，一八九五年（清光緒二十一年）以後。百年詞業之中堅力量。代表作者二十二人。這一代，處於百年詞學的創造期。這是出大師的年代。其職責，主要是對於詞學觀念以及詞學批評模式的修正與改造。相關業績，主要體現在民國四大詞人身上。民國四大詞人——夏承燾、唐圭璋、龍榆生、詹安泰，出生於庚子年間，與世紀同齡。並於二十世紀三十年代，先後登上詞壇，代表二十世紀詞學研究的總成就。四大詞人之首夏承燾，世稱一代詞宗，亦一代詞的綜合。在詞的創作、詞學考訂以及詞學論述幾個方面，皆建造卓著業績。二十世紀，講詞與詞學，夏承燾一個人全都可以包括。其餘三位，唐圭璋、龍榆生、詹安泰，則於中國詞學文獻學、中國詞學學以及中國詞學文化學幾個方面，均具開創之功，爲百年詞業建設，發揮奠基作用。以四大詞人爲中心，這一代倚聲家，已突破「新」與「舊」的種種局限，爲中華詞學創造了一代輝煌。其間，兩位領袖人物，夏承燾與施蟄存，夏氏的地位，早已確定，而施氏則未也。但作爲詞學的傳人，施蟄存繼龍榆生之後，創辦《詞學》刊物，並主持全國規模的詞學討論會，却於詞學蜕變期，發揮特殊的組織、領導作用。所謂挽狂瀾於既倒，扶大厦之將傾，詞界應不會忘記。這是需要特别加以説明的。

第四代，出生於一九一五年以後。百年詞學發展的第二次過渡。代表作者，也是二十二人。和第一次過渡相比較，第二次過渡究竟有何特別之處？我在《百年詞學通論》一文中曾指出：第一次過渡，是傳統文化的現代化；第二次過渡，是現代文化的傳統化。取向各不相同。這是一種總體描述。必欲落到實處，似乎亦非易事。比如，第一次過渡，王國維將西方哲思中國化，可以落實到叔本華的「欲」，謂將其引進，放入一定的疆界，將其中國化，令之成爲意境。這是構建境界説之一重要步驟。但第二次過渡，儘管亦講引進，什麽符號學、闡釋學，却很難找到具體的例證。大多只是聞其聲，而未見其影。這是就中西文化大背景所進行的觀察。如果將著眼點集中在對於詞體的認識上，這一代作者，對於百年詞學的發展演變，其所謂過渡，應當還包含由正到變的轉换。這就是説，百年詞學之由第三代傳到第四代，其對於聲學與艷科的把握，已出現偏頗。在詞的創作、詞學考訂以及詞學論述三個方面，這一代作者，較爲突出的貢獻，主要是詞學考訂。進入詞學蜕變期，由於觀念之誤以及文風之誤，其相關論述，大多停留在詞體的外部，尤其是對於豪放、婉約「二分法」的推廣及流行，這一代作者，負有一定歷史責任。這一點，在許多問題上，可由第五代作者提供例證。兩位領袖人物，邱世友和葉嘉瑩，著力於論述與評賞。過渡期間，其正和變，導向並不完全一致，讀者宜細察之。

第五代，出生於一九三五年以後。其代表作者及座次，以上傳承圖未作編排。這一代作者，崛起於二十世紀之最後二十年，是共和國自己培養的一代。依據對於之前幾代作者所作論定，這應當是出大師的一代。不過，我在《百年詞學通論》中曾提出：「在一定程度上講，因先天不足，後天補救不得力，或者不得法，這一代，也可能讓人感到失望，或者困惑。既是大有作爲的一代，亦可能是垮掉的一代。」先天不足，指的是師承問題。後天補救，主要是觀念問題和文風問題。有關種種，留待新一代作者給予論定。

以上是我對於二十世紀五代詞學傳人有關詞學史位置及職責的初步描述。説得貼近一些，我和劉敬圻教授都屬於第五代。陶爾夫教授屬於第四代，葉嘉瑩教授也是第四代。我的老師夏承燾、吴世昌教授是第三代。這是二十世紀的事情。至胡元翎教授，則已經是二十一世紀的第一代。這是一九五五年以後出生的作者。這一代，就是新世紀的王（鵬運）、鄭（文焯）、朱（祖謀）、況（周頤）。二十一世紀的第二代，一九七五年以後出生。在座的可能都是這一代。即時下所説七〇後和八〇後。至於一九九五年，此後所出生，乃屬於二十一世紀的第三代。這將又是出大師的一代。希望大家一起努力。

三　詞學觀念與方法問題

詞學觀念，指的是對於詞體的認識，包括對於聲學與艷科的把握。方法問題，指的是一種入門的途徑，有關詞學真傳的入門途徑。二者所涉及範圍都較爲廣泛，内容也較爲抽象，頗難在一次講話中説得明白、説得透徹。這裏，擬就以下三個問題，試加探測，看看對於觀念與方法，能否得以較爲切實的了解。

（一）關於《二十世紀詞學傳承圖》問題

上文所説分期、分類，從觀念上看，是識見的一種體現；而就方法論，則爲一種具體的時間斷限。《二十世紀詞學傳承圖》，五代傳人，其起始年份斷自一八五五年（清咸豐五年）。乃以生年計，而非卒年。這是一條重要的斷限原則。唐圭璋編纂《全宋詞》，其所立條例云：「凡宋亡時年滿二十者，俱以爲宋人；僅入元仕爲高官如趙孟頫等者除外。」這是易代之際的朝代斷限。於條例之内，亦以生年計算。時賢論説詞學現代化進程，或以一九三一年爲分界綫。即於此前及此後，將中國詞學劃分爲古典時期和現代時期兩個片段。其依據是，這一年，朱祖謀離世。朱祖謀之作爲過去一個時代的集大成者，他的離世，代表一個時代的終結，似亦言之成理。然以之作爲另一時代的開始，却難以自圓其説。因朱祖謀離世，終年七十四。如再活十年、二十年，不過才八十、九十。但中國詞學的現代化進程，能不能因爲朱祖謀仍健在，而推後一二十年呢？相比之下，兩種斷限方法，應當還是以生年爲妥。這是有關時間斷限的確立問題。

時間斷限確立之後，五代傳人當中，五十九名作者的劃分與排列，同樣也是識見的一種體現。用現代的話語講，就是一種觀念的體現。因此，在具體操作上，我不取「點將録」的序列方法，以之比附於天罡、地煞星座，而用籃球隊與足球隊的組合方式，對其加以編排。這一抉擇，不取，而用，是經過一番考量的。近代以來，汪辟疆、錢仲聯諸輩，均有「點將録」之作，朱祖謀亦以覺諦山人名義，撰著《清詞壇點將録》，但因時過境遷，在目前情況下，後之效顰者，似當亦有難處。此事，錢仲聯生前曾説及。我在《百年詞學通論》中，也已作了交待。《二十世紀詞學傳承圖》，依籃球隊與足球隊的组合方式，編排座次。第一代，五名作者。一支籃球隊。隊長朱祖謀。第二代，十一名作者。一支足球隊。隊長王國維。第三代，二十二名作者。兩支足球隊，甲隊和乙隊。甲隊隊長夏承燾，乙隊隊長施蟄存。第四代，二十二名作者。兩支足球隊，甲隊和乙隊。甲隊隊長邱世友，乙隊隊長葉嘉瑩。第五代，暫未編排。圖中作者，稱詞學傳人，不稱詞學大師，亦不稱詞人，這是對於單個作者的歷史定位。每一代的領銜作者稱隊長，乃每一代的標誌人物。

「傳承圖」的製作，和「點將録」一樣，儘管也是一種遊戲筆墨（錢仲聯語），未必當真，却並非信口開河，喜歡誰就擡舉誰。正如詞界某友好所説，各人有各人心目中的隊長，無論采用什麼方式及方法，對於相關人和事進行劃分與判斷，都必須獲得認同，經得起檢驗。

(二) 關於從詩歌到哲學的提升問題

在關於二十世紀詞學傳入歷史位置及職責的描述中，説及詞與詞學問題，詞學與詞學，還來不及加以説明。詞與詞學，包括兩個方面，學詞與詞學，也就是做與説的問題。單就詞而論，指的是詞的文本，或者文本的提供。籠統地説，就是詞的創作。單就詞學講，指的是對於詞的文本的研究，也就是詞的創作的研究。籠統地説，就是詞學論述。而詞學與詞學，於「學」之上再加個「學」，説明是一種研究之研究，亦即詞學之學。民國四大詞人之一龍榆生，二十世紀三十年代發表《研究詞學之商榷》一文，爲填詞及詞學確立義界，並爲詞學專門學科的創設開列事項。填詞及詞學，也就是學詞與詞學。前者屬於做，後者是説。胡雲翼將二者分割開來，謂只要詞學而不要學詞（填詞）；龍榆生兼顧二者，做與説並重，學詞與詞學同等看待。龍榆生並具十分明確的學科意識。他將前輩治詞業績，歸納爲五事：圖譜之學、詞樂之學、詞韻之學、詞史之學、校勘之學。並在這一基礎之上，增添三事，曰：聲調之學、批評之學、目録之學。合爲詞學八事。我在《百年詞學通論》一文中指出：經過龍榆生的總結歸納，原來零零散散的資訊，便成爲有系統的專門之學。這就是説，在中國倚聲填詞的發展歷史上，詞學之獨立成科，乃始自龍榆生。此後，趙尊嶽叙説詞中六藝，將龍榆生的八事，歸結爲六事；唐圭璋列述歷代詞學，又將八事增添爲十事，所謂詞學，其基礎即更加堅實。就哲學的意義上講，這是從「多」到「一」的歸納與提升；而就詞學自身的發展、演變看，這是自覺學科意識的一種體現。在民國四大詞人中，我將其推尊爲中國詞學學的奠基人，主要依據就在於此。

二十世紀詞學，尤其是進入蜕變期的詞學，我説誤區，所謂觀念之誤以及學風之誤，如從詞與詞學的層面講，似應包括由説與做所引申的兩種狀況，只説不做，或者只做不説兩種狀況；而從詞學與詞學學的層面講，則應包括有詞無學及有學無詞兩種狀況。相關狀況，體現在學科建設上，就是一種盲目的行爲。見到什麽做什麽，没有一個明確的目標，難以構成系列，或者體系。體現於方法論，則往往表現爲一種數量的堆砌。比如，對於某個朝代或者某個時期相關人和事的評論，只是作平面的描述，包括生平事迹介紹、主要著作介紹，而未作縱深的探究，没有一個明確的判斷。兩個方面的體現，學科建設上的問題以及方法論的問題，用一句較爲普通的哲學話語講，就是一種「多」的堆砌，没有「一」的歸納與提升。

吴宓説，他要將平生經驗教給學生。他的經驗，就是這種歸納和提升。從「多」到「一」的歸納和提升。吴宓稱之爲從詩歌到哲學的提升。研究詞學，作爲一代詞學傳人，同樣應當承擔起這一責任。

（三）關於讀書閱人問題

二十世紀詞學，五代傳人，代表五個不同的年代或者輩分。相關人物，尤其是第四代的大部分，以及第三代的個別作者，至今仍健在。給予論定，似乎不太方便。不過，就時間推移看，千年詞業，到二十世紀，已告一段落；二十世紀的詞學傳人，從第一代到第五代，其開始與終結，也已構成一完整過程。這也就是說，隨著時間推移，相關人物之所屬年代或者輩分，實際已經終結。在這一意義上講，可以説，時代的棺已蓋上，論定的條件具備。這應當也是本文立論的依據。

中華詞學，千秋功業，並非任何一代，包括二十世紀的五代，可以完成。進入新世紀，所謂論定，既是經驗總結，也是學術上的承接。上文所列舉，分期、分類以及從詩歌到哲學的提升，兩條經驗，對於體現識見，進行形上之思，相信仍可以爲借鏡。

我在《新四家詞説》的視頻演講中，第一句話即指出：思想不能複製，經驗可以複製。以下謹以個人的兩條意見，爲複製經驗提供參考，並爲本文作結。

第一，回歸文本，認認真真，從學詞開始。

回歸文本，讀原料書，這是吴世昌先生所提出的。二十世紀四十年代，在《論詞的讀法》中，吴世昌説：「讀書的最徹底辦法是讀原料書，直接與作者辦交涉。最好少讀或不讀選集和別人對於某集的討論之類。」謂唯有如此，才不至於上當受騙。只有回歸文本，用死功夫，自己去摸索，非待人嚼飯而哺，才能嘗到真實滋味，因而，也才能登堂入室。

第二，讀書閱人，通過具代表性的人物，展示詞學入門途徑。

我説民國四大詞人，就詞學研究領域看，四大詞人，代表百年詞學的最高成就，是二十世紀的四部大書。四部大書，逐一披覽，展現領域，進入其世界，方才有希望再創一代輝煌。中國當代詞學的三大塊，創作一塊，可暫且擱置勿論，誤不誤，就看考訂和論述。考訂不必多説，比如詞籍整理、詞學資料校核及彙編，等等，較少有所謂誤不誤問題，也擱置一邊。我所説誤區，主要指詞學論述，有時候，作品鑒賞也包括在内。《百年詞學通論》中，我説誤區之誤，曾爲揭示兩個方面的表現：觀念之誤與門徑之誤以及文風之誤與學風之誤。觀念與門徑之誤，指的是對於詞體認識所出現的偏差以及方法上的失誤。比如，只是將歌詞當艷科看待，忽略聲學。並且，對於相關問題的處理，亦未能得其要領。而文風與學風之誤，是個態度問題。一般所見，比如避難就易，只是於詞體的外部用工夫，未作深入細緻探研，等等。具體事例，文中已爲舉證，此不贅述。誤區的出現，誤人誤己。

二十世紀詞學傳人，我將其劃分爲五代。其中第三代，出生於一八九五年以後，生當世紀詞學的創造期，爲世紀詞學的中堅力量，曾爲中華詞學創作一代輝煌。於第三代的稍前及稍後，世紀詞學出現兩次過渡。第一次，由古到今的過渡；第二次，由正到變的過渡。中華詞學的现代化進程，從第二代開始；世紀詞學的蜕變，從第四代開始。誤區的出現，與第四代的誤導，頗有牽連；在一定程度上講，第五代的推波助瀾，也擺脱不了干係。

傳承上的問題，迷途知返，新世紀的第一代、第二代，一九五五年以後及一九七五年以後出生的新一代傳人，生當這麽一個時代，究竟應當如何抉擇？從整體上講，應當跨越第五代、第四代，直接第三代；從個體上講，應當返回民國四大詞人——夏承燾、唐圭璋、龍榆生和詹安泰，承接他們的事業，進一步加以發揚光大。中華填詞與詞學之有無未來，就看新一代的王（鵬運）、鄭（文焯）、朱（祖謀）、況（周頤）以及夏（承燾）、唐（圭璋）、龍（榆生）、詹（安泰）。這是我的個人意見，不妥之處，敬請批評指正。

二〇一〇年十二月二十四日，於黑龍江大學文學院演講。據金春媛記録整理。原載上海《詞學》第二十六輯，上海：華東師範大學出版社，二〇一一年十二月第一版。又載黄霖、周興陸主編《視角與方法：復旦大學第三屆中國文論國際學術研討會論文集》，南京：鳳凰出版社，二〇一三年八月第一版。

施議對演講集録講題總目

（一九九七年十二月二十六日　福建泉州華僑大學）
（二〇〇二年四月四日　福州福建師範大學文學院）
（二〇〇二年四月五日　福州閩江學院）
（二〇〇四年九月二十七日　北京師範大學外文學院）
（二〇〇四年十二月二十日　上海復旦大學）
（二〇〇五年四月二十七日　廣州中山大學中文系）
（二〇〇六年四月六日　長春吉林大學文學院）
（二〇〇六年四月十二日　北京首都師範大學）
（二〇一〇年十月二十七日　哈爾濱哈爾濱師範大學文學院）
（二〇一一年十二月二十八日　上海華東師範大學文學院）

文學研究中的語彙與語彙系統

——兼論宋初體以及宋詞基本結構模式的確立與推廣

（二〇〇九年十一月十七日　武漢華中師範大學文學院）

第二輯

（二〇一〇年十二月二十四日　哈爾濱黑龍江大學文學院）

文學與神明

——從詩歌到哲學的提升

（二〇一〇年九月三十日　香港大學）

（二〇一三年十月九日　香港科技大學）

（二〇一三年十一月二十八日　泉州華僑大學文學院）

形下之思與形上之思

（二〇一〇年九月二十三日　澳門大學）

古典詩歌研究與人文精神思考

（二〇一一年七月二十九日　韓國延世大學）

毛澤東和他的詩詞事業

（二〇〇七年八月二十一日　中國井岡山）

第三輯

用中國話語做中國學問

——施議對先生談詞學研究

（二〇一二年十一月十四日　武漢華中師範大學文學院）

詞與詞學以及詞學與詞學學

（二〇一〇年九月二十六日　澳門大學）

（二〇一〇年十月二十六日　西安陝西師範大學文學院）

（二〇一〇年十二月十八日　潮州韓山師範學院文學院）

詞與音樂

——以柳、蘇《八聲甘州》爲例

（二〇〇九年七月三十日　廣州中山大學）

新宋四家詞説

（二〇〇九年七月三十一日　廣州中山大學）

蘇軾以詩爲詞辨

（二〇〇九年十一月十七日　武漢華中師範大學文學院）

歷史的論定：二十世紀詞學傳人

（二〇一〇年十二月二十四日　哈爾濱黑龍江大學文學院）

圖書在版編目(CIP)數據

學苑效芹：施議對演講集録／施議對著. —上海：上海古籍出版社，2015.11
(施議對論學四種)
ISBN 978-7-5325-7717-0

Ⅰ.①學… Ⅱ.①施… Ⅲ.①詞學—中國—文集
Ⅳ.①I207.23-53

中國版本圖書館 CIP 數據核字(2015)第155137號

ISBN 978-7-5325-7717-0

9 787532 577170

施議對論學四種
學苑效芹：施議對演講集録
施議對 著
上海世紀出版股份有限公司
上 海 古 籍 出 版 社 出版
(上海瑞金二路272號 郵政編碼200020)
(1)網址：www.guji.com.cn
(2)E-mail：guji1@guji.com.cn
(3)易文網網址：www.ewen.co
上海世紀出版股份有限公司發行中心發行經銷
江蘇金壇古籍印刷有限公司印刷
開本 850×1168 1/32 印張 16.375 插頁 7 字數 397,000
2015年11月第1版 2015年11月第1次印刷
ISBN 978-7-5325-7717-0
I·2942 精裝定價：68.00元
如有質量問題，請與承印廠聯繫